La chica
número 11

Amy Suiter
Clarke

La chica número 11

Amy Suiter Clarke

Traducción de
Milo J. Krmpotić

Ediciones Destino
Colección Áncora y Delfín

Obra editada en colaboración con Editorial Planeta – España

Título original: *Girl, 11*

© 2021, Amy Suiter Clarke
Publicada de acuerdo con Dystel, Goderich & Bourret LLC, con mediación de Internacional Editors'Co

© 2021, Traducción del inglés: Milo J. Krmpotić

© 2021, Editorial Planeta, S. A. – Barcelona, España

Derechos reservados

© 2022, Editorial Planeta Mexicana, S.A. de C.V.
Bajo el sello editorial DESTINO M.R.
Avenida Presidente Masarik núm. 111,
Piso 2, Polanco V Sección, Miguel Hidalgo
C.P. 11560, Ciudad de México
www.planetadelibros.com.mx

Primera edición impresa en España: septiembre de 2021
ISBN: 978-84-233-6006-2

Primera edición en formato epub en México: enero de 2022
ISBN: 978-607-07-8269-5

Primera edición impresa en México: enero de 2022
ISBN: 978-607-07-8268-8

Impreso en los talleres de Litográfica Ingramex, S.A. de C.V.
Centeno núm. 162-1, colonia Granjas Esmeralda, Ciudad de México
Impreso en México –*Printed in Mexico*

A mi madre,
que leyó miles de mis palabras
antes de que me publicaran una sola frase,
y a mi padre,
que me animó a contar la verdad
incluso en la ficción.

Tengo que verle la cara. Cuando sepamos

qué cara tiene perderá su poder.

MICHELLE MCNAMARA

PRIMERA PARTE

La cuenta atrás

I

Podcast «Justicia en el aire»

5 de diciembre de 2019
Transcripción: temporada 5, episodio 1

VOZ EN *OFF* DE ELENA:
Minnesota es famosa por su frío. Por sus inviernos glaciales y por la estoica sensibilidad nórdica de sus habitantes. En esta resplandeciente mañana de noviembre, mientras conduzco en dirección sudoeste por la tierra de los diez mil lagos, la nieve corta la autopista en ráfagas que se elevan y se arremolinan como si fueran fantasmas. En un momento estoy serpenteando a través de amplias llanuras de praderas y tierras de cultivo y al siguiente he llegado a la ciudad, toda ella cemento y luces, jardines pulcros y modestos. Como en tantos otros estados del medio oeste norteamericano, las fronteras, invisibles pero impenetrables, abren una brecha entre lo rural y lo urbano. Bastan unos pocos kilómetros para que la demografía, la ideología, la cultura y las costumbres cambien.

Pero de vez en cuando sucede algo capaz de sacudir al estado en su totalidad. Todo el mundo siente su impacto, la gente se une en el luto y en un propósito común.

Hace poco menos de veinticuatro años, en la animada comunidad universitaria de Dinkytown, desapareció una joven llamada Beverly Anderson.

[Cortinilla.]

INTRODUCCIÓN DE ELENA:
Los casos se han enfriado. Los delincuentes creen estar a salvo. Pero, con su ayuda, me aseguraré de que, aunque tarde, la justicia llegue a todo el mundo. Me llamo Elena Castillo y esto es «Justicia en el aire».

[Sonido ambiente: unos pasos hacen crujir la nieve. I'll Make Love to You, *de Boyz II Men, suena como un eco lejano. Risas juveniles.]*

VOZ EN *OFF* DE ELENA:
En febrero de 1996, cuando tenía veinte años, Beverly abandonó una fiesta a la que había acudido junto a su novio y varios compañeros de estudios de tercer año en la Universidad de Minnesota. Estando ya el grupo en la calle, el novio de Beverly intentó convencerla para que los acompañara al Annie's Parlour para una cena tardía de hamburguesas y malteadas. Pero Beverly tenía que levantarse temprano a la mañana siguiente, así que insistió en irse a casa. Le faltaban tres meses para acabar la licenciatura en Psicología y ya había comenzado su período de prácticas en una clínica de la zona. Se pusieron a discutir... Nada serio, la típica pelea de una pareja universitaria. Al final, él se rindió y se fue solo con sus amigos. A Beverly la separaban apenas cinco calles de su departamento: era un paseo corto que había realizado sola cientos de veces. Se subió el cierre del abrigo de lana de color negro, hundió la barbilla en la bufanda y se despidió de sus amigos con la mano.

Fue la última vez que la vieron con vida.

Al día siguiente, cuando no se presentó a hacer las prácticas, el supervisor de Beverly la llamó a su departamento. Le atendió Samantha Williams, su compañera de departamento.

SAMANTHA:
No sé cómo explicarlo. Al recibir la llamada tuve la sensación de que algo iba mal. Fui a su habitación a echar un vistazo, solo para asegurarme, y sí, su cama estaba sin deshacer. Y sus cosas no estaban allí, el bolso y las llaves y todo eso. Me di cuenta de que no había vuelto a casa.

VOZ EN *OFF* DE ELENA:
Estoy sentada con Samantha Williams, ahora Carlsson, en la cocina de su casa. Vive a una hora de distancia de Minneapolis con su marido y dos beagles que le advirtieron de mi presencia antes incluso de que me parara delante de su puerta.

SAMANTHA:
[Sobre el sonido de dos perros que ladran.] ¡Cállense! Échense. Dije a la cama. Buenas chicas. ¿Lo ves? Cuando quieren están bien amaestradas.

ELENA:
Entonces, ¿qué pasó cuando te diste cuenta de que Beverly no había vuelto a casa?

SAMANTHA:
Bueno, se lo conté a su supervisor y él dijo que debíamos llamar a la policía, y eso fue lo que hice. Al principio no quisieron investigarlo..., ya sabes, no había pasado el tiempo necesario o lo que fuera. Pero cuando su novio y yo les dijimos que había vuelto a casa sola y que era una chica estudiosa que acababa de iniciar su período de prácticas comenzaron a preocuparse un poco más. Sé que

entrevistaron a [pitido], pero sus amigos le proporcionaron una coartada sólida. Al margen de esos dos o tres minutos que pasaron discutiendo para que se fuera con él al restaurante, estuvo con ellos el resto de la noche. La policía vino a hablar conmigo ese mismo día, creo que por la tarde. Lo encontrarás en el informe si es que lo tienes.

VOZ EN *OFF* DE ELENA:
Lo tengo. Según el detective Harold Sykes, entrevistaron a Samantha el 5 de febrero de 1996 a las 3:42 de la tarde. Aproximadamente, diecisiete horas después de que Beverly fuera vista por última vez.

ELENA:
Y, según recuerdas, ¿qué pasó a continuación?

SAMANTHA:
La verdad es que nada. Sus amigos más cercanos estuvieron con ella esa noche y se quedaron en el Annie's Parlour al menos hasta dos horas después de que se fuera. Su familia vivía a varias horas de distancia, en Pelican Rapids. Concluyeron que no había manera de que hubiera sido el novio, porque solo pasó un par de minutos fuera de la vista de sus amigos. Beverly... simplemente se desvaneció. Todo el mundo pensó que se habría perdido o desorientado, que quizá estuviera más borracha de lo que sus amigos pensaban, y que se cayó al Misisipi y se ahogó. Ha ocurrido otras veces. Pero estuvieron días inspeccionando las orillas y los bancos de nieve y no apareció ninguna señal de ella. Al menos hasta una semana más tarde.

VOZ EN *OFF* DE ELENA:
Siete días después de la desaparición de Beverly, el encargado del Annie's Parlour estaba a punto de cerrar cuando vio que había una persona acurrucada contra la pared

exterior. Pensó que era un vagabundo y se inclinó para ofrecerse a llevarlo a un refugio. Al no recibir respuesta, el encargado jaló la bufanda que le envolvía la cabeza y descubrió el rostro sin vida de Beverly Anderson.

SAMANTHA:
[Llorando.] En aquel momento, la gente no hablaba más que de Beverly. Todo el mundo estaba horrorizado, ya me entiendes. Aquella chica dulce, lista e inocente... estaba muerta. Yo no lo podía creer. Me entró tanto miedo que apenas salí del departamento durante varias semanas. Resultó que había una buena razón para estar así de asustada.

ELENA:
¿Recuerdas el momento en que te enteraste de que había otras víctimas?

SAMANTHA:
En las noticias no dijeron nada hasta que se dieron cuenta de que Jillian Thompson, la segunda chica, había muerto de la misma manera que Beverly. Y estuvo desaparecida durante el mismo período de tiempo: siete días. Creo que encontraron algo en el cuerpo de Jillian que la relacionó con Beverly, una muestra de ADN o algo así.

VOZ EN *OFF* DE ELENA:
Células epiteliales en su chamarra. La policía asumió que Jillian debió de ofrecérsela a Beverly cuando le dio frío, allí donde estuvieran retenidas. Jillian Thompson desapareció en un estacionamiento de la Bethel University tres días después que Beverly. Su familia pensó que se había fugado con un novio que no les gustaba. El chico fue el principal sospechoso hasta que acabaron por conectar ambos casos.

[Sonido ambiente: una silla que rechina, un hombre que se aclara la garganta.]

ELENA:
¿Puedo pedirte que te presentes, para los nuevos oyentes?

MARTÍN:
Hum, sí. Soy el doctor Martín Castillo, médico forense del condado de Hennepin.

ELENA:
¿Y?

MARTÍN:
Y, para dar toda la información, soy el marido de Elena.

ELENA:
Nuestros oyentes habituales quizá recuerden a Martín de la primera y la tercera temporada del programa, cuando nos ofreció su visión como experto acerca de las autopsias de Grace Cunningham y Jair Brown, respectivamente. Al identificar una señal de lividez de forma extraña en la espalda de Jair se pudo establecer una conexión con un sofá que había en la casa de su tío, y eso se convirtió en el elemento clave que ayudó a la División de Delitos Contra Menores de Minneapolis a resolver el caso. Lo volví a traer al estudio para comentar de qué otra forma estuvieron conectados los casos de estas dos chicas asesinadas antes de que los análisis de ADN del cuerpo de Jillian estuvieran listos.

MARTÍN:
La respuesta más sencilla es que las mataron de la misma manera. Una poco habitual.

ELENA:
Explícate.

MARTÍN:

Aunque Beverly Anderson tenía señales de haber sufrido un traumatismo en el lado derecho de la cabeza, la autopsia reveló que el golpe tuvo lugar varios días antes de su muerte... Lo más probable es que fuera del día en que la secuestraron. Falleció después de sufrir trastornos gastrointestinales, deshidratación y un fallo orgánico múltiple. Esos síntomas concuerdan con una gran variedad de venenos, y el patólogo quizá no podría haber acotado la lista de no haber sido por el contenido de su estómago. Tardaron algunas semanas, pero las pruebas acabaron determinando que había comido semillas de ricino... probablemente en gran cantidad. La ricina tarda algunos días en hacer efecto, y mucha gente sobrevive a su ingesta, pero quedó claro que el asesino le dio de comer el veneno en múltiples ocasiones. Además, poco antes de morir recibió varios golpes en la espalda. Veintiuno, en concreto.

ELENA:

¿Cómo supiste que fue poco antes de su muerte?

MARTÍN:

La manera en que se formaron las costras indicaba que la sangre había dejado de fluir poco después de que le infligieran esas heridas. Lo más probable es que en el momento en que la azotaron su pulso se estuviera ralentizando; es decir, que ya estaba muriéndose, lo cual condujo al forense a determinar que los latigazos fueron parte de un ritual, no un intento de asesinarla más deprisa. Eso se confirmó cuando encontraron el cuerpo de Jillian y vieron que la habían matado exactamente de la misma manera: fallo orgánico debido a un envenenamiento con semillas de ricino, y exactamente veintiún latigazos en la espalda realizados con un esqueje.

ELENA:
¿Qué quieres decir con «esqueje»?

MARTÍN:
Un palo o una rama de algún tipo... fina pero resistente. Encontraron pruebas de que ambos cuerpos habían estado en el bosque o en algún medio rural. Partículas de hojas en la ropa, tierra debajo de las uñas. Supusieron que el asesino encontró una rama allí donde las hubiera llevado y que entonces completó el ritual.

VOZ EN *OFF* DE ELENA:
El cuerpo de Jillian también apareció siete días después de que la secuestraran, pero no en el mismo lugar de su desaparición, como sucedió con Beverly. Hubiera sido demasiado sencillo. En cambio, la dejaron sobre el césped del Northwestern College —la ahora llamada Universidad de Northwestern-St. Paul—, centro rival de Bethel, su propia universidad católica. No obstante, pese a que ambas jóvenes eran estudiantes universitarias, pese a que las retuvieron durante el mismo lapso de tiempo, pese a que las mataron de la misma manera y las dejaron a las dos en espacios públicos, sus muertes no se relacionaron de inmediato. Dos brigadas de homicidios diferentes se encargaron de los casos y, aunque la policía tiene bases de datos centralizadas para cuestiones como las pruebas de ADN y la toma de huellas dactilares, no existe una base de datos dedicada a los *modus operandi*, nada que registrara la manera en que las víctimas fueron asesinadas y analizara la posibilidad de que ambos casos estuvieran relacionados por el método seguido para cometer cada asesinato.

La policía estuvo investigando durante meses, llegaron incluso a arrestar al novio de Jillian, pero acabaron retirando los cargos contra él y los dos casos se enfriaron. No hubo más asesinatos similares, ni pistas nuevas. Hasta el año siguiente.

[Sonido ambiente: el rugido de una cascada.]

VOZ EN *OFF* DE ELENA:

Esta es la cascada de Minnehaha, dieciocho metros de piedra caliza y agua que ruge al caer desde el lago Minnetonka hasta el río Misisipi. *La canción de Hiawatha*, el famoso poema de Henry Wadsworth Longfellow, consolidó su nombre, Minnehaha, que Longfellow interpretó como «agua que ríe». El nombre en lengua dakota estaría mejor traducido como «agua que se enrosca» o simplemente «cascada», acepciones ambas que resultan más acertadas. El sonido intenso, casi violento, del agua al caer contradice la idea de la risa. Fue aquí, a los pies de la controvertida estatua de bronce de Hiawatha y Minnehaha, donde se encontró el cuerpo de Isabelle Kemp, de dieciocho años de edad.

La grabación que escucharon fue registrada la pasada primavera, cuando la cascada tenía un gran caudal gracias a la nieve derretida. Pero cuando encontraron a Isabelle el agua estaba helada, era una masa de hielo gruesa e irregular, detenida como por un hechizo en el momento de su caída. La descubrieron por pura casualidad. Una capa de nieve fresca estaba a punto de cubrir su cuerpo del todo cuando una pareja de turistas que había ido a visitar la cascada reparó en el color rojo de su chamarra, aún visible entre el polvillo.

[Sonido ambiente: ruido de fondo en un restaurante.]

ELENA:

Cuando en enero de 1997 encontraron el cuerpo de Isabelle Kemp, la policía relacionó rápidamente su asesinato con los casos de 1996. Había permanecido desaparecida durante siete días y la azotaron poco antes de morir. Fue también entonces cuando a usted se le ocurrió el apodo del asesino, ¿no es así?

DETECTIVE HAROLD SYKES:

Sí, aunque de manera indirecta. Desde luego que no fue mi intención.

VOZ EN *OFF* DE ELENA:

Este es el detective Harold Sykes, quien estuvo a cargo del caso. Me entrevisté con él en su restaurante favorito de Minneapolis.

ELENA:

Pero se dio cuenta de algo en lo que nadie más había reparado. Hábleme de eso.

SYKES:

Sí, bueno, ya sabíamos que el asesino parecía estar obsesionado con ciertos números. Secuestró a las primeras dos mujeres en un intervalo de tres días, las retuvo durante siete días y les dio veintiún azotes. Así que supusimos que esos números significaban algo para él. Era un patrón consistente. Eso implicó que mi equipo se pusiera de inmediato a rastrear el registro de personas desaparecidas en busca de alguien que pudiera haber sido secuestrado tres días después que Isabelle. Pero entonces, mientras revisaba los casos, descubrí otro patrón. Beverly Anderson tenía veinte años. Jillian Thompson, diecinueve. E Isabelle, dieciocho.

ELENA:

Cada una de ellas era un año menor que la anterior.

SYKES:

Sí. En aquel momento fue solo una corazonada, pero pensé que había grandes posibilidades de que su siguiente víctima tuviera diecisiete años. Lo cual concordaba también con su obsesión numérica. Si lo de las edades no era fruto de la coincidencia, era consciente de que sería una mala noticia. Significaría que el asesino probablemente tenía un plan. Y eso es lo que les dije a los periodistas cuando me entrevistaron. Por entonces me arrepentí, pero supongo que ahora no importa. A alguien se le habría acabado ocurriendo. No hice más que decir eso: «Creo que el tipo este inició una especie de cuenta atrás perversa».

VOZ EN *OFF* DE ELENA:

Fue una simple observación, pero a los habitantes de toda Minnesota se les metió en la cabeza y los llenó de una sensación de desastre inminente. El asesino estaba muy lejos de haber terminado su labor. Las jóvenes sabían que no podían bajar la guardia —cosa de la que por otro lado cualquier chica es consciente en todo momento—. No hace falta nada más que un nombre con gancho para convertir un caso local en un fenómeno nacional.

Pocas horas después, todas las cadenas le llamaban de la misma manera: el Asesino de los Números.

2

Elena

9 de enero de 2020

Elena estacionó el coche delante de la casa de la señora Turner y apretó el botón de pausa en el equipo de audio. Había estado escuchando uno de sus podcasts de investigación favoritos, ya que se centraba más en la psicología de los criminales convictos que en investigar viejos casos sin resolver, como hacía ella. Estaban a punto de llegar a la parte buena, el análisis conductual de un legendario violador en serie de la costa noroeste, pero no era demasiado apropiado para niños, y la hija de su mejor amiga ya estaba atravesando el espacio que separaba la puerta de la casa de la señora Turner de la calidez del coche de Elena.

La puerta del copiloto se abrió de golpe y dejó entrar una ráfaga de aire seco y glacial con un dejo de olor a nieve. Natalie se subió de un salto y pegó un portazo, y soltó un ¡brr! cargado de dramatismo.

Mientras subía la calefacción, Elena preguntó:

—¿Qué tal estuvo la clase de piano, cariño?

—Bien. —Natalie se abrochó el cinturón de seguridad y jaló la bufanda para quitársela del cuello. Incluso en la penumbra vespertina, su rostro, por lo general pálido, se veía chapeado por el revés que le había propinado el aire invernal—. La verdad es que me paso todo el rato haciendo escalas. Creo que la señora Turner no sabe enseñar otra cosa.

Elena soltó una risita y puso el coche en movimiento.

—Solo llevas cuatro meses tomando clase.

—Sí, ya lo sé, pero me aburro. Podría hacer esas escalas hasta dormida.

—Sé paciente. Las escalas son el fundamento. Tienes que aprender la parte básica mucho antes de poder abordar una composición entera. —Elena sonrió al ver la rapidez con la que podía ponerse en modo maternal, impartiendo sabiduría y dando clases rápidas de piano como si Natalie fuera su propia hija.

—De acuerdo, hoy también me enseñó la canción de feliz cumpleaños.

—Oh, ¿en serio? ¿Y eso?

Natalie se rio.

—Tía Elena, ya sabes por qué.

Aprovechando el semáforo en rojo, Elena la miró y se encogió de hombros de manera exagerada.

—¿Qué quieres decir?

La niña soltó una risita y puso los ojos en blanco.

—Porque es mi cumpleaños, sabelotodo.

—¿Sabelotodo? —Elena se llevó una mano al pecho, como si la hubieran herido de muerte—. A mí nunca me llamas así, solo a Martín.

—Eso es porque generalmente se comporta como un sabelotodo.

—Ok, Ok. Se acabaron los juegos. Feliz cumpleaños, cariño.

No acababa de creer que Natalie tuviera ya diez años. Que estuviera tan cerca de la edad de la más joven de las víctimas del caso del Asesino de los Números, que venía absorbiendo cada minuto de su vida desde que seis meses atrás comenzara a realizar las entrevistas de la última temporada de «Justicia en el aire». A duras penas lograba cerrar los ojos y no ver el rostro de aquellas niñas, los mismos que se alineaban en la pared de su estudio de grabación. Natalie era lo más parecido a una hija que tenía; imaginársela en el lugar de la más joven de las víctimas del A. N. le provocó un acceso de rabia que la dejó mareada. De no ser por Natalie, resultaba bastante probable que Elena nunca hubiera puesto en marcha el podcast. Si no supiera qué es querer a una niña por encima de todo, quizá nunca habría comenzado a cazar a los monstruos que les hacen daño.

Elena se inclinó y le estampó a Natalie un sonoro beso en la frente en el mismo momento en que el semáforo se ponía en verde.

—¿Hiciste algo divertido por tu cumple?

—Me cantaron feliz cumpleaños en clase, y me dejaron que trajera galletas para todos —dijo Natalie mientras jugueteaba con una de sus trenzas de color rubio oscuro—. Y quedé en tercer lugar en estilo libre.

—No me pondría el traje de baño con este tiempo ni aunque me pagaran.

—Si dejáramos de nadar cuando hace frío, solo nadaríamos tres meses al año —repuso Natalie mientras se estacionaban delante de la casa de Elena—. Además, ahí dentro estamos como a veinticinco grados.

—Me quedo con los lagos en verano, pero estoy orgullosa de que lo hayas hecho tan bien —contestó Elena.

Al salir del coche notó la brusquedad del viento en la piel, y echó un vistazo para asegurarse de que Natalie avanzara con cuidado por el resbaladizo camino de acceso. Tomó nota mentalmente de que debía pedirle a Martín que dentro de un rato tirara un poco más de sal al pavimento.

—¡Mmm! —soltó Natalie al entrar por la puerta.

Al captar aquel aroma cálido y especiado, a Elena

también se le hizo agua la boca. Guiadas por el olfato, las dos se dirigieron a la cocina, donde Martín hacía girar un molinillo de sal encima de la olla que hervía a fuego lento sobre el fogón. Llevaba puesto su delantal de flores favorito y estaba cocinando su propia versión de unos espaguetis con albóndigas: la carne era una mezcla de ternera y chorizo picado, y la salsa llevaba una pizca de chile picante. Era el plato preferido de Natalie.

—¡Eh, cumpleañera! —Martín dejó caer el cucharón dentro de la olla y abrió los brazos para atrapar a Natalie, que corrió hacia él y soltó un chillido cuando la levantó por los aires para darle el abrazo de oso marca de la casa. Dieron una vuelta sobre sí mismos y él la dejó sobre la barra, sacó el cucharón de la olla y sopló en él antes de ofrecérselo a la niña—. ¿Quiere darle el visto bueno, *señorita*?[1]

Natalie probó el contenido del cucharón y se le iluminaron los ojos.

—Creo que es su mejor trabajo, *señor*.

Martín volvió a dejarla en el suelo y señaló hacia el cajón de la cubertería.

—Ya sé que es tu cumpleaños, pero ¿te importaría poner la mesa? Tu madre debe de estar a punto de llegar.

En cuanto la niña juntó los cubiertos y salió de la cocina, Martín volteó hacia Elena con una sonrisa. Algunos mechones de su cabello, crespo y moreno, sobresalían puntiagudos en ángulos azarosos; cuando no lo tenía cubierto por el gorro quirúrgico del trabajo, siempre se estaba pasando la mano por él. Sin dejar de revolver el contenido de la olla, inclinó el cuerpo de lado y le dio un cálido beso.

—Tiene un olor delicioso. —Elena se giró para servirse un vaso de vino tinto.

1. En español en el original. En adelante, las palabras en cursiva indicarán lo mismo. *(N. del t.)*

—Gracias. ¿Cómo estás, *mi vida*? —preguntó Martín.

Elena recordó la primera vez que él la llamó así delante de Natalie, el año anterior, después de que la niña hubiera comenzado las clases de español. Elena no lo había estudiado hasta llegar al bachillerato, y Martín ya hablaba inglés de manera fluida cuando se conocieron; pero, de todos modos, después de su primera cita, Elena desenterró el viejo libro de texto con el que había estudiado español en la universidad. No quería perderse ninguna conversación cuando fuera a Monterrey a conocer a la familia de Martín. Y, dada la elevada población de inmigrantes procedentes de México y de Centroamérica que había en Minnesota, también le vino de perlas para el trabajo. Pero la elegante escuela primaria a la que iba Natalie dejaba que los niños comenzaran a estudiar español en tercero, así que la niña entendió lo que Martín quiso decir al llamar a Elena *mi vida*.

—¿Por qué le dices que es tu vida? —preguntó Natalie—. ¿Es porque no podrías vivir sin ella?

Elena esperaba que le contara que era un término cariñoso muy común en la zona de México de la que procedía, sobre todo entre los hombres y sus esposas, pero en su lugar Martín le dirigió una mirada y contestó:

—No. Es porque, cuando la conocí, Elena me hizo ver que paso demasiado tiempo rodeado de muerte. Y ella me ayuda a recordar que tengo que disfrutar de la vida.

Aquel día se mostró especialmente romántico, y eso que, en lo que se refería al romanticismo, Martín era muy bueno comparado con la mayoría de los hombres.

—Elena... —Su voz la devolvió al presente.

—Estoy bien —dijo ella, consciente de que su sonrisa forzada no iba a engañarlo—. No puedo creer que Natalie tenga diez años. Es como si hubiera sido ayer cuando esa niña delgaducha de cuatro años llamó de repente a mi puerta. —Elena parpadeó para deshacerse de las lágrimas y tomó un trago de vino.

Martín dejó el cucharón y la atrajo hacia sus brazos.

—Esta investigación te está afectando, ¿verdad? —preguntó mientras le masajeaba la espalda en círculos.

Elena se puso tensa.

—Estoy bien —repitió.

Él se apartó para buscar su mirada.

—Ya sé que estás bien.

Elena tuvo la impresión de que él deseaba añadir algo más, pero en su lugar se limitó a asentir y regresó de nuevo hacia el fogón.

En el momento en que Natalie volvía a entrar en la cocina para buscar los platos sonó el timbre de la puerta.

—Yo voy —dijo Elena.

—Qué frío, por Dios —exclamó Sash, temblorosa, mientras Elena cerraba la puerta a su espalda. Sash golpeó las botas contra el tapete del recibidor y se las quitó, con cuidado de no pisar la nieve a medio derretir que había caído sobre la alfombra.

—Mi padre solía decir que este clima es de los que te dejan la lengua pegada al paladar —comentó Elena, sorprendida por la súbita aparición de aquel recuerdo. Llevaba siglos sin pensar en su padre—. Ya sabes, por los chicos tontos que se desafían a lamer algo metálico en invierno y a los que luego se les queda la lengua pegada.

Al reírse, Sash inclinó la cabeza hacia atrás y sus enormes aretes de aro reflejaron la luz. Después de desenrollarse la bufanda, se quitó el gorro de color violeta y dejó ambas prendas sobre el banquito que había junto a la puerta. Había vuelto a rasurarse la cabeza en algún momento de los dos días anteriores, y se había dejado solo un poco que hacía destacar la delicadeza de sus rasgos. Era una imagen extraña para una abogada de un gran bufete y eso hacía que la gente a menudo la subestimara, razón por la cual resultaba más excitante que después ella los aniquilara ante el tribunal.

—Muy buena. La usaré.

Elena se dirigió al comedor seguida de Sash. Al pasar junto al espejo del pasillo, este le recordó que ese día no se había bañado ni había hecho nada con su pelo. Había estado encerrada en el estudio hasta el mismo momento en que tuvo que ir a buscar a Natalie.

—¿Alguna pista nueva sobre el A. N.? —susurró Sash.

Elena se detuvo. Al margen de la investigación no solía salir demasiado de casa, y la mayoría de los familiares y testigos a los que entrevistaba jamás decían su nombre. Era inquietante oír a alguien pronunciando las iniciales que llevaban meses dando vueltas por su cabeza, como si se tratara de un eco que en vez de desvanecerse volviera a sonar con fuerza.

—Nada nuevo —repuso, mirando a su amiga por encima del hombro—. Aún es demasiado pronto.

Sash sonrió.

—Un par de socios estuvieron hablando del caso durante la reunión de hoy en el bufete. Estoy segura de que esta será tu mejor temporada.

Elena asintió mientras intentaba mantener una expresión neutra. Durante las temporadas anteriores del podcast había sentido la presión para que solucionara los casos no resueltos que investigaba, pero nada era comparable a aquello. Habían transcurrido unas pocas semanas desde que emitió el primer episodio, pero ya sabía que aquel caso iba a ser diferente. Su charola de entrada estaba repleta de comentarios, teorías y críticas —no solo de oyentes del medio oeste, sino también de Australia, Indonesia, Inglaterra y Holanda—. Tenía la sensación de que el mundo entero la observaba.

Pero estaba capacitada para hacerlo. Todos los casos en los que había trabajado con anterioridad —los niños problemáticos del Servicio de Protección de Menores y las cuatro temporadas precedentes del podcast— habían sido los cimientos, las escalas que tuvo que practicar para poder construir algo más complejo. El A. N. era su obra maestra.

—Estás pálida. —Sash la tomó del brazo con suavidad, la detuvo antes de entrar al comedor—. Mierda, lo siento, Elena. Seguramente ya estarás bastante nerviosa sin necesidad de que venga yo a contarte lo importante que es este caso.

—No, no pasa nada. O sea, siempre he sabido que el podcast iba a ser el centro de atención de algo muy grande. Es solo que nunca anticipé que fuera a serlo tanto. —Elena miró a su amiga a los ojos mientras se clavaba las uñas en la palma de la mano—. Mi productora y yo estamos viendo un montón de movimiento online, los oyentes nos plantean sus ideas y teorías en las redes, pero aún no hay nada concreto. Sé que han sido unas pocas semanas, pero tengo la sensación de que les estoy fallando.

—A las chicas de la pared —dijo Sash. Aparte de Martín, Sash era la única persona a la que Elena dejaba entrar en el estudio del piso de arriba—. No les estás fallando, Elena. Estás honrando su memoria. Estás contando sus historias e intentando que se les haga justicia. Eres demasiado dura contigo misma.

Antes de que Elena pudiera contestar, la puerta del comedor se abrió de golpe y Natalie asomó la cabeza.

—¿Vienen o no, chicas? Me estoy muriendo de hambre.

Sash le dirigió una sonrisa a Elena, le apretó el brazo de nuevo y las dos siguieron a Natalie hacia el interior de la sala, donde Martín estaba ya sirviendo la comida.

—¿Qué tal has pasado el cumpleaños, cariño? —preguntó Sash mientras le daba un abrazo a su hija.

—Bien. Gracias por salir antes del trabajo —contestó Natalie.

—¿Y cómo no? ¿Crees que me perdería esto?

Si Elena no conociera tan bien a Sash, quizá se hubiera perdido la sombra que atravesó el rostro de su amiga. Que algunas noches Sash se quedara trabajando hasta tan tarde era un tema delicado entre ella y Natalie. Pero siempre estaba allí para los acontecimientos importantes de verdad, y, ahora que trabajaba en casa a horario completo, Elena podía ayudar llenando huecos. Llevarla a las competencias de natación, recogerla a la salida de las clases de piano, incluso ejercer de acompañante durante alguna excursión ocasional. Llegado ese punto, Elena estaba a medio camino entre una tía muy involucrada y una niñera que llegó de la nada, aunque Sash insistía en que era más bien una segunda madre a la que Natalie había adoptado. De la manera que fuera, le encantaba ese papel.

Sash jaló la silla contigua a la de Natalie y levantó los brazos como si fuera un maestro de ceremonias que se dispusiera a anunciar la siguiente actuación:

—Damas, caballeros y personas de género no binario: hoy se cumplen diez años de un suceso notable. —Las mangas de su blusa drapeada barrieron la superficie de la mesa, evitando por poco la salsa de los espaguetis—. Mi hija, la inigualable Natalie Hunter, vino a este mundo con el tamaño de un burrito de chipotle y graznando como un cuervo.

Natalie soltó una risita y se tapó la cara con las manos.

—Sé que las cosas no siempre han sido fáciles, sobre todo en tus primeros años de vida, cuando no paramos de movernos de un lado para el otro. Pero me alegro de que ahora estemos aquí, y me alegra que puedas celebrar los diez años con tu familia. —Sash miró hacia Elena, pero a esta le costó identificar su expresión a través de las lágrimas. Seguía emocionándose cada vez que Sash decía de ella que era de la familia. Además de Martín y de sus suegros, Sash y Natalie eran la única familia que tenía.

Natalie se inclinó hacia delante para mirar el plato de comida que se enfriaba frente a ella.

—Vamos, vamos, que tengo hambre.

Todos se rieron, y Sash levantó su vaso.

—Está bien. Una madre que hace un discurso el día del décimo cumpleaños de su hija, que la lleven a juicio... ¡Por Natalie!

—¡Por Natalie! —repitieron Martín y Elena a la vez que levantaban sus vasos de vino.

Chocaron sus vasos de refresco con el de Natalie y empezaron a comer.

—¿Cómo te fue hoy, Sash? —preguntó Elena mientras enroscaba la pasta en el tenedor.

Sash tomó un trago de vino.

—No estuvo mal. Pero esta fusión en la que estoy trabajando acabará con mi alma. Los dos presidentes ejecutivos siguen haciendo como que todo es de color de rosa en las reuniones de sus respectivas juntas directivas, pero ya no logro que se sienten a una misma mesa para negociar. Uno de los tipos dijo algo sobre el *swing* del otro jugando al golf, y de repente un contrato multimillonario está en la cuerda floja. Y dicen que las mujeres se dejan llevar por sus emociones...

Martín resopló con la boca llena de pasta.

—¿Qué hay de ti, Martín? ¿Cómo va la vida rodeado de embutidos? —preguntó Sash, que pronunciaba su nombre correctamente, con el acento en la segunda sílaba, en vez de usar la fórmula anglosajona que intentaban usar otros conocidos más vagos.

Él levantó el tenedor, en el que había ensartado un jitomate cherry.

—Oh, ya sabes, bastante atareada. En esta época del año cuesta sacarse los cuerpos de encima al ritmo necesario.

—¡Martín! —dijo Elena.

Él elevó los brazos con las palmas hacia fuera, en la clásica actitud de inocencia.

—¡Lo siento! Tampoco es que ignoren a qué me dedico.

—Sí, Elena, tampoco es que ignore a qué se dedica. —Natalie bebió un trago de agua y sonrió—. Algún día también quiero ser médica forense.

Elena negó con la cabeza y miró con los ojos entrecerrados a su mejor amiga. Algunas semanas atrás, Sash le había confesado que Natalie se había enamorado de manera inocente de Martín, aunque para entonces ya era algo evidente. Un mes antes había dejado de repente de llamarlo «chavo», insistía en dirigirse a él por su nombre y vivía pendiente de cada una de sus palabras. Sash le había echado la culpa a la pubertad. Habían transcurrido algunos años desde que Elena hizo su maestría en Psicología Infantil, pero, en términos de desarrollo, que una niña de diez años se enamorara del único hombre adulto que tenía cerca resultaba bastante normal.

Aunque debía saber que lo observaban divertidas, Martín ignoró a Sash y a Elena, y se puso a conversar animadamente con Natalie sobre cómo podía desarrollar una carrera en la patología forense.

—Creo que serías una gran médica forense —dijo—. Pero tendrás que mejorar tus dotes con el cuchillo. Aún no se me han curado las heridas de la última vez que me ayudaste a trocear los pimientos para las fajitas. —Levantó el pulgar para mostrar el pequeño cuarto creciente de color rosa que desfiguraba su piel morena.

Ella le dio un empujón en el brazo y se sonrojó.

—Eso es de hace dos años, y ya me disculpé un millón de veces. Eres un tonto.

Martín se llevó la mano al pecho mientras abría mucho la boca, haciéndose el ofendido.

—*¡Cómo te atreves!* Pero supongo que tienes razón. En mi profesión no existe el riesgo de que alguien se desangre si tu hoja yerra el blanco de vez en cuando. Estoy seguro de que te irá bien.

Elena se rio, pero, al ver interactuar a su marido con Natalie, un asomo de tristeza recorrió su interior. Le costaba dejar de preguntarse por el tipo de padre que habría sido Martín. Sash y Elena se conocieron durante la época en que esta última y Martín intentaron con mayor ahínco que ella se quedara embarazada, cuando se mudaron a la casa nueva al otro lado de la calle a fin de ganar espacio para lo que —estaban seguros— serían al menos un par de niños. Todas las chicas fértiles y resplandecientes con las que Elena había ido al colegio parecían quedarse embarazadas con solo pensar en ello, así que fue un alivio que Sash se mostrara tan sincera acerca de su propia experiencia con la fecundación in vitro. Nunca le habían interesado ni el sexo ni los romances, pero siempre había querido ser madre, así que tomó el camino de las inyecciones y las probetas. Cuando Elena le habló de sus propios tratamientos de fertilidad, se consolaron la una a la otra por la pesadilla de ansiedad que implicaba tratar de quedarse embarazada recurriendo a la ciencia (aunque a Sash le gustaba decir en broma que la idea de quedarse embarazada de la otra manera le generaba mucha más ansiedad).

No obstante, después de pasarse años intentándolo, Elena no pudo seguir sometiendo su cuerpo al estrés y a las hormonas. Con Martín, acabaron aceptando que no estaban destinados a ser padres. En ese momento estaban ya tan unidos a Natalie que el dolor de su desenlace se vio atenuado..., al menos un poco.

—Sabes que para ser médica forense tendrás que ir a un montón de clases de ciencia, ¿verdad, cariño? —dijo Sash—. Y es posible que tengas que superar tu miedo a las agujas.

Natalie sacó la barbilla.

—Puedo hacerlo.

Elena se llevó la comida a la boca para esconder una sonrisa. Natalie era el tipo de niña que siempre se estaba entusiasmando con algo nuevo. Seis meses atrás se interesó por los derechos de los animales: encontró un video en YouTube y juró que no comería carne durante el resto de su vida. No pasaba un solo día sin que hablara de jaulas o de picanas para el ganado. Y entonces, un día, Elena fue a su casa y la encontró comiéndose una hamburguesa y debatiendo sobre el cambio climático. La mayoría del tiempo se interesaba por otra cosa al cabo de pocos meses, pero lo único a lo que había permanecido apegada era la religión. Una amiga de la escuela le había dado una Biblia un par de años antes, y desde entonces las dos iban juntas a misa casi cada domingo. Había que reconocerle a Sash que, pese a no sentir el menor interés por la religión, jamás hubiera intentado convencer a Natalie para que se quedara en casa.

A Elena le encantaba la pasión de la niña. Sabía mejor que nadie que aquello que más te afecta e importa en la vida puede terminar convirtiéndose en una carrera profesional bastante buena. Natalie aún era demasiado pequeña como para decidirse por una sola cosa, pero acabaría haciéndolo. Elena solo tenía un año más que Natalie cuando le prendieron fuego a su existencia y un sendero ardiente e inequívoco se desplegó ante ella.

Ese recuerdo hizo que se acordara de los rostros sobre la pared de su estudio, todos esos futuros juveniles que se habían extinguido, y de repente se echó atrás en la silla y parpadeó con fuerza para librarse de las imágenes grabadas a fuego en su mente. Tomó un trago de vino y paseó la mirada por la mesa. Sash y Natalie no parecían haberse dado cuenta, pero Martín la observaba con una ceja arqueada a modo de interrogación silenciosa. Elena asintió una sola vez y volvió a agarrar el tenedor.

Cuando acabaron de comer, Sash se puso en pie y comenzó a recoger los platos vacíos.

—Oh, Sash, estate quieta. —Martín se puso también en pie e intentó arrebatarle los platos.

—Relájate, Martín, no pienso lavarlos ni nada por el

estilo. Natalie puede hacerlo... Considérenlo una forma de pago por el dinero que se gastan en gasolina llevándola de un lado al otro mientras yo estoy en el trabajo.

—Eh, el placer de mi compañía es pago suficiente —dijo Natalie, pasándose la trenza por encima del hombro.

Martín estalló en una risotada y Sash gritó el nombre de su hija desde la cocina. Apartando las imágenes de su mente, Elena se rio también.

En el momento en que se ponía en pie para ayudar a Sash a recoger, el celular vibró en el interior de su bolsillo. Elena salió al pasillo y miró la pantalla. Había docenas de notificaciones de correo procedentes de la cuenta del programa. Ignoró las alertas de sus redes sociales, ya se ocuparía de ellas más tarde. La mayoría de los encabezados pertenecían al menú estándar, pero uno de ellos sobresalía como una errata en una valla publicitaria: «Sé quién es».

3

Podcast «Justicia en el aire»

5 de diciembre de 2019
Transcripción: temporada 5, episodio 1

ELENA:
¿Qué pasó después de que la prensa enloqueciera con el mote del A. N.?

SYKES:
Apenas teníamos algo con lo que seguir adelante, no había pruebas físicas. Por entonces no existían programas como *CSI* o *La ley y el orden: Unidad de víctimas especiales*, así que la mayoría de la gente no estaba al corriente de todo lo que se puede conseguir con el ADN. Aun así, de algún modo el tipo había conseguido no dejar ningún resto de su persona durante los crímenes. Eso nos hizo pensar que quizá tuviera algún tipo de formación científica o médica.

ELENA:
O que se trataba de un policía.

SYKES:
Era otra opción, sí. En cualquier caso, no fuimos capaces

de encontrar nada que nos ayudara a impedir que sucediera lo inevitable. Pocas horas después de relacionar el asesinato de Isabelle con los casos de 1996 descubrimos quién iba a ser con toda probabilidad la siguiente víctima: Vanessa Childs, una chica de diecisiete años que había desaparecido tres días antes mientras sacaba la basura del restaurante de comida rápida en el que trabajaba. Cuando les comentamos nuestras sospechas a sus padres, estos se mostraron comprensiblemente consternados.

VOZ EN *OFF* DE ELENA:
Esperar a que alguien aparezca muerto genera un tipo especial de impotencia. La familia de Vanessa tenía la esperanza de que la policía se hubiera equivocado al establecer aquella conexión, pero los plazos eran demasiado precisos. Y entonces, durante la tarde del mismo día en que se encontró el cuerpo de Isabelle, una nueva chica desapareció. Tamera Smith, de dieciséis años, una prometedora jugadora de básquetbol y estudiante de honor, se esfumó mientras realizaba el corto trayecto que había entre su escuela y el gimnasio.

Los detectives prosiguieron con su búsqueda de sospechosos. Los resultados del laboratorio llegaron a toda prisa, pero no se encontró ningún resto de ADN masculino en el cuerpo de Isabelle. No tenían nada con lo que continuar trabajando. Para entonces, la noticia ya estaba en todos los boletines, y las ventas de aerosoles de gas pimienta y de pistolas se dispararon. Todo el mundo estaba a la espera de que desapareciera una nueva chica; todo el mundo estaba decidido a no ser esa chica. Según se dice, el alcalde de Minneapolis consideró la posibilidad de instaurar un toque de queda, pero le dijeron que con ello transmitiría un mensaje equivocado: que las mujeres eran culpables de la situación.

La familia de Vanessa organizó búsquedas en los

parques y en las áreas forestales que rodean el barrio residencial de Roseville, donde se le había visto por última vez, pero fue infructuoso. Tres días después, cuando se cumplía una semana de su secuestro, su cuerpo apareció entre unos matorrales a orillas del Bde Maka Ska. El ayuntamiento apenas había tenido tiempo de respirar cuando los padres de Tamera acudieron a la prensa, convencidos de que su hija iba a ser la siguiente y de que la policía no estaba haciendo lo suficiente para evitarlo.

[Sonido ambiente: un teléfono suena tres veces.]

ANÓNIMA:
¿Sí?

ELENA:
Hola, ¿hablo con [pitido]?

ANÓNIMA:
¿Quién es?

ELENA:
Hola, me llamo Elena Castillo y estoy investigando el caso del Asesino de los Números. Esperaba poder hablar con usted acerca...

ANÓNIMA:
¿Es usted detective?

ELENA:
No.

ANÓNIMA:
No hablo con periodistas.

ELENA:

Bueno, en realidad tampoco soy periodista.

ANÓNIMA:

Entonces, ¿qué demonios es usted?

ELENA:

Soy una investigadora independiente especializada en casos sin resolver de crímenes contra la infancia. Divulgo mi trabajo a través de un podcast.

ANÓNIMA:

¿Un qué?

VOZ EN *OFF* DE ELENA:

Me llevó un rato explicarle el concepto de podcast, en especial el de un podcast de investigación, pero al final logré convencerla. Mantengo su anonimato porque resultó evidente que no deseaba que se la asociara con este caso. En aras de una mayor claridad le pregunté si podía llamarla Susan, y ella estuvo de acuerdo.

ELENA:

Bueno, ¿puede contarme cómo se vio involucrada en el caso del Asesino de los Números?

SUSAN:

Me vi involucrada por meter la nariz donde no debía, y llevo veinte años arrepintiéndome de esa decisión.

ELENA:

¿Me puede explicar qué quiso decir con eso?

SUSAN:

Fue en 1997, después de que la segunda chica apareciera muerta. Llevaba días fijándome en que mi marido actuaba de una manera extraña. Volvía a casa, desaliñado e inquieto, mucho rato después de la hora a la que yo lo esperaba. Al principio pensé que estaba teniendo una aventura, pero eso no explicaba la tierra.

ELENA:
¿Tierra?

SUSAN:
Sí, llevaba los pantalones hechos una porquería, como si hubiera estado de rodillas en un jardín o algo así, solo que estábamos en pleno invierno. Tenía que lavar sus *jeans* dos veces para que quedaran limpios. Entonces, una noche estábamos viendo la televisión juntos, y en las noticias se pusieron a hablar de aquel asesino en serie; pensaban que había matado a dos chicas el año anterior y parecía que había regresado. Jimmy se había quedado medio dormido, pero en el momento en que dieron esa información se incorporó como si un enchufe estropeado le hubiera dado un calambrazo. No dijo nada, se quedó con la mirada fija en el televisor hasta que pasaron a otra cosa. Me dejó con los pelos de punta.

Así que esa noche me puse a pensar y a consultar un viejo calendario, y me di cuenta de que el año anterior Jimmy me había dicho que se iba de viaje de trabajo justo en el período durante el que mataron a esas pobres chicas. No me pude quitar de encima la sensación de que podría tratarse de él.

ELENA:
¿Qué hizo usted entonces?

SUSAN:
Aunque parezca increíble, al principio consideré la posibilidad de no decir nada. A ver, tenía solo veintitrés años. Mi marido tenía veintisiete. Éramos jóvenes, y yo estaba

enamorada. No pensaba que pudiera haber hecho algo así, pero la coincidencia era... sorprendente. Así que ordené mis notas y le hice una visita al detective que llevaba el caso.

VOZ EN *OFF* DE ELENA:
El detective Sykes se encontraba en esa fase complicada en la que hay demasiadas pistas y muy poco tiempo, así que, cuando Susan se presentó con todos los argumentos por los que el asesino podía ser su marido, en un primer momento no le prestó atención. La mujer estaba a mitad de camino de su coche cuando él ojeó sus notas y salió corriendo tras ella. Jimmy, el marido de Susan, se convirtió en el primer gran sospechoso del detective Sykes... Una pista sólida después de todo ese tiempo.

SYKES:
¿Ha oído hablar de las sirenas de la mitología griega, esas mujeres de hermosa voz que atraen a los marineros hacia las rocas para asesinarlos? Bueno, [pitido] era buena chica, pero creo que en lo más profundo de su ser tenía algo de sirena. Por supuesto, en primer lugar fue culpa mía. Cuando Tamera desapareció, yo estaba tan desesperado por tener algo que contarles a los padres de la chica que quise escucharla. Y no se equivocaba: el marco temporal de los asesinatos cuadraba con las ausencias injustificadas de su marido. Pero eso era todo. Así que organicé una partida para que siguiera a aquel tipo las veinticuatro horas del día durante los dos días siguientes, y ver si así nos conducía al lugar en el que tenía retenida a la chica. Suponíamos que el A. N. visitaba a sus víctimas durante los siete días en que las tenía secuestradas. Es posible que incluso las tuviera en su casa, ya que encontramos pruebas en los cuerpos de Isabelle y Vanessa que indicaban que las había obligado a realizar algunas faenas domésticas mientras permanecieron cautivas.

Aquello iba en aumento. Beverly e Isabelle no habían presentado más señales de abuso físico que los efectos del veneno y los azotes en la espalda, pero con la tríada de víctimas del A. N. en 1997 fue diferente. Tenían la piel de las manos seca y agrietada, y se encontraron en ellas productos químicos corrosivos destinados a la limpieza. Había moretones en sus piernas y ampollas en sus manos. Además de los latigazos, era evidente que el A. N. las había obligado a limpiar, probablemente durante muchas horas, pero fue imposible averiguar qué habían limpiado o dónde. Y, lo más importante, por qué.

De paso, si bien opino que el detective Sykes está en su derecho de verla como una sirena, ningún aspecto de mi entrevista con Susan me llevó a pensar que al acusar a su marido estuviera intentando manipular el caso o distraer la atención de manera intencionada. Aunque más adelante se divorció de él, es evidente que en aquel momento le amaba y que dudó muchísimo antes de dar el paso de acudir a la policía. Y no se equivocaba del todo. El seguimiento que el detective Sykes puso a Jimmy encontró una explicación razonable para su extraño comportamiento..., razonable pero no inocente.

ELENA:
Cuénteme lo que descubrió después de vigilar a Jimmy.

SYKES:
Susan tenía razón en algo: Jimmy estaba cometiendo un crimen. Trabajaba como comisionado del condado y había estado aceptando sobornos en efectivo a cambio de facilitar contratos gubernamentales a ciertas empresas. Enterraba el dinero en una propiedad rural que había comprado en efectivo, sin decirle nada a su esposa. Pensó que, en cuanto ahorrara lo suficiente, podría sorprender-

la con la casa de sus sueños y decirle que había ganado la
lotería o algo por el estilo.

ELENA:

¿Y qué hay de su reacción a la noticia sobre las chicas
asesinadas? [Pitido] dijo que se había incorporado como
si le hubieran dado una descarga eléctrica, y que no apartó la mirada de la pantalla.

SYKES:

Ah, sí, le preguntamos por eso. Al parecer estaba mirando el rótulo móvil en la parte inferior de la imagen, donde mostraban los números del mercado bursátil. Una de
las empresas en las que había invertido parte de su dinero ilícito se había hundido. Perdió una buena parte de la
inversión. Nos dijo que se quedó esperando a que los
números aparecieran de nuevo, con la esperanza de ha-
bérselos imaginado, y que no se dio cuenta de que su
esposa reparaba en su reacción.

ELENA:

Entonces, ¿nunca encontró ningún motivo para creer
que estaba involucrado en los asesinatos?

SYKES:

Ni el más mínimo, y quiero dejarlo claro. No estoy excusando sus corruptelas políticas, pero Jimmy pagó por lo
que hizo. Perdió su trabajo, su mujer lo abandonó después de que lo condenaran, y se pasó ocho años en prisión.
Es imposible que fuera el A. N.

VOZ EN *OFF* DE ELENA:

Es algo tan evidente que no debería hacer falta mencionarlo, pero las sospechas hacia Jimmy no han dejado de
circular durante las últimas dos décadas por los foros
de internet y en las referencias de la cultura popular al

caso. Algunos sabuesos cibernéticos creen que él fue el A. N. original y que un imitador lo relevó, o que desde un principio contó con un socio, que fue quien continuó su labor después de que lo mandaran a la cárcel. Dicen que ese es el motivo por el que solo hubo dos chicas aquel primer año, y también por el que las trataron de manera diferente. Quiero dejar esto claro: en los años que llevo investigando este caso, he estudiado a fondo la vida de Jimmy, y puedo afirmar con certeza absoluta que no es el A. N. No hace falta que me crean pero, si quieren ahorrase muchas horas de trabajo tratando de culpar a un hombre inocente de esos horribles crímenes, sepan que yo lo intenté y fracasé.

Lo que sí es cierto es lo siguiente: aunque el detective Sykes y su equipo actuaron de manera razonable al prestar atención a las sospechas de Susan sobre su marido, esa investigación los desvió de su rumbo. Y, mientras los agentes seguían a Jimmy desde el trabajo a su propiedad y lo veían enterrar el dinero robado, el cuerpo de Tamera Smith apareció debajo del puente Stone Arch. Igual que Isabelle y Vanessa, presentaba señales de haber realizado tareas manuales.

ELENA:

Me pregunto si me podría aclarar algo respecto al marco temporal del caso. A un montón de gente interesada en él les parece confuso. Si el A. N. secuestró a una chica cada tres días, ¿no las habría tenido a todas juntas al menos un día? ¿Una chica el primer día, dos chicas el tercer día y tres chicas el sexto día?

SYKES:

Sí, en ese momento se dio esa información equivocada, y aún hoy sigue aflorando de vez en cuando. Especialmente en los foros de internet, donde a la gente le gusta poner en tela de juicio los patrones y los números. Siempre habrá gente ahí fuera que no querrá admitir la existencia de un asesino en serie en activo. Las chicas fueron secuestradas con un mínimo de setenta y dos horas de separación: tres días enteros. Pero hay gente a la que le resulta más sencillo pensar en términos de noches. Tuvo a cada chica tres noches antes de llevarse a la siguiente.

ELENA:
Por tanto, ¿pasaban seis noches, y no siete, antes de que las asesinara?

SYKES:
Así es. Por lo general estaban muertas antes del mediodía del séptimo día.

ELENA:
De acuerdo, me fue de gran ayuda, gracias. Creo que es importante dejar claras las costumbres del asesino, y con un caso de esta envergadura, sobre el que ya se ha publicado tanta información, es bueno asegurarse de que esta sea precisa.

SYKES:
Estoy totalmente a favor de la precisión, sí. No es que sea muy habitual encontrarla en la prensa de hoy en día.

ELENA:
El único objetivo de mi programa es contar la verdad, detective. Bien, pese a que la pista sobre Jimmy no dio resultado, sí que obtuvo algo al encontrar el cuerpo de Tamera... Una pista que, pese a la obsesiva atención del A. N. por los detalles, parecía ser un error.

SYKES:
Sí, en el dobladillo de sus pantalones había una mancha que el laboratorio identificó más tarde como té.

ELENA:

Hábleme más sobre eso. Su departamento dijo que se trata de un tipo especial de Darjeeling, pero hay gente que ha expresado sus dudas sobre la posibilidad de que se pueda señalar el tipo específico de té del que procede una mancha. ¿Qué le diría a esa gente?

SYKES:

Bueno, no fue mi departamento quien lo dijo; nosotros no hicimos más que transmitir lo que nos había contado el laboratorio forense. Y lo que sabemos sobre esa muestra de té ha evolucionado con el paso del tiempo, tal y como ha mejorado la tecnología de los laboratorios. En 1997 solo fueron capaces de decirnos que se trataba de un té oolong, por la oxidación de las hojas. A partir de las partículas de té presentes en la mancha se mostraron razonablemente confiados para decir que se trataba de una infusión de hojas sueltas, y no de una bolsita. Pero el año pasado hicieron más pruebas utilizando una técnica nueva que se llama análisis directo en tiempo real, o DART en sus siglas originales, que se puede realizar sin reducir la muestra. Eso está bien porque la muestra era pequeña en un principio, y ahora ya casi ha desaparecido. Varios establecimientos de té de la zona donaron cajas de sus infusiones, y algunos hicieron listados de los ingredientes marca de la casa para que los técnicos de laboratorio los buscaran al inspeccionar la muestra. Esto ayudó al laboratorio a identificar algunos marcadores con los que comparar la mancha.

ELENA:

Sí, no quiso que la grabara, pero la doctora Forage, la bióloga forense con la que hablé, me dijo que combinaron el proceso DART con algo llamado espectrómetro de masas de alta resolución. Así fueron capaces de identificar el té en concreto que probablemente provocó la mancha, un Darjeeling de hojas sueltas bastante caro, ya que lo importan de la India y usa un proceso de fermentación patentado. Se llama Majestic Sterling.

Apunte rápido para nuestros oyentes: un experto local en tés se pasó media hora hablándome del Majestic Sterling, y estoy segura de que se sentirá decepcionado al descubrir que no he usado ningún fragmento de su entrevista. Lo lamento, pero, aunque me siento profundamente agradecida por el tiempo que me dedicó, no puedo hacerles eso. Creo que la información más importante que me transmitió, la única a la que no le faltó un hervor, perdón por el chistecito, fue esta: no se trata de un Darjeeling común y corriente a lo Celestial Seasonings. El Majestic Sterling se vende a casi un dólar el gramo.

SYKES:
Yo es que soy hombre de café, y las ciencias siempre me han superado, pero si habló con la doctora Forage, ya cuenta con la mejor información disponible. Es la principal experta de Hennepin y ella misma realizó la última ronda de análisis. Odia aparecer en los medios de comunicación, pero sabe lo que hace.

ELENA:
Según tengo entendido, que identificaran aquella sustancia como un té oolong llevó al primer gran debate entre el equipo de investigación sobre qué información se debía ofrecer al público y qué debía mantenerse en secreto. En última instancia decidieron dejar que el público lo supiera, con la esperanza de hacer que alguien que ya albergara sospechas hacia un vecino o un familiar acudiera a la policía, ¿no es así?

SYKES:
Sí, eso es correcto. Fue la primera vez en lo que a este caso se refiere que dije: «Cometimos un error». No deberíamos haberlo hecho.

VOZ EN *OFF* DE ELENA:
En el próximo episodio de «Justicia en el aire»...

4

Elena

9 de enero de 2020

Desde la puerta de la cocina, Elena les dijo a Martín y a Sash que volvería en un minuto, y salió disparada hacia su estudio.

Abrió el correo en la computadora. Contenía una única línea de texto además de su lema: un número de teléfono. Lo marcó en el celular y contuvo el aliento. Al cuarto tono, un hombre con acento mexicano dijo:

—Hola...

—Sí, hola, soy Elena Castillo, del podcast «Justicia en el aire». —Le echó un vistazo al nombre del correo—. ¿Hablo con Leo Toca?

Por un instante no hubo respuesta. Bajó la mirada al teléfono por si se había cortado la llamada, pero no..., seguía activa.

—¿Me mandó usted un correo hace unos minutos?

—Sé quién es.

A Elena le costaba respirar. «Es». Tanto en el correo como en ese momento, por teléfono, el hombre había usado el tiempo presente. Intentó que su voz sonara calmada.

—¿Cómo lo sabe?

Escupió las palabras, la urgencia hizo que le salieran como un desorden.

—Sabía que había algo raro en él, y entonces hace unos días comencé a escuchar la última temporada de su programa, y me di cuenta de que había vínculos con su caso. Estuvo en la zona donde mataron a esas chicas. Tiene en su casa ese té elegante que encontraron en la ropa de una de ellas. Estoy seguro. Tengo pruebas, pero sé que nadie me creería. Es por eso por lo que la llamé. Tiene que ayudarme antes de que sea demasiado tarde para ella.

—Leo, por favor, poco a poco. ¿Demasiado tarde para quién?

Pasaron otros segundos de silencio, y entonces:

—¿Cuándo puede reunirse conmigo?

La voz de Elena sonó ronca.

—Ahora. Ahora mismo. ¿Vive en las Twin Cities? Encontrémonos en Perkins, o un sitio parecido.

—No, yo... Por favor, tiene que venir a verme. Mi departamento está en Saint Paul. Es peligroso que salga de casa.

Elena hizo un cálculo mental rápido, sopesó los riesgos de encontrarse con un extraño en su casa frente a la posibilidad de quedarse sin lo que podría ser una pista crucial.

—¿Por qué se siente en peligro? Dígame lo que sucede. Esto es muy serio, será mejor que no juegue conmigo. —Se mordió el labio inferior, arrepentida por lo agresiva que había sonado esa última frase. Lidiar con pistas falsas formaba parte de su trabajo. Tratar con confidentes nerviosos también.

—Dentro de una hora. Reúnase conmigo dentro de una hora y le daré todo lo que necesita saber para atraparlo. —Le recitó de golpe una dirección en la avenida Hamline y colgó.

Elena se quedó unos instantes sentada ante su escritorio, con el teléfono aún pegado a la oreja. Entonces lo puso sobre la mesa y abrió el navegador de internet.

Había algunos Leo Toca con cuentas de redes sociales en la zona de las Twin Cities, pero solo dos de ellas tenían unos ajustes de privacidad lo bastante laxos como para que pudiera echarles un vistazo a sus perfiles. Una de las fotos mostraba a un abuelo rodeado de sus nietos y definitivamente no era el tipo del teléfono. El otro tenía treinta y cinco años y dos empleos de media jornada, uno como conserje en una universidad de la zona y otro como mecánico en un local de Snelling. Tras buscar en Google, una noticia del año anterior llamó su atención: el nombre de Leo aparecía junto al de su socio, Duane Grove, a raíz de una comparecencia ante el juez cuando se les acusó de dirigir un deshuesadero de automóviles robados. Fueron absueltos; el único motivo por el que habían aparecido en las noticias fue que uno de los coches que supuestamente habían vendido por piezas pertenecía a un político local. Desde el juicio, Leo parecía haber mantenido un perfil bajo.

Alguien llamó a la puerta del estudio. Elena se puso en pie, apagó la luz para ocultar las fotos de la escena del crimen que colgaban de la pared y abrió la puerta.

Natalie estaba en el vestíbulo, con los dedos entremetidos en una de sus trenzas.

—Dice mamá que es la hora del pastel. —Intentó mirar detrás de Elena, hacia la habitación a oscuras—. ¿Estás trabajando en tu podcast?

—Sí, más o menos. Lo siento, sé que no debería siendo tu cumpleaños. —Elena puso una mano sobre la coronilla de Natalie y alisó la perfecta partición de su cabello. Comenzaron a recorrer el pasillo de regreso a la sala.

—¿No te pone triste trabajar en casos en los que la gente hizo daño a niños?

Elena hizo una mueca de dolor. Natalie estaba al tanto de lo que hacía, al igual que conocía toda la información fascinante, y un tanto macabra, relativa al trabajo de Martín. Pero, del mismo modo en que nunca se le permitiría acceder a una morgue, Elena hacía todo lo posible para mantener a la niña alejada del estudio del podcast, cuyas paredes estaban llenas de fotografías de los escenarios de los crímenes y de anotaciones relacionadas con los casos. Aun así, poco podía hacer Sash para impedir que Natalie escuchara «Justicia en el aire»; su generación no tenía problemas para eludir los controles parentales y borrar sus historiales de navegación. Elena estaba bastante segura de que había escuchado por lo menos un par de episodios.

—Sí, me pone triste. Sé que las familias de esos niños los querían tanto como yo te quiero a ti, y no soporto pensar en lo que esa gente les hizo. Pero, si puedo ayudar a encontrar a los responsables y hacer que paguen por ello, creo que es algo positivo. Y eso es lo que intento hacer.

Al llegar al pie de la escalera, Natalie volteó la cabeza hacia Elena. Había en su mirada una profundidad que estaba fuera de lugar en una niña de diez años.

—¿Se te da bien?

—Eso creo. Sí, se me da bien. —Elena asintió con la cabeza.

—De acuerdo, entonces deberías seguir haciéndolo, aunque resulte duro. Eso es lo que mamá me dice siempre que me quejo por tener que hacer natación.

Elena le pasó un brazo por encima de sus delgados hombros y la atrajo hacia sí.

Entraron juntas en el comedor, donde la luz de las velas de cumpleaños titilaba sobre la mesa. Con una gran sonrisa, Sash comenzó a cantar *Feliz cumpleaños* unos tres tonos por encima de lo debido, y los demás hicieron todo lo posible por salir airosos. Todos aplaudieron cuando las diez velas se extinguieron con el soplido de la niña.

Intentando que no se le notara demasiado, Elena fue

lanzando ojeadas a su reloj en intervalos de unos pocos minutos, hasta que Sash anunció que era hora de irse, ya que al día siguiente Natalie iba a estar despierta hasta tarde. Habían cambiado la clase de piano al jueves para que el viernes la niña pudiera salir a cenar y asistir a un musical en el centro de la ciudad.

Cuando Sash y Natalie salieron bien abrigadas por la puerta, Elena tenía el tiempo justo para llegar a casa de Leo.

Subió corriendo al estudio, abrió la pequeña caja fuerte que tenía debajo del escritorio y extrajo la pistola de su interior. Se había sacado el permiso de armas después de la segunda temporada del programa, cuando el padre del sospechoso de aquel caso acudió a ella furioso y tuvieron un encontronazo. Elena contaba con pruebas de que su hijo llevaba ocho años coleccionando y compartiendo pornografía infantil, pero el tipo prefirió amenazarla a ella en vez de dirigir su rabia allí donde debía. Aquel era el único caso de los que había cubierto que seguía sin resolverse. Estaba convencida de haber reunido pruebas suficientes junto a la policía de Alexandria para que el sospechoso fuera arrestado, pero hasta el momento no había pasado nada. De todos modos, se había generado el suficiente clamor popular como para que la vida del tipo se volviera insoportable en una ciudad tan pequeña como aquella, o eso era lo que ella esperaba. Las amenazas habían ido menguando con el paso de los años, pero Elena siempre tenía su pistola cerca cuando salía a investigar algo.

—Eh, tengo que ir a hacer un recado —dijo al bajar la escalera.

Martín, sentado en el sofá, apartó la mirada del programa de repostería que estaba viendo.

—¿Adónde vas?

Elena lo rodeó con los brazos desde detrás del sofá y le dio un beso en la nuca.

—Es solo algo que tengo que comprobar para el podcast. Debería estar de vuelta dentro de una hora.

—¿Quieres que te acompañe?

—No... Estuviste trabajando todo el día. Pero gracias.

—De acuerdo —dijo él con un parpadeo perezoso. Ya parecía estar medio dormido. Cuando volviera a casa, Elena se lo encontraría frito allí mismo, donde estaba sentado en ese momento.

Le sonrió y le dio otro beso. Después de abrigarse bien salió al gélido aire nocturno.

Tardó unos quince minutos en llegar al departamento de Leo en Falcon Heights. El hombre vivía en un viejo edificio de tres pisos sin ascensor, y Elena llegó a lo alto de la escalera jadeando y con el abrigo desabrochado. Su rutina de ejercicios había fracasado desde que comenzó a trabajar desde casa. Tras recuperar el aliento, llamó a la puerta de Leo y esta se abrió unos tres o cuatro centímetros con un chirrido. No estaba cerrada con llave.

—Hola... —dijo Elena en voz alta, y llamó de nuevo—. ¿Leo Toca?

—¿Es la policía? ¡No dispare! —gritó alguien desde dentro.

Elena se aferró a la empuñadura de la pistola, pero no la sacó de la funda que llevaba en la cadera.

—¡No soy la policía! —gritó, y acto seguido se dio cuenta de que quizá no fuera muy inteligente dejar que el hombre lo supiera. Pero ya era demasiado tarde. Inspiró hondo y empujó la puerta para que se abriera del todo.

Había un hombre en cuclillas en el suelo, las manos cubiertas de sangre, inclinado sobre un cuerpo.

Elena se quedó paralizada, con la boca abierta. El hombre en cuclillas levantó la mirada hacia ella, pálido por la conmoción. Elena lo reconoció en ese momento por la fotografía en la noticia de Google: era Duane

Grove, el socio de Leo Toca en el supuesto deshuesadero de coches.

Al fin recuperó la voz.

—¿Lo mató?

—¡No! —gritó el hombre, y a continuación, a un volumen más bajo—: No... vine solamente a pedirle prestada una cosa, y me lo encontré así.

—Voy a entrar. —Apretó con fuerza su Ruger y abrió mucho los ojos, sin parpadear y sin dejar de mirar a Duane, a la espera de cualquier movimiento repentino—. ¿Respira?

Duane tomó una inspiración temblorosa, levantó las manos sobre su cabeza al reparar en la pistola.

—No, creo que no. Me lo encontré así, lo juro.

La víctima yacía en el suelo sobre su espalda, los ojos de color café desorbitados y fijos en el techo. No necesitaba tomarle el pulso, pero, cuando lo hizo y sintió la quietud bajo las yemas de sus dedos, lanzó una maldición.

Le habían disparado a quemarropa, alrededor del agujero de su frente había quedado una marca de quemadura. Elena nunca había visto a la víctima de un crimen en persona —solo en fotos—, así que no podía saber si todas tenían ese aspecto. Pero la expresión de su rostro era incontestable.

Leo Toca tenía todo el aspecto de haber visto llegar a su agresor y de no haber podido creer de quién se trataba.

—Está muerto.

En cuanto Elena dijo esas palabras, Duane Grove se largó apresuradamente del departamento sin que ella pudiera evitarlo. Se sentó y se quedó mirando el cuerpo durante algunos minutos antes de conseguir que sus miembros se pusieran en movimiento.

Al fin los dedos dejaron de temblarle lo suficiente

como para poder llamar al 911. Tras proporcionarles todos los detalles y saber que habían enviado a un agente, Elena le mandó un mensaje a su vieja amiga Ayaan Bishar. Al pertenecer a la División de Delitos Contra Menores, lo más probable era que Ayaan no fuera a desempeñar ningún papel en la investigación de ese caso. Pero era mejor que supiera que Elena se había involucrado sin querer en otro caso del Departamento de Policía de Minneapolis.

Se quedó aferrada al teléfono, incapaz de apartar la mirada del rostro cada vez más grisáceo de Leo.

«Me da la sensación de que hasta ahora todas las decisiones de tu vida las han tomado otros».

Las palabras que el doctor Swedberg le había dicho casi un año atrás resonaron en la cabeza de Elena mientras observaba el cuerpo. A lo largo de su vida había visto a cinco terapeutas, pero por algún motivo el doctor Swedberg había logrado abrirse camino a través de sus recelos e iluminar una parte de su mente que llevaba mucho tiempo oculta entre las sombras. Aquel fue el día en el que su futuro dejó de presentarse borroso y volvió a percibirlo con claridad. Fue el día en el que decidió que tenía que dejar de esperar a que otras personas repararan las piezas rotas del interior de su ser.

Fue el día en el que Elena decidió que el del A. N. sería su siguiente caso.

En aquel momento, desplomada en el suelo delante de ella había otra elección que no había realizado, otra mala decisión ajena que había trastocado sus planes... y que se había llevado la vida de Leo Toca.

Consciente de que los servicios de emergencia llegarían al departamento en cualquier instante, Elena se puso en movimiento. El hogar de Leo estaba amueblado con austeridad: un sofá cama, una mesa de comer poco firme con dos sillas que no hacían juego entre sí, y una cocina desnuda con platos de papel y cubiertos de plástico y un bote de basura vacío. No había señales de una computadora ni de una impresora, ni alguna mochila a la vista. Eso le dejaba un único lugar en el que buscar, y podría dar motivo a que la arrestaran. Pero si Leo, en efecto, había tenido alguna idea sobre la identidad del A. N. y disponía de pruebas que lo demostraran, ella tenía que saberlo.

Miró por encima del hombro hacia la puerta del departamento, que seguía entornada; se agachó junto al cuerpo de Leo y sacó un bolígrafo de la bolsa de su laptop. Lo insertó en el bolsillo izquierdo de los *jeans* del hombre y levantó con cuidado la tela mientras se inclinaba para mirar en su interior. Nada. El sonido de una sirena lejana hizo que se le acelerara el pulso. Se apresuró a rodear el cuerpo hacia su lado derecho y repitió la operación. Un pedazo de plástico oscuro destacaba contra el interior blanco del bolsillo. Notó que las yemas de los dedos se le entumecían y se mostraban torpes en su intento por usar el bolígrafo para impulsar el objeto hacia fuera y lograr que cayera al suelo. Elena miró a su alrededor. No podía robar esa USB. Sería demasiado, incluso para ella. Llevaba dos años estableciendo una relación de confianza con el Departamento de Policía de Minneapolis; no podía romperla. La sirena se acercaba cada vez más.

Se puso en pie y fue corriendo al dormitorio, en busca de una computadora. Había un pequeño escritorio pegado a la ventana al otro lado de una cama individual, pero sobre él no descansaba ninguna computadora ni laptop. Abrió los cajones del escritorio, deslizó las manos por debajo de la almohada, miró en el clóset... nada.

—Mierda —espetó.

Regresó a la habitación principal y se dirigió rápidamente hacia el cuerpo. Unos pasos ruidosos se acercaban por la escalera. Sirviéndose de un pañuelo de papel limpio de la caja que había sobre la barra, agarró la memoria USB y con manos temblorosas la devolvió al bolsillo de Leo.

Estaba en pie, sonrojada y con las manos en el aire

cuando un detective de cabello café rizado irrumpió por la puerta. Llevaba la pistola en la mano, pero no apuntó hacia ella.

—Me llamo Elena Castillo —dijo ella—. Fui yo quien les llamó.

—Detective Sam Hyde. ¿Está sola? —preguntó mientras otra agente, una mujer blanca con el cabello rubio con fijador y recogido en una cola de caballo, entraba en la habitación y se dirigía directamente hacia el cuerpo de Leo para examinarlo.

—Ahora sí. Cuando llegué había otro hombre, justo al lado del cadáver. Creo que era Duane Grove, el socio comercial de la víctima. —Elena explicó deprisa la escueta conversación que había mantenido con ese tipo, incluyendo el hecho de que Duane había dicho que a Leo ya le habían disparado cuando él llegó, y que pareció consternado cuando ella le confirmó que estaba muerto. No mencionó la memoria USB del bolsillo del cadáver. Ayaan quizá no la acusaría de perturbar la escena de un crimen, pero no lo tenía tan claro con el detective Hyde.

—¿Está armada? —preguntó este cuando ella acabó de hablar.

Elena asintió con la cabeza en dirección a su cadera derecha.

—Sí, tengo un permiso de armas para mi Ruger LCP II. Puede agarrarla si eso hace que se sienta más cómodo.

El detective asintió, y un ligero rubor le subió a las mejillas mientras le abría la chamarra hacia un lado y le sacaba la pistola de la cartuchera. Sin ninguna ceremonia, le extrajo el cargador y se lo metió junto a la pistola en el bolsillo del abrigo.

—Lo siento, es el reglamento. Se la devolverán luego. La comandante Bishar responde por usted; llamó cuando venía de camino.

—Sí, nos conocimos cuando yo estaba en Protección de Menores. Y trabajé en un caso con ella como investigadora independiente.

Al oír eso, Sam frunció los labios, y Elena tuvo que hacer un esfuerzo por no poner los ojos en blanco. Ella no era una adolescente que investigaba casos desde el sótano de la casa de su madre..., y, aunque lo fuera, había visto a sabuesos digitales resolviendo casos a los que las fuerzas del orden no habían podido dar respuesta en décadas. Esa era básicamente la única razón por la que había logrado desarrollar una carrera en torno a su podcast, pero siempre se daba cuenta cuando algún miembro del cuerpo desestimaba su labor porque no era una policía de verdad.

—Se supone que tengo que llevarla de vuelta a la comisaría para que la comandante Bishar y yo podamos hacerle algunas preguntas. ¿Le parece bien? —Tal y como se lo planteó, Elena se dio cuenta de que no tenía mucha elección. Asintió con la cabeza y recogió la bolsa.

Sam miró por encima de ella, hacia la agente.

—Voy a acompañar a la señora Castillo a comisaría. Ella me seguirá en su coche. El forense llegará dentro de cinco minutos. ¿Estarás bien?

La agente asintió y Sam salió del departamento seguido muy de cerca por Elena.

La I-35W era un racimo de luces rojas de freno y torbellinos de nieve. Había ocho centímetros de polvo fresco en el suelo, y como era habitual la gente conducía de manera pésima. Elena comenzó a tamborilear sobre el volante mientras observaba los coches, a la gente que cambiaba de carril para meterse, a los que hacían sonar sus estridentes bocinas. Cuanto más tiempo pasaba sentada, más deseaba ponerse a gritar. En ese momento debería haber estado hablando con Leo sobre el Asesino de los Números. Debería haber estado en su estudio, preparando el episodio de la semana siguiente. Debería haber tenido un nombre, una dirección, una pista. En su lugar, estaba atascada en el tráfico... y con el caso.

Media hora después llegaron a la comisaría. Elena se estacionó al lado del sedán de Sam. Este le sacaba unos treinta centímetros de altura, así que tuvo que apresurar el paso para mantener su ritmo. El detective la guio a través de la doble puerta de cristal que tan familiar le resultaba y por un pasillo hasta una sala de interrogatorios.

—Tome asiento. ¿Quiere algo para beber?

Elena negó con la cabeza, pero entonces cambió de idea y dijo:

—Sí, un poco de agua.

Sam salió de la habitación y cerró la puerta a su espalda. Elena la miró y se preguntó por un instante si estaría trabada. No la habían detenido, pero tampoco estaba acostumbrada a ser la única persona en ese tipo de habitaciones. En el pasado, siempre que había estado en una de esas salas, se había sentado al lado de un policía y delante de un sospechoso o de un padre negligente.

Al cabo de unos instantes, la comandante Ayaan Bishar entró en la sala y se sentó delante de Elena, de cara a la cámara oculta. Al verla en el lugar que asociaba a los sospechosos, Elena sintió una inquietud extraña, como cuando te encuentras a alguien en un sitio que no esperas.

Ayaan dirigía la División de Delitos Contra Menores, pero antes de que la ascendieran a detective solía acompañar a Elena cuando respondía a las llamadas de custodia preventiva para Protección de Menores. También habían colaborado dos años atrás en el caso de Jair Brown, el niño de cinco años que había desaparecido de su hogar y al que encontraron dos días después en una tumba poco profunda a algo más de un kilómetro de distancia. Ayaan realizó el arresto después de que Elena, Martín y los oyentes de su podcast reunieran al fin las pruebas que incriminaron al tío del niño.

—Hola, Ayaan —dijo Elena.

Tenía el mismo aspecto de siempre: un rostro redondeado, enmarcado por un hiyab de color violenta claro atado al estilo turbante, y unos ojos de color café oscuro, intensos y penetrantes, bajo unas cejas delineadas a la perfección.

—Hola, Elena —saludó—. Me alegro de verte, aunque ojalá hubiera sido en otras circunstancias. Quería llamarte y decirte que estoy disfrutando de la nueva temporada.

—Gracias.

Sam regresó con una botella de agua y se sentó al lado de Ayaan y delante de Elena, que se preguntó si lo habrían hecho adrede, si al ponerla en el lado que por lo general ocupaban ellos, pretendían hacer que se sintiera más cómoda. Se movió nerviosa y se sintió ridícula por ello. No era una sospechosa.

—Me lo explicaste brevemente por teléfono, pero ¿puedes contarme por qué estabas en el departamento de Leo Toca? —preguntó Ayaan.

—Me mandó un correo electrónico a la cuenta del podcast, dijo que tenía una pista para mí. Así que fui a reunirme con él.

—¿Por qué no se encontraron en un lugar público?

—Es lo que yo quería, pero me pidió que fuera a su casa.

—¿Suele ir sola a casas de extraños cuando se lo piden? —preguntó Sam.

Elena tuvo que luchar contra el impulso de poner los ojos en blanco.

—No, pero no suele pasar que alguien afirme conocer la identidad del asesino en serie más famoso de Minnesota.

Sam abrió un poco más los ojos.

—¿Está trabajando en el caso del Asesino de los Números?

Elena se puso más recta.

—Sí, comencé a emitir los episodios en diciembre. Desde entonces he recibido un montón de pistas, pero la de Leo me pareció especialmente creíble.

—¿Por qué?

—Porque me dijo que había visto en la casa de ese hombre un tipo de té especial que apareció en una de las escenas del crimen. Y parecía estar asustado, como si tuviera la seguridad de que alguien iba detrás de él. —Tras decir eso, Elena se recostó contra la silla. Entre todo aquel caos había estado a punto de olvidarlo. La voz de Leo sonó como si estuviera aterrorizado.

Ayaan se inclinó hacia delante y juntó las manos debajo de la barbilla.

—Lo siento. Debes de sentirte muy frustrada.

—Leo... sonó verdaderamente asustado por teléfono. Por eso no quiso que nos encontráramos en un restaurante. Pensé que quizá se estaba comportando como un paranoico, pero parece que tenía motivos para estar asustado. —Si de veras sabía quién era el A. N., existía la posibilidad de que esa información lo hubiera metido en problemas—. ¿Es posible que tuviera el teléfono intervenido? ¿Cómo pudieron saber que había contactado conmigo?

Sam escribió algo en la libreta que tenía enfrente y levantó la mirada hacia ella.

—Dudo mucho que hayan matado a Leo por decir que tenía una pista para la investigación de su podcast. Usted misma vio a Duane Grove al lado del cuerpo instantes después de que Leo fuera asesinado. Acabo de hablar con el casero, y me dijo que anoche oyó a Leo y Duane discutiendo acerca de su trabajo en el taller mecánico. Ahora mismo, su socio es una persona de gran interés para el caso. ¿Recuerda lo que le dijo cuando llegó al departamento?

—Solo que se había encontrado a Leo así. Creo que

comentó que había ido a pedirle algo prestado, y que Leo ya estaba muerto cuando él llegó. —Elena juntó las manos con fuerza. Si en efecto a Leo le habían pegado un tiro por una discusión de trabajo apenas unos minutos antes de que ella llegara, debía de ser la persona con peor suerte del mundo—. No lo puedo creer.

—¿Qué hizo después de llegar y encontrarse a Leo asesinado?

—Le tomé el pulso para asegurarme y le dije a Duane que estaba muerto. Entonces Duane salió corriendo y yo llamé al 911. A continuación le mandé un mensaje de texto a Ayaan para informarle.

—¿Y no encontró ni tocó nada en la escena del crimen antes de que yo llegara? ¿No vio lo que Leo supuestamente iba a enseñarle?

Elena se quedó muy quieta, mirando al detective a los ojos.

—No, nada. Es por eso por lo que estoy tan enojada.

Ayaan asintió con la cabeza y se puso en pie.

—Bueno, creo que ya es suficiente por esta noche. Si tenemos alguna pregunta más, el detective Hyde o yo nos pondremos en contacto contigo. ¿Te afectó el incidente? Puedes hablar con uno de nuestros enlaces si quieres que te den el número de un terapeuta. Descubrir un cadáver puede resultar traumático.

—He visto cosas peores —dijo Elena, y a continuación se avergonzó por lo frívola que había sonado. Pero era la verdad. La muerte no era ni mucho menos lo peor que le podía pasar a una persona; sin duda, Sam y Ayaan estaban al corriente de eso. Se puso en pie y siguió a su amiga hacia la salida.

Después de recoger su pistola y de despedirse, Elena se dirigió hacia su coche con el piloto automático puesto. Quizá Sam tuviera razón. Duane era el sospechoso más evidente, y si había discutido con Leo la noche anterior, la cosa no pintaba bien para él. Pero no podía quitarse de encima el recuerdo del miedo en la voz de Leo. Sabía que alguien iba tras él, y no tenía sentido que estuviera tan asustado de una persona con la que seguía trabajando. Pero ser consciente de que tenía una prueba crucial contra un asesino en serie... sin duda justificaría su miedo.

Elena deseó tener alguna manera de descubrir lo que había en la memoria USB. Pero, si Leo había protegido sus archivos, el laboratorio de la policía podría tardar semanas en acceder a ellos, y eso en caso de que lo consideraran prioritario. Y, aunque así fuera, no compartirían aquella información con ella. La única manera que estaba a su alcance para averiguar lo que el hombre sabía era investigándolo por su cuenta.

De nuevo en el coche, Elena encendió la calefacción y salió lanzada hacia la noche camino a casa.

5

Podcast «Justicia en el aire»

12 de diciembre de 2019
Transcripción: temporada 5, episodio 2

VOZ EN *OFF* DE ELENA:
La historia del té hunde profundamente sus raíces en la colonización y el robo de tierras. Los colonos blancos fueron responsables de la experimentación y la explotación del proceso de plantar el té de una punta a la otra del continente asiático, y Darjeeling es un ejemplo clásico de ello. Al médico británico Archibald Campbell se le atribuye el haber sido la primera persona que plantó té en la región hindú de Darjeeling, usando hojas chinas. De manera similar a lo que sucede con el champán, que es el vino espumoso de una región específica de Francia, el Darjeeling se ha visto degradado a menudo por empresas que han hecho uso de su nombre para vender un producto de calidad inferior. Solo los tés procedentes de la región de Darjeeling pueden llevar ese nombre, pero identificar los tés falsos e impedir su venta es una tarea prácticamente imposible. Como con tantas otras cosas de la vida, la gente está dispuesta a aceptar un fraude si eso les lleva a ahorrar dinero. Pero no fue ese el caso con el té que se

encontró en la ropa de Tamera. Aunque en ese momento no disponían de la tecnología necesaria para demostrarlo, resultó que aquel té era uno de los más caros de su género, y que había sido importado de la región de Darjeeling. Pero en 1997 lo único que se supo fue que se trataba de un oolong, y eso fue lo que la policía comunicó a los medios.

[Cortinilla e introducción.]

ELENA:
¿Puede explicarme por qué piensa que no debería haberle revelado al público la información acerca del té?

SYKES:
Digamos tan solo que llevó a que la comunidad se mostrara... recelosa de un grupo de gente en concreto.

ELENA:
De la gente de origen asiático, ¿verdad?

SYKES:
Así es. En cuanto comunicamos a los medios lo de la mancha de té, nuestra oficina se vio inundada. El té oolong no es tan exótico, pero en aquel momento no se trataba de una bebida habitual en los hogares de la mayoría de la población de la zona, que principalmente descendía de inmigrantes escandinavos y germanos. Eso provocó que las sospechas apuntaran como un láser contra las comunidades más marginadas, por mucho que la cosa careciera de cualquier lógica. Pero el racismo no es nada lógico, como usted ya sabe.

Bajo su pose de buenos ciudadanos, todos los Toms, Dicks y Harrys del estado a los que no les gustaba la gente de piel oscura parecieron encontrar un motivo para llamarnos. Hasta donde sabíamos, el asesino era un esnob blanco a quien le gustaba el té de importación, pero se trataba del caso más importante que había en aquel momento en toda la ciudad. Tuvimos que investigar todas aquellas pistas, sin importar lo ridículas que fueran.

ELENA:

Y muchas fueron, en efecto, ridículas, ¿verdad? Según los datos que tengo en mi poder, les dieron pistas sobre ciudadanos pakistaníes, coreanos, chinos, incluso un saudí. ¿Se tradujo todo ello en algún arresto?

SYKES:

No.

ELENA:

¿Fue alguno de ellos interrogado en comisaría?

SYKES:

No, no fue necesario.

ELENA:

Ha de entender que no intento echarle nada en cara. Sé que tomó usted la que consideró la mejor decisión posible en ese momento, pero el caos resultante condujo a un pico de los crímenes de odio en la ciudad. Los restaurantes chinos e hindúes fueron objeto de actos vandálicos y de amenazas de bomba. Durante las semanas siguientes, el Departamento de Policía de Minneapolis invirtió unas quinientas horas de recursos policiales mientras usted intentaba revisar el millar y pico de pistas que había recibido.

SYKES:

Así es. Por supuesto, no lo estoy excusando. Como hombre negro que estuvo en el cuerpo durante los ochenta y noventa, tuve que enfrentarme a mi cuota de discriminación, tanto dentro como fuera del departamento. Ahora me doy cuenta de que me precipité al divulgar esa información sin pensar en sus posibles consecuencias. Pero sigo pensando que es importante. El té, quiero decir. Sigo pensando que representará una diferencia, sobre todo ahora que conocemos hasta la marca de ese género tan específico.

ELENA:
Espero que tenga razón.

VOZ EN *OFF* DE ELENA:
El té es una pista, pero podría ser también una aguja en un pajar. Según el mejor de mis cálculos, basado en los registros históricos a los que he tenido acceso, durante los tres años que precedieron a los crímenes del Asesino de los Números desde Estados Unidos se encargaron a título individual cinco mil latas de té Majestic Sterling. Otras setenta y cinco mil fueron adquiridas por tiendas especializadas en té a lo largo y ancho del medio oeste. Acotar la lista de sospechosos, por mucho que la policía consiguiera órdenes judiciales para acceder a los registros de todos esos comercios, sería casi imposible —y luego existiría la posibilidad de que el A. N. hubiera entrado en una tienda cualquiera y hubiera pagado en efectivo—. La pista era importante, pero no sirvió para resolver el caso.

ELENA:
Bien, ¿me puede decir de qué manera cambió el caso después de que se hallara a Tamera? No hubo más cuerpos hasta un año después, pero es evidente que en ese momento nadie sabía cuánto iba a durar aquella tranquilidad. Hábleme de ese intervalo.

SYKES:

Al cabo de un tiempo la gente pasó página, comenzó a calmarse, pero mi trabajo no terminó. Sabía que teníamos que atrapar al asesino, ya que simplemente se estaba tomando su tiempo, esperando a golpear de nuevo para continuar con su reguero de crímenes. Durante meses, cada vez que se denunció la desaparición de una niña de quince años en cualquier lugar de Minnesota o de Wisconsin, solicité a la brigada local que me permitiera repasar las notas del caso. Los departamentos de policía tienen mala fama en lo referente a la comunicación entre distintas secciones, y en gran parte está justificada, pero nunca me encontré con grandes problemas. Yo mismo fui tras la pista de algunas de aquellas chicas desaparecidas, pero ninguna encajaba en nuestro perfil. Por suerte, la mayoría de ellas acabaron apareciendo.

ELENA:

¿Cómo vivió usted esa época?

SYKES:

Yo... Hum. Nunca me habían preguntado eso... Fue bastante dura. En una ocasión me pasé despierto tres días seguidos investigando todos los significados posibles detrás de los números tres, siete y veintiuno, hasta que al final me mandaron a casa después de que vomitara en el bote de la basura de al lado de mi escritorio. Cuando se lleva tanto tiempo como yo siendo detective, uno comienza a adjudicar categorías a los casos en los que trabaja. Están los que se vuelven borrosos, aunque a lo largo del tiempo te acuerdas de detalles y cositas. Están aquellos de los que te olvidas por completo, porque no destacaron en nada o porque te obligaste a tragarte esos recuerdos. Y luego están los casos que permanecen dentro de ti pase lo que pase, los que incluso décadas después te despiertan en mitad de la noche como si una araña hubiera estado paseándose por tu cara. Supongo que si hay alguien a quien no hace falta explicárselo es a usted. Solo llevaba seis años de carrera cuando me asignaron los asesinatos del A. N., pero en ese preciso instante supe que no podría liberarme del caso hasta que encontráramos a ese tipo.

VOZ EN *OFF* DE ELENA:

Pero no encontraron al tipo. El detective Sykes siguió trabajando en ello junto al resto de los casos que le encargaban, pero nada dio resultado. Y entonces, al cabo de un año de seguir pistas infructuosas y de comprobar pistas carentes de sentido, lo llamaron para que acudiera a la escena del asesinato de una nueva chica.

[Sonido ambiente: unos instrumentos de orquesta están siendo afinados, y un violín emite una nota particularmente amarga.]

ELENA:

¿Puede decirme su nombre y profesión, por favor?

TERRI:

Me llamo Terri Rather, y soy profesora de música en la academia Hillview.

VOZ EN *OFF* DE ELENA:

Hillview es una de las escuelas privadas más caras de la zona de Minneapolis. El alumnado va desde el primer al duodécimo grado. Aunque técnicamente es una escuela católica, casi el veinte por ciento de sus alumnos no lo son. En 1998, lo más probable es que ese número fuera algo menor, pero Lilian Davies, de quince años, se encontraba entre los alumnos laicos a quienes sus padres habían inscrito allí por su excelente educación musical. Lilian tocaba el clarinete —de hecho, era una especie de prodigio—. Su gran ilusión era entrar en el Conservatorio de Música de Nueva Inglaterra. El 2 de febrero de 1998 salió del auditorio de la escuela camino a la carretera principal y desapareció.

TERRI:

Por aquel entonces, no había ninguna carretera que llevara hasta la entrada del auditorio, que se encontraba alejado, unos doscientos metros más allá. Para los padres era un inconveniente tener que rodear el campus completamente hasta el estacionamiento de la parte trasera del edificio. Así que muchos de los alumnos a los que venían a buscar atravesaban el prado y una arboleda para llegar hasta la banqueta de la avenida Hamline. Había un sendero entre la hierba que la escuela mantenía limpio de nieve durante todo el invierno. Por lo general, los niños iban en grupo, así que no nos preocupaba su seguridad. Pero aquel día Lilian salió un poco antes porque tenía cita con el médico, por lo que se fue sola.

ELENA:

¿Cuándo supo que algo iba mal?

TERRI:

Estaba recogiendo al final de la práctica y su padre entró como una exhalación, dispuesto a regañarla por haber hecho que perdieran la cita con el médico, creo. Pensó que ella se habría olvidado. Cuando nos dimos cuenta de que ninguno de los dos sabía dónde estaba nos asaltó el pánico. Llamamos a la policía de inmediato. Un testigo creía haber visto a una chica parecida a ella que se subía a una camioneta sin distintivos, pero llevaba un gorro de lana de color gris y un abrigo negro. No teníamos la menor seguridad de que la persona a la que había visto fuera Lilian. Al margen de ese posible testigo, fue como si se hubiera volatilizado. Pero entonces... entonces, unos días más tarde...

[Se suena la nariz.] Yo... Yo estaba unida a Lilian y a su padre, Darren. Él y yo salíamos juntos. Así que estaba con él cuando el detective se pasó por su casa y le informó de que había desaparecido otra chica. Nos dijo que no podía afirmarlo con seguridad, pero que estaba bastante convencido de que tanto Lilian como la otra chica, Carissa, habían sido secuestradas por el Asesino de los Números.

ELENA:
Debió de ser terrible.

TERRI:
Fue como si alguien te atara una bomba al pecho y te entregara el temporizador, para que supieras con exactitud cuánto faltaba para que todo saltara por los aires. Darren y yo aparecimos en las noticias, intentamos dirigirnos directamente al asesino. Le dijimos que sabíamos que tenía a Lilian. Le... le suplicamos que no le hiciera daño. Le rogamos que cambiara de idea, por más que algunas personas nos contaron que ser testigo de nuestro dolor podía sumarse a la excitación que le provocaba aquello. ¿Qué otra opción teníamos? Debíamos intentarlo. Cuando llegamos al séptimo día, el terror hizo que Darren perdiera la cabeza, consciente como era de que en cualquier momento la policía iba a llamar para decirle que habían encontrado el cuerpo de Lilian. Al final tuvieron que sedarlo. Fui yo quien atendió la llamada de teléfono cuando la encontraron.

VOZ EN *OFF* DE ELENA:
Siete días después del secuestro, un tatuador de St. Paul descubrió el cuerpo de Lilian Davies tendido sobre un trozo de cartón sucio delante de la puerta de su local. El detective Sykes fue el segundo policía en llegar al lugar, pero como de costumbre allí no había nada. Ni pruebas

físicas, ni rastros de ADN. Alguien había acabado con el joven futuro de Lilian de la misma manera que con el resto de las chicas: veneno y veintiún latigazos.

ELENA:
Entiendo que no es fácil para usted mantener esta conversación.

SYKES:
En todas las décadas que llevo realizando este trabajo nunca había visto a un hombre perder la vida a través de sus ojos como le sucedió a Darren Davies cuando descubrió que su hija ya no estaba en este mundo. Después de verlo me sentí más decidido que nunca a hacerle justicia, a ella y a todas esas chicas. Salí de aquella casa convencido de que podría salvar a la siguiente. Tenía que hacerlo. Solo le quedaban tres días, pero no era más que una niña.

VOZ EN *OFF* DE ELENA:
Carissa Jacobs tenía catorce años. Era una joven y talentosa gimnasta a la que le encantaba montar a caballo y visitar el viñedo californiano de sus abuelos durante las vacaciones invernales. De hecho, había vuelto a Minnesota solo dos semanas antes del día de su desaparición. Entre semana, Carissa pasaba las tardes en la casa de su tía, esperando a que sus padres volvieran de trabajar. Habían pasado más de treinta minutos desde que salió de la escuela para recorrer las seis calles que la separaban de la casa de su tía cuando su primo preguntó cómo era posible que aún no hubiera llegado. Salieron a buscarla, y después de llamar a sus amigos y a sus padres acabaron por denunciar su desaparición. Cuando la policía recibió la información, lo más probable es que llevara dos horas secuestrada.

No he sido capaz de conseguir que ninguno de los familiares o amigos de Carissa hablara conmigo sobre su asesinato para hacer este podcast, y respeto su deseo de privacidad. Como saben, intento centrarme siempre en las víctimas. Y, como en cualquier otro caso, esas víctimas van más allá de las personas que fueron asesinadas. Sus familias, amigos y comunidades sufrieron un daño irreparable. Sé lo que se siente al experimentar un trauma, al vivirlo y respirarlo a diario. Sé lo que se siente cuando la aflicción se te incrusta en la piel, corre por tus venas, brota con tu sudor. Y sé lo que se siente cuando la gente te pide que lo revivas, que lo discutas de nuevo, hasta que te parece que estás sufriendo otra vez cada segundo de ese trauma.

Nada podrá reparar el daño que el A. N. le hizo a esa gente. Quiero llevarlo ante la justicia, hacer que pague por las vidas que ha arruinado, pero para conseguirlo no provocaré un daño mayor a sus víctimas. Dicho lo cual, si están oyendo esto y conocieron a Carissa Jacobs, me encantaría saber de ustedes... de manera confidencial, si quieren. Me encantaría poder honrar su memoria con mayor profundidad.

ELENA:

¿Es cierto que no le confirmaron que había una octava víctima hasta que pasaron casi cuatro días desde su desaparición? Eso debió de crear una cierta confusión. Los registros de que dispongo indican que Katrina Connelly no apareció en su informe policial hasta unas pocas horas antes de que se encontrara el cuerpo de Carissa. ¿Qué pensó que había sucedido, que el A. N. había alterado su patrón?

SYKES:

Para ser sincero, aquello fue un caos. La prensa estaba frenética con el descubrimiento del cuerpo de Lilian y con el caso de Carissa, de la que sabíamos que se encontraba a pocas horas de morir, y aún no teníamos ni idea de si el A. N. había secuestrado a la tercera víctima del conjunto. Debería haber desaparecido el día de la muerte de Lilian, pero no teníamos informes nuevos al respecto. Recuerdo que sentí un destello de esperanza, pensé que quizá se había muerto o lo habían arrestado, y que no habría más chicas desaparecidas. Pero entonces recibimos la llamada. Katrina llevaba tres días enteros ausente cuando sus padres se enteraron de lo que pasaba. Se habían divorciado poco tiempo antes y la niña les había mentido a los dos diciéndoles que estaba en casa del otro, para así poder pasar el fin de semana con una amiga. Las típicas cosas de niños, ya sabe. Tenía solo trece años, estaba enfadada por la separación de sus padres y todo lo demás. Solo quería desahogarse un poco.

ELENA:

La mayoría de las chicas fueron secuestradas cuando hacían algo rutinario, ¿no es así? O, al menos, algo que el asesino podría haber averiguado escuchando una llamada telefónica o espiando la casa de sus padres desde fuera. Pero esa vez fue diferente. Ni siquiera sus padres sabían lo que Katrina iba a hacer.

SYKES:

Correcto. Lo cual significa que lo más probable es que estuviera al acecho, siguiéndola y esperando su oportunidad.

ELENA:

Entonces... secuestra a Katrina cuando ella va a tomar el autobús para dirigirse a la casa de su amiga, ¿y ninguno de los padres se entera hasta tres días después?

SYKES:

Sí. En aquel momento no se hablaban, así que cada uno asumió que estaba con el otro. Mientras tanto, yo renuncié a mis esperanzas de que el A. N. hubiera dejado de actuar e intenté asegurarme por todos los medios posibles de que Katrina no acabara muerta también... Aunque, llegado ese punto, creo que todos sabíamos que era demasiado tarde.

En cada ocasión me sentía como si se me estuviera acabando el tiempo, pero también como si los días se arrastraran antes de la inevitable conclusión. En el curso donde te enseñan a responder al secuestro de un menor te dicen que el 44 por ciento de los niños que son secuestrados y asesinados mueren durante la primera hora. Casi tres cuartas partes de esos niños mueren durante las primeras tres horas, y el 99 por ciento muere a lo largo del primer día. Todos y cada uno de los asesinatos del A. N. se encuentran en el 1 por ciento restante, los casos que se salen de la norma..., pero seguía mostrándose inflexible con su marco temporal. No cedió. Y, aunque parecía que había convertido el asesinato con ricina en una ciencia exacta, lo cierto es que con Katrina metió la pata.

[Sonido ambiente: revuelo de papeles, unos dedos tamborilean sobre el escritorio.]

ELENA:
Martín, ¿qué me puedes decir de la autopsia de Katrina?

MARTÍN:
Aunque sufrió los efectos de un envenenamiento por ricina y los veintiún latigazos en la espalda, si comparamos su muerte con la de las demás víctimas del A. N., aparecen un par de diferencias clave. Primero, cuando la azotaron no se estaba muriendo, sangró durante mucho más rato que las demás chicas. Segundo, la causa de su muerte no fue un fallo orgánico debido al veneno. Murió a causa de un traumatismo por objeto contundente en la cabeza, lo que le provocó una hemorragia cerebral.

ELENA:

¿Qué crees que significa eso?

MARTÍN:

Bueno, el forense del caso pensó que fue a causa de un ataque de rabia. Básicamente, que el asesino se puso furioso con ella porque se resistió —había heridas defensivas en sus brazos— y que la mató por haberlo desafiado.

ELENA:

¿Estás de acuerdo con esa evaluación?

MARTÍN:

Creo que es posible que sucediera así.

ELENA:

¿Piensas que puede haber otra explicación?

MARTÍN:

Sí, pienso que es evidente que se enfadó con ella. El traumatismo por objeto contundente es una manera espontánea de asesinar, debida por lo general a un arrebato de rabia. Pero no estoy convencido de que fuera porque ella se resistió. La autopsia mostró que sus sistemas orgánicos estaban dejando de funcionar en el momento de la muerte. Es imposible saberlo a ciencia cierta, aunque, si tuviera que especular, mi suposición sería que le quedaban pocas horas de vida. No obstante, el veneno no había actuado con ella tan rápidamente como con las demás chicas. Como mencioné antes, la ricina no es como el cianuro; en general tarda algunos días en provocar la muerte cuando se ingiere en semillas. Con las otras chicas debió de funcionar de forma acorde a su marco temporal, pero mi hipótesis, basada en los resultados de la autopsia, es que Katrina lo metabolizó con mayor lentitud que el resto. Creo que el asesino se puso rabioso con ella porque no se murió cuando él quería que se muriera. Para él lo más importante era que se muriera «cuando» él quería, aunque a causa de ello no se muriera «como» él quería.

ELENA:
Explícame ese «debió de funcionar». Todas sus víctimas aparecieron muertas al séptimo día, así que hay que presumir que el veneno funcionó siempre salvo en el caso de Katrina.

MARTÍN:
Así es como la policía y los medios lo han contado en todo momento. Pero yo siempre me he preguntado por qué el A. N. dejaba pasar un año entre sus asesinatos, y por qué siempre mataba en invierno. Podía formar parte de su patrón. Pero podía ser también que le conviniera. En invierno, Minnesota es un inmenso congelador al aire libre. Si alguna de sus víctimas sucumbía a las semillas de ricino antes del séptimo día, podía mantener su cuerpo fácilmente en el exterior, o en un edificio anexo sin calefacción, para que se preservara. Sería muy difícil para un forense determinar la hora de la muerte, sobre todo porque casi siempre se descubrió a las víctimas horas después de que las dejara en un espacio público, así que de todos modos estaban ya congeladas.

ELENA:
Es una teoría interesante. Y responde a otra de mis preguntas, la de cómo es posible que Katrina fuera la única víctima que en apariencia no murió cuando debía. Según lo que tengo entendido, el envenenamiento por ricina es relativamente predecible, pero la cronología que lleva hasta la muerte presenta numerosas variables.

MARTÍN:

Es cierto. Siempre me ha costado creer que el resto de las chicas hubiera muerto en el momento preciso. Digamos que sería una racha muy afortunada para él. Creo que lo más probable es que algunas se murieran antes, pero que esperara al séptimo día para presentárselas al público, porque para él eso era lo más importante.

VOZ EN *OFF* DE ELENA:

Durante décadas, tanto analistas en comportamientos criminales como detectives, sabuesos cibernéticos y periodistas han intentado averiguar lo que significan esos números. El motivo por el que el A. N. está tan obsesionado con ellos y por qué, si Martín tiene razón, la hora de la muerte de sus víctimas fue más importante que el método utilizado para matarlas. Por lo que yo sé, se trata de una anomalía entre los asesinos en serie. La mayoría de las veces, estos obtienen su liberación con el acto físico de la tortura y el asesinato. Los psicópatas y los asesinos compulsivos pueden pasarse meses, literalmente, planeando esos actos antes de tiempo y reviviéndolos a continuación.

Según John Douglas, el antiguo agente del ADN que se hizo un nombre entrevistando y analizando a asesinos en serie, existe una diferencia entre el *modus operandi* —la manera en que se comete el crimen— y la firma. La firma es lo que hace el asesino para alcanzar la sensación de plenitud. La manera de matar puede cambiar con el tiempo, y eso no alterará necesariamente su satisfacción. Pero todos ellos tienen una firma, algo que deben hacer o el asesinato no les proporcionará la liberación que buscan. Hasta donde sabemos, los números son la firma del A. N. Las tres chicas, los tres días de separación; los siete días de cautividad; los veintiún azotes.

Los números le importaban más que ninguna otra cosa. Y eso es indicativo de algo. Es indicativo de que atenerse a ellos era innegociable, de que la muerte por envenenamiento era algo preferible pero no esencial. Si Martín tiene razón, indica que, aunque alguna chica muriera demasiado pronto, para el asesino seguía resultando crucial esperar al séptimo día para revelar su cuerpo. Considero que las pruebas demuestran que el hecho de asesinar no es lo que le provocaba placer, sino la satisfacción de hacerlo siguiendo el patrón que había establecido. Eso es importante a la hora de clasificarlo en alguna de las categorías de asesinos en serie.

La muerte violenta de Katrina demuestra que el marco temporal era inflexible. La chica tenía que morir al séptimo día. Y, aun así, los detectives iban a seguir llegando tarde.

En el próximo episodio de «Justicia en el aire»...

6

Elena

9 de enero de 2020

Tal y como había sospechado, cuando Elena entró en casa poco después de la medianoche, Martín estaba profundamente dormido en el sofá. Se acercó a él con cuidado y jaló la cobija que descansaba a su lado, sobre la silla reclinable. Unos chispazos de electricidad estática atravesaron la oscuridad y le provocaron un hormigueo en los dedos mientras desdoblaba la cobija y se la colocaba por encima. Satisfecha de no haberle despertado, Elena se sirvió un vaso de vino en la cocina y se fue al piso de arriba.

Tenía por delante toda una noche de investigación. Pese a la herida de bala en la frente, Elena estaba segura de que había encontrado al Leo correcto en las redes sociales. Volvió a repasar su perfil, esta vez con mayor atención. El año anterior había cambiado su estado civil de «casado» a «soltero», pero el nombre de su exesposa no aparecía en ninguna etiqueta. Las personas que estaban enlazadas como familiares figuraban como residentes en varias ciudades de México. No sería la primera vez que Elena tenía que viajar por un caso, pero tampoco estaba convencida de poder justificar un vuelo internacional a raíz de una pista de cuya legitimidad ni siquiera estaba segura. Además, si vivían en México, lo más probable era que ninguno de ellos fuera la persona sospechosa, según Leo, de ser el A. N.

Para asegurarse, mandó algunos mensajes a gente con la que él había interactuado recientemente en su muro: comentarios de fotos, me gusta, etcétera.

Su hijo/hermano/primo me dijo que tenía información sobre un caso sin resolver. ¿Sabe algo al respecto?

Era de mal gusto mandar mensajes referentes a Leo el mismo día en que había muerto de manera prematura, pero aquel era el trabajo que ella había elegido. Estaba allí para obtener la verdad, no para hacer amigos. Por si aún no se habían enterado de la noticia, no les ofreció sus condolencias.

Miró la hora en la computadora. Cinco horas antes estaba cantando y comiendo pastel con su familia. Cuatro horas antes había salido a buscar la que podía ser la pista más importante sobre el caso del A. N. que hubiera aparecido en los últimos veinte años. O quizá no fuera nada, quizá lo del té había sido una mentira, o Leo se lo había inventado para hacer que acudiera a su casa. Quizá planeaba hacerle daño y quien lo hubiera matado antes le había salvado la vida a ella.

Solo había transcurrido un mes desde que había comenzado la temporada dedicada al Asesino de los Números, pero los niveles de acoso cibernético a los que había tenido que enfrentarse ya habían alcanzado cotas inéditas. En vez de los troles descerebrados que aparecían cada vez que surgía su nombre —a los que les encantaba ofrecer sus estúpidas impresiones sobre cada imagen que subía de su equipo de sonido o de la multitud de *post-its* multicolores que había alrededor de su escritorio—, ahora se trataba de agresiones abiertas. Correos despiadados que se burlaban de ella por atreverse a pensar que podría solucionar un caso tan importante cuando nadie, incluyendo a los mejores detectives del mundo, había sido capaz de hacerlo. Advertencias para que no revolviera las décadas de dolor que los asesinatos del A. N. habían provocado. Mensajes privados en Twitter de una sexualidad tan violenta que se le ponía la piel de gallina; esos los denunciaba de inmediato.

Si Leo había pertenecido a ese grupo, quizá tuviera un plan completamente diferente. Quizá pensaba tenderle una trampa haciendo que siguiera una pista falsa, a fin de desacreditarla. Realizó una búsqueda rápida entre las amenazas recibidas por correo, que había archivado por si acaso, pero ninguna de ellas contenía variantes del nombre de Leo. Aquello le provocó un ligero alivio, pero en realidad tampoco significaba nada.

Elena tomó otro sorbo de vino. Ninguno de los familiares de Leo había contestado. Era pasada la medianoche, le ardían los ojos por el cansancio, pero su cerebro estaba demasiado excitado como para irse a dormir. Se desplazó por el listado de amigos de Leo y encontró el nombre que buscaba.

El perfil de Duane Grove era casi privado, pero había algunas publicaciones y actualizaciones de estado que había realizado de manera pública. La última foto era una imagen de Instagram fechada dos semanas atrás: aparecía él con una gorra de beisbol al revés y lentes de sol, haciendo el signo de amor y paz a la cámara como un idiota. Elena consideró la posibilidad de mandarle un mensaje, pero habría sido una pérdida de tiempo. Si había huido de la policía, de ninguna manera entraría a consultar sus redes sociales; si no había huido, con toda probabilidad a esas horas ya estaría en una celda.

Una nueva ventana apareció en la pantalla: una videollamada de Tina.

Tina Nguyen era una antigua fan de «Justicia en el aire» que vivía en Chicago y que había acabado convirtiéndose en productora del programa. También era una excelente investigadora en la red y había ayudado a Elena a localizar numerosos archivos que según otras organizaciones se habían perdido para siempre.

Elena atendió la llamada y se encontró a Tina sentada en su sitio de siempre: rodeada de monitores, el rostro bañado por un brillo blanco azulado.

—¿Cómo te va, Elena? —preguntó sin dejar de teclear mientras hablaba—. ¿Has visto las reacciones al episodio de hoy? Molly me está mandando mensajes cada vez que superamos otras diez mil descargas.

—No me ha dado tiempo.

Tina miró de repente hacia la cámara y la pantalla se reflejó sobre sus iris de color negro. Algo en la expresión de Elena la llevó a recostarse contra la silla de ruedas y a apartar las manos del teclado.

—¿Qué pasó?

Elena ocultó su rostro tomando otro trago de vino.

—¿Qué te hace pensar que pasó algo?

—Vamos, a mí no me vengas con esas pendejadas.

—De acuerdo.

Tina escuchó con los brazos cruzados sobre su camiseta de Paramore el relato de Elena sobre el correo de Leo, la llamada telefónica que habían mantenido, el hecho de que se lo hubiera encontrado muerto..., para acabar con un resumen de la búsqueda que había realizado sobre su historial.

—Supongo que ahora mismo solo me estoy preguntando si voy a perder el tiempo intentando averiguar la pista que pensaba darme, si es que esa pista existió. Lo más probable es que el tipo al que me encontré en la escena del crimen sea quien le disparó. Creo que regentaban juntos un deshuesadero de coches, y por su perfil Duane parece ser un idiota. Hay muchísimas posibilidades de que Leo no tuviera ni idea de lo que hablaba, así que debería continuar con los episodios tal y como están programados.

Cuando Elena dejó de hablar, Tina se quedó con la mirada perdida a la derecha de la cámara mientras se daba golpecitos en el labio con un dedo.

—Pero... ¿y si te equivocas?

—Entonces Leo sí que tenía algo, y probablemente esté en la memoria USB que guardaba en su bolsillo.

—De la que no puedes hablarle a la policía sin meterte en un problema. Y con toda probabilidad jamás te enterarás de lo que encuentren, porque no hay ningún motivo para que la policía lo comparta contigo.

—Correcto.

—Hmm. —Al cabo de un instante, Tina miró de frente a la cámara—. Pero ¿y si te equivocas con su socio?

—¿Qué quieres decir?

—¿Y si en efecto estaba en el lugar erróneo en el momento equivocado, y el asesino huyó antes de que los dos llegaran al departamento? ¿Y si Leo fue asesinado porque alguien sabía que estaba a punto de proporcionarte una información crucial acerca del A. N.?

Aquella idea había aflorado a la superficie de la mente de Elena un centenar de veces durante las últimas horas, pero una y otra vez ella había vuelto a hundirla. Si habían matado a Leo por la información que tenía, se trataría del suceso más aterrador y más excitante que hubiera vivido desde que comenzó a grabar «Justicia en el aire». Significaría que el hombre contaba con algo legítimo, y también que ella estaba en deuda con él y que tenía que encontrar a su asesino.

—Elena, ya basta. Puedo ver a través de la pantalla que te sientes culpable.

—¡No!

—Sí, y no fue culpa tuya. No importa quién haya matado a Leo: fue decisión de esa persona, no tuya.

Elena asintió con la cabeza mientras miraba el tatuaje de su muñeca derecha: un punto y coma. Se lo había hecho a sugerencia de Sash dos años atrás, durante la misma época en la que renunció a la posibilidad de quedarse embarazada y se hundió en una depresión profunda. Era un recordatorio, una promesa, de que incluso los peores momentos de su vida no tenían por qué representar el final de la historia. Por mucho que en ese instante deseara meterse en la cama y rendirse, no podía hacerlo. No cuando existía la posibilidad de que estuviera más cerca que nunca de resolver el caso.

—Solo... Tengo que saber lo que iba a contarme —dijo Elena—. Tengo que averiguar si en efecto sabía algo.

Tina guardó silencio durante unos instantes. Entonces volvió a mirar hacia la cámara.

—Sé que este caso significa más que cualquier otro para ti, Elena.

Ella la miró a los ojos a través de la pantalla y tragó saliva.

—¿Qué quieres decir?

—Estoy enterada del «incidente» de tu infancia. —Tina levantó la mano cuando Elena abrió la boca para protestar—. Y antes de que te enojes conmigo por haber escarbado en tu pasado, deberías saber que lo hice hace siglos, cuando no era más que una fan de tu programa. Y, si te sirve de algo, me costó mucho encontrar esa información. Hiciste un muy buen trabajo cuando la ocultaste.

Puesto que Elena no dijo nada, Tina continuó:

—No pasa nada, Elena. Lo que te sucedió fue terrible. Leí las noticias en los periódicos, los informes policiales. No se encuentran en Google, pero, eh, tú no eres la única que puede romper las reglas. No pretendía fisgonear, de verdad. Y quiero ayudarte. Si hay algo que pueda hacer, no tienes más que pedirlo.

Elena se puso a tamborilear con un dedo en el escritorio, luchando contra la urgencia por cerrar la laptop de golpe y poner fin a la videollamada. Para lo que le iba a servir... Tina ya podría haber encontrado una página web porno de venganza repleta de fotos íntimas de Elena, y esta no se hubiera sentido menos violentada. Una serie de preguntas airadas sobre dónde había mirado, sobre lo que había visto, ardía en sus labios. Daba igual. Si Tina conocía los abusos a los que Elena se había enfrentado de niña, los que ahora la llevaban a sentir tanta empatía hacia las víctimas del A. N., ya era demasiado tarde para hacer algo. Elena se tragó la rabia y volvió a levantar la mirada hacia la cámara.

—¿Cómo puedes ayudarme? —Su voz sonó severa, pero Tina no pareció sentirse desalentada.

—Bueno, comenzaré por intentar localizar a alguno de los compañeros de trabajo de Leo, para ver si saben algo. Y me encargaré de gestionar todos los correos que lleguen relacionados con el programa, para que puedas centrarte en esto. Pero quiero que me prometas que no me dejarás fuera si encuentras alguna pista nueva. No me importa el reconocimiento, solo quiero ayudarte a capturar a ese imbécil. —Le sonrió, e incluso en la penumbra de la pantalla de la computadora Elena pudo ver el destello en su mirada.

Por mucho que se sintiera traicionada por el fisgoneo de Tina, Elena necesitaba su ayuda. Si alguien podía convencer a los familiares y amigos más reacios de Leo, esa era su amiga.

—De acuerdo. Mientras tú te ocupas de eso, yo escarbaré en el tema novias. Buscaré si mantuvo alguna relación romántica después de separarse el año pasado. Pero hagámoslo con discreción, ¿de acuerdo? No quiero emitir nada hasta averiguar si de verdad Leo tenía alguna información para mí.

Tina cruzó los dedos e hizo como si cerrara un cierre a lo largo de sus labios pintados.

—Lo que tú digas.

Elena se obligó a sonreír, a dejar de lado la ansiedad.

—Genial —dijo al fin—. Avísame en cuanto encuentres algo, por favor.

7

Elena

10 de enero de 2020

Intentó escapar de él en cuanto detuvo el coche en un semá-foro... Abrió la puerta y salió tambaleándose a la gelidez de la tarde. Había sido una estúpida al subirse al vehículo, por mucho que el hombre le dijera que era un amigo de sus pa-dres. Estúpida, estúpida, estúpida. El miedo hacía que nota-ra las piernas pesadas y entumecidas, y sus pasos por el pavi-mento helado resultaban inestables. Corrió y corrió, pero no llegó a ninguna parte.

Un guante grueso que sabía a gasolina le apretó la boca. Ella le dio un mordisco, pero él la levantó rápidamente y la aventó sobre el asiento trasero del automóvil. Se subió al co-che y puso el seguro de las puertas.

—Bueno, ya está. ¿No te sientes como una tontita? —le dijo.

No. Se sentía acalorada, triste, enojada, ansiosa. Pero no como una tontita.

Él volvió a poner el coche en marcha y ella dirigió su mirada de odio hacia la ventana, desde donde vio pasar una mancha de árboles negros y muertos. Cuando dejaron atrás su casa, sintió que se le oprimía el corazón.

—Se pasó mi casa, señor.

No hubo respuesta.

—¡Eh! ¡Que se pasó mi casa! —Plantó los pies sobre la parte de atrás de su asiento—. Se-pasó-mi-casa. —Marcó cada palabra con una patada brusca.

Él volteó. Toda la preocupación y la amabilidad que había mostrado su rostro cuando la recogió se había derretido como la cera.

—Cierra la puta boca.

Elena se despertó con el cuerpo dolorido; tenía los músculos en tensión por culpa de las pesadillas. Rodó hacia un lado, buscando la almizcleña calidez matutina del cuerpo de Martín, pero él debía de haber pasado la noche en el sofá. Puso una mano sobre las sábanas frías en las que debería haber estado su cuerpo, odiando su ausencia. A menudo se iban a la cama a horas diferentes, pero solían despertarse juntos y pasaban los primeros momentos de la mañana envueltos en los brazos del otro.

Se preguntó quién estaría echando de menos a Leo esa mañana, si habría alguna mujer que anhelara el consuelo de un abrazo que nunca más iba a experimentar de nuevo. Sintió una oleada de tristeza al pensar en el cuerpo del hombre, tirado en el suelo. Desde que había comenzado el podcast, centenares de personas se habían puesto en contacto con ella para ofrecerle pistas y teorías sobre los casos que investigaba. Hasta donde ella sabía, nadie había acabado muerto por ello. Ella no había apretado el gatillo para matar a Leo, pero, como temía que lo hubieran asesinado por culpa de la información que pensaba darle, no podía dejar de sentirse responsable.

Claro que no podía hacer nada para cambiar las cosas. Su gran esperanza consistía en encontrar a alguien que conociera a Leo lo bastante bien como para especular sobre la identidad de la persona de la que él sospechaba.

Elena apartó las cobijas a un lado y se puso unos pantalones deportivos y una de las sudaderas con capucha de

Martín. Después de atarse el pelo en una cola de caballo y de lavarse la cara con agua fría, bajó pesadamente la escalera, atraída por el aroma del café recién hecho. Martín estaba en su sitio de siempre en la cocina, sentado sobre un banco en el rincón del desayuno con un café en una mano y el celular para leer las noticias en la otra.

—Buenos días —dijo Elena mientras se servía una taza de café.

—Buen día.

—¿Te toca el turno de la tarde?

Él asintió, sin levantar la mirada del teléfono.

—Se lo cambié a la doctora Phillips para que pudiera irse temprano de fin de semana. Se acerca una ventisca.

Elena le pegó los labios a la sien y le acarició la nuca, enredando los dedos en los rizos de su cabello.

—Está bien, no hay problema. Supongo que me las arreglaré para la cena... Llevo tiempo sin prepararme el menú habitual de mis días en la universidad: manzana, queso y vino. —Él no se rio y ella apartó la mano—. Espero que no te duela el cuello por los cojines del sofá. Estabas tan dormido que no quise despertarte.

—No pasa nada.

Ella dio un paso hacia atrás.

—¿Está todo bien?

Martín dejó el teléfono y levantó la mirada hacia ella.

—¿Adónde fuiste anoche? Estaba preocupado.

Elena sacó el banco contiguo y se sentó.

—Recibí un correo en la cuenta del programa, de un tipo llamado Leo Toca, que decía saber quién es el A. N. Hablé con él por teléfono y me pidió que fuera a verlo para darme la información.

Martín abrió mucho los ojos.

—¿Te fuiste a la casa de un extraño en plena noche porque te dijo que tenía una pista sobre un asesino en serie?

—Me llevé la pistola.

93

—*Dios mío*, Elena. Eso es muy peligroso.

Ella tomó un trago de café.

—Bueno, es evidente que estoy bien.

—Que no te hicieran daño tampoco significa que estuviese bien que fueras sola.

Ella apretó la taza con fuerza.

—Este es mi trabajo, Martín, y no necesito a ninguna niñera para hacerlo. No me pasó nada, ¿lo ves? No siempre has de imaginarte lo peor.

—Mi trabajo consiste en ver gente a la que le pasó lo peor —manifestó con brusquedad.

Elena era consciente de eso, por supuesto. Martín siempre había abordado la naturaleza espantosa de su profesión con sentido del humor, igual que los policías y los asistentes sociales que conocía. Era la única manera de evitar que les estallara la cabeza con todo el dolor que veían en el mundo.

Pero cuando se trataba del trabajo de Elena, a Martín se le acababa el humor. Y, desde que había comenzado a ocuparse del caso del A. N., él se había mostrado más tenso que de costumbre. Era comprensible, pero Elena no pensaba dejar de exponerse a situaciones peligrosas, que eran los gajes del oficio cuando se intenta atrapar a un asesino de niños.

Tras unos instantes en que el silencio llenó el espacio entre ambos, él le puso una mano en el brazo y le dijo con voz suave:

—Elena, ¿es que no entiendes el miedo que me da que puedan hacerte daño?

—Estaba relacionado con el A. N. Tuve que ir.

Él le apretó el brazo.

—Bueno, es obvio que volviste entera. ¿Qué te dijo ese hombre?

—Hum... —Elena tomó otro trago largo.

—Elena..., ¿qué te dijo?

—No me dijo nada.

—¿Por qué?

Miró el líquido negro que se arremolinaba en su taza.

—Porque cuando llegué estaba muerto.

—¡¿Qué?! —Martín se pasó los dedos por el cabello y dejó escapar un gruñido de frustración—. *Pues claro que sí, estaba muerto en la casa. ¿Cómo? ¿Qué pasó? ¿Quién lo mató?*

—No lo sé, pero parece probable que fuera el tipo que salió huyendo cuando llegué.

A Martín se le hinchó la vena que pasaba por encima de su ojo izquierdo. Elena tragó saliva con dificultad. Cuando él volvió a hablar, su voz sonó fatigada.

—Te fuiste a la casa de un extraño en mitad de la noche, te encontraste a alguien junto a un hombre recién asesinado... ¿y no me llamaste? ¿Y no me lo contaste al llegar a casa?

—No quise despertarte —dijo.

Él soltó una carcajada y se frotó la cara con las manos.

—No quisiste despertarme. *¡No chingues!*

Ella le agarró las manos y se las apartó para poder mirarlo a los ojos.

—Mira, entiendo que estés molesto, cariño, de verdad. Pero ya hemos hablado de esto. Ya sabes que no hago las cosas a medias. Si quiero atrapar a este tipo, tendré que tomar riesgos.

—No, riesgos tan estúpidos como este no. —Al ver que Elena se molestaba con sus palabras, Martín suavizó la expresión—. Lo siento. No me expliqué bien.

—Sé que estás enojado, pero no soy estúpida.

—Ya sé que no lo eres. Y no estoy enojado, estoy preocupado. —Le puso las manos sobre los hombros y la mantuvo a distancia, como si quisiera examinar sus heridas—. ¿Estás segura de que estás bien? *Carajo, mi amor*, no lo puedo creer. Entonces entras y el tipo está muerto y el otro sale corriendo. ¿Qué pasó a continuación? No intentarías detenerlo, ¿verdad?

—No, no lo hice. Llamé a la policía.

Elena le explicó el resto, incluyendo la entrevista que había mantenido a continuación con Sam y Ayaan, aunque obvió la parte en la que registró el cuerpo de Leo en busca de alguna prueba. Ya le había dado a Martín suficientes motivos de preocupación por un día. Cuando acabó, él volvía a estar sentado frente a ella, sus rodillas se tocaban y estaban agarrados de la mano, mientras el café se enfriaba sobre la barra.

—Bueno, ¿qué vas a hacer ahora? —le preguntó al fin.

—Tengo que ver si encuentro a alguien a quien Leo conociera lo bastante bien como para haberle confiado la información que iba a darme. Si tengo mucha suerte, quizá sea capaz de descubrir quién es el sospechoso solo por conocerlo, pero no cuento con ello. A lo largo de los años ha habido centenares de personas convencidas de que el rarito de su tío o el maltratador de su padre era el A. N.; es posible que Leo fuera otra más de esas personas, pero tengo que investigarlo.

Martín asintió y la miró a los ojos. Estiró el brazo, posó la mano en su mejilla, se inclinó hacia delante y apresó los labios de ella entre los suyos. Fue un beso profundo, más largo y más apasionado de lo que ella esperaba. Elena se permitió perderse en él por un instante.

Cuando se separaron, los ojos de Martín estaban brillantes por la emoción.

—Elena, se te da bien tu trabajo. Sé lo importante que este caso es para ti. Por favor, prométeme solo que tendrás más cuidado, ¿sí?

Elena tomó su cara entre las manos y lo besó de nuevo antes de separarse para mirarlo a los ojos.

—Te lo prometo.

8

Podcast «Justicia en el aire»

19 de diciembre de 2019
Transcripción: temporada 5, episodio 3

VOZ EN *OFF* DE ELENA:
Hay un suceso conocido entre los círculos médicos como respiración agonal. Suele darse cuando una persona se está muriendo. Esta abre la boca e intenta tragar aire con un resuello. Se puede oír la manera en que el aire se le queda atrapado en la garganta, incapaz de seguir su camino.

Así se siente una al investigar el caso del Asesino de los Números: una bocanada final de algo cercano a la muerte, el esfuerzo desesperado por conseguir el oxígeno suficiente para sobrevivir.

[Sonido ambiente: coches que pasan en una autopista; suena el bocinazo de un semirremolque.]

VOZ EN *OFF* DE ELENA:
Jessica Elerson, de doce años, fue la última víctima, que se sepa, del Asesino de los Números. Desapareció a pocos metros del lugar donde me encuentro, en el exterior de un supermercado justo al lado de la I-694.

[Cortinilla e introducción.]

[Sonido ambiente: clip de sonido de Bob Esponja.]

VOZ EN *OFF* DE ELENA:

Jessica adoraba a Bob Esponja. Era una auténtica friki que se pasaba todo su tiempo libre mirando dibujos animados de humor y delante de los videojuegos que podía comprarse o alquilar con su pago. Le encantaban los juegos de mesa y los de experimentos científicos, Mi Pequeño Pony y los microscopios. Mantenía a sus padres ocupadísimos con todos los clubes escolares a los que se apuntaba, pero siempre tenía tiempo para ayudar con su hermanito. Le encantaba ser la hermana mayor más que ninguna otra cosa en el mundo.

BONNIE:

Cuando no estaba en la escuela o en una de sus actividades extraescolares, Jessica se ponía a jugar con Simon. Tenía siete años cuando descubrimos que había otro bebé en camino, y no podría haberse mostrado más emocionada. Había nacido para ser una hermana mayor.

[Sonido ambiente: el ruido de una varilla para espumar la leche, el ruido de los granos de café al ser molidos.]

VOZ EN *OFF* DE ELENA:

Esta es Bonnie Elerson, la madre de Jessica. Nos encontramos en un café del pueblo en el que vive, cuyo nombre no revelaré por motivos de privacidad. Bonnie tiene el mismo aspecto que la mayoría de las madres blancas del medio oeste entre las que me crie: los rizos cortos y sueltos, cada vez más canosos; unas manos suaves de uñas limadas y cortas; los dientes rectos con algunos empastes de color plateado que quedan a la vista cuando se ríe, cosa que hace más a menudo de lo que yo esperaba. Bonnie me cae bien. Si una no supiera lo que le ha tocado vivir, lo más probable es que tampoco lo adivinara nunca. Es impresionante la cantidad de dolor que una mujer puede tolerar sin llegar a perder la sonrisa.

ELENA:
¿Simon se acuerda de ella?

BONNIE:
Sí, aunque la verdad es que cuesta decir cuántos de esos recuerdos son realmente suyos y cuántos se han creado a partir de nuestras historias. Simon tenía cinco años cuando Jessica fue..., cuando murió. Pero hablamos sobre ella todo el tiempo. Algunos amigos nos dijeron que quizá fuera mejor para Simon que actuáramos como si ella no hubiera existido, pero no pudimos hacerle eso. Después del suceso se pasó semanas preguntando por su hermana. Yo me pasé el primer mes preocupándome por lo alterado que estaba, por su desolación al ver que ella no volvía a casa. Entonces, cuando él lo aceptó al fin, me aterrorizó la posibilidad de que la olvidara por completo. De algún modo, aquello también me rompió el corazón. Tuve que asegurarme de que se acordara de su hermana, de lo mucho que la quiso. De modo que sí, hablamos de ella. Nos hemos asegurado de que sepa que no se marchó a propósito.

ELENA:
Cuidaste de tu hijo, pese a que nadie podría haberte culpado por venirte abajo a raíz de la desgracia de tu hija.

BONNIE:
Por supuesto. No podíamos dejar de ser padres.

ELENA:
Me imagino que te debió costar tomar la decisión de hablar conmigo. Quiero que sepas que te lo agradezco de

veras. Eres la primera madre que me habla de su hija y, aunque comprendo a la perfección que los demás padres no hayan podido, escucharte no tiene precio. Conociste a Jessica mejor que nadie. Si no te importa, ¿puedes contarme lo que pasó el día en que la secuestraron?

BONNIE:
Estábamos en la tienda, haciendo las compras, después de su clase de natación de los lunes. Siempre hacíamos las compras semanales ese día, para poder relajarnos los fines de semana en familia. Como solía pasar, a la mitad se aburrió y me pidió dinero para ir a jugar a las maquinitas del pasillo de la entrada. Le gustaba la del gancho con el que intentas agarrar los animales de peluche. No se le daba demasiado bien, pero pienso que esas cosas están amañadas. Y el dinero era para obras de caridad, así que no me importaba.

Bueno, cuando acabé fui a buscarla pero ella no estaba allí. Miré en la zona de los dulces, en la pastelería, grité su nombre... Recuerdo que me dio mucha vergüenza. Me sentí como una de esas madres inútiles que pierden a sus hijos, y Jessica tenía doce años. No es que fuera aún en pañales. Pero al final tuve que rendirme y avisar a los de seguridad. La llamaron por megafonía, le dijeron que se reuniera conmigo en el mostrador de atención al cliente, y recuerdo que pensé que tendría que regañarla cuando regresara de comprar la ridiculez que se le hubiera pasado por la cabeza. Pero nunca regresó.

ELENA:
¿Recuerdas lo que sucedió a continuación?

BONNIE:
Tardé un rato en darme cuenta de que algo iba mal. Que estaba tardando demasiado como para pensar que lo ha-

cía por miedo a meterse en problemas. Aquello sucedió antes de que la mayoría de la gente tuviera teléfonos móviles, así que usé el teléfono del despacho de seguridad para llamar a Chris, mi marido. Después de eso está todo borroso. No recuerdo quién llamó a la policía, pero vinieron y se pusieron a hacerme preguntas, y yo no dejaba de mirar esa estúpida máquina del gancho, esperando a que Jessica apareciera detrás de ella y dijera que todo había sido un enorme malentendido. Incluso consideré la posibilidad, por un instante, de que de algún modo hubiera logrado meterse en su interior para conseguir el pájaro de peluche que llevaba semanas intentando agarrar. Era un loro, el animal favorito de Simon en aquella época. Quería ganarlo para él.

ELENA:
No pasa nada. Tómate tu tiempo.

BONNIE:
[Llorando.] Tenía tan buen corazón... Eso es lo que recuerdo por encima de todo. Estoy segura de que es algo que piensan todas las madres, pero ella habría hecho cosas maravillosas. Lo lamento por mí y por mi familia, pero también lamento que se la robaran al resto del mundo.

VOZ EN *OFF* DE ELENA:
Cuando Jessica fue secuestrada, una ola de pánico recorrió la zona de Minneapolis. Había transcurrido casi un año desde la anterior serie de crímenes del A. N., y por la naturaleza misma de su cuenta atrás las niñas eran cada vez más pequeñas y vulnerables. Cuando asesinan a alguien, una de las primeras preguntas que se hace tanto el público como la policía es por qué. ¿Por qué esa persona? ¿Por qué haría alguien algo así?

El público, a través de los medios, ansía saber la respuesta por motivos tanto amarillistas como de supervivencia. El asesinato ofrece una buena historia —nuestra obsesión nacional con los podcasts de crímenes reales como este es prueba más que suficiente—. Pero ahí hay algo más que el mero entretenimiento. Si nos enteramos de lo que la víctima hizo antes de ser asesinada, sabremos lo que no debemos hacer, y en ese sentido podremos convencernos de estar más seguros —sin que importe si las acciones de la víctima tuvieron alguna relación con su muerte o no.

La policía realiza sus averiguaciones por otros motivos. La victimología, el estudio de las víctimas de un crimen y de las posibles relaciones que estas mantuvieron con sus atacantes, desempeña un papel crucial a la hora de resolver un asesinato. Cuanto más sepan los investigadores sobre la víctima, mayores serán sus posibilidades de dar con el asesino. ¿Qué llevó al criminal a escoger a su víctima en ese momento y en ese lugar, para matarla de esa manera? Esto puede sonar como que se está culpando a la víctima, pero la intención es poner el foco en el agresor, no en la persona a la que hace daño. Las personas clasificadas como de alto riesgo por los análisis de victimología pueden salir a la calle a diario sin convertirse en víctimas. Alguien clasificado como de bajo riesgo puede realizar su rutina, normal y segura, y aun así ser agredido por un asesino oportunista. Lo importante es estudiar quiénes son las víctimas, y por tanto con quién se relacionan, a fin de concentrarse en los posibles sospechosos. Dar respuesta a las preguntas habituales de la victimología puede significar la diferencia entre atrapar a un asesino o que quede impune.

ELENA:
Cuando Jessica Elerson fue secuestrada usted ya había recibido la ayuda del ADN con los casos anteriores, ¿no es así?

SYKES:

Sí, comenzaron a crear una serie de perfiles bien desarrollados de cada una de las víctimas del A. N. con la esperanza de que hubiera algo en su victimología que las vinculara a todas y nos ayudara a identificar al asesino. Por desgracia no encontraron nada específico. Concluyeron que ninguna de ellas mostraba un riesgo particularmente alto de convertirse en la víctima de un crimen. Aunque algunas adoptaron comportamientos de riesgo moderado, como el de volver a casa caminando al anochecer o estando ya oscuro, se encontraban en zonas pobladas, y algunas incluso fueron secuestradas en pleno día. Eso llevó al ADN a la conclusión de que el asesino debía de haberlas seguido, con toda probabilidad durante varias semanas seguidas, y, o bien sabía a la perfección cuándo estarían solas, o las atacó en un momento puntual de vulnerabilidad. Sabemos que al menos los casos de Beverly Anderson y de Lilian Davies fueron crímenes de oportunidad. Sus rutinas habituales se vieron perturbadas, pero él fue capaz de golpear en el momento exacto, como si hubiera estado esperando a que le llegara esa oportunidad. En cambio, otras víctimas fueron capturadas cuando realizaban sus actividades habituales, como si el ACA se hubiera presentado allí sabiendo con exactitud dónde iban a estar a esa hora en particular. Y, puesto que su patrón y su marco temporal eran tan cruciales en cada secuestro, no tenía margen de error.

ELENA:

Hablando de su patrón, vamos a comentarlo un poco. Sabemos que los números tres, siete y veintiuno son importantes para él. Secuestró a las niñas en intervalos de tres días, pero también secuestró a la mayoría en tandas de tres. Isabelle, Vanessa y Tamera desaparecieron una detrás de la otra. A continuación, Lilian, Carissa y Katrina. Pero solo hay dos víctimas, Beverly y Jillian, de sus primeros asesinatos conocidos, en 1996. Lo cual ha sido motivo de especulación y conspiraciones a lo largo de los años. Sabemos que esos asesinatos fueron diferentes. Por ejemplo, Beverly y Jillian no presentaron signos de que las hubieran obligado a limpiar, como a las otras. Y, como ya hemos comentado con anterioridad, eso ha llevado a algunas personas a teorizar que Jimmy mató a las primeras dos chicas y que un imitador tomó su relevo. Detective Sykes, después de pasarse dos décadas trabajando en este caso, ¿qué piensa usted de esa disparidad?

SYKES:
Ante todo, voy a decir que no tengo ninguna seguridad. Se trata tan solo de mi opinión. Pero, tal y como dijo usted, se basa en los veintitrés años que he pasado viviendo y respirando este caso. Pienso que Beverly Anderson no fue la primera víctima del A. N.

ELENA:
No parece tenerlo muy claro, pero voy a pedirle que desarrolle un poco esa cuestión.

SYKES:
Ya estoy jubilado, así que ¡al diablo! En cuanto pude tomarme un respiro me pasé meses estudiando asesinatos no resueltos ocurridos en todo el país que coincidieran con el *modus operandi* del Asesino de los Números. No tenía sentido que hubiera comenzado con una chica de veinte años cuando sabemos que el veintiuno es uno de los números que le motivan. Si los asesinatos de 1996 fueron de verdad los primeros que cometía, habría tenido sentido que se mostrara menos organizado. Quizá la había matado algunas semanas o algunos meses antes que a las otras. Quizá lo de retenerlas durante siete días fue una escalada, y a la primera chica la mató de inmediato. Pero, por mucho que me esforzara, no lograba encontrar

nada por el estilo. Incluso busqué a otras mujeres de veintiuno que hubieran sido asesinadas de manera diferente: por estrangulamiento, arma de fuego, distintos tipos de veneno... Nada. Lo más probable es que la respuesta se encuentre en el informe de un caso sin resolver archivado dentro de una caja en algún almacén policial del estado. Pero, aunque sigo buscando de cuando en cuando, si me aburro, nunca he sido capaz de encontrarla.

ELENA:
Si se encontrase a esa primera víctima, podría representar una pista importante.

SYKES:
Sin duda, eso es lo que creo. Los asesinos en serie suelen cometer errores con sus primeras víctimas. Es posible que incluso alguien tan meticuloso como el A. N. se viera impulsado a asesinar en un arrebato de rabia y tuviera que deshacerse del cuerpo de manera apresurada. Quizá incluso dejara algún rastro de ADN. Miles de personas lo han intentado, pero si usted fuera capaz de averiguar la identidad de esa persona, podría representar un gran punto de inflexión para el caso.

ELENA:
Bueno, señor, desde luego que haremos todo lo posible. Regresando al patrón, no obstante... En todos los asesinatos desde que usted se ocupó del caso, el criminal estableció una rutina de secuestrar a las chicas en intervalos de tres días, y de retenerlas durante siete días antes de matarlas. Eso habría requerido un estudio y una planificación muy profundos por su parte, y es probable que ese sea el motivo por el que se tomó un año entre cada trío de asesinatos, a fin de poder prepararse para el siguiente grupo. ¿Qué le dijo eso acerca del perfil del asesino?

SYKES:

Todos coincidimos en que era meticuloso. Era algo evidente a partir del estado en el que dejaba los cuerpos, en los que no se encontró ni una célula epitelial ni una sola pestaña. Supusimos que la única manera en que podía disponer de una chica que secuestrar durante cada uno de los días de su secuencia contra reloj fue que contara con informes sobre cada una de ellas, y que tuviera a otras en la reserva por si una le fallaba. Lo más probable es que hubiera docenas de víctimas en potencia por cada edad a las que tuvo en consideración y a las que decidió no perseguir por una variedad de motivos. Debía de contar con chicas de cada edad susceptibles de convertirse en sus víctimas según el día de la semana. Suzie vuelve caminando sola a casa los martes por la tarde, Bess va a la iglesia sola los domingos, etcétera. Tuvo que ser así, porque necesitaba que todas las circunstancias se alinearan con precisión a fin de raptar a cada chica, y su patrón para secuestrar a las otras dos después de la primera era inflexible. Tenía que suceder en un intervalo de tres días. El secuestro de Jessica fue una mezcla de oportunismo y planificación. Su madre la perdió de vista durante lo que debieron de ser diez, quizá quince minutos, y desapareció. Tuvo que estar al tanto de su costumbre de ir a hacer las compras cada semana, porque había estudiado todas las zonas en las que había cámaras de seguridad y supo con exactitud cómo evitarlas. Pero era algo increíblemente arriesgado. Tuvo que llevársela de una tienda llena de gente sin dejar rastro en una ventana de tiempo muy pequeña. Que se la llevara de esa manera fue una muestra de arrogancia. Sabía que se trataba de un desafío y que estaba preparado para asumirlo.

La única ocasión en la que tuvo que jugársela fue con la última víctima. Su rutina diaria debería haberla dejado expuesta aquel día, pero la niña no siguió su rutina y él tuvo que improvisar.

ELENA:
¿Cómo lo hizo?

SYKES:
Eleanor Watson, a la que todo el mundo llamaba Nora, a veces se quedaba sola en casa durante una hora por las tardes, entre que llegaba de la escuela y sus padres volvían del trabajo. Era la típica niña que iba con la llave de casa encima, lo cual comenzaba a ser raro en 1999, pero aún no había pasado de moda por completo..., sobre todo con los niños de esa edad. La mayoría de las veces, Nora se quedaba en casa de una amiga y su madre iba a recogerla sobre la hora de la cena. Pero, para demostrar que podía ser independiente, se quedaba sola en casa cada vez más. El A. N. debía de contar con que estuviera sola allí aquel día, pero en realidad Nora se fue a casa de su amiga. Fue entonces cuando asumió el mayor riesgo de sus secuestros. Se plantó en el umbral y llamó a la puerta.

ELENA:
¿Quién le abrió?

SYKES:
La amiga de Nora. Su madre trabajaba desde casa, en un estudio en la parte de atrás, y no la debían molestar durante las horas de oficina, así que su hija abrió la puerta. Al parecer, el A. N. llevaba una bufanda de cachemira y una gorra de color rojo. Es un truco: te pones algo llamativo de manera intencionada cuando crees que es posible que alguien te vea, de modo que al quitártelo vuelves a pasar desapercibido entre la multitud. Le dijo a la amiga de Nora que había ido a recogerla porque a su madre la habían llevado al hospital. Nora no lo pensó dos veces. Estaba tan preocupada por su madre que se subió al coche de aquel hombre. Transcurrió más de una hora antes de

que la madre de su amiga saliera de su estudio y se enterara de que Nora se había ido.

Y ese habría sido el final. Si todo hubiera salido según los planes del A. N., habría habido otros dos asesinatos después del de Jessica, y otros tres al año siguiente, y al siguiente. Lo único que sabía la policía era que secuestraba a una nueva niña cada tres días y que la mataba una semana después, como un reloj. No tenían ningún motivo para pensar que iba a detenerse algún día... y no tenían ni idea de cómo detenerle a él.

Podría haber seguido así para siempre, el A. N. podría haber cambiado de víctimas después de completar su cuenta atrás, para iniciar un ritual completamente nuevo. Cuando le agarra el gusto a asesinar, un hombre como ese no deja de hacerlo así como así.

Pero ese no es el final de nuestra historia. Porque Nora Watson no murió a manos del Asesino de los Números. Se escapó.

9

Elena

13 de enero de 2020

La ventisca barrió las Twin Cities y dejó las carreteras intransitables durante todo el fin de semana. Angelica, la hermana de Martín, llamó por teléfono el sábado por la mañana. Era el único miembro de su familia que residía en el medio oeste, casi todos continuaban viviendo en Monterrey y en sus alrededores. Sus hijos le robaron el celular y se lo llevaron fuera para mostrarles el muñeco de nieve que habían hecho en el jardín trasero de su casa en Eau Claire. Era evidente que a sus sobrinos les encantaban la nieve y el frío, pero, cuando le devolvieron el teléfono a Angelica, Martín y ella se las arreglaron para pasarse casi una hora quejándose y bromeando sobre el clima invernal, hasta que Elena se puso a llorar de la risa.

Después de colgar, Elena y Martín invitaron a Sash y a Natalie a su casa, y se pasaron el resto del fin de semana mirando películas y bebiendo grandes cantidades de chocolate caliente de la marca Abuelita. Más allá de escabullirse durante un par de horas para hacer un esquema del episodio de la semana siguiente, Elena hizo todo lo posible por relajarse y no pensar en el caso. Ya habría tiempo de sobra para ello cuando volvieran a abrir las carreteras a la circulación.

Sash y Natalie se fueron cuando la nieve comenzó por fin a amainar, el domingo por la tarde, y Elena se pasó la noche grabando lo que le faltaba para acabar el guion de aquella semana. Durante los días siguientes, Tina iba a unirlo todo de manera que sonara impecable. El episodio número seis iba a contener un bombazo: la conversación que Elena había mantenido con una mujer a la que había logrado localizar apenas la semana anterior. No veía el momento de revelarle al mundo sus hallazgos.

De madrugada, después de mandarle los archivos de audio a Tina, se derrumbó sobre la cama y se quedó dormida al cabo de pocos minutos.

El lunes amaneció blanco y nítido a través de las rendijas de las cortinas de su dormitorio. Martín la atrajo hacia él, introdujo una mano cálida en su camiseta y comenzó a acariciarle la espalda. Elena se despertó con un parpadeo y le sonrió.

—Buenos días —murmuró, con la garganta aún irritada por la grabación de la noche anterior.

—Eh, hola —susurró él antes de pegar sus labios a los de ella y rodar hasta cubrir la parte superior de su cuerpo—. Estuviste levantada hasta tarde.

—Episodio seis. —Elena le besó el cuello e inspiró el débil aroma de la colonia del día anterior—. Le puse un lacito y se lo mandé a Tina.

—¿Este es el potente? —Su mano se deslizó entre las piernas de ella, que cerró los ojos con un pestañeo.

—Mm, sí. Probablemente represente un bajón tras el de la semana pasada, pero es que será duro superarlo. —Sus caricias la dejaron sin aliento. Se puso a buscar a tientas bajo la sábana y sonrió al descubrir que él ya estaba desnudo.

Martín soltó una risita.

—Si no te conociera, juraría que lo hiciste a propósito.

Ella abrió los ojos para estudiar su rostro.

—¿Que hice qué?

Martín le bajó los pantalones de la pijama y los dos se unieron piel contra piel. Él pegó la boca a su oreja y le susurró mientras comenzaba a moverse:

—Lo de que será duro superarlo.

A Elena se le escapó una carcajada que se vio interrumpida por un gemido cuando él se pegó aún más a ella. El cuerpo de él vibró con otra risita mientras le besaba el cuello. Y entonces dejaron de hablar.

Una hora más tarde, después de que Martín se fuera a trabajar, Elena abrió sesión en su computadora para ver el correo. Su productora ejecutiva en la cadena del podcast le había enviado varios mensajes de admiración sobre las audiencias del programa que habían emitido el jueves. Su coordinadora de marketing planeaba subir el precio de la publicidad para pagar por un hueco de emisión vespertina y atraer así a nuevos oyentes de la generación X, que habrían sido adolescentes o apenas veinteañeros cuando el A. N. estaba en activo. Había centenares de correos por leer, pero Elena vio que Tina había checado otros miles y que los había etiquetado según su sistema de clasificación. Aquella gruesa mancha de color rojo resultaba inquietante.

El rojo era el color que dedicaban a aquellos mensajes lo bastante amenazadores como para plantearse la posibilidad de denunciarlos.

Puesto que no estaba de humor para lidiar con esos correos en aquel momento, volvió a entrar en el perfil de Facebook de Leo. Aunque varios de sus mensajes constaban como leídos, ninguno de sus familiares había contestado a sus preguntas. Elena se llevó una decepción, pero no se sorprendió. Se puso a repasar las imágenes de su perfil, buscando un rostro femenino durante el año que había transcurrido desde que se separara de su esposa. No había oficializado nada por Facebook, pero seguía existiendo la posibilidad de que tuviera novia.

No hubo suerte. Hasta tres años antes, todas las fotos lo mostraban a él solo..., pero al fin encontró una que lo retrataba mejilla con mejilla al lado de una mujer latina de cabello grueso y lacio, recogido en una cola de caballo alta. Elena hizo clic en la imagen y realizó un pequeño baile de la victoria sobre la silla al ver que la mujer estaba etiquetada. Luisa Toca. Debía de ser su exesposa. Elena visitó su muro.

La foto de perfil de Luisa era la bandera de Guatemala, una franja blanca con un escudo de armas flanqueada por otras dos de un color azul puro y claro. Sus actualizaciones de estado fluctuaban entre el inglés y el español. Uno fechado tres meses antes llamó la atención de Elena: anunciaba que la madre de Luisa se iba a vivir con ella. Una ojeada a sus fotos reveló tomas traseras y laterales de docenas de peinados femeninos de diferentes estilos y colores, etiquetados todos ellos con el nombre de una peluquería del centro de la ciudad. Elena llamó al negocio, pero su encargado le dijo que Luisa no se había presentado a sus turnos de trabajo durante los últimos días y que no le contestaba al teléfono.

Elena entró en la sección dedicada a la familia de Luisa y dio gracias al cielo por lo que había encontrado: la cuenta de su madre estaba casi vacía, pero tenía una. Y Elena disponía ahora de un nuevo nombre.

Después de mandarle a Luisa un mensaje privado, Elena se puso a buscar su dirección. Desde que comenzó a realizar su podcast de investigación había descubierto que la gente no tenía ni idea acerca del volumen de información privada que resultaba fácilmente accesible en la red para quien supiera dónde buscar. Direcciones actuales y anteriores, números de teléfono, empleos, incluso los números de la Seguridad Social... Todo ello se encuentra disponible de manera pública si uno acude al lugar adecuado. Borrar esa información es posible, pero caro. Ocho años atrás, Elena pagó un montón de dinero para librarse de toda la información relativa a su persona, pero había valido la pena. Un nuevo apellido de casada, un nuevo futuro... Ya nadie le iba a pedir que reviviera el peor momento de su existencia. Realmente había valido la pena.

Se encontró en un callejón sin salida respecto a la información de Luisa, pero con su madre hubo más suerte. Al cabo de una hora, Elena tenía la dirección de María Álvarez y se subió al coche en dirección a Fridley.

Tras la nevada de la noche anterior ya habían abierto la mayor parte de las carreteras, pero en el suelo seguía destellando una capa fresca y diáfana de polvo blanco. Por mucho que odiara el invierno, había algo mágico en la manera en que una ventisca podía transformar la ciudad en algo nuevo. El día se veía limpio e inmaculado, parecía algo demasiado puro como para existir en el mismo universo en el que ella se había encontrado con el cadáver de Leo. No importaba lo que hubiera pasado antes, ya que aquel era un nuevo comienzo.

De camino se ajustó el micrófono y los auriculares sobre el gorro de punto. Con el paso de los años había aprendido que era mejor grabar una idea que no iba a usar nunca antes que encontrarse con un agujero en el podcast y no disponer de un monólogo con el que rellenarlo.

—Hace tres días recibí el mensaje de correo de una persona que afirmaba tener una pista sobre el A. N. Fui a reunirme con él, para averiguar la información de la que disponía, pero al llegar a su casa me encontré con que lo habían asesinado. —Se detuvo y parpadeó para librarse de la imagen del cuerpo ensangrentado de Leo—. Desconozco en qué consistía esa información, si es que existía. Cabe la posibilidad de que nada de todo esto sea relevante para el caso, y de que acabe archivando esta grabación como he hecho con muchas otras veces. Pero ahora mismo sigo intentando averiguar lo que podía saber ese hombre. Voy camino a la casa de su exesposa, para descubrir si mantuvo contacto con él hasta hace poco. Está claro que no es demasiado probable, pero tengo que intentarlo. Aún... aún no puedo creer que se tratara de una coincidencia, aunque en apariencia lo fue. Llevo cuatro años realizando este podcast, y ninguno de mis oyentes se había puesto nunca en peligro por darme una pista. Al menos que yo sepa. Quiero recordarles a todos que lo primero es que se preocupen por su propia seguridad. Si tienen la sensación de estar en peligro, llamen a la policía de inmediato. Seguiré informando en cuanto sepa algo más.

Apretó el botón de stop y se quitó los auriculares.

Los primeros espasmos de un ataque de ansiedad comenzaron a crecer dentro de su pecho. Tras entrar en el estacionamiento de un complejo de departamentos de ladrillo oscuro, Elena inspiró hondo por la nariz, aguantó el aire diez segundos y lo soltó por la boca. Repitió el proceso dos veces más, hasta que los temblores en su interior se desvanecieron y le permitieron volver a respirar con normalidad. Apagó el motor, agarró la bolsa que había llenado con el equipo de grabación por si Luisa aceptaba realizar una entrevista, y abrió la puerta para salir a la fresca tarde invernal.

Según la investigación que Elena había realizado en casa, Luisa y Leo estuvieron casados durante cinco años hasta su separación, el año anterior. En aquel momento, ella parecía estar viviendo con su madre en un viejo edificio de departamentos al lado de la autopista. Elena cargó con la bolsa por dos tramos de una escalera que olía a moho y llamó a la puerta del número 207. En el interior, unos pasos lentos hicieron crujir el suelo en su camino hacia la puerta, y les siguió el sonido de la tapa de la mirilla al levantarse.

—¿*Quién es?* —preguntó una voz ronca.

—*Señora, me llamo Elena Castillo. Estoy buscando a Luisa Toca.*

—¿*Sabe dónde está mi Luisa?* —La voz de la mujer se volvió un poco más aguda por la anticipación.

Elena se encogió de hombros. La mujer tampoco sabía dónde estaba Luisa.

—*No, estoy buscándola.*

Una cadena se sacudió y la puerta se abrió para revelar a una anciana encorvada que se apoyaba con fuerza sobre un tanque móvil de oxígeno. Unas cánulas reposaban en el estrecho interior de sus orificios nasales. Su piel estaba tallada con las arrugas de la vejez y la ansiedad. Al ver a Elena, la mujer tensó la mandíbula y sacó la barbilla.

—Sé hablar inglés, ¿sabe?

—Oh, lo siento. No debería haber dado nada por sentado. Podemos hablar el idioma con el que más cómoda se sienta.

Al cabo de un instante, María asintió con la cabeza.

—No pasa nada. Habla usted un buen español, pero no tengo problema con el inglés. ¿Es de la policía?

—No, soy una investigadora independiente. —Elena levantó el micrófono—. No estoy grabando, no se preocupe. Pero reviso casos sin resolver para un podcast... Es como un programa de radio. Tenía la esperanza de que Luisa pudiera ayudarme a encontrar a alguien.

—No sé quién podría ser esa persona, pero entre.

Arrastrando los pies, María dio media vuelta y guio a Elena más allá del pequeño vestíbulo de su departamento, hasta una cocina que olía a cilantro y a cebolla. Elena se acomodó en una silla de madera e inspiró aquel aire especiado.

Con movimientos lentos y acompasados, María llenó

una tetera de agua y la puso al fuego. Hizo girar un dial y el anillo adoptó un color naranja por el calor.

—*Mijita* —susurró María en voz tan baja que a Elena le costó oírla. Entonces se apartó de la cocina y volteó a verla—. Llevo días sin saber de ella. Casi una semana. Tenía que llamarme durante el fin de semana, pero no lo hizo. Yo lo intenté una y otra vez. ¿Quién la mandó aquí?

Elena se inclinó hacia delante, ansiosa por ayudar a que la mujer se sentara en una silla. Pero era algo que no le correspondía hacer a ella.

—Encontré a Luisa a través de las redes sociales y vi que usted era su madre. Rastreé su dirección a partir de allí. En el trabajo tampoco saben nada de ella desde hace días, así que esperaba encontrarla aquí.

—Entonces no sabe dónde está... —María sacó dos tazas de color café de un armarito revestido de madera y las dejó sobre la barra. Abrió una caja de Therbal de color amarillo oscuro y dejó caer una bolsita de té en cada taza.

—No, lo siento —dijo Elena—. ¿Ya no vive aquí?

—Aquí es donde recibe su correo, pero pasa las noches con un hombre.

—¿Su novio? —Elena no había considerado la posibilidad de que Luisa tuviera algo que ver con la muerte de Leo, pero que hubiera otro hombre en la foto hacía que las cosas se pusieran más interesantes. Un nuevo amante puede complicar cualquier vieja relación.

El rostro arrugado de María se retorció con una mueca de desagrado.

—Es demasiado viejo para ser su novio. Ese hombre tiene veinte, veinticinco años más que mi Luisa. Ella aún es joven, aún podría encontrar a un buen hombre y casarse de nuevo. Pero no lo intenta. Solo quiere a ese viejo.

—¿Cómo se llama?

—No lo sé —dijo la mujer, negando con la cabeza—.

Ella sabe que lo odio, así que no lo trae por aquí. Es blanco, los ojos azules, con... *¿Cómo se dice? Está perdiendo su pelo.*

—¿El pelo? ¿Se está quedando calvo?

La tetera comenzó a silbar y María se dio la vuelta para llenar las tazas de agua.

—Correcto. ¡Luisa es tan guapa! Podría tener a cualquier hombre que quisiera, pero fue a escoger a ese... a ese *viejo feo.*

Elena se mordió el labio. Luisa era afortunada al tener a una madre como María; cariñosa y elogiosa, convencida de que nadie era lo bastante bueno para su hija. Debía de resultar agradable.

María comenzó a recoger las tazas de té, intentando controlar las dos con una sola mano para poder seguir desplazando el tanque de oxígeno.

Elena se puso en pie.

—Por favor, *señora,* ¿puedo ayudarla con el té?

La anciana la miró a los ojos por un instante y a continuación asintió con la cabeza.

—Gracias.

En cuanto estuvieron las dos sentadas a la mesa, Elena levantó su taza y sonrió.

—Gracias. Es la marca favorita de mi marido.

—¿Su marido es mexicano? —A María se le iluminaron los ojos—. No me extraña que hable tan bien español. Es el idioma del amor, ¿sabe?

—Conmigo funcionó, desde luego. —Elena se rio.

María parecía estar bajando la guardia. Nunca es sencillo que eso pase con un extraño, pero, según la experiencia de Elena, entre una mujer de color y otra blanca aún lo era menos. Como mexicana residente en Estados Unidos, María tendría un millón de motivos para no confiar en alguien como ella. Elena decidió que intentaría no darle ningún motivo más.

Guardaron silencio por unos instantes. Entre un trago y otro, María observaba el líquido que se arremolinaba en su taza. Por fin volvió a levantar la mirada hacia Elena.

—No me ha dicho por qué busca a Luisa. ¿Se metió en problemas?

—No, ella no, pero su exmarido los tiene... tuvo.

—¿Leo? Oh, adoro a Leo. Luisa nunca debió dejarlo. —A María le brillaron los ojos y Elena sintió un aguijonazo de culpabilidad. Quizá debía marcharse sin contarle a María lo sucedido. Dejar que lo descubriera a través de la policía o de su hija cuando llegara el momento. Pero no podía permitir que la mujer siguiera pensando que Leo estaba vivo cuando no era así. No le pareció justo.

—Señora Álvarez, me temo que tengo una noticia terrible. Leo fue asesinado hace un par de días. Le pegaron un tiro en su departamento.

A la anciana se le congeló la expresión, y la calidez de sus ojos se vio reemplazada por un mar de lágrimas.

—*¿Qué?*

—Lo siento mucho. Está muerto.

De repente, María apretó los dientes y todas sus arrugas se convirtieron en líneas rectas que conducían hacia el fruncimiento de sus labios.

—Fue ese *hijo de puta*. El *pelado* que está con Luisa. Estoy segura. Se la robó a Leo, pero eso no fue suficiente. Siempre se mostraba celoso de que hubiera estado casada con un hombre de verdad que la amaba. —La mujer se dejó caer contra el respaldo de la silla, se acodó en la mesa y apoyó la cabeza en la palma de la mano.

Elena bajó la mirada hacia su regazo, para ofrecerle un poco de intimidad en su aflicción. Otra posibilidad que debía añadir al conjunto. Si en efecto Leo había sido asesinado por un ataque de celos del nuevo novio de su ex justo el día en que iba a darle a Elena una pista sobre el A. N., el asesino había escogido el peor momento.

Al cabo de unos instantes intentó dirigirse de nuevo a María.

—*Señora*, ¿puedo llamar a alguien para que venga a quedarse con usted? Lo siento mucho, pero de veras tengo que seguir buscando a su hija. Si tiene usted razón acerca del hombre con el que está, Luisa también podría encontrarse en peligro.

María se puso en pie mientras se frotaba los ojos y se dirigió arrastrando los pies hacia uno de los cajones de la cocina. Lo abrió y sacó un *post-it*. Escribió dos líneas en él y se lo dio a Elena.

—Esta es la dirección en la que está con ese hombre. Yo nunca voy allí. Ella sabe que no la apoyo con esto.

Elena agarró la nota y se dispuso a retirar la mano, pero María la sujetó con fuerza y la miró a los ojos.

—Encuéntrelo. Encuéntrelo y manténgalo alejado de mi hija. Por favor.

Ella asintió, puso la otra mano sobre la de María y se la apretó.

—Haré todo lo posible.

Frente al departamento de María Álvarez, Elena puso el coche en marcha para que se fuera calentando. Mientras esperaba, sacó el celular y revisó de nuevo los perfiles de Luisa en las redes sociales, se desplazó por sus actividades más recientes. La inspección de sus fotos no reveló a ningún hombre mayor que coincidiera con la descripción que le había dado su madre; todas sus imágenes eran o bien selfis o el resultado final de los peinados de sus clientas. Llevaba más de una semana sin subir nada ni interactuar con nadie. Su última actualización de estado decía solo «Como sea», con el emoticono de las manos en actitud de rezar. Era críptico, pero no exactamente inquietante. Con suerte, Luisa estaría con el tipo de Falcon Heights que María le había indicado, y al menos Elena podría averiguar lo que sabía acerca de las sospechas de Leo. Aunque, si mantenía una relación con otro hombre, lo más probable es que no tuviera gran cosa que decir sobre su ex y que no pudiera ayudarla. Por no hablar de la posibilidad de que alguno de los dos hubiera tenido algo que ver con su asesinato.

El aire que salía de los ventiladores había comenzado a calentarse al fin, y Elena se puso en marcha.

Tras pasar por el servicio para automóviles de un Dunn Bros y pedir un café moca, Elena se dirigió hacia Falcon Heights y aprovechó los semáforos para ir dando sorbos a aquel café fuerte y dulzón. La luz de la primera hora de la tarde comenzaba a retirarse y eso le provocó un arrebato de nostalgia hacia los días en los que el sol no se rendía a las tres y media. Aunque hubiera pasado toda su vida en Minnesota, Elena nunca había logrado reconciliarse con la oscuridad y el frío de sus inviernos.

Justo antes de abandonar la I-694, un logo familiar llamó su atención. Había transcurrido más de un año desde que la emisora del podcast comenzara a promocionar «Justicia en el aire» con vallas publicitarias, pero Elena no se había acostumbrado aún a ver el dibujo de color plata sobre negro de su marca exhibido a tamaño gigante a un lado de la carretera. El equipo de marketing se había apiadado de ella y había permitido que rechazara la idea original de poner su retrato en los anuncios. La gente conocía su rostro a través de los programas locales de noticias a los que llamaba de vez en cuando para comentar algún caso, pero no necesitaba que salpicaran las vallas de las Twin Cities con él.

La dirección que le había dado la señora Álvarez pertenecía a una modesta casa de ladrillo que tenía dos pisos, un garaje anexo para un par de coches y un camino de acceso del que habían retirado la nieve con pulcritud. Al observarlo con mayor atención, Elena decidió que debía de tener un sistema de calefacción interno: ni siquiera el mejor trabajo de pala lograría retirar hasta el último resto de nieve y de hielo, pero el pavimento estaba húmedo y completamente limpio. Dejó el café a medio beber en el coche y se mentalizó para enfrentarse al viento helado antes de salir.

Mientras recorría el camino, Elena inspeccionó la casa: ladrillos de color gris oscuro y molduras blancas con una serie de impecables ventanas rústicas oscurecidas desde el interior por unas cortinas pesadas. Debajo de las ventanas y a lo largo del sendero había unos jardines cubiertos por completo de nieve, a excepción de las ramas secas de un matorral alargado, que sobresalían entre el blanco.

Al recordar que María estaba convencida de que aquel tipo había matado a Leo, Elena posó la mano sobre la Ruger que llevaba debajo del abrigo. Con la mano que le quedaba libre, mantuvo el timbre apretado hasta que este sonó en el interior de la casa.

No hubo respuesta. Elena retrocedió y miró la puerta del garaje, que permanecía cerrada. Era imposible saber si había alguien allí. Las ventanitas talladas sobre la puerta de entrada estaban cubiertas de escarcha y no había luz al otro lado, pero volvió a llamar al timbre de todos modos.

Al cabo de un instante, Elena oyó unos pasos procedentes del interior. Sonaban como si alguien estuviera bajando por la escalera. Pateó el suelo sin moverse del sitio y se echó el aliento sobre las manos ahuecadas. Al fin, la puerta se abrió hacia dentro algunos centímetros, hasta que una cadena la detuvo. Por encima de la cadenita apareció el rostro de un hombre de cincuenta y tantos años. Llevaba unos lentes oscuros de color azul como los de Bono, y el gris de su barba de pocos días se unía a su cabello fino alrededor de la base de una gorra descolorida de los Twins. La piel arrugada en torno a su boca tenía la textura del cuero desecado. Por un momento, su expresión pasó de confusa a tensa, pero a continuación dibujó en ella una educada y agradable sonrisa estilo Minnesota. Probablemente esperaba a alguien conocido.

—¿Sí? —dijo.

—Hola, señor... —Elena esperó a que él terminara la frase, pero el hombre se quedó ahí plantado, estudiándola. Se aclaró la garganta mientras el silencio se prolongaba, y acabó por rendirse y continuar hablando—. Estoy buscando a una joven llamada Luisa. Me dijeron que vive aquí.

Él cambió el peso del cuerpo de una pierna a la otra.

—Le deben de haber dado una dirección equivocada —contestó, y comenzó a cerrar la puerta.

—No, espere... —Por instinto, Elena estiró el brazo y pegó la mano contra la puerta. El hombre se detuvo—. Por favor, necesito encontrarla de verdad. ¿Está seguro de que no conoce a nadie con ese nombre? María Álvarez, la madre de Luisa, me dio esta dirección. Ella cree que Luisa está viviendo con usted, o que al menos pasa aquí la mayoría de las noches.

El hombre frunció el ceño.

—¿María Álvarez? ¿Esa vieja bruja? —Se rio mientras negaba con la cabeza—. Ah, esa Luisa... La hija de María. No lo puedo creer. María Álvarez vivía al otro lado de la calle, y vi a su hija un par de veces, cuando se pasaba por aquí. Coqueteé con ella, sí, pero no tuvimos ninguna cita. Me dijo que tenía novio.

Por fin quitó la cadena de la puerta y la abrió lo suficiente como para señalar por encima del hombro de Elena hacia una casita blanca que había en diagonal al otro lado de la calle. A diferencia de la suya, la vieja casa de la señora Álvarez necesitaba desesperadamente una mano de pintura y con toda probabilidad un tejado nuevo. El camino de acceso se había perdido bajo la nieve, que estaba al mismo nivel que la que cubría el jardín, y ese nivel era lo bastante alto como para estar a punto de tapar el triste cartel café de Se vende.

—No quiero ser cruel, pero María no está bien de la cabeza, ¿sabe? No me sorprendería que creyera que de hecho le robé a su hija o lo que sea. Si ya piensa que le robé su casa...

—¿Que le robó su casa?

Cuando Elena volvió a mirarlo, el hombre había cruzado los brazos sobre el pecho. La sudadera con capucha de color gris que llevaba puesta le daba un aspecto cálido y mullido; podría haber sido su padre, un hombre al que había interrumpido a la mitad del espectáculo previo al partido de futbol de los lunes por la noche.

—¿Vio el estado en el que se encuentra? El año pasado me quejé ante el ayuntamiento porque no se ocupaba de ella. El césped estaba descuidado, en su jardín había más malas hierbas que flores, la fachada de la casa parecía a punto de venirse abajo... Aún está así, ¿no cree?

—Se le sonrojaron las mejillas. Algo en su enojo provocó en Elena un chispazo de reconocimiento, pero su rabia no era diferente de la del resto de los hombres: el rostro enrojecido y contorsionado; la voz, un balbuceo agraviado.

Él prosiguió:

—Bueno, como le dije, elevé un par de quejas ante el ayuntamiento. Al final alguien fue a investigar y descubrió que la mujer no vivía en buenas condiciones. Estaba enferma, y al parecer el estado del interior de la casa era más desastroso que el de fuera, así que supongo que llamaron a su hija y que se llevó a la vieja.

—¿Hizo que echaran a una anciana de su domicilio? —preguntó Elena, intentando que su voz no sonara como si lo estuviera juzgando.

—Hice que una anciana recibiera la ayuda que necesitaba, pero que no solicitaba por necia. —La miró a los ojos a través de los lentes oscuros—. A todo esto, ¿por qué la está buscando? ¿Es usted amiga de Luisa?

—Algo así. —Elena se puso a tamborilear con los dedos sobre su cadera. El tipo tenía una actitud bastante agradable, pero no podía ofrecerle nada, y aquello se había convertido de manera oficial en una pérdida de tiempo—. Entonces, cuando coqueteó con Luisa, ¿dice que ella lo rechazó porque tenía novio?

La sonrisa del hombre aumentó de tamaño.

—Ella no me rechazó.

—Pero usted dijo...

—Si hubiera querido tenerla, la habría tenido. Ella estaba interesada en mí de manera evidente. Charlé con ella delante de la casa de su madre, le dediqué un par de cumplidos. Resultó ser una pequeña pérdida de tiempo. —El hombre miró por encima de Elena, hacia la casa al otro lado de la calle, como si estuviera recordando aquella conversación—. Era peluquera. Y yo busco algo más en una mujer, ¿sabe?

Elena mantuvo una expresión neutra. Ni siquiera conocía a Luisa; por lo que sabía, esa mujer podía ser una pesadilla..., quizá incluso fuera la asesina de Leo. Pero eso no impidió que sintiera deseos de propinarle un codazo en la garganta al tipo.

El hombre sacó la barbilla y asintió con gesto petulante y los ojos brillantes.

—Ya. Bueno, gracias por pasar. Tengo que volver al partido.

Cuando él cerró la puerta, Elena regresó y se dirigió al coche mientras inspeccionaba aquella casa destartalada que por lo visto no había encontrado comprador. El plan del hombre para que echaran a María Álvarez y que el lugar estuviera así mejor cuidado parecía haber fracasado, y ella no pudo evitar sentir un ligero placer al pensarlo.

10

Podcast «Justicia en el aire»

19 de diciembre de 2019
Transcripción: temporada 5, episodio 3

[Sonido ambiente: una puerta se abre y suena una campanilla; la radio emite una melodía inidentificable.]

ELENA:
Hola, ¿es usted Simeon Schmidt?

SIMEON:
Yo mismo.

ELENA:
Hola, me llamo Elena Castillo, hablamos por teléfono.

SIMEON:
Ah, sí. ¡Eh, Lily! Lil. ¿Puedes venir a encargarte de esto un rato?

VOZ EN *OFF* DE ELENA:
Estoy en la gasolinera que hay junto a la I-94 a las afueras de Lakeland, Minnesota. Desde donde me encuentro

puedo ver el río St. Croix, justo por debajo del puente Interstate, que me conduciría hasta Wisconsin. Después de discutir durante unos minutos con su esposa, Simeon, el dueño del negocio, me lleva a su pequeña oficina en la parte trasera del edificio. Cuando ya nos acomodamos, le recuerdo el motivo por el que estoy allí.

ELENA:
Bien, estoy investigando los crímenes del Asesino de los Números a finales de los noventa, y entiendo que usted tiene una conexión con el caso. Ayudó a escapar a la última víctima del A. N., ¿no es así?

SIMEON:
No sé yo... Cuando llegó a mí, la niña había corrido ochocientos metros por la nieve, y descalza. Creo que se merece todo el crédito por su huida. Yo solo le proporcioné un lugar cálido donde esperar a que llegara la policía.

ELENA:
Me parece razonable, pero estoy segura de que ella le estaría agradecida por haberle proporcionado un refugio cálido y un lugar desde el que llamar a la policía.

SIMEON:
Cualquier persona habría hecho lo mismo.

ELENA:
Es posible. Bueno, ¿me puede describir lo que sucedió aquella noche?

SIMEON:
Claro, bien, compré esta gasolinera hace más de veinticinco años, y trabajo en ella los siete días de la semana, de la mañana a la noche. Mi esposa y yo vivimos en el departamento que hay aquí encima, así que, cuando cierro,

para volver a casa no tengo más que subir la escalera. Aquella fue una noche como cualquier otra. Estaba a punto de cerrar, creo, para irme a acostar, cuando vi a una niña que se acercaba corriendo. Irrumpió por la puerta y supe de inmediato que algo iba mal. Su pelo estaba enredado, parecía no haber comido en varios días y solo llevaba puesto un camisón.

Tardé algunos minutos en lograr que hablara. Parecía aterrorizada, tenía los ojos desorbitados, no dejaba de mirar hacia atrás por encima del hombro como si un monstruo la persiguiera. Mi esposa acabó por despertarse después de que le gritara, y, en cuanto la niña vio que había una mujer en la habitación, bajó los hombros y comenzó a hablar. Mientras mi mujer llamaba a la policía, la niña me contó que se había escapado de una cabaña donde un hombre la mantenía retenida y la obligaba a limpiar la casa. Me dijo que había salido por la ventana, que bajó por una tubería y que corrió hasta llegar a mi gasolinera. En principio yo no la habría creído, pero es que resultaba evidente que había pasado por un infierno, ¿sabe? Además, habíamos visto historias en la prensa sobre ese psicópata asesino que secuestraba niñas. El caso es que se calmó lo suficiente como para beber un poco de agua y ponerse unos pantalones deportivos que le dio mi mujer, y en ese momento llegaron la policía y la ambulancia. Nunca he vuelto a verla, salvo por su foto en las noticias un par de veces.

ELENA:
Me imagino que la policía le hizo algunas preguntas.

SIMEON:
Oh, sí, se quedaron aquí una hora o dos, y tuve que ir una vez a comisaría, creo. Vino un detective de las Twin Cities, el que dirigía la investigación del caso del A. N., si no me equivoco. Quiso hacerme algunas preguntas al

respecto, pero la verdad es que no recuerdo cuáles fueron, si le soy sincero.

ELENA:

Y después de aquello se ganó la atención de los medios, ¿no?

SIMEON:

Ah, no lo sé, supongo que sí. Las cámaras de televisión se pasaron algunos días aquí. Digo yo que fue una gran historia. Durante un par de meses tuvimos unos números muy buenos, eso sí lo recuerdo. Con mi esposa pudimos irnos a pasar una semana en las hondonadas de Wisconsin.

VOZ EN *OFF* DE ELENA:

Durante los días que siguieron a la huida de Nora, tanto el público como la policía estuvieron en ascuas. Por un lado, todo el mundo se sintió aliviado ante el hecho de que Nora hubiera sobrevivido y de que fuera a regresar con sus padres después de recuperarse en el hospital. Por el otro, por primera vez nadie tenía la menor idea de lo que el A. N. iba a hacer. La segunda víctima de su tríada había huido. ¿Iba a reemplazarla con otra? ¿Pasaría a la tercera, la de diez años, como si nada hubiera sucedido? ¿Haría lo impensable e intentaría capturar a Nora otra vez? Al menos se hizo todo lo posible para evitar eso último. La policía puso a ella y a su familia bajo vigilancia las veinticuatro horas del día durante el mes que siguió a su huida. Su padre, un gerente de banco más o menos pudiente, contrató un servicio de seguridad durante varios meses más después de que retiraran al equipo de vigilancia de la policía. En julio, Nora cumplió doce años sin que hubieran desaparecido más víctimas que coincidieran con el patrón del A. N.

Por entonces, no obstante, la mayoría de la gente

pensaba que todas esas precauciones habían sido innecesarias.

[Sonido ambiente: unas pisadas hacen crujir la nieve; un cuervo grazna.]

VOZ EN *OFF* DE ELENA:
Me encuentro en el emplazamiento de la cabaña de dos pisos donde la policía dice que Nora Watson estuvo secuestrada. Para evitar que reviviera su trauma, la policía nunca la trajo de nuevo hasta aquí. Pero, basándose en imágenes de la zona y en la distancia que la separa de la gasolinera, es la localización más probable. Y existe otro motivo para pensar que Nora estuvo retenida aquí. Cuando la policía llegó, se la encontró convertida en un montón de ceniza y madera carbonizada que seguía quemando en el gélido aire invernal.

Ya no queda nada de la cabaña, solo un pequeño claro vacío en mitad del bosque. Los bosques no son demasiado densos en esta zona, pero la cabaña estaba rodeada por todos los árboles que se puedan encontrar por aquí. Estaba apartada, a kilómetro y medio de cualquier carretera importante, y solo se podía acceder a ella por una estrecha calle de grava que llevaba a un camino de grava aún más estrecho. El terreno pertenece en la actualidad a los mismos dueños de entonces, una pareja pudiente que pasaba los veranos en una cabaña de cinco habitaciones cerca del río y los inviernos en las playas de Florida. En el momento de la huida de Nora, se confirmó que ambos estaban en su casa adosada de Florida, pues como cada año se habían escapado del norte en cuanto las hojas comenzaron a cambiar de color.

El lugar parece igual de abandonado que entonces. La nieve se ha adherido a los árboles, llevada por la ventisca. Allí donde asoma la tierra solo se ven hojas húmedas y muertas como manchas de color café. Debería ser un escenario bucólico, pero no me siento cómoda. Es un lugar que no presagia nada bueno. La policía nunca logró determinar a cuántas víctimas trajo el A. N. hasta aquí, pero al menos dos niñas fueron retenidas y al menos una de ellas murió en la cabaña. Y es el lugar en el que el cuerpo de Jessica fue hallado entre las cenizas, junto a los de otras dos personas adultas.

ELENA:
¿Qué me puede decir acerca de los cuerpos que se encontraron en la cabaña?

SYKES:
Si calculamos correctamente el tiempo que Eleanor Watson estuvo corriendo, nuestra estimación es que los descubrimos unas seis horas después de que la niña se escapara. Como bien sabe, el cuerpo de Jessica fue el único que logramos identificar. Según el informe forense, pudimos determinar que había muerto antes de que se declarara el incendio, gracias a Dios. Fue en medio de la noche del séptimo día, así que no resultó ninguna sorpresa que para entonces hubiera sucumbido al veneno. Los otros dos cuerpos pertenecían a un hombre y una mujer, ambos de entre veinticinco y cuarenta y cinco años de edad, de raza caucásica y sin parentesco entre sí. Hoy por hoy, 3 de noviembre de 2019, ninguno de ellos ha sido identificado. Mientras que la autopsia determinó que Jessica había fallecido por los efectos del envenenamiento con ricina, los adultos fueron asesinados de un solo disparo en la sien, y la pistola ardió con ellos en la cabaña.

ELENA:
¿Y no cabe duda de que el incendio fue provocado de manera intencionada?

SYKES:

No cabe duda: los bomberos encontraron un combustible y un encendedor en el lugar.

ELENA:

¿Sería correcto decir que esos dos cuerpos provocaron una controversia bastante considerable en el caso?

SYKES:

Se estaría quedando corta.

ELENA:

¿Puede explicarme por qué?

SYKES:

Como sabe, desde que Nora Watson escapó de él, no hemos podido relacionar ningún otro crimen con el Asesino de los Números. Como le dije antes, aunque estoy jubilado sigo investigando algunos casos sin resolver cuando tengo la oportunidad. Pero en todos estos años no he visto uno solo que concuerde con el patrón del A. N. La mayoría de la gente cree que eso se debe a que está muerto, ya que sería el hombre que encontramos en la cabaña, y cometió un asesinato-suicidio. Dicen que la mujer a la que mató debió de ser o bien su cómplice en los crímenes o una esposa que ignoraba sus actividades y a la que asesinó para que no se pusiera contra él.

Pero hay otras personas, como yo, que saben que eso es lo que él quería que pensara todo el mundo. Pongamos que sobrevivió. Tendría que haberse ocultado para reorganizarse y reexaminar su misión. Tendría que haber decidido si continuaba con su cuenta atrás o huía e intentaba llevar una vida normal en algún otro sitio. Si sobrevivió, si las dos personas a las que mató y quemó en aquella cabaña eran un señuelo, ignoramos lo que decidió, el tipo de vida por el que se decantó. Podría haberse jubilado en una villa de Arizona. Quizá lo metieron en la cárcel por otro crimen más adelante, y ese es el motivo por el que nunca más ha vuelto a asesinar.

Independientemente del lugar en el que se encuentre o de lo que esté haciendo ahora, al quemar la cabaña obtuvo lo que buscaba. Cuando quedó claro que el A. N. no seguía en activo, cuando transcurrió un año sin que ninguna otra niña fuera asesinada, me dijeron que cerrara el caso y que me concentrara en los demás. En Estados Unidos hay más de doscientos mil asesinatos sin resolver. Si todo el mundo dedicara tanto tiempo a un caso como yo hice con este, no llegaríamos a ningún sitio.

Cada pocos años volvía a abrirlo, seguía todas las pistas que podía, intentaba atraer la atención de los medios con motivo del aniversario de la muerte de alguna de las niñas, o del día en que Nora se escapó, pero nada dio resultado. Por eso acepté ayudarla con este podcast, porque creo que esta comunidad se ha vuelto autocomplaciente con el paso del tiempo. Piensan que ya no hay peligro, que es cosa del pasado. Y no estoy seguro de que eso sea cierto. Creo que la policía debería haber reabierto este caso hace mucho tiempo, al menos para obtener justicia para sus víctimas. No les gustará que diga esto, pero, maldita sea, estoy jubilado. Yo cumplí con lo mío. Que se enfaden.

ELENA:
¿Qué le gustaría que la gente supiera acerca de este caso? Una cosa, la que crea que podría ayudar a solucionarlo.

SYKES:
Que no importa lo que diga nadie por internet, no importa lo que les cuenten los periodistas y otros investigadores... No hay pruebas, ninguna en absoluto, de que el Asesino de los Números esté muerto. Y si no está muerto, tampoco ha acabado su trabajo.

Evidentemente, sé que me estoy exponiendo a la indignación general al sugerir siquiera que el A. N. pueda seguir vivo. La mayoría de la gente se siente bastante relajada con la idea de que lleva años muerto. Pero, por motivos que quedarán claros más adelante, estoy de acuerdo con el detective Sykes. Estoy de acuerdo en que deberíamos haber prestado una mayor atención al caso hace mucho tiempo y exigir que se resolviera. Como comenté en este mismo episodio, creemos que sería crucial averiguar quién fue su primera víctima si no se trató de Beverly Anderson. Si saben de algún asesinato sin resolver en la zona que tuviera lugar antes que el suyo, por favor, pónganse en contacto con nosotros. En las notas del programa encontrarán los enlaces a mi sitio web y a mi correo. A estas alturas ya sabrán que intentaré escuchar y estudiar sus ideas hasta donde me sea posible.

Ahora nos toca a nosotros, al público. Ha llegado el momento de que le echemos un vistazo a lo que sabemos acerca del Asesino de los Números. Quién fue, lo que hizo y por qué lo hizo. Y si la policía no está interesada en revisar el caso, bueno, para eso estoy yo aquí.

En el próximo episodio de «Justicia en el aire»...

11

Elena

14 de enero de 2020

Elena estaba sentada frente al escritorio de su despacho, pasándose los dedos por el cabello, examinando el Muro de la Aflicción —nombre que Martín había acuñado para la enorme extensión de corcho que sostenía las fotos del caso—. Tenía dos imágenes de cada una de las chicas víctimas del Asesino de los Números: una de cuando estaba viva y otra ya muerta. Una foto de su cara y otra de la escena del crimen. Estaban agrupadas por año: 1996, 1997, 1998, 1999. No era el caso más antiguo que había intentado resolver desde que dejó su empleo de trabajadora social, pero se le acercaba.

Esa denominación le correspondía al Fantasma de Duluth, que aterrorizó la ciudad en 1991, cuando en el plazo de un año secuestró a cuatro bebés de sus habitaciones durante la noche. A través de una base de datos cibernética con los resultados de las pruebas de masas de ADN que los propios interesados habían remitido, y gracias a los servicios de uno de sus oyentes —un genealogista—, Elena localizó a los cuatro. Les habían contado que eran adoptados, y no tenían la menor idea de quiénes eran sus verdaderos padres. Durante el interrogatorio de la policía, sus padres adoptivos admitieron que habían pagado por ellos a la que consideraban una agencia de élite, aunque sospechosamente furtiva. Sus descripciones y sus expedientes falsos condujeron hasta el secuestrador. Resultó que la policía estuvo a punto de atraparlo después de que se llevara al último bebé, en 1991, así que usó el dinero para desaparecer en la oscuridad en vez de arriesgarse a continuar construyendo su red en el mercado negro de las adopciones.

El Fantasma disparó la audiencia del podcast de Elena, que un año atrás pasó de contar con un seguimiento modesto pero leal para convertirse en un fenómeno de culto, pero el caso del A. N. lo había llevado más allá. Elena deseaba resolver aquel caso más que cualquier otro, y disponía de una nueva pista. Solo tenía que descifrarla.

La búsqueda de Luisa Toca la había conducido por toda Minneapolis durante los dos días anteriores, aunque sin suerte. Su jefe seguía sin saber nada de ella. La mujer se había esfumado. El ayuntamiento le confirmó que se habían presentado varias denuncias sobre el estado de la casa de María Álvarez, así que la historia del hombre de Falcon Heights pareció quedar verificada. Habían transcurrido cinco días desde el asesinato de Leo, y Elena no había avanzado un solo paso en su intento por descubrir de quién le había hablado el hombre, o lo que contenía la memoria USB de su bolsillo.

Tras los primeros episodios de cada temporada, en los que presentaba el caso, los oyentes de su podcast solían actuar como investigadores subcontratados. Pese a ello, el volumen de información que Elena estaba dispuesta a hacer público respecto a las personas de interés para la investigación tenía un límite. Si daba el nombre de Luisa en el *subreddit* de «Justicia en el aire», quizá lograría localizarla con mayor rapidez, pero entonces sus oyentes darían por sentado que la mujer tenía algo que ver con el caso, cuando no existía ninguna prueba de que estuviera involucrada en él. Además, eso implicaría romper las reglas que Elena había establecido para ella y para sus oyentes desde el primer episodio. No publiquen sus datos privados, no publiquen los datos privados de los sospechosos, no sean estúpidos. Eran bastante simples, y en general la gente las seguía.

Bueno, su público incondicional lo hacía. Desde el inicio de la quinta temporada, algunos oyentes nuevos y bocones habían estado soltando tonterías y obstruyendo el canal. Y luego tenía que ocuparse de las docenas de correos marcados en rojo en su charola de entrada.

Elena abrió la laptop y respiró hondo. Una temporada dedicada al Asesino de los Números no podía dejar de ser importante, pero ni siquiera ella podía creer la rapidez con la que había despegado desde que se emitió su primer episodio en diciembre. Había pasado de un total de un millón de descargas a cerca de dos millones. Los detectives de sillón y los aficionados a la investigación que habían seguido el caso del A. N. durante años habían escuchado «Justicia en el aire» por primera vez, y daba la impresión de que todos ellos tenían algo que decir sobre la manera en que Elena conducía su podcast de investigación. Sus cuentas en redes sociales y los foros del podcast —que solían ser un lugar donde refugiarse, donde intercambiar ideas con los oyentes y lanzarse teorías los unos a los otros— se habían vuelto poco manejables. La gente compartía algunas ideas buenas y hacía preguntas, pero encontrarlas costaba ahora mucho más.

Antes de ponerse con el correo, llamó a Tina. El rostro de su productora iluminó la pantalla.

—Elena, el próximo episodio... Carajo, él solito va a lograr que todo Reddit tenga un orgasmo.

Elena frunció los labios, pero se rio de todos modos.

—Aj, espero que no.

Tina se inclinó hacia delante para acercar los ojos a la pantalla, como si pudiera asomarse hasta ver la mismísima alma de Elena.

—No, lo digo en serio. Si tienes razón con esto, será algo inmenso. Habrás encontrado a la primera víctima de verdad del A. N.

Elena se llevó las manos a la cara, sintió la piel ardiente bajo las yemas de los dedos. Había estado tan ocupada siguiendo las pistas de Leo durante los últimos dos días que casi había olvidado que el siguiente episodio podía sacar a la luz una revelación aun mayor que el anterior. Entreabrió los dedos para ver la pantalla.

—No la habré encontrado yo. La habremos encontrado las dos. Tú realizaste todo el trabajo de campo, eres quien consiguió la información que necesitaba.

—Bah, de acuerdo, somos unas campeonas, estrechémonos la mano y pasemos a otra cosa. —Tina sonrió mientras se pasaba el cabello, castaño y lacio, por detrás de la oreja—. Hablando más en serio, me alegro de que me hayas llamado. Quería hablar contigo sobre la cuenta del programa.

Elena amplió el navegador al lado de la ventana de la videollamada.

—Sí, ya veo que está ardiendo.

—Diría que son solo algunos rescoldos —dijo Tina—. Pero un par de ellos han insinuado que saben dónde vives, al menos en qué barrio. Los denuncié al departamento de policía de la zona, pero la verdad es que esa gente no dispone del equipo necesario para tratar con casos cibernéticos como este. He intentado ayudarles rastreando las direcciones IP de algunos de los remitentes, pero las habían redirigido a través de VPN.

Elena sintió un escalofrío y tomó otro trago de vino. Abrió uno de los correos que Tina había marcado en rojo.

Vas a hacer que gente inocente pierda la vida, zorra estúpida. Vendré por ti; si le hacen daño a alguno de mis seres queridos, acabaré contigo. Esa mierdecita de pistola no te salvará, ¿sabes?

Bueno, sabían que iba armada. Podía tratarse de una suposición acertada o de un conocimiento fruto de la observación directa. El correo se extendía a lo largo de varios párrafos más, pero no había ninguna otra información de tipo personal. Elena lo archivó.

Tras revisar algunos mensajes más, comenzó a sentir como si le hubieran volcado un bote lleno de hormigas rojas por encima de la cabeza.

Tina la observó en silencio mientras leía.

—¿Estás bien? —le preguntó al ver que Elena llenaba de nuevo la copa de vino.

—Sí. Gracias por haberlos revisado. ¿Tú estás bien?

Su amiga asintió con la cabeza.

—Claro. —A continuación se encogió de hombros—. Es decir, no, la verdad es que no. Soy analista financiera, Elena. No es que me formaran precisamente para tratar con gente tan asquerosa. Cuando les escribo un correo a mis compañeros de trabajo, lo más acalorado que puedo llegar a poner es alguna mierda del tipo: «Tal y como les decía en mi último mensaje...», y la mitad de las veces lo borro porque me hace parecer una cabrona. No te voy a engañar, durante el fin de semana tuve que fumarme un porrito después de leer todo eso.

Elena se pasó la lengua por el labio inferior, paladeó el sabor fuerte y amargo del vino tinto. En la webcam, su lengua se veía morada.

—Lo siento. No hace falta que sigas leyéndolos si te resulta tan difícil. De verdad que lo entiendo.

Tina descartó sus palabras con un movimiento de la mano.

—No te preocupes por mí. Tengo a mi novia aquí, y

le gusta que dependa emocionalmente de ella. —Le guiñó un ojo, pero la sonrisa no llegó hasta sus ojos.

—Gracias, Tina. Pero tómate un descanso cuando lo necesites.

—Lo haré. Y tú... tú cuídate, ¿ok? Podrías pensar en llamar a Ayaan y contarle lo de las amenazas.

Elena asintió con la cabeza, consciente de que no iba a hacerlo. Hasta donde sabía, el departamento de Ayaan seguía trabajando para asegurarse de que ella no hubiera tenido nada que ver con el asesinato de Leo. Lo más probable es que no vieran con buenos ojos que les pidiera un favor en ese momento.

Tras acabar la llamada con Tina, Elena cerró el correo. Seguía habiendo centenares de mensajes por leer, pero por esa noche había alcanzado su límite para las amenazas marcadas en rojo. Si por ella hubiera sido, lo habría apagado todo y se habría ido al piso de abajo a ver una película con Martín. Pero llevaba días evitándolo y necesitaba mantenerse fiel a su compromiso. Sus oyentes hacían todo lo posible por proporcionarle información de buena calidad, lo menos que podía hacer era prestarles atención.

Abrió sus redes sociales. La publicación con el enlace al quinto episodio, el del jueves anterior, tenía más de diez mil comentarios. Elena tomó un trago extralargo de vino y se puso a desbrozar.

> @obsesodlcrimenreal
> @castillomn me encantó el último episodio... puta madre! *deja caer el micro*

> @elANvive
> @obsesodlcrimenreal @castillomn ¿Verdad? No puedo creer que consiguiera esa entrevista. Pero esa es nuestra chica. Si alguien puede hacer que la gente vuelva a fijarse en este caso, esa es Elena Castillo.

@maricadeiowa
@castillomn DIOS MÍO. NO ESTABA PREPARADO PARA
ESO. ¿¿¿Cómo la encontraste???

Elena siguió desplazándose por la pantalla, dándoles me gusta a los tuits de ánimo y celebración, respondiendo a las preguntas siempre que podía. Pero, cuando pasó a los mensajes directos, vio que la charola de peticiones se iluminaba con notificaciones de gente a la que no seguía. Tomó otro trago de vino y las abrió.

No debería haberlo hecho. Con el paso de los años, la gente se había vuelto más desvergonzada en sus comentarios públicos, pero los mensajes privados siempre eran peores, y aquellos no representaban una excepción. En la CrimeCon del año anterior había formado parte de una mesa redonda que trató el acoso cibernético junto a otras cuatro mujeres que conducían podcasts de investigación de gran popularidad. El moderador montó una presentación de imágenes con comentarios en los que se les mencionaba, aunque borrando el nombre de las usuarias. A duras penas lograron identificar a cuál de las cuatro le habían enviado cada uno de aquellos mensajes, ya que todas veían cosas similares a diario en sus redes. La única excepción fue la mujer de raza negra, que en sus cuentas tenía que vérselas tanto con el sexismo como con el racismo.

Ser una mujer con una voz fuerte en la red implicaba enfrentarse a un abuso constante por todo lo que dijera e hiciera, sin importar cuán intrascendente o inocente.

Elena comenzó a inspeccionar los mensajes directos. A diferencia de la charola de entrada de su correo, las cuentas en redes sociales eran solo suyas. Tina no tenía acceso a ellas, y por tanto no podía filtrarle nada.

Básicamente allí había troles, gente que creía conocer el caso mejor que ella y que estaba decidida a menospreciar todo lo que dijera. La mayoría de los mensajes seguían el mismo patrón: Elena mentía con relación a sus fuentes, Elena confundía a la gente acerca de la investigación policial, Elena intentaba sembrar el miedo al insinuar que el A. N. continuaba vivo cuando la mayoría de los expertos había corroborado que el cuerpo de la cabaña quemada era el suyo. Nadie se mostraba abiertamente amenazante, pero los mensajes tenían un subtexto siniestro. Una persona le había escrito tan solo un: «Ten cuidado con lo que deseas», y por algún motivo ese mensaje le heló la sangre como ningún otro. Estaban vigilando su investigación detenidamente, y algunas personas no se habían conmovido demasiado.

Su celular empezó a vibrar y Elena pegó un salto, lo agarró con una mano temblorosa. En la pantalla destellaba el número de la comisaría.

—¿Sí? —dijo, y sonó más bebida de lo que se pensaba.

—Castillo, ¿está usted trabajando en mi caso?

Consciente de que iba a enfadarlo, Elena se recostó en la silla y preguntó:

—¿Quién es?

—Soy el detective Sam Hyde. Sé que ha estado husmeando en mi caso y me gustaría que viniera a explicarse. Es una falta absoluta de profesionalidad, y podría acusarla de obstruir la investigación.

Aquello hizo que se centrara.

—Detective Hyde, estoy segura de que está al tanto de que he colaborado con el Departamento de Policía de Minneapolis en varios casos recientes. —Había sido uno solo, pero el vino tinto le había soltado la lengua—. Confío en que no estará sugiriendo que, como particular, no tengo derecho a ir a hablar con otros particulares acerca del tema que yo elija.

—Le dijo a una señora que habían asesinado a su hijo.

—Le dije a una señora que habían asesinado a su exyerno. Varios días después del suceso, añadiría.

Hubo un momento de silencio al otro extremo de la línea. Y de repente:

—Me gustaría que viniera a la comisaría y me contara lo que sabe. Mañana, quizá, ya que es evidente que no debería conducir esta noche. Y, si no le importa, me gustaría que se mantuviera alejada de mi caso, carajo.

Segunda parte

El reinicio

I2

Elena

15 de enero de 2020

Al llegar a la comisaría, Elena percibió de manera evidente que había mal ambiente. Las secciones de Homicidios y de Delitos Contra Menores estaban la una al lado de la otra —pues, por desgracia, a menudo trabajaban juntas en los mismos casos—. Atravesó las puertas y firmó a la entrada, entregó la pistola y se dirigió hacia el despacho de Ayaan llevada por la costumbre. La comandante estaba sentada ante su escritorio, con la mirada clavada en la pantalla de la computadora. Era la misma expresión que mostraba su rostro mientras indagaban juntas en el caso de Jair Brown: ese aspecto de «no me dirijas la palabra, que casi lo tengo». Maldición. Elena tenía la esperanza de conseguir que Ayaan se pusiera de su lado antes de hablar con Sam Hyde.

Respiró hondo, giró sobre sus talones y se encaminó sola hacia la oficina del detective.

Sam la estaba esperando apoyado contra el marco de la puerta y con el ceño fruncido. Le hizo un gesto para que entrara y tomara asiento, cerró la puerta y fue a sentarse detrás de aquel escritorio tan pulcro y organizado.

—Dieciséis semanas —dijo ya sentado.

—¿Cómo?

—Dieciséis semanas. Es lo que se tarda en pasar por la academia de policía. Entonces te queda medio año de capacitación sobre el terreno y bum, ya eres agente. Si esa es la carrera que querías seguir.

—Gracias por informarme sobre su sistema de reclutamiento —respondió Elena, que se moría por una taza de café. Los mensajes que había revisado la noche anterior le habían impedido conciliar el sueño. No se lo había contado a Martín, no quería que se preocupara. En cambio, se había quedado despierta ella sola, con la mirada fija en el techo a oscuras, sobresaltándose ante cada susurro y crujido que sonaba en la casa.

Sam parecía molesto.

—¿Me quieres explicar en qué estabas pensando, rondando por ahí y entrevistando a mis testigos antes de que yo hablara con ellos?

Elena se encogió de hombros.

—Ignoraba que no hubieras hablado con ellos. O sea, la exesposa me parece un primer paso bastante evidente. Pensaba que hablarías con ella de inmediato.

La pálida piel del cuello de Sam se volvió de color escarlata.

—Que tengas un programa de radio con el que te gusta jugar a los detectives y que te haya funcionado un par de veces no significa que puedas entrometerte en la investigación abierta de un asesinato y hacer lo que te venga en...

—De acuerdo, tienes razón. Lo siento. —Elena suspiró con fuerza—. Lo juro, no pretendía interferir en tu investigación del asesinato. De verdad que no. Solo... solo quería averiguar si alguien conocía lo bastante bien a Leo como para saber lo que iba a contarme acerca del caso en el que estoy trabajando. El caso sobre el que debíamos discutir en su casa cuando encontré su cuerpo.

—El del A. N.

—Eso es.

—No lo entiendo, ¿en qué podría haberte ayudado su ex?

—Pensé que si Leo de veras supo quién es el A. N., podría habérselo contado a alguien. Se lo hubiera preguntado a su socio, pero supongo que seguirá fugado...

Sam negó con la cabeza.

—No. Un policía de la zona lo detuvo la noche del asesinato por exceso de velocidad cuando se dirigía a su casa. Dirigía un deshuesadero de coches con Leo, y los chicos del Departamento de Robos llevan tiempo preparando un caso contra él por ese motivo. Pero, entre el momento en el que Leo habló contigo por teléfono y tu llegada, tenemos un margen bastante pequeño para situar la hora de su muerte, y Duane aparece en la grabación de seguridad de la gasolinera que está a una calle de distancia solo cinco minutos antes de que aparecieras. No encontramos el arma del crimen en el lugar, ni en su departamento ni en su negocio, pero suponemos que los agentes lo atraparon antes de que llegara a casa. Así que o bien se deshizo de la pistola por el camino o no es nuestro hombre.

A Elena se le erizó el vello de los brazos.

—¿Quieres decir que él no lo mató?

—No lo puedo afirmar con seguridad, pero no encontramos pruebas suficientes para poder retenerle. Lleva libre desde el viernes por la tarde.

«Iba a contarme quién es el A. N». Elena se inclinó hacia delante, puso los codos sobre el escritorio y apoyó la frente sobre las palmas de sus manos. La habitación le daba vueltas, así que inspiró profundamente por la nariz.

—¿Estás bien?

—Shh, estoy pensando.

Cerró los ojos e intentó recordar el departamento tal y como estaba cuando entró en él. Leo se encontraba acostado de espaldas en el suelo, Duane se había arrodillado a su lado. La habitación estaba en orden; sus pocos muebles, gastados pero limpios. Duane no llevaba pistola, o al menos no vio que la llevara. Allí no había nadie más. ¿Podría haberse escondido alguien detrás de la puerta, para escabullirse después de que ella entrara? No, alguno de los dos habría reparado en ello. No habían tropezado con el asesino por muy poco. Quizá se había cruzado con quienquiera que fuera por la escalera, pero ella no recordaba haber visto a nadie. Quizá el asesino subió un piso y esperó a que ella entrara en el departamento. Eso implicaría que sabía que ella estaba de camino, lo cual le provocó un escalofrío.

Se moría de ganas de preguntar por la memoria USB que Leo guardaba en su bolsillo, de averiguar si la policía había logrado ya acceder a su contenido. Suponía que en ese momento estaría en lo alto de una pila de pruebas, esperando a que lo procesaran. Y, por mucho que lo hubieran conseguido, Sam no se lo contaría nunca, y parecía lo bastante vengativo como para acusarla por haber rebuscado en los pantalones de una víctima de asesinato.

Al fin levantó la mirada hacia él.

—Sé que no eres fan de los investigadores independientes. —Sam abrió la boca para contestar, pero Elena prosiguió—: Te prometo que intentaré mantenerme alejada de tu camino, pero no puedo prometerte que vaya a abandonar el caso. Si Leo sabía algo sobre el A. N., voy a descubrir de qué se trataba. Y si murió porque iba a darme esa información, estaré en deuda con él y tendré que descubrir quién lo mató.

Sam la miró fijamente durante un instante. Acto seguido, una sonrisa se extendió por su cara, separó los labios en una expresión de incredulidad.

—Crees que lo mató el A. N.

Elena sintió que se sonrojaba, pero se negó a bajar la mirada.

—Yo no dije eso.

—Pero sí que lo insinuaste. ¿Crees que el A. N. le pegó un tiro porque te escribió un correo al podcast?

Tal y como lo dijo sonó más sorprendido que burlón, pero Elena ya había tenido suficiente. Se puso en pie y abandonó el despacho, ignorando las poco entusiastas llamadas de Sam para que regresara.

Se había detenido junto a los ascensores cuando Ayaan sacó la cabeza por la puerta.

—Eh, Elena, ¿tienes un momento? —Al ver sus ojos, Ayaan se echó atrás—. Eh, ¿estás bien?

—Hyde —dijo ella, demasiado cansada como para entrar en mayores explicaciones.

Ayaan asintió con la cabeza.

—Te entiendo. Es nuevo, lo trasladaron hace poco. Trabaja bien, pero es un poco idiota.

—No me digas.

—Bueno, quizá esto te sirva para pensar en otra cosa. —Ayaan salió al vestíbulo que se extendía entre los ascensores y la puerta de la comisaría, y cruzó los brazos sobre su chamarra blanca—. Tengo a una persona desaparecida, presuntamente la secuestraron ayer por la mañana mientras esperaba el transporte de la escuela. A la madre le encanta tu podcast. Está volviéndose loca por la ansiedad, pero no hace más que repetir que te quiere a ti en el caso. Acabo de recibir el permiso de los jefes para contratarte como consultora, si es que estás interesada.

Elena abrió mucho los ojos y enderezó la espalda. Estaba convencida de que el jefe de policía no se fiaba de ella, pese a todo lo que había hecho para demostrar su valía.

—¿Consultora en un caso abierto?

Ayaan asintió con la cabeza.

—Si así lo deseas. Me encantaría poder contar con tus apreciaciones.

Eso significaría que dispondría de menos tiempo para trabajar en el podcast, para seguir pistas y para grabar nuevos contenidos. Por otro lado, le serviría para dejar de pensar en la porquería de la charola de entrada de su correo. Además, si rechazaba a Ayaan en ese momento, quizá nunca volvería a tener la oportunidad de ayudar al Departamento de Policía de Minneapolis con otro caso.

Mordiéndose la cara interna de la mejilla, Elena miró por encima de Ayaan, hacia el interior de la comisaría. Desde donde estaba podía ver el despacho de Sam, su nuca, mientras permanecía sentado ante su escritorio. A él le molestaría muchísimo que ella entrara a trabajar en un caso abierto. Aquello representaba una ventaja adicional, pero cuanto más pensaba en ello, más deseaba hacerlo. Alguien quería que fuera ella, alguien pensaba que era una investigadora lo bastante buena como para confiarle el caso de su propia hija.

Elena volvió a mirar a Ayaan a la cara y asintió con firmeza.

—Cuenta conmigo.

13

Podcast «Justicia en el aire»

2 de enero de 2020
Transcripción: temporada 5, episodio 4

VOZ EN *OFF* DE ELENA:

Minnesota tiene miles de cabañas de troncos. Hogares familiares que salpican la campiña, chozas de caza escondidas entre arboledas. Mansiones que contradicen la connotación diminutiva del término «cabaña» abrazan las orillas de algunos de nuestros famosos diez mil lagos. Son estructuras bonitas y prácticas, traídas de Escandinavia en la época de los peregrinos y los pioneros. Pero también son un peligro, por los incendios.

El fuego necesita solo dos cosas para crecer: combustible y oxígeno. Por su naturaleza, las cabañas están hechas de combustible: troncos gruesos y secos, ensamblados con fuerza para que no dejen pasar el viento y la nieve. De manera comprensible, muchas de las personas que poseen cabañas de troncos sienten nostalgia por el pasado y renuncian a los más modernos sistemas de calefacción a cambio de las chimeneas y de las cocinas de leña. Esas familias yacen en sus camas cada noche, escuchando el silbido del viento en torno a sus robustos hogares, absorbiendo el calor de la chimenea que crepita en una esquina. Es posible que se sientan a salvo, pero solo hace falta un elemento para convertir su casa en un montón de yesca. Algo muy pequeño podría transformar ese lugar seguro en una trampa mortal ardiente.

Una chispa.

[Cortinilla e introducción.]

VOZ EN *OFF* DE ELENA:
Los informes de la policía son confidenciales, pero entre la cercana perspectiva del detective Sykes y las respuestas vagas que he conseguido arrancarle a la policía de Minneapolis, en este momento no hay nadie investigando el caso del Asesino de los Números de manera oficial. La postura de los investigadores es que no se puede hacer nada hasta que salgan nuevas pruebas a la luz. Ese es el motivo por el que estoy aquí, escarbando. Encontrar nuevas pruebas es mi especialidad. Pero no soy la única. Después de emitir el primer episodio de esta temporada, una científica forense de la Oficina de Persecución Criminal de Minnesota contactó conmigo. Desea permanecer en el anonimato, pero su jefe le autorizó a darme la información que está a punto de revelar. Simplemente no desea que ninguna persona del público o de los medios la interrogue acerca de su papel en este caso, y yo respetaré sus deseos. La llamaré Anne.

ELENA:
Gracias por haber aceptado esta entrevista. Entiendo que tienes una información que deseas compartir sobre el estado de los cuerpos hallados en la cabaña del A. N. en 1999...

ANNE:
Correcto. Que quede claro que yo no estaba en la Oficina cuando se hallaron los cuerpos. No obstante, como

sabes, el pasado invierno, coincidiendo con el vigésimo aniversario de la huida de Nora, los medios dieron un empujón durante un tiempo para que se resolviera el caso, y me asignaron la revisión de las pruebas forenses del informe. Claro, nunca se halló ningún resto biológico del A. N., pero sí se encontró un pelo largo en Carissa Jacobs, la víctima de catorce años. Esto no es de dominio público... Bueno, supongo que ahora sí. El cabello pertenecía a una mujer adulta desconocida; su ADN mitocondrial no coincidió con el de ninguna de las niñas a las que el A. N. había secuestrado, y en aquella época fue el único ADN que se pudo extraer de un pelo sin su raíz.

Mientras revisaba las pruebas pude utilizar los más recientes avances en la extracción de ADN para obtener una muestra de mejor calidad a partir de los huesos calcinados de la víctima femenina de la cabaña. La de 1999 estaba tan degradada que no pudieron ampliar los marcadores genéticos lo suficiente como para proceder a una identificación con seguridad. No obstante, tras esa nueva ronda de análisis, logré generar una muestra más sólida, así como extraer ADN nuclear del pelo que se encontró en el cuerpo de Carissa. Puedo afirmar, con un grado razonable de certeza científica, que el pelo que apareció entre la ropa de Carissa Jacobs pertenece a la misma mujer que encontraron muerta en la cabaña del A. N.

ELENA:
Es un descubrimiento muy significativo. Estoy segura de que algunas personas se preguntarán por qué lo anuncias aquí por primera vez y no en, pongamos, el *Star Tribune*, o incluso en otro periódico de tirada nacional.

ANNE:
Con todos mis respetos hacia esas publicaciones, tu podcast es el único motivo por el que esta historia volvió a

aparecer en los periódicos. Todo el mundo había pasado página. El año pasado, la prensa cumplió con su deber publicando una pieza y haciendo un llamamiento para pedir información, pero eso fue todo. Tú eres la única que está investigando esto de verdad, que intenta encontrar al tipo que lo hizo. La policía recibió esta información antes que nadie, por supuesto, pero no descubrieron ninguna coincidencia con el ADN de la mujer en el CODIS, la base de datos nacional de ADN. Ahora están trabajando con un genealogista forense para rastrear su árbol genealógico y dar con su familia. Ese método ha ayudado a solucionar numerosos casos de gran importancia en tiempos recientes, pero algunas de las bases de datos que se usaban al principio han hecho que a las fuerzas del orden les cueste acceder a los resultados de ADN de la gente, y eso ha ralentizado el proceso. Es muy posible que encuentren una coincidencia lo bastante próxima como para localizar a sus parientes e identificarla, pero podrían tardar meses, quizá años, en hacerlo. Mientras tanto, creo que se puede ir avanzando. Por eso contacté contigo.

ELENA:
Personalmente, ¿qué crees que significa esto? Soy consciente de que dijiste que queda fuera de tu especialidad, pero si tuvieras que especular al respecto...

ANNE:
Bueno, esto nos indica que lo más probable es que la mujer no fuera una víctima cualquiera a la que el A. N. mató para confundir a los detectives. La conocía al menos desde un año atrás, porque estuvo cerca de Carissa antes de que la asesinaran. Por desgracia, el resto de las pruebas forenses en potencia ardió con la casa, y no se encontró ADN masculino en ninguno de los cuerpos de las víctimas, así que no tenemos nada para comparar con el hombre que estaba en la cabaña con ella. Realicé la misma

prueba con sus huesos, y los resultados se añadieron también a la CODIS. No apareció ninguna coincidencia, lo cual quiere decir que es probable que no lo arrestaran nunca en vida. Eso no descarta que pueda ser el A. N., pero tampoco señala necesariamente que tenga que ser el asesino.

ELENA:
Porque la mayoría de los asesinos en serie comienzan cometiendo actos violentos de perfil bajo y delitos menores, como el acoso o el robo, ¿no?

ANNE:
Eso es lo que tengo entendido, aunque no pertenece a mis competencias. Bueno, existe la posibilidad de que el A. N. hubiera cometido ese tipo de crímenes sin que lo arrestaran, eso es algo que tener en cuenta. Pero, para aquellos que están tan seguros de que el hombre de la cabaña era el A. N., hay otra prueba clave que deberías conocer. Hasta donde podemos saber, el ADN pertenece a un hombre de cuarenta y tantos. Lo cual coincide con la estimación de edad que nuestro departamento realizó en un primer momento, después de examinar su esqueleto.

ELENA:
Eso es... importantísimo, de hecho. Todos los perfiles que se realizaron de manera profesional sobre el A. N. determinaron que tenía veintimuchos o treinta y pocos. Y, aunque esos perfiles fueran erróneos, las estadísticas corroboran que la mayoría de los asesinos en serie se encuentran dentro de esa franja de edad. ¿Por qué nunca se hizo pública la edad del hombre de la cabaña?

ANNE:
Cuando nos proporcionaron la estimación de la edad de su esqueleto, el fervor de los medios en torno al A. N.

había desaparecido. No hubo más asesinatos en 2000, y a continuación el país fijó la mirada en Nueva York y la pesadilla que rodeó los ataques terroristas del 11 de septiembre. Los pocos periódicos que dieron cuenta del hallazgo enterraron la información en los últimos párrafos, y a la gente que llegó a leerla no pareció importarle demasiado. El consenso entre las fuerzas del orden fue que los perfiles debieron de ser erróneos. Todo el mundo estaba encantado de pensar que el A. N. había muerto. Fue más sencillo —más prolijo— imaginar que se había quitado la vida después de matar a su socia y de prenderle fuego a la cabaña. Al fin y al cabo, los asesinatos cesaron.

ELENA:
La pregunta que siempre me hacen cuando sugiero que el A. N. continúa vivo es: «Bueno, entonces, ¿quién es el hombre de la cabaña?». Sinceramente, es una pregunta que me cuesta bastante responder. He imaginado docenas de situaciones hipotéticas, pero no logro que se me ocurra una de la que pueda estar segura. ¿Tú tienes alguna teoría?

ANNE:
Es pura especulación, por supuesto. Como dijiste, es algo que probablemente no sabremos nunca hasta que atrapen al asesino. Pero si tuviera que hacer una suposición, diría que hay dos posibilidades: una, el A. N. mató a un hombre —alguien a quien conocía o un extraño por la calle—, y dos, robó el cadáver de una tumba reciente para dejar un señuelo. En cualquiera de los dos casos, tanto el público como las fuerzas del orden se lo han creído durante dos décadas.

[*Sonido ambiente: suena una llamada con el tono de Skype, que Elena contesta.*]

ELENA:

¿Qué tienes para mí, Tina?

VOZ EN *OFF* DE ELENA:

Después de entrevistar a Anne me puse en contacto con Tina Nguyen, a quien quizá recordarán de las anteriores temporadas de «Justicia en el aire». Se trata de mi intrépida productora barra investigadora extraordinaria.

TINA:

Consulté todos los registros de personas desaparecidas en el medio oeste buscando hombres de entre treinta y cuarenta años, como me pediste. No creerías lo corta que es la lista. Amplié el marco temporal hasta los dieciocho meses a ambos lados del incidente de la cabaña quemada, pero ni así. Solo me aparecieron unos cien nombres.

ELENA:

Los hombres blancos de mediana edad no suelen desaparecer sin motivo.

TINA:

Afortunados ellos. Encontré a algunos de esos tipos pese a que sus casos continuaban abiertos. Me puse en contacto con sus respectivos departamentos de policía locales para asegurarme de que sabían dónde estaban. Parecieron sorprenderse, así que... ups. Lo siento, colegas. Supongo que sus segundas familias se van a llevar una sorpresa.

ELENA:

Pues claro, resolviste un par de casos de hace décadas mientras investigabas un tercero. Muy propio de ti.

TINA:

¿Qué puedo decir? No me gusta que los hombres dejen de pasar la pensión alimenticia de sus hijos para comenzar una nueva vida en Florida. El caso es que conseguí reducir la cifra a tres muy buenas posibilidades. Todos desaparecieron la semana antes del incendio en la cabaña, y se supone que no se ha vuelto a saber nada de ellos. No he logrado encontrar en la red a nadie que se les parezca, y su información personal no ha vuelto a ser utilizada desde que se denunció su desaparición.

ELENA:

Eres la mejor. ¿Hay alguno en particular que te haya llamado la atención?

TINA:

Sí, uno: Stanley, aunque no es su nombre real. Su secretaria denunció su desaparición tres días después de la huida de Nora. No tenía esposa ni una familia que lo echara de menos, pobre tipo. Existía la sospecha de que se había fugado con una mujer casada con la que mantenía una aventura, alguien de su oficina. Al parecer, ninguno de ellos se presentó a trabajar después de aquel día, y no se ha sabido nada más. Según los rumores, el marido de ella tenía un comportamiento violento, así que todo el mundo asumió que ese era el motivo por el que se habían fugado sin decirle a nadie adónde iban. Parece ser que el marido también desapareció por las buenas al mismo tiempo. Lo investigué, pero por lo que veo usó un nombre falso en el acta matrimonial y no existe ningún registro de él antes de 1990. Su esposa, no obstante, tiene un historial completo. Su número de la Seguridad Social no ha vuelto a aparecer en ningún otro trabajo, ni en la solicitud de una tarjeta de crédito. No tenía pasaporte, así que es poco probable que tomara un vuelo internacional.

Bien, es posible que de verdad se fugaran juntos. En aquella época se podía cruzar la frontera de México sin pasaporte. Quizá fueran en coche hasta Centroamérica y estén llevando una vida de esparcimiento en la playa, vendiendo pulseritas de cáñamo para poner un plato en la mesa. Pero lo dudo.

ELENA:
Yo también.

VOZ EN *OFF* DE ELENA:
Como muchos sabrán, lo planifico todo tanto como puedo, pero una gran parte de mi investigación sucede en tiempo real. Recibo más información e indicios en cuanto comienzan a emitirse los episodios, y este caso no es una excepción. Llevamos solo un par de semanas trabajando en esta pista, pero ya ha representado un gran salto para el caso. Es muy posible que esas dos personas que descubrió Tina fueran la pareja de la cabaña. De ser así, puesto que usó un nombre falso, daría la impresión de que el A. N. fue un marido cornudo que asesinó a su esposa y al amante de esta, y que a continuación los quemó en la cabaña para cubrir sus huellas. No lo sabemos con seguridad, pero trasladamos la información que recogió Tina al Departamento de Policía de Minneapolis, así como a la Oficina de Persecución Criminal, y ya lo están investigando. Tenemos pruebas nuevas. Le estamos insuflando vida al caso. A. N., si nos oyes, ten por seguro que vamos a encontrarte. Esta vez eres tú el que vive contra reloj... y se te está a punto de acabar el tiempo.

14

Elena

15 de enero de 2020

De camino a la casa de la niña desaparecida, Ayaan puso a Elena al día del caso. La mañana anterior, una niña de once años llamada Amanda Jordan había desaparecido cuando se dirigía a la parada del autobús para ir a la escuela. La policía no había sido capaz de localizar a ningún testigo ocular, y la conductora del autobús les contó que Amanda no estaba en la parada en el momento en que ella pasó. Solo uno de los cinco niños que esperaban el autobús recordaba haber visto a algún adulto en la zona: un joven plantado en la banqueta del otro extremo de la calle. Lo describió como un tipo alto, blanco, con el cabello castaño. El día anterior les preguntaron por él a los padres, pero a estos no se les ocurrió ningún conocido que coincidiera con esa descripción.

—Aunque me costó bastante sacarles algo útil —explicó Ayaan mientras entraba en una tranquila calle residencial—. Los dos estaban al borde de la histeria. Hay un agente con ellos, por si llaman para pedir un rescate, pero al parecer apenas han dicho algo desde que me marché, ayer por la tarde. —Negó con la cabeza—. Estos casos nunca son fáciles, pero los padres me parecieron especialmente inestables. La madre se culpa a sí misma.

—¿Por qué? —preguntó Elena sin dejar de ojear las notas que Ayaan había tomado sobre el caso.

—Solía quedarse mirando a la hija hasta que esta subía al autobús, pero ayer la llamaron por teléfono, así que se alejó un momento. Cuando volvió, el autobús ya había pasado, y ella simplemente asumió que Amanda se habría subido a él.

Elena negó con la cabeza. Era normal que la madre se sintiera culpable, pero aquel era un sentimiento que no servía para nada. Es más, resultaba perjudicial. Te paralizaba. No iban a sacarle nada hasta que no lograran que lo superara.

Ayaan se estacionó detrás de la patrulla, lo bastante lejos del borde de la banqueta como para que Elena pudiera bajarse sin pisar la nieve apelotonada. La comandante se plantó al pie del camino de acceso y señaló en diagonal hacia la parte derecha del otro lado de la calle.

—La parada del autobús está ahí. Cada día se suben a él entre cinco y diez niños; el número varía porque algunas madres trabajan medio tiempo y hay días en que los llevan a la escuela en coche. Desde la puerta de los Jordan se puede ver la parada en la que esperan, pero está tapada en parte. La señora Jordan dice que por lo general hay un número suficiente de niños esperando en grupo como para constatar al menos que Amanda se unió a ellos después de cruzar la calle.

Volteó hacia la casa y Elena acompañó la dirección de su mirada.

—Sandy Jordan estaba en el porche, con la contrapuerta cerrada, mirando a través del cristal. En el momento en que Amanda salió de la casa sonó el teléfono fijo. Sabemos por los registros de la compañía que la llamada se hizo a las ocho y veintisiete. La conductora del autobús se presentó menos de tres minutos después, a las ocho y media. En algún momento intermedio, Amanda fue secuestrada.

—¿Y nadie llegó a ver el secuestro?

Ayaan volvió a mirar hacia el otro lado de la calle. El resplandor de la nieve hizo que le brillaran los ojos.

—Hasta donde sabemos, no. Los agentes han ido puerta a puerta por todo el barrio, pero ningún otro padre vio nada. Puesto que la casa de Amanda está a la vuelta de esta ligera pendiente, suponemos que debe de haber puntos ciegos desde la posición de los demás padres. Ayer los entrevistamos, junto a la conductora del autobús y a todos los niños que estaban en la parada. Un par de ellos parecían bastante nerviosos, por supuesto, pero solo querían ayudar. La otra información que tenemos nos la dio la conductora. Afirmó que estaba segura de haber visto en la zona una camioneta que no le pareció familiar. Color azul oscuro, sin distintivos, sin matrícula. Suele estar atenta a ese tipo de cosas. Ha visto demasiados episodios de *La ley y el orden*. Hemos estado preguntando por ella, pero de momento nadie ha reconocido ser su dueño, ni han podido explicar su presencia. Estamos mirando las grabaciones de seguridad de la zona, pero todas las casas en las que hemos encontrado una cámara la tienen enfocada hacia su propio camino de acceso, y la mayoría de ellas ni siquiera disponen de sistemas de vigilancia. Este está considerado un barrio bastante seguro.

Elena cruzó los brazos sobre el pecho mientras se levantaba un poco de viento.

—Siempre lo son.

Paseó la mirada de un extremo al otro de la calle. El sedán de Ayaan y la patrulla eran los únicos vehículos que la ocupaban; todo el mundo tenía el coche en el camino de acceso o dentro de los garajes de dos plazas. Los patios delanteros eran abiertos, se mezclaban entre sí sin ninguna valla. Habían retirado la nieve de los caminos que llevaban a los porches de madera o a la escalera de ladrillo que constituían las acogedoras entradas de aquellos hogares de estilo colonial. Las casas debían de pertenecer por lo general a gente de clase media-alta con adolescentes o niños mayores, según el escaso número de alumnos de primaria que se subían al autobús. Se podría haber apostado que a las ocho y media la mayoría de esos padres estarían en el trabajo, pero desde luego no existía ninguna garantía. Si varios de ellos se quedaban observando a los niños hasta que se subían al autobús, el secuestrador tenía que saber con exactitud dónde colocarse para no ser visto. Y tenía que saber que la madre de Amanda iba a distraerse.

Era una manera muy arriesgada de secuestrar a un niño, una misión de por sí cargada de peligros.

—¿Qué estás pensando? —preguntó Ayaan.

—Que él debió de hacer esa llamada.

—Esta mañana recibimos los registros de la compañía —repuso Ayaan—. La llamada provino de un celular de prepago que compraron hace dos meses en el supermercado de Shoreview. Un celular desechable, básicamente. El comprador pagó en efectivo. Estamos intentando conseguir la grabación de la cámara de seguridad, pero los dueños de la tienda no están seguros de que se haya guardado.

Elena asintió con la cabeza.

—Lo más probable es que no, pero si aún la tienen, apuesto algo a que el tipo fue disfrazado. Planeó esto con detenimiento. Tenía que conocer el barrio, el comportamiento de los padres, la hora a la que la gente sale hacia el trabajo. Pongamos que la camioneta azul es suya: si consiguió que Amanda se subiera a ella con tanta rapidez, ¿sabes lo que eso me dice?

—Que lo conoce. —Ayaan la miró a los ojos—. Quizá puedas sacarles algo más que yo a sus padres. No es una descripción muy detallada, y ni siquiera sabemos si el hombre al que vio esa niña es nuestro secuestrador, pero es la mejor pista que tenemos por el momento.

Elena volteó hacia la casa.

—Vamos a hablar con los padres.

La casa de los Jordan era una acogedora construcción de dos pisos que tenía todas las luces encendidas, incluso bajo el sol del final de la mañana. Era como si su hija se hubiera perdido y la luz fuera a ayudarla a encontrar el camino de vuelta al hogar. Ayaan llamó a la puerta y les abrió un agente local, que las dejó entrar después de comprobar la identificación de Elena.

La pareja de raza blanca acurrucada en el sofá estaba formada por Dave y Sandy Jordan. A Sandy, el cabello rubio le caía sobre los hombros, despeinado y lleno de nudos, y los dos tenían el rostro sonrojado y atravesado por las lágrimas. Al ver a Elena, Sandy se puso en pie y dejó caer la mano de su marido. Por un instante se quedó mirándola con fijeza, mientras las lágrimas le bañaban la cara. Entonces se lanzó hacia ella y la abrazó con tanta fuerza que Elena sintió que volvía a ponerle las costillas en su sitio.

El fogonazo de un recuerdo de infancia atravesó su mente: se había despertado envuelta en unas sábanas empapadas de orina, gritando de terror por culpa de una pesadilla. Su madre entró corriendo, preparada para atacar al intruso. En su lugar se encontró a su hija incorporada en la cama, sola. Aquella noche, el único enemigo se encontraba en la mente de Elena, y aquel era un sitio al que su madre no podía llegar. Elena intentó agarrarla de la mano, deseó sentir que sus suaves brazos la rodeaban igual que los de Sandy en ese momento, pero su madre se limitó a mirarla, los ojos candentes con un dolor que Elena no comprendería nunca.

Elena parpadeó al sentir que el abrazo de Sandy ganaba intensidad. Incómoda, le dio unos golpecitos en la espalda.

—Está bien —indicó mientras dibujaba suavemente

un círculo entre los omóplatos de la mujer. Su frágil cuerpo se estremeció. Elena supuso que no habría comido ni bebido nada desde la mañana del día anterior.

—Gracias por venir —dijo Sandy cuando al fin se apartó de ella. Su cuerpo se encorvó, como si el mero hecho de estar en pie le resultara doloroso—. Soy... soy amiga de la hermana mayor de Grace Cunningham. La chica del caso de su primera temporada.

Elena asintió con la cabeza.

—Ajá.

—Sé lo que llegó a hacer por ellos. Pensé que quizá podría ayudarnos. No es porque desconfíe de la policía. —Al decir eso, Sandy le dirigió a Ayaan una mirada de desesperación, como si quisiera garantizarle su fe en el Cuerpo—. Tenía la necesidad de hacer algo. Los dos nos sentimos tan inútiles, intentando pensar quién podría haber hecho esto... Me estoy volviendo loca con solo imaginar lo que le podría estar pasando ahora... Yo solo... —Un sollozo la interrumpió, y la mujer se derrumbó de nuevo en el sofá, al lado de su marido.

Cuando volvió a levantar la vista, Elena la miró a los ojos.

—¿Puede contarme lo que sucedió?

Dave Jordan aún no había dicho una sola palabra, pero pasó un brazo robusto sobre los hombros de su mujer y con ese gesto estuvo a punto de engullir su diminuto cuerpo. El hombre le dirigió a Elena una mirada escéptica.

—La vi fuera. ¿La comandante Bishar no la puso al corriente?

—Sí, me contó lo sucedido, pero me gustaría escuchar su versión. Por favor.

Dave acabó por pasarle una caja de pañuelos a su pobre esposa. Después de secarse la cara con varios puñados de papel, Sandy habló de nuevo.

—Estaba a punto de asegurarme de que Amanda se

dirigiera a la parada del autobús, como cada mañana. Hacía mucho frío, así que me quedé dentro, como suelo hacer en invierno. Mientras ella bajaba por el camino me fui... —Se detuvo para enjugarse un nuevo río de lágrimas—. Me fui a la cocina porque estaba sonando el teléfono. Nadie nos llama nunca al fijo, así que pensé que podría tratarse de algún tipo de emergencia. Contesté, pero al otro lado no había nadie. Cuando volví a acercarme a la ventana el autobús ya había pasado. Y pensé..., asumí que ella se habría subido a él. No volví a pensar en ello.

Sandy levantó la vista hacia Dave y negó con la cabeza.

—Lo siento. Lo siento tanto...

Él apretó los dientes, pero estiró el brazo y le puso una mano sobre la rodilla.

—No hiciste nada que no hubiera hecho yo. No es culpa tuya.

Elena intentó captar su mirada, mantener su atención mientras su esposa procuraba recuperar la calma.

—¿Qué pasó a continuación? ¿Cómo se enteraron de que había desaparecido?

—Por la llamada de la escuela —explicó Dave—. Nos llamaron al ver que no se presentaba después de la primera hora. Evidentemente, nos quedamos congelados, y llamamos al 911 de inmediato. Los agentes que vinieron a echar un vistazo encontraron su mochila escolar en la alcantarilla. La nieve amontonada no nos dejaba verla desde aquí, pero estaba ahí fuera, delante de la casa, dos puertas más abajo.

—Entonces, a quien se la llevó no le importó que su desaparición fuera evidente —dijo Elena para sí misma, pero, al levantar la mirada de nuevo, vio que Ayaan la observaba apoyada contra el marco de la puerta.

La comandante asintió con la cabeza y continuó:

—Los agentes encontraron la mochila en cuanto llegaron, pero no vieron nada más. Estaba en la misma zona que la camioneta de la que sospechó la conductora del autobús.

Aunque la casa tenía la calefacción encendida, Elena sintió que se le erizaba el vello de los brazos.

—Entonces, si usaron esa camioneta para raptar a Amanda, ¿eso significa que ella estaba en el vehículo cuando pasó el autobús?

Sandy volvió a sollozar, y ese sonido hizo que a Elena se le encogiera el corazón. Ayaan se limitó a asentir con la cabeza y a fruncir los labios.

Elena se inclinó hacia delante y entrelazó las manos.

—Señor Jordan, ¿su mujer y usted tienen dinero? ¿Recibieron hace poco alguna cantidad importante de la que alguien haya podido estar al corriente?

—¿Cómo? No. Soy contratista. Mi esposa es ama de casa. —Los ojos de Dave se llenaron de lágrimas otra vez, y se las secó con los nudillos—. Lo único que tenemos es esta casa y dos hijos hermosos. Yo... No es posible que nos esté pasando esto.

—¿No se les ocurre nadie que haya podido llevarse a Amanda? ¿Algún pariente o conocido que haya mostrado un interés especial en ella? ¿Algún extraño que la haya estado siguiendo recientemente?

Los dos negaron con la cabeza, y Sandy comenzó a llorar de nuevo.

—¡No lo sé! No hacen más que preguntarme eso. No lo sé. No lo sé. No sé quién podría hacernos esto. —La última palabra quedó interrumpida por un sollozo.

Para darle un momento de respiro a la pareja, Elena buscó con la mirada al agente que las había recibido en la puerta. Debía de haberse metido en la cocina.

—Disculpen —dijo mientras salía de la habitación.

El agente estaba llenando la tetera en la pila, y la levantó en el aire al verla entrar.

—Pensé que podía prepararles un té. Lo he intentado

dos veces, y las dos veces dejaron que se enfriara sin bebérselo. No han hecho más que llorar y preguntarme si me había enterado de algo. —El hombre, bajo y de raza negra, encendió el fogón e hizo crujir los nudillos.

—Ya me di cuenta de... —Elena se interrumpió—. ¿Cómo se llama?

—Hamilton. Desde antes de que se hiciera popular. —Le guiñó un ojo y le sonrió.

—Creo que Alexander Hamilton se ofendería con esa aclaración, pero bueno —contestó ella—. Me llamo Elena Castillo, soy consultora de la policía. —Se sintió bien al decir esas palabras, pero contuvo una sonrisa—. ¿Me está diciendo que se ha pasado aquí, cuánto, cuatro horas, y que los padres no le han contado nada?

Hamilton miró su reloj.

—Le estoy diciendo que relevé al agente Eastley a las ocho de la mañana y que estos señores apenas han abierto la boca más que para contestar a preguntas directas. El tipo se ha pasado todo el rato mirando por la ventana, y la mujer duerme y llora, llora y duerme. Nunca había visto a nadie tan desolado.

—¿Qué les preguntó?

—Solo si habían visto a algún extraño por el barrio, o si alguien podría guardarle rencor a alguno de los dos. Ya sabe, quizá alguien del trabajo o algo así.

Elena asintió con la cabeza.

—¿Y qué contestaron?

Hamilton resopló y negó con la cabeza. Parecía decepcionado.

—Nada útil. No se les ha ocurrido ningún motivo por el que alguien podría hacerle eso a su hija. —Buscó la mirada de Elena. En sus ojos cafés se notaba el peso de la ansiedad—. He visto bastante mierda, pero nunca me había encontrado a unos padres tan destrozados. De verdad espero que logremos encontrarla.

El agente se quedó en la cocina y Elena regresó a la

sala. Dave estaba plantado junto a la ventana, mirando hacia el exterior como si Amanda fuera a aparecer por el camino de acceso a la casa en cualquier momento. Ayaan se había sentado delante de Sandy, tiesa como una escobilla. Elena nunca había visto a nadie tan incómodo en un sofá reclinable. Al verla entrar su expresión se suavizó, esperanzada, pero Elena negó con la cabeza y Ayaan asintió de manera casi imperceptible.

En vez de sentarse en una silla al lado de Ayaan, Elena lo hizo en el espacio vacío que había quedado al lado de Sandy. El cuerpo de la mujer se desplazó con el cambio de peso sobre los cojines, inclinándose hacia Elena. Fue suficiente para sacarla abruptamente del trance en el que se encontraba, para que se incorporara al fin y levantara la cabeza del respaldo del sofá. Contempló a Elena, y sus ojos tardaron un segundo en enfocarse.

—¿Adónde fue? —le preguntó con voz rasgada.

—A hablar con el agente, nada más —contestó Elena, que miró a la comandante—. Ayaan, me dijiste que una niña nos proporcionó la descripción de alguien a quien vio por la zona, ¿no es así?

Ayaan asintió con la cabeza mientras sacaba su libreta con espiral superior y pasaba varias hojas.

—Sí, una niña de diez años nos dijo que vio a un hombre plantado al lado de la calle mientras esperaba el autobús, aunque no vio que se acercara a Amanda. Dijo que era muy alto, con el cabello castaño y la piel blanca, y que llevaba una chamarra café. No lo reconoció.

Elena miró a los Jordan.

—¿Les suena a alguien que puedan conocer?

—No lo sé. La comandante Bishar nos preguntó lo mismo anoche. No lo sé... No puedo... —Sandy empezó a sollozar. Se echó hacia delante, se tapó la cara con las manos y se secó una nueva andanada de lágrimas—. No logro pensar. Es como... es como si mi cerebro se quedara en blanco una y otra vez.

—Lo sé —repuso Elena—. Sinceramente, no puedo ni imaginarme cómo se debe de sentir, ni lo frustrante que debe de resultar que le hagan preguntas como esta, preguntas a las que nunca pensó que tendría que dar respuesta.

Ayaan habló con suavidad:

—A nadie le gusta pensar estas cosas, Sandy, pero a veces la gente que está más cerca de nuestros hijos, aquella en la que más confianza depositamos, es la que representa mayor riesgo para ellos. No nos damos cuenta de que nuestros hijos les tienen miedo, de que existen motivos para ello. ¿Hay alguien en su vida, quien sea, hacia quien Amanda se haya mostrado temerosa en el pasado? ¿Un tío? ¿Un primo? ¿Algún amigo al que invitaran a casa? ¿Alguien que trabaje con usted, Dave?

Ninguno de los dos contestó, y Elena retomó la palabra:

—Piensen si alguna vez tuvieron que insistirle a Amanda para que saludara a alguien, para que le diera un abrazo, quizá. Alguien con quien ella no quisiera relacionarse, y ustedes pensaron tan solo que les estaba desobedeciendo. Lo más probable es que en ese momento no les pareciera raro, pero los niños no siempre nos transmiten la información importante de una manera que nos inquiete. La cuestión es que hubo algo en ese hombre, en ese hombre alto, blanco y moreno, que a Amanda no le gustó. Él no le gustó. ¿Conocen a alguien así?

A Sandy se le enrojecieron aún más los ojos, pero no parpadeó mientras dos lágrimas le caían por el lado derecho de la cara. Dave siguió mirando por la ventana, impasible. Elena respiró hondo y se clavó las uñas en la palma de las manos.

Hamilton entró en la sala cargado con una charola en la que llevaba la tetera, unas tazas de té y algunas galletas. La colocó en la mesa de centro y le dirigió una sonrisa a Elena mientras murmuraba:

—Tercer intento.

Fue la vencida. De manera mecánica, con los ojos clavados en algún punto en el centro de la estancia, Sandy estiró el brazo y se sirvió una taza de té. El líquido hirviente estuvo a punto de salpicarle la mano, pero al final no volcó una sola gota. Sin apartar la mirada se llevó la taza a los labios, sopló el vapor y tomó un trago. Entonces tomó aire de manera profunda y sibilante por la nariz, y dijo:

—¿Sabe qué...?, me da la sensación de que Graham Wallace nunca le cayó bien.

Elena se puso en tensión. Hamilton se detuvo en mitad de un paso y volteó la cabeza, boquiabierto. Ayaan fue la primera en moverse; agarró su tableta y comenzó a teclear, buscando con toda probabilidad aquel nombre en la base de datos de la policía.

—¿Quién es Graham Wallace? —preguntó Elena.

Pero, antes de que Sandy pudiera contestar, Dave se desplomó mientras lanzaba un largo gemido de aflicción. Sandy saltó del sofá y corrió hacia él, le colocó la cabeza sobre el regazo mientras el hombre sollozaba. Elena sintió un hormigueo en las manos. Miró a Ayaan, pero la comandante estaba demasiado ocupada con su tableta. Hamilton observaba a la pareja en el suelo como si quisiera asegurarse de que no se hubieran hecho daño.

Dave se incorporó con la cara bañada en lágrimas.

—Si fue Graham Wallace, es por mi culpa. Lo contraté hace tres años. Sabía lo que era, y lo contraté de todos modos. —Se estremeció, pero Sandy no hizo más que apretarlo con más fuerza contra su cuerpo.

—¿Qué quiere decir con «lo que era»? —preguntó Elena—. ¿Qué era?

—Es un delincuente sexual —informó Ayaan, volteando la tableta para que Elena la viera—. Es un delincuente sexual que vive a tres kilómetros de aquí.

15

Elena

15 de enero de 2020

Elena tardó algunos minutos en convencer a Ayaan de que la dejara ir con ella a la casa de Graham. Le prometió que se quedaría en el coche mientras la comandante y los dos agentes que había solicitado como refuerzo entraban en el lugar.

En ese momento, mientras observaba a la policía acercarse a la casa adosada, modesta y silenciosa, Elena sintió un escalofrío pese a que la calefacción del vehículo estaba al máximo. De camino, Ayaan le había contado que Graham Wallace había sido arrestado dos veces por mantener contactos sexuales con menores. Su primera víctima tenía trece años, y él dieciséis. Llegó a un acuerdo con la fiscalía para no tener que ir a prisión, pero entonces cometió otro crimen, ya que mantuvo relaciones con una chica de quince —según ella fueron voluntarias, pero en términos legales era demasiado pequeña para dar ese consentimiento— a los veintidós. Había salido cuatro años antes, después de cumplir su condena.

Desde entonces no había registro de que hubiera cometido nuevos delitos, y el secuestro sería una escalada inmensa respecto a sus crímenes anteriores. No obstante, seguía siendo un sospechoso firme.

Al parecer, los padres de Graham le permitían ocupar una de las propiedades que ponían en alquiler, una pequeña casa adosada no muy lejos del hogar de la familia Jordan. Todas las demás casas de la comunidad tenían las banquetas y los caminos de acceso limpios de nieve, así que no fue difícil identificar la que podía pertenecer a un joven vago de familia privilegiada. Frente a la casa de los Wallace se elevaban montículos de nieve de un metro o metro y medio de altura, y se extendían hacia su camino de acceso. En la calle, delante del coche de Ayaan, había una montañita de nieve y hielo allí donde alguien había dejado el coche estacionado durante una ventisca, para que el vehículo fuera víctima del paso de una quitanieves. Incluso en ese momento, sin el coche, la nieve continuaba helada dibujando el perfil de un sedán.

Elena observó a Ayaan reunir a los agentes de refuerzo que había solicitado, preparándose para llamar a la puerta. Sintió que iba a volverse loca si no hacía nada, así que sacó el celular y llamó a Martín.

—*Bueno* —contestó él después de cuatro tonos. De fondo se oía a gente hablando y riéndose—. ¿Todo bien? Estoy en mitad de una cosa.

—Ah, está bien. —Su voz temblorosa la traicionó—. Puedo llamar luego.

Un sonido sibilante llenó la línea, y le siguió el clic de una puerta que se cerraba.

—No pasa nada, Elena, es solo la partida de póquer de la hora de la comida. Puedo hablar. ¿Qué sucede?

Mientras conversaban, Elena miraba por el parabrisas.

—Ayer hubo un secuestro en Bloomington. Los padres le preguntaron a Ayaan si yo podía ayudarlos. Es... es una niña. De once años.

Martín era consciente de que Elena comprendía lo

que estaba viviendo aquella niña, al menos la parte psicológica.

Hubo una pausa, y siguió una inspiración lenta. Era la manera que tenía Martín de hacer que se calmara... Sabía que, cuando él respiraba hondo, ella también tenía que hacerlo. Era un acto reflejo, igual de contagioso que un bostezo. Sorbió el aire por la nariz, cerrando los ojos, y pasó las yemas de los dedos por el tatuaje en forma de punto y coma de su muñeca.

—¿Mejor?

—Sí. Gracias.

—¿Estás teniendo ataques de pánico?

En vez de contestar, Elena dijo:

—Me pidieron que los ayude. No quiero estropearlo.

—No lo harás, mi amor.

—Ya han transcurrido más de veinticuatro horas. Si el secuestrador pensaba asesinarla, la niña tiene menos de un uno por ciento de posibilidades de seguir viva.

—Tú eres la prueba viviente de que todas las estadísticas tienen su excepción. Ten cuidado, por favor.

Elena frunció el ceño.

—Lo tendré. No sé cuánto puede durar esto. Te llamé porque..., bueno, porque quería oír tu voz, pero también porque quería avisarte de que quizá no llegue a casa para la cena, dependiendo de cómo vayan las cosas.

—Elena... —Martín se detuvo, y a continuación se limitó a decir—: De acuerdo, te veré cuando llegues a casa.

—*Te amo* —dijo ella—. Ve a meterles una paliza en el póquer.

Él se rio con suavidad.

—Lo haré. *Yo también te amo*.

Mientras se guardaba el celular en el bolsillo, vio por el rabillo del ojo un destello de color. Elena volvió a mirar rápidamente hacia la casa. Los policías habían desaparecido, pero un joven vestido solo con una pijama estaba descendiendo desde una de las ventanas laterales. Tras caer al suelo, se puso en pie y comenzó a brincar por la nieve profunda en una pobre imitación del acto de correr. Elena miró hacia la puerta de entrada, pero no vio ni a Ayaan ni a los agentes por ningún lado. Quizá no supieran que Graham había huido. Por un instante reflexionó sobre los problemas en los que podía meterse en caso de ir tras él, pero si aquel hombre conocía el paradero de Amanda, no podía dejar que se escapara. Abrió la puerta del copiloto con lentitud, intentando no hacer ningún ruido al salir del coche, y la dejó abierta a su espalda. Graham estaba mirando hacia atrás para ver si lo seguían cuando Elena levantó las manos y gritó:

—¡Quieto!

Graham obedeció, clavó los ojos en ella mientras temblaba de la cabeza a los pies. Tenía la piel de las manos y de la cara de un color rojo brillante.

—¿Y tú quién carajo eres?

Al ver que ella no tenía una pistola en las manos comenzó a moverse de nuevo. Elena llevaba la Ruger enfundada en la cadera, pero no podía sacarla y apuntarle a menos que fuera en defensa propia, e incluso ella podía ver con claridad que el hombre no representaba ninguna amenaza. Aunque apenas podía caminar, Graham volteó y se dirigió hacia el patio de su vecino.

—¡Aquí fuera! —gritó Elena con la esperanza de que Ayaan la oyera—. ¡Se escapa!

A continuación salió corriendo tras él y lo derribó sobre la nieve. Él la empujó, pero no logró quitársela de encima. Su voluminoso abrigo estaba resbaladizo y dificultaba sus intentos por cerrar los brazos alrededor del cuerpo del joven, pero Elena se sintió agradecida por contar con él. Ahí fuera la temperatura estaba por debajo de cero, y se dio cuenta de que con cada segundo que pasaba el hombre se mostraba más aletargado. Tenía que regresar al interior de la casa.

Un instante después, los dos agentes se llevaban a Graham a rastras para conducirlo rápidamente hasta la parte trasera de su todoterreno, donde tenían cobijas y un par de botas viejas que ponerle en los pies descalzos.

—¿En qué estabas pensando? ¿Te encuentras bien? —le preguntó Ayaan cuando tuvo a Graham bajo custodia y a Elena de vuelta en el coche.

—Se escapaba... Salió por una ventana. Te llamé. —Elena puso las manos delante de la salida de aire caliente mientras intentaba disimular el hecho de que estaba temblando—. ¿Debo deducir que no encontraron a Amanda?

Ayaan negó con la cabeza.

—En cuanto nos identificamos cerró con llave y se fue corriendo. Tuvimos que echar la puerta abajo, y se habrá escabullido mientras registrábamos el lugar. Pero la niña no está ahí dentro, o al menos no la vimos.

—¿Crees que la tendrá retenida en algún otro sitio?

El rostro redondeado de la detective mostró una expresión adusta.

—Quizá. Pero no veo por qué iba a hacer eso. Esta casa no está aislada, pero vive solo. Tiene un garaje anexo en el que puede estacionarse para meterla y sacarla del vehículo sin que lo vean. ¿Por qué llevársela a otro sitio a menos que...?

Elena por fin dejó de temblar.

—A menos que ya la haya matado.

En cuanto Ayaan hizo entrar a Graham en la comisaría, una joven con el cabello pelirrojo recogido en una cola de caballo se levantó de su asiento en el vestíbulo y saludó con una sonrisa tensa al joven. Elena se preguntó cuál de los detectives le habría dejado realizar una llamada desde el coche mientras estaban de camino, pero no se sorprendió. No era nada nuevo que la policía diera mejor trato a los detenidos de raza blanca.

—Señor Wallace..., ¿ha guardado silencio? —preguntó la mujer.

—Le recomendé que se reservara sus derechos —indicó Ayaan, mirándola a los ojos de color gris hierro—. Venga con nosotros, señorita...

—Delaney. —La abogada sonrió con suficiencia, probablemente ante la expresión en el rostro de Elena. Delaney, Block & Gómez era un bufete más o menos nuevo, pero ya habían logrado fama de feroces. Y de ganar sus casos. Le lanzó una mirada rápida a Elena, pero continuó dirigiéndose a Ayaan—. He oído que están trabajando con una consultora civil. Espero que no le hayan permitido tratar alguna de las pruebas en el caso de mi cliente...

—¡Me atacó! —soltó Graham.

Una sonrisa se dibujó en los labios de Delaney.

—Oh, ¿de veras?

Elena cruzó los brazos.

—Fue un arresto civil lícito. Se me permite detener a cualquier persona que haya cometido un delito en mi presencia, y él había huido de la policía. —Quizá no perteneciera al Cuerpo, pero había pasado años en Protección de Menores y conocía la ley. Su labor como investigadora independiente no serviría de nada si todo lo que tocaba acabara siendo desestimado por el juez. Conocía las reglas y escogía con mucho cuidado aquellas que valía la pena romper.

—Eso ya lo veremos. —Delaney agarró a Graham por el brazo, liberándolo de la sujeción de Ayaan.

La comandante mantuvo una expresión neutra.

—Por aquí, señorita Delaney. —La condujo a una sala de interrogatorios, seguida de Elena.

La abogada se detuvo delante de la puerta.

—Me gustaría pasar unos minutos a solas con mi cliente.

—Desde luego. —Ayaan dejó que entraran en la habitación, cerró la puerta tras ellos y volteó hacia Elena—. No hace falta que te quedes, lo sabes, ¿verdad? Pero gracias. Por toda tu ayuda. ¿Estás segura de que no te hiciste daño?

Elena negó con la cabeza.

—Estoy bien. Dolorida, pero esto se arregla con un buen baño. —Asintió en dirección a la sala de interrogatorios—. ¿Qué impresión te da este tipo?

Ayaan se mordió la comisura del labio inferior. Era la primera vez que Elena la veía insegura.

—No lo tengo claro. Es un buen sospechoso, pero no me gusta que no hayamos encontrado ninguna señal de Amanda en la casa. Ya están tomando muestras de su coche, pero pasarán algunos días antes de que sepamos algo. Si la tiene retenida en algún otro sitio...

—Ya será demasiado tarde.

—Es un delincuente sexual de quien se sabe que tuvo relación con la familia, y coincide con la descripción del hombre al que esa niña vio por la zona —declaró Ayaan, como si intentara convencerse a sí misma—. Es casi como si tuviera que ser él.

El teléfono de su despacho comenzó a sonar, y Ayaan pasó veloz junto a Elena para atenderlo. Mientras la comandante hablaba en susurros, Elena fue a sentarse al despacho contiguo, que estaba vacío y a oscuras. Miró el reloj de la pared. Eran casi las tres de la tarde. Amanda llevaba más de treinta horas desaparecida. El tictac del reloj sonaba con fuerza en la penumbra, avanzaba sin ninguna consideración hacia el hecho de que, con cada segundo que pasaba, encontrar a Amanda con vida resultara menos probable. Un inesperado arrebato de pánico hizo que se mareara, y cerró los ojos.

De repente ya no estaba en la comisaría. Se hallaba acurrucada en una habitación fría y aislada, sola y aterrorizada. El miedo atravesó su cuerpo cuando el tictac del reloj se vio ahogado por los pasos del hombre que subía por la escalera. Las bisagras, bien engrasadas, no hicieron ruido al abrirse la puerta, que se cerró con un suave clic. Se dirigió hacia ella, que quiso alejarse, pero su cuerpo no prestó atención a lo que le pedía su mente. La náusea, el dolor..., todo ello amenazaba con engullirla por completo, ennegreció su visión.

La vibración del celular contra su cadera derecha arrancó a Elena de aquel recuerdo. Se apresuró a sacárselo del bolsillo. Era Martín.

—Hola. —Su voz sonó como un resuello.

—Hola, solo quería saber cómo estabas. ¿Te encuentras bien?

Elena se puso en pie y cerró la puerta del despacho.

—Sí, estoy bien.

—¿Segura? Suenas un poco alterada.

—Me recuperaré, Martín. Puedo encargarme de esto.

Él guardó silencio por un instante. Entonces dijo:

—Ya sé que puedes, pero no tienes que hacerlo. No puedes ayudar a todo el mundo. Has estado tan centrada en el caso del A. N. que apenas has dormido en varias semanas. Luego te pones a perseguir a la familia de un tipo que te escribió al programa y al que acabaron asesinando. ¿Y ahora vas a añadir algo más? ¿El secuestro de una niña?

Elena sintió una punzada de dolor que nacía en uno de sus ojos e irradiaba hacia la parte posterior de su cabeza. Se inclinó hacia delante, con los codos sobre las rodillas, y se frotó la sien con la mano libre.

—Me las arreglaré. De todos modos, con el caso de Leo he llegado a un callejón sin salida.

—Es solo que la última vez que te involucraste en un secuestro en marcha la cosa no acabó demasiado bien.

De repente, Elena se alegró de haberse metido en una

habitación en la que no podía verla nadie. Las réplicas vacuas y trémulas del recuerdo cedieron ante un acceso de rabia que tensó los músculos de su mandíbula.

—Eso pasó hace mucho tiempo, Martín. Ahora tengo mucha más experiencia con este tipo de casos.

—*Mi vida*, yo creo en ti. Confío en ti, si esto es lo que deseas hacer. Lo que pasa es que no quiero que te sientas obligada a... a satisfacer a todo el mundo. Solo quiero asegurarme de que estés bien. Nunca te había visto así, tomando tantos riesgos.

—Estoy bien. No necesito que me protejas. —Elena se frotó la cara con la mano—. Te veré en casa, si es que soy capaz de recordar cómo se llega sin necesitar de tu ayuda.

—Elena...

Colgó la llamada, apagó el celular y volvió a metérselo en el bolsillo. Estaba respirando a intervalos cortos, y se interrumpió para realizar inspiraciones largas y lentas a través de la nariz. Eran tantas las personas que creían saber de qué era capaz mejor que ella misma... Pero por lo general su marido no pertenecía a ese grupo. Siempre estuvo claro que el del A. N. iba a ser un caso importante, al que debería dedicar el ciento diez por ciento de su tiempo. Y no podía saber que iban a solicitar su ayuda en un secuestro, pero ¿cómo podría haberse negado? Si podía ser útil, tenía que estar allí. Lo más probable era que Martín estuviera intentando llamarla de nuevo, pero resistió la urgencia por encender el celular de nuevo para comprobarlo. Ya lo solucionarían cuando volviera a casa.

La voz de Ayaan, procedente de la puerta, hizo que diera un salto.

—Varias cámaras de seguridad grabaron el presunto vehículo del secuestro —dijo con los ojos brillantes por la emoción—. ¿Estás bien?

—Sí. —Elena se obligó a sonreír, se incorporó de golpe y siguió a Ayaan hasta su despacho. Arrastró una silla hasta su lado del escritorio para sentarse junto a la comandante y mirar las pantallitas que se alineaban en su monitor.

Ayaan señaló la pantalla.

—Tenemos las grabaciones de seis cámaras de seguridad de negocios de la zona. Van desde una hora antes hasta una hora después del secuestro de Amanda.

—¿Las has visto? —preguntó Elena.

—Sí, creemos haber identificado la camioneta que usaron para el secuestro. Al menos coincide con la descripción que nos dio la conductora del autobús: color azul oscuro, sin matrícula.

Ayaan pulsó una tecla de la computadora y todos los videos se iniciaron a la vez. En la esquina inferior derecha, unos dígitos de color blanco marcaban el paso del tiempo hasta las milésimas. Después de algunos segundos, la comandante le dio a la pausa y señaló el paso de una camioneta.

—Mira, aquí, en el video número cuatro, se ve a una camioneta oscura que pasa delante de la gasolinera Super America a las 8.35.21 en dirección norte por Lyndale.

Elena entornó los ojos.

—¿Es Graham? No puedo verle la cara.

Ayaan negó con la cabeza.

—No estoy segura. Lleva el parabrisas ahumado y hay un brillo que los técnicos no han podido eliminar.

Elena apretó la barra de progreso bajo el video y lo detuvo de nuevo.

—No es un tipo imprudente, eso está claro. Si lleva a una niña secuestrada en el vehículo, hay que tener mucha disciplina para conducir a la misma velocidad que los coches que lo rodean, para no llamar la atención siquiera durante una situación tan estresante.

—Tienes razón, pero me sigue pareciendo bastante

peligroso —indicó Ayaan, mirándola—. Supongo que, en su cabeza, valía la pena correr el riesgo de que lo detuvieran por conducir sin matrícula frente al riesgo mayor de que lo grabara alguna cámara o lo viera un testigo que pudiera rastrear su matrícula.

Elena observó fijamente la imagen de la camioneta oscura en el video.

—Lo más probable es que solo condujera ese vehículo durante dos o tres kilómetros y en hora pico, un día laborable por la mañana, sabiendo que, con toda seguridad, no lo detendrían por una falta tan leve. No tratándose de un hombre blanco, al menos.

Ayaan sonrió con una mueca irónica mientras asentía con la cabeza.

—Eso demuestra un nivel de sofisticación criminal que coincide con la manera impecable en que llevó a cabo el secuestro. Es poco probable que sea la primera vez que lo hace. Es posible que Graham no haya sido tan honrado durante los últimos cuatro años como su expediente podría sugerir.

—¿Sabemos si tuvo acceso a una camioneta como esa? —preguntó Elena.

—No, pero seguramente era robada. Estuve investigando su coartada. Tiene otro empleo, además de trabajar para Dave Jordan. Limpia ventanas para una empresa de mantenimiento de oficinas. Me dijeron que ayer estuvo trabajando hasta las dos de la tarde. Y confirmaron el relato del padre. —Ayaan miró a Elena a los ojos. Tendré que realizar un seguimiento de esta coartada, pero ¿esta tarde podrías intentar averiguar algo con tus propios métodos de investigación? Podemos reunirnos mañana y comparar nuestras notas. Mientras tanto, te informaré si hay algún cambio.

—Claro. Sí, por supuesto. Hablamos mañana.

No quería volver a casa, donde se vería obligada a hablar del caso con Martín, pero no tenía demasiada elección. Elena se puso en pie tratando de controlar la oleada de pánico que sentía en el vientre y salió del despacho. En ese mismo instante, una niña pequeña dependía de ella. No podía permitirse el lujo de venirse abajo.

16

Podcast «Justicia en el aire»

2 de enero de 2020
Transcripción: temporada 5, episodio 4

[Sonido ambiente: el tictac de un reloj.]

VOZ EN *OFF* DE ELENA:
El doctor Sage trabaja en Mitchell, un centro universitario de Minneapolis que cuenta con uno de los mejores grados de Psicología Forense de todo el estado. Esta entrevista tuvo lugar en diciembre de 2019, antes de que se emitiera el primer episodio y, evidentemente, antes también de la revelación que realizamos en este capítulo acerca de la posible identidad de los cuerpos quemados. Estoy segura de que el doctor Sage tendría mucho que decir sobre esta nueva información pero, mientras esperamos a que surja alguna posible coincidencia de ADN, creo que es importante que sigamos concentrándonos en el propio A. N. Cuanta más información tengamos sobre él —quién es, qué lo llevó a hacer lo que hizo—, mayores serán nuestras opciones de encontrarlo.

ELENA:

Doctor, usted estudió los casos del A. N. algunos años antes de que cesara su actividad, ¿es así? ¿A principios de la década de 2000?

DOCTOR SAGE:

Sí, así es. Soy uno de los psiquiatras que el ADN consultó acerca del perfil que le habían dedicado, antes de que dejaran de investigar el caso.

ELENA:

Bien, ¿puedo pedirle su opinión de experto sobre lo que se puede interpretar a partir del modo en que comete sus asesinatos? Para que esté al tanto de todo, mi marido es médico forense y, con total sinceridad, no está de acuerdo con la evaluación del especialista que examinó a Katrina Connelly. Mientras que el informe oficial afirma que lo más probable es que el A. N. la matara en un ataque de rabia porque ella se le resistió, la teoría de mi marido es que el A. N. la asesinó de ese modo porque el veneno no había acabado aún con ella, y, para que el crimen le resultara satisfactorio, Katrina debía morir el día que él le había asignado: el séptimo.

DOCTOR SAGE:

Es posible. A partir de todo lo que he visto acerca de la labor del Asesino de los Números, está claro que comete sus crímenes rigiéndose por un marco temporal muy estricto, y con unos parámetros inflexibles. Es tremendamente minucioso, y resulta bastante posible que padezca algún trastorno compulsivo, aunque sería negligente por mi parte no decir que seguro que eso no tuvo nada que ver con los motivos por los que cometió los asesinatos. La amplia mayoría de la gente que sufre trastornos compulsivos lleva vidas plenas y exitosas, y no provocan mayores daños a su alrededor que cualquier otra persona. Pero, a partir de su obsesión con los números tres, siete y veintiuno, parece plausible que sean esos números los que lo llevan a asesinar. En ese caso, lo más probable es que hundan sus raíces en una especie de trauma.

ELENA:
Un momento, ¿en un trauma del asesino?

DOCTOR SAGE:
Sí, es lo más probable.

ELENA:
Pero... ¿eso no es...? ¿No se podría interpretar como una excusa para sus crímenes? Hay mucha gente que vive experiencias traumáticas durante la infancia. Si todas las personas que hubieran tenido una infancia violenta se sirvieran de ella como excusa para matar a gente inocente, habría muchísimos más asesinatos que investigar.

DOCTOR SAGE:
Es cierto, y tiene razón: no es ninguna excusa. Pero se trata de un hecho. A la mayoría de nosotros no nos gusta pensar en la gente que comete actos horrendos de violencia como antiguas víctimas, pero la realidad es que lo son. Las extensas investigaciones que se han realizado sobre asesinos en serie demuestran que casi todos ellos han pasado por episodios de abusos severos y de abandono durante la infancia. Es importante tener en cuenta ese contexto a la hora de examinar los motivos del asesino e intentar averiguar qué tipo de persona podría ser. De todos modos, voy a decir algo. Hay una frase de Jim Clemente, analista de conducta del FBI, que dice así: «La genética carga el arma, la personalidad y la psicología apuntan, y las experiencias aprietan el gatillo». Hace falta una mezcla perfecta y devastadora de circunstancias

para crear a un asesino en serie. El trauma infantil es solo una parte de ella.

ELENA:

De acuerdo, tiene sentido. Volviendo a los números: llevo años investigándolos, y estoy convencida de que muchos de mis oyentes lo habrán hecho también. ¿Tiene alguna opinión sobre lo que podrían significar para él?

DOCTOR SAGE:

Más allá de que se trate de algún tipo de mensaje personal o de manifiesto, cosa que hemos visto muchas veces con otros asesinos, resulta imposible decirlo con certeza absoluta. No obstante, la víctima que huyó le dijo a la policía que dentro de la cabaña había símbolos religiosos cristianos. Biblias, cruces colgadas de la pared, postales con mensajes de la Biblia. Eso me llevó a repasar la importancia de los números en las Sagradas Escrituras. A lo largo de los siglos, teólogos y estudiosos de la Biblia han encontrado un significado en todo tipo de números... Se cree que algunos tienen menos base que otros, pero todo el mundo considera que los primeros dos números de la serie del A. N. son importantes. El tres es el símbolo de la Trinidad: el Padre, el Hijo y el Espíritu Santo. También es el número de días que Jesús pasó en el infierno después de la crucifixión y antes de resucitar, y es uno de los números considerados como espiritualmente perfectos, junto con el siete. El siete representa la plenitud, la perfección. El mundo se creó en seis días y al séptimo Dios descansó.

ELENA:

¿Y el veintiuno?

DOCTOR SAGE:

Bueno, lo primero que hay que señalar es que, al multiplicar el siete y el tres, se obtiene el veintiuno. Eso podría ser significativo —de hecho, quizá sea el único motivo por el que el asesino lo eligió—. Pero, si seguimos con el tema del simbolismo bíblico, en Timoteo II, Pablo enumera los veintiún pecados que demuestran la maldad del ser. El veintiuno se interpreta como la combinación entre el trece, el número del pecado y la depravación, y el ocho, el número del renacimiento. Al sumarlos, el símbolo resultante simboliza un compromiso nuevo y activo con la rebelión y la maldad. Si uno cree en la idea de que las motivaciones del A. N. tienen que ver con una lectura torcida del significado bíblico de esos números —tal y como sucedió con varios de los primeros investigadores del caso, teniendo en cuenta los objetos de la cabaña y el carácter conservador, religiosamente hablando, de la zona en ese momento—, tiene sentido que escogiera el veintiuno en tercer lugar. El veintiuno implica una decisión consciente de rebelarse, de alejarse de la palabra de Dios. Pero, si no andamos errados, resulta desconcertante que comenzara con una chica de veinte años en vez de con una de veintiuno. Todo lo relativo a su patrón numérico es consistente, así que parece extraño que se alejara de él con algo tan significativo como la edad de su primera víctima.

VOZ EN *OFF* DE ELENA:
El doctor Sage saca a colación un tema que hemos discutido en episodios anteriores —algo que, tal y como nuestros oyentes recordarán, también es una pequeña obsesión del detective Sykes—. Mi productora y yo hemos estado trabajando mucho entre bastidores sobre esta cuestión, y me siento muy emocionada de poder anunciarles que contamos con una pista prometedora. Ahora mismo aún es demasiado pronto para confirmarlo, pero tengo la esperanza de que podré hablarles muy pronto acerca de nuestros hallazgos. Permanezcan a la espera. Y, ahora, regresemos a la entrevista.

ELENA:

Por lo que nos ha contado, parece usted creer que el patrón es fruto de una decisión, no de una obsesión que escapa a su control. ¿Es así?

DOCTOR SAGE:

Esa es mi valoración. Se trata de un asesino muy calculador, algo que se hace evidente en todos los aspectos de sus crímenes, desde la elección de las víctimas hasta la manera en que abandona los cuerpos cuando ha acabado. Tiene pleno control de sus facultades, y, de hecho, el poder desempeña una parte muy importante en sus crímenes. Desde el patrón meticuloso que ha establecido hasta la manera en la que obliga a las chicas a que cumplan sus órdenes, los asesinatos demuestran un control demasiado grande como para que sean fruto de acciones salvajes e impulsivas.

ELENA:

Hablemos de eso. Entiendo, a partir de mi propia investigación, que hay diferentes tipos de asesinos en serie. ¿Puede hacer un resumen para mis oyentes de esa clasificación?

DOCTOR SAGE:

El motivo por el que existe de hecho mi trabajo es John Douglas, el padre del análisis de la conducta criminal. ¿Ha visto *Mindhunter*, la serie de televisión? Está más o menos basada en los inicios de su carrera. Douglas entrevistó a cientos de asesinos en serie por todo el país, descubrió por qué y cómo hicieron lo que hicieron. Y se sirvió de ese conocimiento para ayudar al ADN y a otros cuerpos de seguridad a atrapar a asesinos en activo. Al cabo de un tiempo, se dio cuenta de que había algunas diferencias clave entre muchos de los hombres a los que entrevistaba, y comenzó a clasificar a los asesinos según diversos factores: lo que los motivaba, la manera en que mataban a sus víctimas, su grado de organización, etcétera.

Están los asesinos visionarios, que por lo general se desconectan de la realidad y piensan que Dios o el diablo los dirigen para que cometan sus crímenes. Los asesinos hedonistas lo hacen por emoción erótica, por el placer de controlar y a continuación destruir a una persona. Si alguien disfruta ejerciendo poder o autoridad sobre sus víctimas y prolongando sus muertes, lo calificaríamos de asesino con afán de poder y control. Y luego están los asesinos misioneros, que cometen sus crímenes a causa de su sentido del deber, para librar al mundo de un tipo específico de persona.

ELENA:
¿Y los asesinos en serie suelen encajar en una única categoría? Porque dos de esas descripciones me parece que encajan con el A. N.

DOCTOR SAGE:
Los hay que encajan en más de una categoría, sí. Por lo general, los asesinos de poder y control agreden sexualmente a sus víctimas como penúltimo ejercicio de poder antes de matarlas, pero eso no es algo que hayamos visto con las víctimas del A. N. No obstante, como ya dije, el control es un aspecto clave de lo que hace, así que diría que sigue siendo un asesino de poder y control. Las degrada al dejarlas sin comer, al hacer que limpien para él —que sean sus sirvientas, en esencia—, antes de envenenarlas y de golpear sus cuerpos. La manera específica en que abusa de esas chicas me hace pensar que fue maltratado de pequeño, y que de algún modo acusa de ese maltrato a una mujer de su vida —probablemente, su madre—, tanto si ella fue responsable como si no. No parece hallar ninguna emoción sexual al matar a sus víctimas, así

que descartaría al asesino hedonista, y me parece que está demasiado organizado como para ser un asesino visionario. Pero afirmaría que la elección de sus víctimas, su criterio severo, también apunta a un asesino misionero. Aunque no escoja a sus víctimas entre un grupo marginal, como hacen muchos asesinos misioneros, sí que elige al mismo tipo de víctima una y otra vez: mujeres blancas de familias de clase media-alta. Lo único que varía es la edad, y eso sucede de manera intencionada, claro.

Ese hombre, sea quien sea, es muy inteligente. Tengo casi la certeza de que habrá recibido educación universitaria, quizá incluso posea un máster o un doctorado. Es blanco... Nora Watson así lo dijo. Y no cabe duda de que es consciente de las connotaciones que tiene escoger a mujeres jóvenes y blancas como víctimas. A lo largo de la historia se les ha considerado un símbolo de inocencia, algo que por supuesto está anclado en los motivos nocivos del clasismo, la supremacía blanca y el patriarcado.

También vale la pena señalar que, aunque el dicho rece que los asesinos solo matan a gente de su propia raza, eso no es siempre cierto. Samuel Little posiblemente sea uno de los asesinos en serie más prolíficos del país, y al parecer mató a mujeres de manera indiscriminada, sin prestar atención a su edad o a su raza. Fue una cuestión de accesibilidad. Por estadística, la gente tiende a asesinar a los de su propia raza, pero suele tratarse de una cuestión de proximidad antes que de psicología.

ELENA:
Dijo que no encuentra emoción sexual al asesinar a sus víctimas, pero ¿qué hay de la manera en que las tortura, en que tortura al público psicológicamente?

DOCTOR SAGE:
¿A qué se refiere?

ELENA:

Bueno, después de los primeros asesinatos todos conocíamos ya cómo iba a ser su patrón. Sabíamos que, cada vez que secuestrara a una niña, a esta le quedaría una semana de vida. Está la manera en que las torturó, por supuesto: con una muerte lenta y dolorosa, y el tormento de tener que trabajar por cada migaja de comida que les daba. El veneno. Los azotes. Pero también estamos nosotros, la gente de la comunidad, que lo observamos y nos preparamos para lo inevitable. Es como si también hubiera estado torturándonos, como si supiera que al séptimo día íbamos a estar todos en casa, viendo el noticiario, esperando a que dieran la noticia de que se había encontrado un cadáver. No escondió los cuerpos; quería que los hallaran, los dejó al aire libre, en espacios públicos. Yo era una niña, pero recuerdo cómo eran aquellos séptimos días. Era como si se hubiera disparado una sirena y tú tuvieras que prepararte para el momento en que el tornado tocara tierra.

DOCTOR SAGE:

Supongo que tiene razón.

ELENA:

¿Cómo podemos saber que los números y las fórmulas y los patrones formaron parte de una obsesión, que no lo diseñó todo para sacar a la gente de sus casillas y hacer que los detectives persiguieran esa zanahoria mientras él asesinaba a más y más chicas?

DOCTOR SAGE:

La respuesta corta para eso es que no lo sabemos.

VOZ EN *OFF* DE ELENA:

Después de todo lo que descubrí hablando con el doctor Sage, el detective Sykes, Tina y Martín, confeccioné mi propio perfil del A. N. Quizá no tenga el nivel de los del ADN, pero está basado en todas las pruebas que hemos reunido hasta la fecha. Recuerden que los perfiles criminales no sirven para que los investigadores identifiquen a una persona concreta. Los perfiles no son pruebas; son conclusiones lógicas que se basan en el razonamiento deductivo y en las estadísticas. Pero, en un caso tan antiguo como este, un haz de luz que enfoque en una posible dirección es mejor que moverse a tientas en la oscuridad.

Quiero que escuchen con atención y que piensen en todo lo que hemos averiguado. Recuerden que los sospechosos a los que investigamos y atrapamos en las temporadas anteriores de «Justicia en el aire» resultaron ser personas comunes y corrientes, con vecinos y parientes y amigos que jamás sospecharon de ellos. A menudo, la gente que hace cosas monstruosas no se presenta ante nosotros con pinta de monstruo.

Si tienen alguna pregunta o teoría, quiero oírla. Hablaremos al respecto en el siguiente episodio.

El Asesino de los Números es inteligente, tiene educación universitaria, quizá disponga de un diploma superior. Es posible que fuera maltratado de niño, y que maltrate a las mujeres en su vida diaria, quizá físicamente y sin duda emocionalmente. Le interesan los números, lo cual significa que quizá tenga un título de matemáticas o de ciencias, aunque, tal y como señaló el doctor Sage, todos los números que escogió parecen tener una relevancia especial en la Biblia. Al menos en un momento de su vida sintió debilidad por el té Darjeeling, en particular por el Majestic Sterling.

Es blanco, con toda probabilidad tenía entre veinticinco y treinta y cinco años cuando comenzó a asesinar, así que ahora tendrá cuarenta y muchos o cincuenta y pocos. La única descripción física que tenemos de él dice que es fuerte, corpulento, de ojos azules y voz grave. En las pocas ocasiones en las que se le vio cerca de una de sus víctimas llevaba ropa o accesorios de colores brillantes. Dado todo el tiempo que, en nuestra opinión, dedicó a acechar a las víctimas, así como el hecho de que muchas de ellas fueron secuestradas de día, seguramente tiene un empleo flexible que le permite elegir su horario, o es posible que trabaje en un turno de noche. Debe de disponer de un vehículo, quizá de varios, y es posible que se le dé bien robar coches. Quizá hasta lo hayan arrestado por ese motivo sin que la policía supiera lo que pretendía hacer con ese vehículo.

Parece tener conocimiento de los procesos y movimientos de los cuerpos de seguridad, lo cual ha llevado a algunas personas a sospechar que podría ser un agente de policía o un investigador privado de algún tipo. Pero también tiene un profundo conocimiento de los límites del cuerpo humano, sabe medir las constantes vitales de sus víctimas lo bastante bien como para envenenarlas al ritmo adecuado para que fallezcan el día que a él le interesa. Le gusta el control y hacer que la gente le obedezca, y carece de empatía cuando sus actos hacen daño a otras personas —de hecho, quizá disfrute con ello.

Y, en este podcast, contemplamos la posibilidad de que esté vivo..., de que continúe ahí fuera. Y de que podemos dar con él y llevarlo ante la justicia.

En el próximo episodio de «Justicia en el aire»...

17

Elena

15 de enero de 2020

Cuando Elena llegó a casa, el sol se estaba poniendo y Martín seguía en el trabajo. Volvió a encender el teléfono, y un único texto suyo apareció en la pantalla: «Lo siento». Dejó escapar un suspiro y relajó los hombros. Después de prepararse una cafetera, se fue a trabajar a su despacho.

Elena no disponía de acceso a las bases de datos de la policía, pero las redes sociales eran abiertas —y allí era donde había obtenido sus mejores hallazgos en los casos precedentes. Etiquetas, datos de localización, fotos con puntos de referencia... Todo resultaba útil para seguirle el rastro a alguien si sabías dónde buscar.

No tardó mucho en encontrar los perfiles de Graham en las redes sociales. Su página de Facebook era perturbadora: un montón de memes racistas y de enlaces a bitácoras misóginas. Su último registro de actividad era de dos días antes, cuando comentó un artículo del *New York Times* sobre la Fundación Clinton con un meme manipulado en el que Hillary Clinton aparecía contando pilas de dinero con la boca muy abierta, en una mueca de codicia. Su cuenta de Instagram no era mucho mejor, estaba llena de memes y de selfis en varias poses y en los que intentaba pasar por un tipo desarreglado con su paliacate y sus lentes de sol. A Elena le recordó a todos los avatares de los troles que la mencionaban en Twitter cada vez que subía algún contenido ligeramente liberal.

Un mensaje apareció en la pantalla: era de Sash.

> ¡Eh! ¿Investigando o navegando?

Elena sonrió y contestó:

> No te lo pierdas. Estoy
> trabajando en un caso de
> secuestro con la policía.
> A Martín no le hace
> demasiada gracia.

Los puntitos dieron botes durante unos instantes, mientras Sash escribía su respuesta. Aparecieron y desaparecieron un par de veces antes de que le llegara un mensaje corto:

> ¿Por qué piensas que
> no le hace gracia?

Mientras se le borraba la sonrisa de la cara, Elena tecleó con más fuerza de la que probablemente era necesaria.

> Es solo que se preocupa.
> Estoy bien. Puedo cuidar
> de mí misma.

> Nadie duda de que puedas cuidar
> de ti misma. Es que a veces

> sacrificas tu propia seguridad para
> ayudar a los demás, cariño, eso es
> todo. Solo quiero que estés bien...
> Las dos queremos que estés bien.

Elena se quedó mirando la pantalla.

> ¿Te dijo Martín
> que me escribieras?

Transcurrieron dos minutos antes de que le llegara su respuesta.

> Ten cuidado, ¿ok? Por favor,
> Elena. No quiero que le hagan
> daño a nadie.

A nadie. Es decir, que no se refería solo a Elena. Aquel comentario fue como una patada en el estómago. Sash nunca había sacado a colación lo que ella le contó acerca de los motivos por los que había abandonado Protección de Menores, pero aquel recordatorio no había sido demasiado sutil. Ya había metido la pata con anterioridad, y hubo gente que sufrió por ello.

Elena salió del chat y volvió a las redes sociales de Graham. Le costó algunos intentos encontrar su cuenta de Twitter, ya que no usaba el mismo usuario que en Instagram y Facebook. Pero, cuando al fin pudo comenzar a recorrer su muro de Twitter, sintió que se le erizaba la piel de los brazos. Se inclinó hacia delante para mirar la pantalla más de cerca. Graham era un trol de Twitter aficionado a despotricar extensamente en las respuestas de otras personas. El día anterior por la mañana había mantenido una acalorada discusión con una cuenta verificada que al parecer pertenecía a una bloguera de izquierda de Montreal.

Elena guardó pantallazos de cada uno de los tuits y a continuación se puso a repasar las marcas temporales mientras se le encogía el corazón.

Eran más de las nueve cuando Elena se aventuró fuera de su estudio y fue recibida por el olor del pollo asado según la receta de la familia Castillo. Al entrar en la cocina se detuvo a observar durante un momento los movimientos de su marido frente a los fogones.

—Me preparaste la cena... —dijo.

Martín volteó, avanzó hacia ella y jaló su cuerpo exhausto para rodearlo con sus brazos. Ella inspiró el aroma de la loción de afeitado y del comino en su cuello, y hasta el último residuo de la rabia que le había provocado su conversación telefónica se desvaneció.

—Llegué hace una hora —dijo él—. Estaba demasiado nervioso para leer, así que pensé que podía prepararnos la cena, aunque sea tarde.

Ella levantó la mirada hacia él sin apartar los brazos de su cintura.

—¿Qué te puso nervioso?

Martín la apretó otra vez contra sí y volvió a ocuparse de la comida.

—Estoy teniendo problemas para identificar la causa de la muerte de un cuerpo que llegó hoy.

Ella le puso una mano entre los omóplatos mientras él untaba la carne con más pasta de achiote casera.

—¿Te distrajiste demasiado quedándote con el dinero de todos en el póquer?

Una risita grave retumbó en su pecho.

—Pues es lo que hice. Pero no apostamos dinero, sino que nos jugamos quién hace el papeleo. —Giró la carne y volteó para mirarla, apoyando la parte baja de la espalda contra el borde de la barra que había al lado de la cocina.

—Bueno, ¿qué problema hay con ese cuerpo? —preguntó Elena.

—Un tipo joven, treintañero. Su compañero de departamento se lo encontró muerto el domingo, tras darse cuenta de que no había llegado a levantarse de la cama. Hasta donde sabemos, no tenía enfermedades previas, nada que pueda explicar una muerte súbita. No tuvo ni un ataque al corazón, ni una apoplejía, ni un aneurisma. No hay nada que indique que fuera un suicidio. Sus padres están destrozados, como es natural. Quiero darles respuestas, pero no estoy seguro de que las haya.

Elena lo miró a los ojos con una sonrisa melancólica.

—La gente cree que conocer el porqué de la muerte de un ser querido hará que se sientan mejor. Pero averiguarlo no mejora en nada la situación, ¿verdad?

Martín negó con la cabeza.

—No, no la mejora. En fin, no te preocupes por eso. Quizá tenga que consultarlo con la almohada y me dé cuenta de que pase algo por alto. Esta tarde no es que estuviera precisamente centrado.

Elena posó la mirada en el pollo que chisporroteaba en el sartén, y a continuación en la olla de potaje que Martín había tapado para que se mantuviera caliente.

—Ya, claro.

Se dirigió al refrigerador y sacó una botella de vino blanco. Martín puso dos vasos sobre la isla de cocina en la que solían cenar cuando estaban ellos dos solos.

—¿Hubo suerte con tu caso? —preguntó mientras servía los platos.

Ella se sentó y llenó los vasos.

—Detuvimos a un sospechoso, un sujeto de lo más asqueroso, pero por desgracia creo que acabo de demostrar que no fue él. Le dejé un mensaje a Ayaan, pero supongo que se habrá ido a casa a dormir un poco.

Martín colocó un plato delante de ella, y a continuación rodeó la isla para ir a sentarse a su lado. Elena levantó el cuello y le ofreció los labios en señal de paz. Martín se inclinó y la besó; su mano le recorrió la mejilla mientras se apartaba.

—Háblame del sospechoso.

Ella probó el cremoso potaje y puso los ojos en blanco, lo cual hizo sonreír a Martín.

—Los Jordan estaban seguros de que había sido él —explicó mientras masticaba—. Son los padres de la niña que desapareció. Está registrado como delincuente sexual, y trabajó para el padre. Pero encontré pruebas en sus redes sociales de que a la hora del secuestro estaba en mitad de una conversación, así que básicamente todo un día de investigación se fue por el caño, y la niña lleva más de treinta y seis horas desaparecida.

—Si alguien puede ayudarlos a encontrarla, esa eres tú.

Elena levantó la mirada, sorprendida, pero Martín tenía la atención fija en el plato, como si estuviera estudiándolo.

—Lo dices solo porque sabes que antes me molesté —dijo ella al cabo de un instante.

—No lo digo por eso. Antes estaba preocupado. —Clavó el tenedor en el pollo—. Aún lo estoy. Pero creo que también puedo entender por qué necesitas formar parte de este caso. Trabajo con detectives a diario, pero tú eres uno de los mejores investigadores que conozco. Sabes más sobre secuestros infantiles que la mayoría, aunque para ti aún sea una novedad. Si piensas que solo te estoy diciendo esto por lo de antes, te estás infravalorando. —Al fin levantó la vista y la miró a los ojos—. No te voy a pedir perdón por preocuparme por ti, pero sí que lamento haber hecho que pensaras que no te considero capaz de tomar tus propias decisiones.

No obstante, una pequeña parte de ella deseaba que la decisión no estuviera en sus manos. Quizá fuera cosa del vino, o de aquella comida deliciosa, pero el agotamiento de los días anteriores la estaba golpeando con fuerza.

—Me ves mejor de lo que soy —declaró al fin.

Las palabras llegaron acompañadas de un inesperado nudo de emociones, y tuvo que parpadear para alejar las lágrimas mientras miraba a Martín.

—No, Elena. —La voz de él sonó firme—. Tan solo sé que eres mejor de lo que crees.

Después de la cena, mientras lavaba los platos, Elena vio que en su celular se encendía la lucecita que anunciaba un mensaje. Se secó las manos enjabonadas en un trapo de cocina y al conectarlo se encontró con un texto de Natalie.

> Mamá dice que estás
> enfadada con ella.

Elena suspiró y contestó:

No lo estoy.

> ¿Eso significa que no me recogerás
> de la clase de piano el viernes?

Pues claro que iré a recogerte.
Y no estoy enfadada
con tu madre.

Natalie le envió el emoticono de la chica que se encoge de hombros.

> Nos vemos el viernes a las cinco.
> Sé buena con la señora Turner.

No te prometo nada 😜

Elena se rio y dejó el celular sobre la barra. Tras acabar con los platos, apagó todas las luces de la casa y fue a acostarse. Martín ya roncaba con suavidad, había fracasado en su intento por esperarla despierto. Como médico que era, podía quedarse dormido en cualquier lugar, en cualquier momento. Durante su residencia, Elena lo obligó a dejar de conducir durante algunos meses después de ver que se quedaba frito al volante mientras esperaba a que un semáforo se pusiera en verde.

Se metió en la cama, pasó un brazo alrededor de su cuerpo y lo atrajo contra sí. Pero, al cerrar los ojos, se encontró en una habitación diferente. Oyó a otro hombre llamándola por su nombre, diciéndole que fuera hacia él. Sintió sus manos, fuertes y frías, sobre la piel.

Elena hundió la cara entre los hombros de su marido y contrajo el cuerpo todo lo que pudo, como si así pudiera bloquear el paso a sus recuerdos.

18

Elena

16 de enero de 2020

A la mañana siguiente, Elena llegó a la comisaría pocos minutos después de las nueve. Se sentía como si tuviera arena en los ojos por culpa del agotamiento. Ayaan le hizo señas para que entrara antes incluso de que llamara a su puerta. Apretó con fuerza la carpeta que contenía la impresión de los pantallazos de los tuits de Graham, entró en el despacho y se sentó frente a la comandante.

—Los forenses terminaron con la casa de Wallace —informó Ayaan, que parecía decepcionada—. Al margen de un poco de marihuana, lo más sospechoso que encontraron estaba en su lista de reproducción. Hace pocas noches vio una película porno que mostraba a dos chicas adolescentes realizando actos sexuales.

—¿Porno infantil? —Elena hizo una mueca de desdén.

Ayaan negó con la cabeza.

—Eran dos mujeres adultas que actuaban como si fueran adolescentes. No encontramos ninguna prueba de que el señor Wallace estuviera en posesión de pornografía infantil. —Suspiró—. Recibí tu mensaje. ¿Qué es eso de su cuenta de Twitter?

Elena asintió con la cabeza mientras dejaba los papeles sobre la mesa y los empujaba hacia Ayaan.

—No creo que pudiera secuestrar a Amanda. Graham estuvo inmerso en una batalla de Twitter durante el lapso de tiempo en que se la llevaron. Comprobé las horas dos veces. Graham envió ocho tuits durante los cinco minutos en los que la conductora del autobús dice que hizo su parada en la esquina de la casa de Amanda.

Ayaan ojeó los papeles y a continuación abrió algo en su computadora —con toda probabilidad, las declaraciones de los testigos sobre la hora del secuestro—. Al fin, levantó la mirada hacia Elena.

—¿Existe alguna posibilidad de que programara esos tuits antes de tiempo?

Elena ya lo había previsto.

—No lo creo. Los tuits se pueden programar, pero lo que no puedes hacer es programar una conversación entera con otra persona. Comprobé la identidad de la bloguera con la que estuvo hablando. Está verificado, vive en Montreal. Ha tenido blogs desde 2012, y en sus redes sociales hay más de siete años de fotos que fueron tomadas de manera evidente en diferentes partes de Canadá. Sería un engaño a largo plazo bastante elaborado, por no mencionar que se trataría de una escalada inmensa para alguien que cometió sus crímenes anteriores bajo la excusa de una relación romántica.

—Probablemente tengas razón. —Con gesto neutro, Ayaan levantó la bocina y marcó tres teclas—. Eh, Cruise, ¿puedes mirar la cuenta de Twitter de Wallace en el momento del secuestro? El usuario es @wallyg420. Si los tuits coinciden, por favor, llama a la señorita Delaney y hazle saber que su cliente puede marcharse. No, si quiere hablar conmigo que pida una cita. Gracias.

Ayaan colgó y volvió a bajar la mirada hacia los papeles que cubrían su escritorio.

—Parece que hemos vuelto a la casilla de salida.

—Supongo que sí. Lo siento.

—No lo sientas. Me alegro de que lo hayas descubierto ahora, así no perderemos más tiempo con él. Pero me preocupa. Si se la llevaron para pedir un rescate, ya deberían haber llamado. No es que fuera demasiado probable, pero tenía esa esperanza.

—Entonces piensas que la mataron. —Elena notó un sabor metálico en la boca al decir esas palabras. Eran tan definitivas, tan probables...

Ayaan guardó silencio, se llevó el pulgar a la boca y comenzó a deslizar la uña de un extremo al otro de su labio inferior. Era un tic nervioso que tenía, algo que hacía cuando se concentraba. Elena se dio cuenta del detenimiento con el que estaba estudiando a la comandante, lo mucho que deseaba comprenderla. A Ayaan se le daba muy bien mantener a la gente alejada, y Elena quería ser una persona con la que la comandante pudiera sincerarse, abrirse.

Al fin, Ayaan dijo:

—En este punto, me temo que sí. Nunca he trabajado un solo caso de secuestro en el que el niño apareciera vivo tres días después de que se lo llevaran, a menos que el secuestrador quisiera hacer un intercambio por dinero o para obtener clemencia.

Lúgubre como una noche de enero, el silencio se hizo entre ambas.

—¿Cómo lo haces? —preguntó Elena al cabo de un instante—. Yo sigo sin poder dormir por culpa de algunos de los casos en los que trabajamos juntas cuando estaba en Protección de Menores, y lo dejé hace casi seis años. Ahora puedo elegir lo que investigo, puedo mantenerme alejada de los casos más perturbadores. ¿Cómo te las arreglas para no perder la cabeza, viendo a diario las cosas horribles que la gente les hace a los niños?

Ayaan se recostó contra la silla, cruzó los brazos sobre el pecho.

—Mis padres no querían que me hiciera agente de policía. Tenían la esperanza de que estudiara medicina, como mi hermano. Pero vi la manera en que el mundo presionaba e incluso obligaba a algunas mujeres a que tuvieran hijos, para luego dejarlos con el agua al cuello después de nacer. Quise protegerlos de eso. Soy muy consciente de la gente a la que el sistema deja atrás. En este país, la policía rara vez ha estado ahí para ayudar a la gente como yo. Por eso estoy aquí..., para trabajar para ellos.

—¿Qué opinan tus padres ahora de que seas detective? —preguntó Elena.

—Me apoyan, sobre todo desde que soy comandante y no corro tanto peligro como cuando estaba en una patrulla. —Ayaan sonrió débilmente—. Vinieron a Estados Unidos huyendo de la guerra civil en Somalia cuando mi madre ya estaba embarazada de mí. Lo único que quisieron siempre fue darme una vida mejor, más oportunidades de las que habría tenido en su tierra natal. A lo largo de los años, muchos inmigrantes somalíes vinieron a Minnesota. Hasta el veto.

Esas tres palabras resumían una injusticia tan mayúscula... Elena se preguntó si Ayaan aún tendría familia en Somalia, gente que deseaba venir a Estados Unidos y que se quedaba fuera por culpa del odio y del miedo. Mantuvo la vista puesta en la comandante, pero guardó silencio. No había nada que pudiera decir.

Ayaan la miró a los ojos.

—¿Y qué me dices de ti? Sé que ahora te encanta tu trabajo, pero ¿no has pensado en hacerte detective algún día?

—No quiero ser policía.

La frase le salió cargada de negatividad. Elena abrió la boca para añadir algo, pero en ese momento sonó el teléfono de Ayaan. La comandante contestó y dijo algunas cosas con rapidez, y a continuación apretó un botón en el aparato.

—Camilla, puse el altavoz para que otra investigadora pueda oírla. ¿Nos lo puede repetir, por favor?

Una mujer con acento francés dijo:

—Sí, mi hija Danika dice que habló con usted ayer en la escuela, sobre la niña desaparecida. Dice que cuando usted preguntó si alguno de los niños había visto a la persona que se llevó a Amanda, ella no contestó, pero esta mañana me contó que sí que vio al hombre. ¿Puedo ponerla al teléfono?

—Sí, por supuesto. —Ayaan se frotó la frente, se rascó por debajo del hiyab antes de ajustárselo de nuevo sobre la línea del nacimiento del cabello. Elena vio que le temblaban los dedos.

—Hola —dijo una vocecita de niña al teléfono—. Perdón por mentir.

—No creo que mintieras, Danika —contestó Ayaan—. Me acuerdo de ti. Quisiste contarme algo y hubo otra niña que te interrumpió, ¿verdad? ¿Eso te hizo pensar que lo que querías contarme no era importante?

—Sí. —Sonaba como si hubiera estado llorando—. Le dije a *maman* que no fue culpa mía. —Se oyó la voz de Camilla, que murmuraba algo en segundo plano, y Danika habló de nuevo—. Debería haberle dicho que Brooklyn se equivocó. Pero me dio miedo. A veces es muy mala conmigo.

—¿En qué se equivocó, Danika?

—El hombre que se acercó a hablar con Amanda... no era alto, y no era moreno. Ni siquiera sé si Brooklyn lo vio de verdad. Solo quiso llamar la atención.

Elena agarró un bolígrafo del escritorio de Ayaan y se puso a escribir algo en la impresión de uno de los tuits. Ayaan asintió con la cabeza y siguió hablando.

—De acuerdo, cariño. Está muy bien que me hayas

llamado para contármelo. ¿Recuerdas qué aspecto tenía ese hombre?

Hubo otro intercambio de murmullos entre Danika y su madre, y la voz de la niña sonó de nuevo.

—Era igual de alto que mi papá. *Mama* me dijo que te diga que mide un metro... —Otro susurro—. Setenta y ocho centímetros. Y que no tenía pelo.

—Entonces, ¿no era moreno? —aclaró Ayaan.

—No, y no llevaba gorro, solo una bufanda y unas enormes botas de trabajo. No pude verle bien la cara. Tenía la cabeza blanca y reluciente, y las mejillas rojas, y llevaba unos lentes de sol negros y grandes, como los que tiene mi papá. Vi a Amanda al final del camino que lleva a su casa cuando me dirigía hacia el autobús. El hombre se acercó corriendo y le dijo: «Tienes que venir conmigo. Trabajo con tu papá y tuvo un accidente». Y Amanda se fue con él.

Ayaan miró a Elena a los ojos mientras preguntaba:

—¿Viste de dónde vino aquel hombre? ¿Salió de algún coche?

—No lo sé. La verdad es que no me fijé en él hasta que dijo el nombre de Amanda.

—¿Él te vio?

—Creo que no. Al verlo me medio escondí detrás de un árbol. No parecía simpático.

—¿Y viste si Amanda se fue a algún sitio con él? ¿Viste si entró en un coche?

—Él la tomó de la mano y se pusieron a correr hacia una camioneta azul. Pero no la vi subirse en ella. En cuanto se dieron la vuelta yo crucé la calle corriendo. No quería llegar tarde al autobús.

—No pasa nada —dijo Ayaan con voz suave—. No hiciste nada mal, Danika. —Levantó la mirada hacia Elena, elevó las cejas por si tenía alguna pregunta más.

Para no sorprender a la niña con una voz desconocida, Elena escribió algo con rapidez en sus notas. Al lado de la palabra «bufanda» puso «¿color?», y lo subrayó antes de girar el papel para que Ayaan pudiera verlo.

—Danika, ¿recuerdas de qué color era la bufanda? —preguntó la comandante.

—Naranja. Naranja brillante, como los conos del entrenamiento de futbol.

Elena anotó su descripción con caligrafía descuidada, ya que le temblaban los dedos.

Ayaan la observó durante unos instantes, como si esperara alguna pregunta más, pero Elena negó con la cabeza.

—Muy bien, Danika. Nos ayudaste mucho. ¿Crees que podrías describir el aspecto de ese hombre a una persona para que lo dibuje?

—No lo sé. Tengo miedo.

—No dejaré que te pase nada, ¿de acuerdo? Te lo prometo.

Sintiendo que le ardían los ojos, Elena los cerró con fuerza y se frotó el pecho. En su mente vio el destello de una mirada de ojos enrojecidos y de un color azul tan oscuro que parecía negro. Al abrir los ojos de nuevo vio que Ayaan seguía contemplándola con detenimiento.

—¿Puedo hablar otra vez con tu madre, cariño? Solo un momentito... —preguntó la comandante.

La voz de Camilla sonó por el altavoz.

—¿Sí?

—Camilla, creo que su hija tiene una información crucial de verdad para la investigación. Estoy segura de que ya habrá oído que Amanda Jordan desapareció y que estamos tratando el caso como si fuera un secuestro.

—Sí, Danika se quedará en casa hasta que la encuentren. No pienso perder a mi hija de vista hasta estar segura de que está a salvo.

«Nunca estará a salvo —deseó decir Elena—. Ninguna de nosotras lo estará».

Ayaan dijo:

—Está bien. ¿Cree que podría traerla hoy a la comisaría, si es posible? Quiero que se siente con un artista forense y que le describa al hombre que vio.

—¿Hoy?

—Sé que es algo precipitado, pero es fundamental. Cada segundo que Amanda pasa desaparecida se vuelve más peligroso para ella. Si su hija pudiera ayudarnos a encontrarla antes de que le hagan daño, la molestia valdría la pena, ¿no cree?

Al cabo de un instante, Camilla dijo:

—De acuerdo. *Oui*. La traeré después de comer.

Cada vez que cerraba los ojos, Elena tenía la sensación de que el resultado del retrato hablado había quedado grabado sobre la cara interna de sus párpados. El hombre parecía estar en la cincuentena, tenía la cabeza cuadrada y rapada, unos lentes de sol de gran tamaño y una bufanda de color naranja neón que le envolvía la cara hasta la nariz. Elena se había pasado la tarde comparando ese retrato con los de los delincuentes sexuales conocidos en la zona, hasta quedar exhausta. Ayaan se lo había enseñado a los padres de Amanda, pero el hombre no les resultó familiar. Ciertamente no se trataba de alguien que hubiera trabajado con Dave. Después de que la policía confirmara su actividad en Twitter y de que Danika no pudiera identificarlo entre una selección de fotos, Graham Wallace fue puesto en libertad.

Había transcurrido otro día, y seguía sin haber rastro de Amanda.

Tampoco había aparecido su cuerpo. Eso a Elena le daba al menos una esperanza.

Sash les había preparado la cena en su casa, quería conocer todos los detalles sobre la marcha del podcast, pero Elena apenas fue capaz de mantener la atención en la charla. Se sintió aliviada cuando Martín cambió de tema y le preguntó a Natalie por su clase de ciencias. Había tenido la esperanza de que una velada con las Hunter le ayudara a dejar de pensar en el caso durante un rato, pero fue una causa perdida. Cuando miraba a Natalie, lo único en lo que Elena podía pensar era en Amanda: dónde estaría, quién se la habría llevado.

En ese momento, el retrato hablado debía de estar apareciendo en los canales de noticias de veinticuatro horas de toda la zona; lo habrían subido en un lugar destacado en las comisarías locales, y estaría en los sitios web y en las redes sociales. Un grupo de agentes buscaba una camioneta de color azul sin matrícula por el área metropolitana. Todo ello estaba saliendo adelante sin necesitar de su ayuda. Elena había compartido el retrato en sus canales, promocionándolo con espacios publicitarios de pago. No podía hacer nada más, no esa noche.

Pero no lograba dormir.

Elena yacía con los ojos como platos al lado de su marido, que roncaba con suavidad. No podía sacarse de la cabeza la descripción de Danika. Lo de la bufanda de colores brillantes tenía que ser una coincidencia. No podía dejar de pensar en ella porque estaba profundamente inmersa en el caso del A. N. para su podcast. Llevaba años esperando una nueva pista. La tenía tan cerca que la ansiedad era casi como un dolor físico, una punzada. Ese era el único motivo por el que había establecido conexiones entre el asesino y la desaparición de Amanda.

«Tienes que venir conmigo. Trabajo con tu papá y tuvo un accidente».

Era una excusa que debían de haber utilizado miles de secuestradores a lo largo de los años para atraer a niñas pequeñas hacia el interior de sus vehículos. Pero no se la quitaba de encima. Ayaan y su equipo no habían encontrado una sola razón por la que Amanda o su familia pudieran estar siendo objeto de una venganza. Aquel secuestro tan bien orquestado a plena luz del día, por parte de un hombre que conocía el nombre de la niña, sugería que se trataba de un criminal organizado y obsesionado con la pequeña. No habían llamado para solicitar un rescate, y eso quería decir que las opciones que le quedaban a Amanda eran desalentadoras. Si Elena quería trabajar aquel caso como debía, tenía la responsabilidad de considerar todas las posibilidades..., incluso las más extravagantes. El problema era que la posibilidad más extravagante no le parecía tan improbable en ese momento.

Quizá fuera por el podcast, o por la posible pista de Leo y su asesinato repentino. Quizá fuera su antiguo trauma, que buscaba una solución dentro de su cerebro.

O quizá fuera por esa estúpida bufanda de color naranja.

Miró a Martín, que estaba profundamente dormido. Ni siquiera él le creería respecto a ese tema.

Elena conocía la obra del A. N. Conocía su firma y su naturaleza tal y como conocía la voz de su cantante favorito. Era absurdo que volviera a matar después de más de veinte años, y era ridículo que ella se planteara esa opción. Pero no podía apagar la vocecita que sonaba dentro de su cabeza.

Las 00:05 horas brillaban en el reloj de al lado de la cama. Era la tercera noche desde que se llevaron a Amanda. Si su secuestrador era el A. N., ese día le daría semillas de ricino mezcladas con la comida, y ella se las comería porque la habría matado a trabajar y estaría hambrienta. Al cabo de unas horas, comenzaría a tener diarrea y a vomitar y a sentir un poco de fiebre. Elena clavó los dedos sudorosos en las sábanas, las estrujó con tanta fuerza que tuvo miedo de que fueran a rasgarse.

Era una estupidez. No podía perder otra noche de sueño corriendo detrás de quimeras sobre el secuestro de Amanda Jordan. Se les estaba acabando el tiempo, si es que no se les había acabado ya.

Si se trataba del A. N., Amanda Jordan iba a ser envenenada. Si se trataba del A. N., ese día iba a secuestrar a otra niña.

«No puede ser el A. N. —Cerró los ojos resecos con fuerza, intentando sin éxito ralentizar el curso de sus ideas—. No puede haber reiniciado la cuenta atrás. Es solo una coincidencia».

Al fin y al cabo, ¿por qué en ese momento? ¿Por qué era Amanda tan especial como para que el asesino saliera de su escondite y se arriesgara a ser descubierto después de haberse salido con la suya durante veinte años? Más le valía quedarse allí donde se hubiera metido en 1999 y seguir con su vida. A menos que su ansia se hubiera vuelto insoportable.

A menos que no fuera él.

Frustrada, Elena agarró el celular y abrió Twitter.

> @fandejusticiaenelaire12
> @castillomn No me quito de la cabeza el quinto episodio. El A. N. es más monstruoso de lo que pensaba. ¡Gracias por revelarlo! #FreídALAN

La etiqueta le provocó un escalofrío, se obligó a no dar clic en ella. Nada bueno le esperaba allí. Desplazó la página hacia abajo. La mayoría de las notificaciones celebraban la nueva pista que había revelado en el episodio de aquel mismo día. Elena le dio al me gusta en un par de docenas de tuits y contestó a algunas preguntas a las que no podía responder con un: «Pronto, más».

Como siempre, había algunos troles a los que bloquear y denunciar, pero aquel día no había amenazas en los mensajes personales, lo cual era un avance. Siguió bajando por la página.

> @velasdefatimah
> @castillomn Lo que tuvieron que pasar esas chicas es obsceno. Pero ¿no te preocupa la posibilidad de estar dán-

dole al asesino un estrado mayor al hablar de sus crímenes con tanto detalle?

El tuit tenía algunos centenares de me gusta y unas veinte respuestas, la mayoría contrarias a esa opinión, pero Elena sintió un acceso de incomodidad. Quizá Fatimah tuviera algo de razón. Elena solía centrarse más en las víctimas que en su asesino, pero aquel caso era único. El A. N. pertenecía a un tipo especial de asesinos. Sus crímenes eran demasiado complejos. Tenía que analizar cada detalle: era la única manera de poder encontrar algo que al resto de la gente se le hubiera pasado por alto.

Apareció una notificación: un mensaje de Tina.

> ¿No puedes dormir?

No. ¿Y tú?

> Negativo. Estoy mirando algunos de los correos que hemos recibido, intento rastrear sus IP para pasárselas a la policía. No te voy a mentir..., estoy un poco preocupada.

Mordisqueándose el labio inferior, Elena escribió:

Archivé algunos de los que denuncié hoy. Si la cosa empeora, hablaré con Ayaan.

> Bien. También hay algunos mensajes por haber expuesto a esos tipos «desaparecidos» ante sus familias, pero esos son todos míos ☺

Elena sonrió y le envió el emoticono de un pulgar hacia arriba. No le había hablado a su productora ejecutiva acerca de la investigación de secuestro en la que estaba trabajando. Avanzaban con paso firme en el tema del A. N., y en la emisora del podcast estaban locos de contentos. No les gustaría saber que estaba sacrificando horas de trabajo de «Justicia en el aire» para ayudar en un caso externo. Pero Tina sabía más sobre ella que la mayoría de la gente. No le iría mal tener a alguien más de su lado.

Veo que estamos recibiendo bastante atención con la revelación de hoy. Lo escuché hace un rato. Esta semana te saliste con el diseño de sonido.

Gracias, E. Ojalá encontremos algo con lo que podamos atrapar a este tipo.

Elena respiró hondo y se incorporó, apoyó la espalda contra las almohadas y dejó descansar el celular sobre el edredón que cubría su regazo.

Debes saber que estoy trabajando en un caso con Ayaan. El secuestro de Bloomington. Sigo investigando al A. N., pero una oyente solicitó mi ayuda. No pude negársela.

Transcurrieron algunos segundos con el mensaje en leído. Elena se pasó la lengua por los dientes, echó la cabeza hacia atrás y cerró los ojos. Al abrirlos había un mensaje nuevo.

Ve por ellos.

Gracias. Avísame si encuentras
algo en esos correos.

Despierta ya del todo, Elena apagó el celular y se levantó de la cama. Sintió el gélido roce del suelo de madera en los pies descalzos al ir en busca de las pantuflas, se las puso junto con la bata antes de bajar en silencio por la escalera para ir a hacerse una taza de café.

Al pie de la escalera se vio reflejada en el espejo de la entrada. El cabello recogido de cualquier manera en una coleta; el flequillo, una borla de rizos encrespados que enmarcaban sus ojos exhaustos. Se parecía tanto a su madre... Esta padeció de insomnio crónico durante la segunda mitad de la infancia de Elena; por la noche, cuando todo el mundo llevaba ya rato en la cama, ella se paseaba de un lado al otro de la casa. Mientras estuviera despierta podía mantener a los monstruos alejados de su mente. Esa era la manera silenciosa que tenía de lidiar con lo que le había pasado a su hija.

La mirada de la Elena del espejo se endureció al pensar en su madre moviéndose sigilosamente en la oscuridad como un espectro. Lo único que ella deseaba era que su madre fuera a acostarse a su lado en la cama, que la abrazara hasta quedarse dormida. En cambio, los pasos ligeros y sigilosos de la mujer subían y bajaban la escalera, patrullaban alrededor del dormitorio de Elena mientras ella estaba dentro, aislada y con frío.

Le dio la espalda a su reflejo y se dirigió al estudio.

19

Podcast «Justicia en el aire»

Grabación del 16 de enero de 2020
Cinta no emitida: monólogo de Elena Castillo

ELENA:

Suelo venir al estudio cuando quiero pensar, y esta noche no puedo dejar de hacerlo. Cuando investigas casos como los que trato en este podcast te acostumbras a que se queden contigo. Mientras salgo a hacer compras, cocino, intento dormirme... veo los rostros de las víctimas del A. N. en la parte interior de mis párpados cada vez que los cierro. Los estoy viendo ahora, y hay un rostro nuevo.

Corta esa última línea.

Es casi la una de la madrugada, y estoy en el estudio porque ha desapareció otra niña. Y quizá sea solo este caso, este podcast, lo que me lleva a sospechar que el A. N. podría estar involucrado. Así que aquí estoy, con una taza de café, en mitad de la noche, grabando. Porque esta es la manera que tengo de pensar.

Comienzo a creer que está pasando algo que, según piensa todo el mundo, es imposible. Soy consciente de que parece inverosímil. Soy consciente de todos los motivos por los que no debería ser verdad. Pero creo que el

Asesino de los Números podría haber vuelto a Minnesota... ahora, en 2020.

Una niña de once años desapareció hace tres días. Al parecer, la secuestraron cuando se dirigía a la parada del autobús. Fue un hombre con una bufanda de color naranja brillante y que no llevaba gorra pese a ser calvo y pese a que la temperatura era gélida. Esa cabeza descubierta podría significar un par de cosas. Que sea estúpido o despistado; quizá pensaba ponerse la gorra y al final no lo hizo por culpa de la descarga de adrenalina debida al crimen que estaba a punto de cometer. O que lo hiciera a propósito. Una cabeza calva al descubierto en invierno es algo de lo que te acuerdas, igual que te acuerdas de una bufanda de color naranja brillante. Iba a secuestrar a una niña delante de testigos, quizá pretendió que estos se fijaran en esos aspectos de su apariencia para que no repararan en nada más. El A. N. hizo lo mismo las pocas veces en las que se le vio cerca de sus víctimas.

El hombre le dijo a Amanda que tenía que irse con él porque su padre había sufrido un accidente. Esa excusa es similar a la que sabemos que usó para que Nora Watson se fuera con él y, según la victimología de sus demás objetivos, es probable que la hubiera utilizado antes.

Amanda tiene la edad correcta para que pueda continuar con su cuenta atrás, si es que desea reemplazar a la víctima que huyó. Y no hemos encontrado pistas que indiquen que se la haya llevado otra persona. El único sospechoso que teníamos fue liberado. Vieron en el vecindario una camioneta oscura, sin distintivos, desconocida. No han llamado para pedir un rescate.

Si volvió, si comenzó a asesinar de nuevo, la siguiente niña será secuestrada mañana... Bueno, hoy. Si de verdad se trata de él, no habrá tomado la decisión de volver a matar a la ligera. El A. N. no hace nada al azar. A fin de averiguar dónde va a atacar la próxima vez tenemos que empezar por conocer los motivos que lo llevaron a regresar.

Quizá lo haya hecho por mi culpa.

Corta esa última línea.

Quizá esto tenga relación con el hombre que me dijo que conocía la identidad del A. N. Sigo sin saber lo que iba a contarme. Pero creo que podría haber sido el inicio de todo. Quizá saber que iba a verse expuesto fue motivo suficiente para que el A. N. matara a Leo. Y ese pequeño bocado fue suficiente para recordarle lo mucho que le gusta tener ese tipo de control, lo mucho que echa de menos su misión.

Pero eso no concuerda con la manera en que acechó a sus víctimas anteriores, con el cuidado con que las eligió y con que se enteró de todo lo relacionado con sus rutinas diarias. Para ello debería haber comenzado a prepararse hace meses, antes de saber que estaba en peligro. ¿Podría tratarse de lo que vio Leo? ¿Un hombre que espiaba a niñas pequeñas? Quizá Leo fuera un vecino o un compañero de trabajo, y notó que se comportaba de manera extraña. Leo me dijo algo así como «antes de que sea demasiado tarde para ella». ¿Ese «ella» podría ser Amanda? ¿Hay alguna prueba en la memoria USB que iba a darme?

Corta esa última línea.

¿Puede tratarse de una coincidencia, que a ese testigo asesinado que decía conocer la identidad del A. N. le siga el secuestro de otra niña que coincide con el tipo de víctima que este prefería?

Nadie me creerá. O quizá todos acaben echándome la culpa.

Corta esa última línea.

No puedo aprovechar nada de esto.

20

Elena

17 de enero de 2020

En la comisaría, el timbre del ascensor hizo que Elena levantara la mirada de sus notas con la esperanza de ver salir a Ayaan de él. Pero era solo Sam Hyde.

Bostezó y volvió a bajar la vista. Había llegado a primerísima hora, había salido de casa antes incluso de que Martín se despertara, y le ardían los ojos por la falta de sueño. Se había pasado toda la noche argumentando delante del micrófono, pero no podría usar absolutamente nada de lo que había grabado. Al final había decidido tomar nota de sus ideas y sospechas de una manera más coherente. Tenía dos páginas de puntos clave escritos a mano, listos para mostrárselos a la comandante.

Sam se acercó despacio.

—He oído que Bishar te incluyó en uno de sus casos. ¿Cómo te las arreglaste para convencerla?

Elena, que no estaba de humor, pasó una página de la libreta. Pero al parecer eso no bastó para convencerlo de que la dejara en paz.

—Entonces, ¿este caso lo tratarás también en tu programa de radio? —preguntó él mientras intentaba hojear su libreta.

Elena la apartó con brusquedad y levantó la mirada.

—¿Cómo va tu caso de asesinato? ¿Tienes alguna pista sobre la persona que mató a Leo Toca a sangre fría hace una semana?

Una sonrisa jaló lentamente de las comisuras de la boca de Sam.

—De hecho, hubo algún progreso. Seguimos investigando a Duane Grove, pero al parecer la ex de Leo está saliendo con otra persona, y los compañeros de trabajo de ella dicen que él tuvo un ataque de celos. No hemos sido capaces de localizarla, pero su celular se conectó por última vez a una torre telefónica de Stillwater. Suponemos que está intentando pasar desapercibida allí, con su nueva pareja.

Bueno, eso confirmaba con seguridad que las sospechas de María Álvarez acerca de la persona con la que salía su hija estaban equivocadas. Ni siquiera había acertado con la ciudad. Cuanto más pensaba en ello, más convencida estaba Elena de que buscar a Luisa era un callejón sin salida. Si estaba saliendo con alguien que vivía a media hora de distancia mientras trabajaba tiempo completo, lo más probable era que no tuviera tiempo para estar al corriente de lo que hacía su marido... si es que seguían hablándose. Era raro que no contestara al teléfono, pero si su novio había matado a Leo por un estúpido ataque de celos, eso explicaría su desaparición.

Con el caso de Amanda encima y un nuevo episodio que grabar la semana siguiente, a Elena no le quedaba tiempo para seguir persiguiendo a la familia de Leo. Lo cual le recordó que conocía al menos otro elemento del caso, por más que Sam no fuera consciente de ello.

Intentando sonar despreocupada, apartó la mirada mientras le preguntaba:

—¿Llegaste a encontrar algo de Leo, algo que pudiera ser la pista que estaba a punto de darme? Supongo que sería un papel impreso, o quizá algo que tuviera en la computadora.

Un destello receloso atravesó los ojos de Sam, pero la sonrisa burlona no llegó a abandonar sus labios.

—Lo siento, eso es información privilegiada. No podría dártela ni aunque quisiera. —Giró sobre sus talones y atravesó la puerta de seguridad en dirección a la parte principal de la comisaría.

Elena lo siguió con la mirada mientras sentía que se inflamaba por dentro. No tenía manera de saber si habían encontrado la memoria USB ni si había algo importante en ella. Y si Sam hablaba con Luisa antes que ella, estaba segura de que le diría que no le contara nada a Elena en caso de que esta apareciera algún día husmeando. Lanzó un gruñido y miró con rabia sus notas. Un largo bostezo hizo que le lloraran los ojos. Un día inacabable y agotador se extendía frente a ella. Si lograba convencer a Ayaan de que le echara una ojeada a su teoría, dispondrían de varias horas para investigarla antes de que tuviera que ir a recoger a Natalie de la clase de piano de esa tarde. Pero, para que sucediera eso, la comandante tenía que llegar a la comisaría.

Quince minutos más tarde, Ayaan salió por fin del ascensor y se adentró en el vestíbulo. Llevaba un hiyab de color rosa con ribete dorado y unos aretes a juego, con saco y pantalones de color azul marino. Su vestuario era elegante, pero sus ojos la traicionaban: parecía estar tan cansada como Elena. Cuando una se involucraba en la investigación de la desaparición de una niña no es que fuera a dormir mucho. Elena pegó el cuaderno contra el pecho y se puso en pie. Llamó a la comandante en un tono bastante alto.

Ayaan pareció sorprenderse al verla.

—Elena, ¿cuánto rato llevas aquí?

—No mucho —mintió ella—. Quería hablar contigo antes de que estuvieras ocupada.

Ayaan estudió el rostro de Elena por unos instantes antes de asentir con la cabeza.

—Entra. Quiero ver si recibimos alguna pista sobre el retrato hablado durante la noche, y luego podemos charlar.

Mientras Ayaan hablaba con el teniente del turno de noche, Elena se hizo un café en la cocina de empleados y fue a sentarse al despacho de la comandante, nerviosa e inquieta por la falta de sueño y el exceso de cafeína. Al cabo de unos minutos abrió el bolso y sacó todos sus papeles. Junto a las notas manuscritas, llevaba transcripciones del podcast con partes subrayadas, fotos de la escena de los crímenes, declaraciones de los testigos sobre la afición del A. N. por ponerse ropa de colores brillantes. Lo esparció todo sobre el escritorio de Ayaan, como si ella fuera a creerle solo porque lo cubriera con la cantidad suficiente de pruebas.

—Bueno, hemos recibido unas sesenta pistas, pero ninguna que parezca prometedora —anunció Ayaan al entrar en el despacho. Al ver su escritorio se detuvo y estudió lo que había sobre su superficie.

Elena contuvo el aliento mientras observaba la expresión de Ayaan, a la espera de que sus ojos mostraran un destello de reconocimiento que no llegó nunca. Transcurrieron un par de minutos, y entonces Ayaan miró a Elena a los ojos. Parecía preocupada. A Elena no le gustó nada su expresión.

—Estoy bien —dijo, y tomó un trago de café.

—¿Crees que el Asesino de los Números secuestró a Amanda Jordan? —preguntó Ayaan perpleja.

Elena se puso en pie y rodeó el escritorio para situarse al lado de la comandante. Señaló la foto de una niña de trece años:

—Katrina Connelly. Un hombre en una camioneta la secuestró en la parada del autobús. Según los testigos, el tipo le dijo que su madre estaba enferma y que lo habían mandado a recogerla. Llevaba una bufanda de cachemira de color brillante y un gorro de color verde neón.

Ayaan no levantó la mirada del escritorio.

—Eso fue hace veintidós años, Elena.

—Hizo lo mismo con Jessica Elerson. —El nombre se le quedó atrapado en la garganta, y notó la picazón de las lágrimas en los ojos—. Luego, Nora Watson contó que la había convencido para que entrara en su coche porque le dijo que su madre había sufrido un accidente y estaba en el hospital. Es una situación tremendamente vulnerable para una niña pequeña que hagan que se preocupe por su madre.

Puesto que la comandante no dijo nada, Elena prosiguió:

—No está muerto, Ayaan. Nunca he creído que lo estuviera, y mi podcast reveló que el cuerpo que todo el mundo pensaba que era el del A. N. probablemente perteneciera a un hombre al menos una década mayor. Quizá haya estado en la cárcel por otro delito durante todo este tiempo y acaba de salir. Quizá se casó, y aquello que lo llevaba a asesinar permaneció latente durante un tiempo. Quizá se haya enojado por los progresos que estoy realizando en mi investigación y secuestró a alguien en Minneapolis a propósito, para llegar hasta mí.

Elena hizo una pausa para respirar, se dio cuenta de que le temblaban las manos en torno a la taza de café. Apartó la mirada de Ayaan y la dirigió hacia el escritorio, hacia los rostros cenicientos de todas esas chicas rotas.

Al cabo de un momento, Ayaan posó las manos sobre los hombros de Elena, que dio un brinco al notar aquel contacto inesperado. La comandante hizo que volteara con suavidad, y Elena levantó la vista hacia sus ojos de color café oscuro.

—Elena, tienes que dormir.

—Han pasado casi setenta y dos horas desde que secuestraron a Amanda.

—Puedo guardar el fuerte durante unas horas. Tú vete a casa y descansa un poco. No le harás ningún favor a Amanda si estás agotada.

Las lágrimas brotaron en sus ojos, y Elena parpadeó para detenerlas mientras miraba hacia el suelo. No podía ponerse a llorar allí; no necesitaba darle más razones a nadie para que pensaran que no podía controlarse. Pero las lágrimas no tardaron en salir y derramarse por sus mejillas. Al cabo de unos minutos, Elena recuperó el control y se apartó del reconfortante contacto de Ayaan. Abrió el bolso y sacó un pañuelo de papel. Se secó los ojos, enderezó los hombros y observó a la comandante.

—No me crees.

Ayaan ladeó la cabeza. A Elena le molestó que su mirada estuviera tan llena de compasión.

—Elena, vamos...

—Conozco la trayectoria del A. N., Ayaan. Conozco sus métodos. Tengo la sensación de que fue él, no sé cómo expresarlo de otro modo. Sé que eres una detective experimentada y sé que yo solo estoy en el caso para contentar a la familia de Amanda, pero pensaba que habías comenzado a confiar en mí. —Las uñas de la duda la arañaban por dentro.

—Eso no es justo, Elena. Cuando estás relajada, tienes un don para la investigación que he visto muy pocas veces. Pero esto es diferente. Este caso te está afectando mucho, está nublando tu instinto.

Elena levantó las manos de golpe.

—Muy bien, entonces, ¿cuál es tu gran teoría? ¿Quién crees que se llevó a Amanda? ¿Algún vecino al que ninguno de los niños reconoció por algún motivo? Porque han pasado tres días, y eso quiere decir que, si tengo razón, el A. N. va a comenzar a envenenarla, y si me equivoco, por estadística ya está muerta.

—Aunque no la hayan matado aún, eso no quiere

decir que se trate del A. N. —Ayaan no elevó la voz para igualar en volumen a la de Elena, y eso hizo que esta se sintiera aún peor—. Desde que comenzaron a emitir anoche el retrato hablado que nos dio la niña, no han dejado de llegarnos pistas. No digo que vaya a ser fácil, pero la encontraremos.

Elena negó con la cabeza mientras contemplaba los papeles sobre el escritorio.

—No puedo quitármelo de la cabeza.

—Quizá ese sea el problema.

—No, no lo entiendes. Nunca había tenido una sensación como esta. Es como... es como si se estuviera burlando de mí, haciéndome ver que regresó, recordándome de lo que es capaz.

—Eso no es del todo cierto.

—¿El qué?

Ayaan se apoyó contra el escritorio y cruzó los brazos.

—Te ha pasado antes. Lo de tener esa sensación.

A Elena se le secó la boca. Apartó los ojos, pero Ayaan continuó hablando.

—Hace cinco años y medio. El caso de Maddie Black, antes de que abandonaras Protección de Menores... Entonces estuviste segura.

Elena fijó la mirada en las notas y fotos. El corazón le martilleaba.

—Eso fue diferente. Pasó hace mucho tiempo.

—Estabas convencida de que era el A. N. Incluso te creí durante un tiempo... Estuviste a punto de hacer que esa chica perdiera la vida.

Apretando los puños, Elena susurró:

—No es verdad.

Ayaan negó con la cabeza.

—Hace dos años, ¿por qué crees que tardé tanto en responderte acerca de Jair Brown? Tuve que conseguir la autorización del mismísimo jefe para que me permitieran trabajar contigo. Pese a tu ayuda, seguía mostrándose reticente a dejar que trabajaras en otro caso. Quizá tuviera razón.

—Cometí un error.

—Intentaste convencernos para que ignoráramos a los testigos que dieron la cara e incriminaron al padre.

—Para.

—Llegamos justo a tiempo. Se habría muerto.

—Entonces no estaba tan segura como ahora. —Incluso al decirlo, Elena no tuvo la certeza de que aquello fuera verdad.

—Voy a llamar a Martín para que venga a buscarte —dijo Ayaan—. No puedes conducir en este estado. —Se apartó del escritorio y se situó entre Elena y las fotos y anotaciones, esperó a que esta la mirara a los ojos. La expresión de la comandante era amable pero decidida—. No estoy segura de que esto siga siendo una buena idea.

Cuando Elena entró en el coche, Martín le hizo una sola pregunta:

—¿Quieres hablar del tema?

—No.

Regresaron a casa en silencio.

A Elena nunca se le había dado demasiado bien hablar de aquello que le afectaba. No debería seguir siendo así, tras tantos años de terapia, pero habitualmente las cosas no le habían ido bien cuando se desahogaba. Sus padres nunca pudieron aceptar lo que le había sucedido cuando era pequeña. Al cabo de un tiempo comenzó a creer lo que le decían: que no había sido tan terrible como la historia que se había montado en la cabeza, que las cosas que recordaba no eran ciertas. Al llegar a la adolescencia, había enterrado los recuerdos del incidente a tanta profundidad que estos iban a tardar más de una década en regresar a la superficie.

Entonces conoció a Martín.

Elena lo miró: tenía los ojos fijos en la carretera y estaba ligeramente inclinado hacia delante, como si se hallara a la espera de que algo fuera a saltarle encima. Aunque a esas alturas ya debería haberse acostumbrado a ello, Martín odiaba conducir en Minnesota durante el invierno. Había nacido en México, pero llevaba diecisiete años viviendo en la tierra de los diez mil lagos, a la que se había mudado a los dieciocho para ir a la universidad. Pese a todo, nunca se había acostumbrado a tanto hielo y tanta nieve.

Los Castillo eran lo opuesto a la familia de Elena en todos los sentidos posibles. Martín tenía cuatro hermanos, todos ellos casados, y once sobrinos y sobrinas. Cada dos años, Elena y Martín alquilaban una camioneta grande, recogían a la familia de Angelica en Wisconsin y conducían hacia el sur para reunirse con el resto de los hermanos en la casa de sus padres en México. A lo largo de dos semanas no había un solo momento de silencio. Los bebés lloraban, y la gente se reía a carcajadas y los platos de comida iban dando vueltas hasta que te daba la sensación de que ibas a reventar. Elena absorbía su poderosa energía y su amor espontáneo como la tierra resquebrajada absorbía la lluvia. La madre de Martín le había enseñado a ella a cocinar —una habilidad que Elena nunca había aprendido de su propia madre, que trabajaba cada día de su vida y dependía de la comida para llevar—. En cierto sentido, esa era una de las cosas que Elena más respetaba de su madre: se negaba a renunciar a varias horas al día para poner sobre la mesa la comida que su marido tampoco iba a preparar.

Había pasado más de una década desde que Elena eliminó a sus padres de su vida, pero a veces se imaginaba el aspecto que su madre tendría en ese momento: algo más canosa, los huecos de las mejillas más pronunciados, plantada aún junto a la cocina con una caja de Hamburger Helper en una mano y una copa de Cabernet en la otra. Quizá, ahora que estaba jubilada, habría aprendido a cocinar de verdad, pero Elena lo dudaba.

En un semáforo, Martín hizo girar el dial de la radio del coche hasta que encontró su programa preferido. No era un hombre que escuchara música, al menos no mientras conducía. Los programas cómicos de la hora pico lo mantenían alerta. Sus miradas se encontraron durante un momento, y él le dedicó una pequeña sonrisa. Demasiado agotada para obligarse a devolvérsela, Elena volvió a mirar por la ventanilla del copiloto. El semáforo no tardó en ponerse verde, y el coche inició la marcha de nuevo.

El caso que Ayaan había mencionado, el de Maddie Black, había representado para ella una compleja tabla de salvamento. Por un lado, de no ser por él no estaría haciendo el podcast de «Justicia en el aire». Por otro, había estado a punto de provocar que la niña perdiera la vida y había demostrado que podía actuar con prejuicios al asomarse a cierto tipo de casos. Pero habían transcurrido más de cinco años. Y, aunque había grabado un monólogo sobre el tema, Elena aún no había encontrado el episodio adecuado para incluirlo en el podcast del A. N. Si tenía que ser sincera consigo misma, lo más probable era que no lo hiciera nunca. No se ajustaba al relato.

Apoyó el codo sobre la puerta del coche y dejó descansar la cabeza sobre la mano mientras se apretaba las sienes con el pulgar y el índice. Sintió los latidos de su pulso sanguíneo en las yemas de los dedos.

—¿Estás bien? —preguntó Martín mientras entraba en el camino de acceso a la casa. Tras dejar el coche en punto muerto, estiró el brazo por encima de la consola central y puso una mano enguantada sobre las de su mujer—. Eh, Elena... ¿Qué te pasa?

Ella negó con la cabeza, parpadeando de nuevo.

—Nada. Entremos. Necesito dormir.

—¿Qué pasó en la comisaría, *querida*? Cuéntamelo.

—Nada. —Elena abrió la puerta, salió al camino de acceso helado y se dirigió hacia la puerta.

Ya dentro, colgó la bufanda y el abrigo, y pateó con las botas sobre la alfombra antes de quitárselas.

Martín se las dejó puestas, pero le entregó las llaves de su coche.

—Voy a agarrar un taxi para que puedas disponer de un vehículo. Ya iremos a recoger el tuyo más tarde.

—Gracias. Perdón por hacer que llegues tarde —dijo ella.

—No pasa nada. Les avisé. Entendí que debía ser algo serio cuando Ayaan me llamó. —Levantó los brazos y ahuecó las manos cálidas alrededor de su cara—. Tienes los ojos rojos.

—No he dormido.

Elena tuvo la sensación de que Martín quería decirle algo, pero al cabo de un instante asintió con la cabeza.

—Está bien. Vete a la cama, *amor*. El caso seguirá ahí después de que descanses unas horas, y no puedes ayudar a esa niña si no estás en condiciones de pensar.

Elena parpadeó para detener una nueva andanada de lágrimas.

—¿Está todo bien entre nosotros?

En vez de contestarle, Martín ladeó la cabeza y apretó la boca con suavidad contra la suya.

—Bien —murmuró ella, demasiado cansada como para añadir nada más, y comenzó a subir la escalera camino del dormitorio.

—Elena —dijo él.

—¿Qué? —Volteó para mirarlo.

Martín cruzó los brazos sobre el pecho. Entre sus ojos se había formado la arruga que le salía siempre que estaba estresado.

—Yo te creo.

—¿Qué? —repitió ella, esta vez en un susurro.

—Me doy cuenta de que hay algo que no quieres contarme, y no sé por qué. Pero necesito que sepas que te apoyaré, sea lo que sea. —Martín se acercó un par de pasos—. Por imposible que parezca, recuerda que siempre seré el primero en creerte. —Se inclinó hacia ella, le dio un beso en la mejilla, volvió a bajar la escalera y salió por la puerta.

21

Elena

17 de enero de 2020

Volvía a estar en la habitación. Sentía la rugosidad de las sábanas grises bajo las yemas de los dedos mientras yacía boca arriba, intentando enfocar su visión en las manchas de moho del techo. Él llevaba más de un día sin ir por ella. Se le había acabado el agua, y tenía espasmos en el estómago fruto del hambre. Eso hacía que... que deseara verlo. Pese a ser consciente de lo que la obligaría a hacer cuando regresara.

Cerró los ojos y cuando los abrió de nuevo estaba oscureciendo, los débiles restos de luz solar que atravesaban la ventanita comenzaban a desaparecer como los haces de una linterna moribunda. Ya apenas podía ver el techo.

Entonces él entró en la habitación, sus brazos gruesos y su torso dibujaron una imponente silueta en la penumbra.

El hombre se sentó en la cama, pero cuando se inclinó para tocarla ella sintió que sus miembros se quedaban paralizados, clavados al colchón. Él apartó la fina cobija y examinó las costras de sus rodillas. Deseó pedirle que parara. Deseó suplicarle que le diera un trago de agua. Deseó que la dejara en paz.

No quería quedarse sola.

En la luz del crepúsculo, su rostro era un borrón de rasgos indistinguibles.

Sus dedos subieron desde su ombligo, recorrieron su esternón y se detuvieron sobre su garganta. Comenzó a hacer presión. Aquello era algo nuevo, el dolor, la fuerza que no había empleado antes y que hacía que a ella le costara respirar. Intentó tragar aire, su cuello se hinchó bajo las palmas de sus manos; con el aliento limitado de una manera desconocida, su pecho se contrajo de un modo doloroso.

—Por favor. —El susurro sonó como un rasguido en el aire helado de la habitación—. Por favor.

Elena se incorporó con brusquedad, los dedos le palpitaban contra la almohada que estaba estrangulando. La dejó caer como si esta estuviera en llamas, se levantó con pasos inestables de la cama. La habitación se encontraba a oscuras, y tardó un momento en saber qué hora era. No sabía cuánto tiempo había pasado durmiendo, pero algo estaba mal. Algo había sucedido.

Y entonces se dio cuenta con un escalofrío súbito de ansiedad: se suponía que ese día tenía que recoger a Natalie de la clase de piano. El reloj de color negro sobre el buró de Martín le dijo con sus grandes números rojos que eran las 17:22.

—¡Mierda!

No vio su celular por ningún sitio. Bajó corriendo la escalera y se puso a rebuscar en el bolso... Tenía siete llamadas perdidas de varios números y había tres mensajes de Natalie preguntándole dónde estaba. Aunque solo se había retrasado veinte minutos, el primer mensaje de Natalie había llegado casi una hora antes, justo cuando debió de bajarse del autobús frente a la casa de la señora Turner.

Algo iba mal.

Después de calzarse las botas y de agarrar el abrigo que tenía más a mano, Elena salió corriendo hacia el coche de Martín. No tenía tiempo para dejar que el motor se calentara, y el vehículo protestó con un chirrido cuando lo hizo descender marcha atrás por el camino de acceso. Mientras conducía hacia la casa de la señora Turner y hacia el sol poniente, Elena llamó al celular de Natalie. Directo al buzón de voz. En el primer semáforo, le envió un mensaje de texto.

De camino. Lo siento.

El semáforo se puso en verde y ella pisó el acelerador a fondo, con lo que las ruedas derraparon sobre la sal y el hielo de la carretera.

La casa de la señora Turner estaba solo a diez calles de distancia, y siempre que Elena había ido a buscar a Natalie con anterioridad el edificio de dos plantas había estado completamente iluminado. La anciana vivía sola y le tenía miedo a la oscuridad, así que siempre tenía las luces encendidas, sin importar la habitación en la que se encontrara. Mientras se estacionaba frente a la casa, un mal presagio la acuchilló y la dejó sin respiración. Bajo el sol del ocaso, el edificio ofrecía un color gris y tenía las cortinas corridas, como si estuviera abandonado. Elena corrió por el sendero y llamó de todos modos a la puerta, aunque no se sorprendió de que nadie acudiera a abrirle. El teléfono sonó en el interior cuando llamó desde el celular, pero nadie lo atendió. Al cabo de diez tonos acabó por rendirse.

Intentó imaginar lo que podía haber sucedido. Quizá la señora Turner había salido de la ciudad y se había olvidado de avisarle a Sash. Entonces, Natalie se presentó a la clase y llamó a Elena al darse cuenta de que la mujer no estaba en casa, y eso explicaría que las llamadas perdidas y los mensajes hubieran comenzado a llegar antes de lo debido. Quizá la señora Turner se había llevado a Natalie a algún lugar diferente, y las llamadas eran simplemente para avisarle de aquel cambio de planes. Pero eso no explicaba la agitación con la que Natalie le había preguntado dónde estaba.

Elena lanzó un gruñido de frustración y recorrió la banqueta helada a la carrera. La falta de cuidado hizo que estuviera a punto de caerse dos veces antes de llegar al coche. Se obligó a volver a casa a cámara lenta, mientras inspeccionaba las banquetas en busca de cualquier señal de movimiento. Si Natalie se había ido una hora antes, ya debería haber llegado a casa, pero quizá seguía caminando, jugando con la nieve o algo así. Le gustaba trepar los enormes montículos que se acumulaban en el estacionamiento de la gasolinera que había entre la casa de la señora Turner y la de los Castillo. Quizá se había detenido allí y Elena no la había visto de ida. Estaba tan concentrada en mirar por la ventanilla al pasar junto a la gasolinera que estuvo a punto de estamparse contra el coche de delante en la señal de alto. Pisó el freno justo a tiempo y elevó el cuello para estudiar las montañitas de nieve, pero no había señal de Natalie.

—Estás paranoica —se dijo en voz alta.

Una inspiración larga y profunda no hizo nada por calmar los nervios que percutían por todo su cuerpo. Recordó la primera vez que se enojó con Natalie. Sucedió más o menos un año antes, cuando la niña, por entonces de nueve años, se encontraba en medio de uno de sus apasionados proyectos vitales, este dedicado a los vagabundos de Minnesota. Sin decírselo a nadie, agarró un autobús hasta el centro de la ciudad para visitar a un grupo de gente que estaba acampada cerca del puente que cruzaba el Misisipi. Sash usó una aplicación de celular para rastrear el GPS del teléfono de Natalie, y la encontraron una hora después. Mientras que Sash se había sentido frustrada y preocupada, Elena pasó del pánico a la ira. Le gritó por primera y única vez, y la niña tardó tres semanas en volver a dirigirle la palabra.

Fue entonces cuando Elena se dio cuenta de lo apegada que estaba a Natalie: cuando comenzó a dejarse llevar por el pánico al plantearse todos los escenarios hipotéticos en los que podían arrebatársela. Las pequeñeces que antes le habían parecido intrascendentes le parecían ahora repletas de peligros. Que la invitaran a fiestas de cumpleaños. Que se fuera de excursión. Que volviera a casa caminando.

De pequeña, Elena solía vagabundear por el barrio con sus amigos haciendo estupideces como lanzarse en patines por colinas gigantes o ir en bicicleta sin manos. En verano, salía de casa con un par de vecinos después del desayuno, regresaba para comer algo rápido y ya no volvía a aparecer hasta el anochecer. Ni siquiera se acordaba de lo que hacían para pasar el rato. Tontear de aquí para allá, principalmente. Ir al parque de la zona, columpiarse y aventarse por el tobogán durante horas. Trepar el pasamanos. Intentar hacer acrobacias en los travesaños. Eso sucedía cuando los parques infantiles, hechos de metal y de goma, eran aventuras llenas de riesgos. Las cadenas que sostenían los columpios podían pellizcarte los dedos, y los travesaños te dejaban callos de un color rojo brillante en la palma de las manos. Hicieran lo que hicieran, fueran a donde fueran, en todo momento eran conscientes de esa frontera invisible que existía entre su barrio y el punto donde dejarían de oír la voz de sus madres al llamarlos. Sus padres los dejaban tranquilos y a nadie le importaba que fuera así.

Pero eso ya no era posible.

No importaba que el peligro no fuera mayor que entonces; la presión social había cambiado. La gente esperaba de ti que supieras siempre dónde estaban tus hijos, que fueras capaz de localizarlos con solo apretar un botón.

Sash le dio a Natalie un celular para que lo usara durante los trayectos entre la escuela y su casa, y siempre debía contestar cuando la llamara un adulto. Conduciendo lentamente, Elena volvió a llamarla. No hubo respuesta.

Su celular se iluminó y Elena lo miró, ansiosa. Era Martín. Contestó, pero a su saludo le faltó aire para llegar a convertirse en una palabra.

—Hola, dormilona.

—¿Recogiste a Natalie? —La voz de Elena sonó muy aguda.

—Hum, no. Pensé que la ibas a recoger tú.

—Sí. —A Elena le temblaban las manos, las tenía entumecidas. Un sollozo escapó de sus labios—. Quiero decir que lo intenté. Me quedé dormida y llegué tarde, Martín. No estaba en la casa de la señora Turner. No había nadie. Y no contesta al teléfono.

Hubo un momento de silencio al otro extremo de la línea. Los dos habían visto demasiadas cosas como para no imaginarse lo peor de inmediato.

—¿Dónde estás?

Elena ansiaba la liberación del llanto, pero no le salían las lágrimas.

—Estoy a punto de llegar a casa. Volví muy lentamente, pero no la vi caminando por la banqueta. Tampoco la vi de camino a la casa de la señora Turner. Son solo diez calles. ¿Dónde puede estar?

—De acuerdo, *mi vida, cálmate*.

—No me pidas que me calme. Sabes cuánto odio que me digan eso.

—De acuerdo. Lo siento. Es solo que…, no sé. —Se oyó el sonido de algo que se arrastraba, y a continuación él habló de nuevo—: Voy para allá. ¿Fuiste a su casa? Quizá Sash llegó antes de la hora o algo así.

—Se supone que no…

—Ya lo sé, ¿está bien? Ya lo sé. Pero inténtalo de todos modos. Tengo que ocuparme de este cuerpo y entonces veré cómo me las arreglo para llegar a casa.

Martín colgó y Elena deslizó el dedo por la pantalla

hasta dar con el nombre de Sash. La llamada fue directamente al buzón de voz. Sash se encontraba probablemente en el tribunal.

Nadie estaba disponible cuando los necesitaba. Aunque injustificado, sintió un acceso de rabia. Martín estaba tratando volver a casa, y Sash la llamaría tan pronto como pudiera. Era consciente de todo ello, pero la rabia y el miedo persistieron.

Dos segundos antes estaba congelada, pero de repente Elena se sintió como si la estuvieran hirviendo viva. Se estacionó frente a la casa de Sash y salió del coche de un salto, con el abrigo abierto. La única manera de superar el pánico, ciego y absoluto, era enojándose con Natalie. Intentó desarrollar una furia materna porque, aunque no fuera madre, maldita sea, podía ponerse furiosa como ellas. Y es que, evidentemente, al ver que Elena no contestaba el teléfono para ir a buscarla, Natalie se habría regresado caminando a casa. Solo eran diez calles. Nada del otro mundo.

Pero no se le veía por ninguna parte. Aunque las luces estaban apagadas, Elena subió por el sendero resbaladizo y llamó a la puerta de todos modos.

—¿Natalie? —gritó mientras buscaba en el bolso la llave de reserva. En cuanto dio con ella y abrió la puerta supo que Natalie no estaba allí. La casa se hallaba fría, el termostato mantenía una temperatura apenas suficiente como para que las tuberías no se congelaran.

Elena salió de la casa tambaleándose, las lágrimas inundaron sus ojos mientras miraba a un lado y otro de la calle. El cielo vespertino despedía un brillo naranja claro por la nieve fresca. Los faroles sacaban destellos de las ramas de los árboles, de los coches estacionados y de un par de trineos de plástico abandonados. Pero no se veía a nadie.

Natalie había desaparecido.

22

Podcast «Justicia en el aire»

Grabación del 28 de noviembre de 2019
Cinta no emitida: monólogo de Elena Castillo

ELENA:
Toda investigación tiene sus fallos. Todo investigador comete errores. Durante las décadas que han seguido al momento en que cesó su actividad de manera oficial, varios detectives e incluso un par de periodistas de investigación han achacado casos al escurridizo Asesino de los Números. A veces lo hicieron con pruebas contundentes: un caso de envenenamiento por ricina, niñas de once años que desaparecieron o que fueron asesinadas en diferentes momentos, otra pareja que apareció muerta en una cabaña a ochenta kilómetros al norte de aquella de la que escapó la última víctima del A. N. Incluso el detective Sykes admitió que se dejó engañar una vez, en 2008, por una serie de asesinatos en Fargo que parecieron girar en torno a una obsesión numérica.

Pero todos ellos se equivocaron. Todos nosotros nos hemos equivocado.

Nuestros oyentes de largo recorrido quizá recuerden que ya conocía a Ayaan Bishar, la comandante de la sección de Delitos Contra Menores del Departamento de Policía de Minneapolis, antes de que trabajáramos juntas en el caso de Jair Brown. Nos conocimos cuando yo trabajaba en Protección de Menores y me asignaron el caso de una niña desaparecida.

Respondí a la llamada de unos vecinos que estaban preocupados por una niña llamada Maddie Black. Llevaban varios días sin verla, lo cual resultaba anormal porque solía jugar a menudo en los columpios que había delante del edificio de departamentos en el que residía. Su madre se había separado de su padre y convivía con un hombre sobre el que los vecinos comentaban que la sometía a violencia verbal. Tanto la madre como su novio dijeron que no tenían la menor idea de dónde estaba Maddie, y, según las declaraciones de los amigos de la niña, al parecer la última vez que la había visto fue cuando se bajó del autobús para caminar las dos calles que la separaban de su casa. Nadie vio que se la llevaran, pero nunca llegó a su domicilio.

Investigamos al padre de la niña, lo cual era un procedimiento de rutina. Vivía a dos horas de distancia y parecía conmocionado por la desaparición de Maddie, aunque un par de amigas de la niña mencionaron que Maddie parecía estar asustada la vez anterior en que le tocó pasar el fin de semana con él.

Yo... yo debería haberles prestado atención. Era el tipo de pistas que deberían despertar el instinto de una buena trabajadora social, pero las ignoré.

Las circunstancias del secuestro me parecieron escalofriantemente similares. Incluso en aquella época me conocía el caso del A. N. perfectamente. Maddie tenía once años, y, aunque su familia parecía mucho más convulsionada que las del resto de las víctimas del A. N., me pareció posible que él fuera el responsable. En cuanto me puse a buscar las posibles similitudes, se me hizo evidente. Tenía la edad y los antecedentes adecuados. Había desaparecido de la misma manera que la mayoría de las víctimas, cuando regresaba a casa caminando como parte de su rutina diaria. Así que, cuando hablé con Ayaan Bishar, que era la detective asignada al caso, le dije que estaba convencida de que el A. N. había decidido comenzar a matar de nuevo. Cuando pasaron dos días sin que hubiera una llamada pidiendo rescate ni señal alguna del cuerpo, pensé que la había convencido. No se trataba solo de que Maddie hubiera sido secuestrada por el A. N., sino que este iba a llevarse a otra niña al día siguiente. Aparecieron nuevas pistas, un par de amigos de la familia dijeron que por favor investigáramos al padre de Maddie, pero el A. N. era tan inteligente que no me extrañaría que hubiera escogido a su víctima de manera que tuviéramos que apuntar hacia otra persona. Quizá su técnica había mejorado, se había vuelto más sofisticada con el paso de los años.

No fue así. Cuatro días después de que Maddie desapareciera, Ayaan siguió una pista sobre un alias que usaba el padre de la niña y llegó hasta el departamento que este había alquilado bajo ese nombre falso. Al oír que la policía tiraba la puerta abajo, el hombre decidió que, si él no podía tener a su hija, nadie más lo haría. Los agentes irrumpieron justo antes de que pudiera pegarle un tiro. Maddie se salvó, pero al día siguiente, cuando fui a trabajar, llevé una carta de dimisión conmigo.

Estaba destrozada por el trabajo. Me atemorizaba que mi error hubiera estado a punto de costarle la vida a una niña. Al mismo tiempo, en mi vida privada, pude comenzar a disfrutar por primera y única vez de la experiencia de la maternidad gracias a la relación cada vez más cercana que mantenía con mi vecina y su hija.

Me pasé varias semanas en el sofá, afligida por lo que parecía ser el final de mi carrera, escuchando sin descanso hasta el último podcast de crímenes reales que podía encontrar. Al final, una madrugada, borracha por la falta de sueño y por la media botella de Shiraz que me había tomado, decidí que yo también podía hacer un podcast. Pese a haber fracasado en el caso de Maddie, no había perdido mi pasión por ayudar a los niños que hubieran sido víctimas de un crimen. Quizá lo único que necesitaba era una aproximación diferente.

La idea de que un depredador pudiera ir detrás de la hija de mi vecina —esa niña perfecta y diminuta, de ojos brillantes, mentón testarudo y con un hoyuelo asimétrico en una mejilla— me revolvía el estómago de rabia. Pero sabía que era una realidad. Había hombres que cazaban a niñas como ella. Había visto a demasiadas niñas así a lo largo de mi vida, había visto a demasiados hombres yéndose de balde tras sus crímenes, y sabía que podía hacer algo por evitarlo. Esa misma noche grabé el primer episodio de lo que acabaría convirtiéndose en «Justicia en el aire». Algunos meses más tarde lancé la primera temporada.

Como con tantas cosas en la vida, no fue un único acontecimiento lo que me condujo hasta este trabajo; fue una confluencia que tuvo lugar en el momento adecuado. No somos producto solo de las experiencias que tenemos, sino de la manera en que reaccionamos ante ellas. No obstante, si tuviera que señalar un punto de inflexión, aquello con lo que comenzó todo, sería el caso de Maddie Black. Todo el mundo tiene un elemento catalizador, una persona o un hecho o un mensaje que los sitúa en su camino. Y, cuando pasas revista a su trayectoria, te das cuenta de que todo lo que ha sucedido después fluyó a partir de ese elemento.

Su historia de origen.

TERCERA PARTE

El detonador

23

D. J.

De 1971 a 1978

La primera mujer a la que D. J. asesinó fue a su madre.
Murió durante el parto, gritando mientras expulsaba su
cuerpo convulsionado junto con una cantidad demasiado
grande de su propia sangre.

Fue voluntad de Dios que muriera; eso era lo que su
padre le recordaba cada vez que uno de sus compañeros
de clase se burlaba de él por no tener madre. El Señor
había creado a D. J. por algún motivo, y el último acto
que Él planeó para su madre fue que lo trajera al mundo.
En cuanto nació, su propósito quedó cumplido y el Señor
la llamó para que volviera a casa. Había algo de consuelo
en aquello, en saber que debía de ser especial porque Dios
se había mostrado dispuesto a sacrificar a su madre para
traerlo a este mundo.

D. J. nunca sintió que le faltara algo por no tener madre. Los hombres de su familia eran fuertes y capaces.
Josiah, su padre, era un fontanero que trabajaba seis días
a la semana y que, hasta donde D. J. podía recordar, nunca había ido al médico. Cuando entraron en la adolescencia, sus hermanos comenzaron a jugar futbol americano

mientras trabajaban como peones agrícolas medio tiempo. Cenaban todos juntos las noches en las que Charles y Thomas no tenían entrenamiento. Iban a misa los domingos, y Josiah le leía la Biblia a D. J. cada noche antes de que se fuera a dormir. No era una vida espectacular, pero la familiaridad de cada nuevo día lo envolvía como una cobija llena de calidez.

Todo cambió un martes a mediados de verano, cuando D. J. tenía siete años. Charles y Thomas estaban pasando una semana en el campamento religioso, y D. J. se había quedado solo con su padre. Estaban jugando ajedrez en el porche delantero mientras oían el canto de las cigarras. Cuando la humedad de la tarde comenzaba a dejar paso al fresco vespertino sonó el teléfono, y Josiah fue a atenderlo. D. J. estaba planeando su siguiente movimiento cuando se oyó un sonido fuerte y violento dentro de la casa.

Fue corriendo a la cocina y se encontró a su padre en el suelo, con el teléfono pegado a la oreja y el cable enrollado alrededor del antebrazo. Había lágrimas en su rostro. D. J. no lo había visto llorar nunca. Tuvo que hacer varios intentos antes de sacarle las palabras a Josiah.

La noche anterior, Charles y Thomas se habían escapado a dar una vuelta en barca por el Lago Superior, y no regresaron nunca. Josiah metió a D. J. en la camioneta y se encaminaron hacia Duluth, donde estaba el campamento de verano; cinco horas de coche que D. J. pasó sentado en silencio y entumecido. Su padre fue alternando entre los gritos de rechazo y las oraciones susurradas.

Nada había cambiado cuando llegaron. La barca continuaba desaparecida, perdida en aquel inmenso lago que se extendía mucho más allá que cualquier otro cuerpo de agua que D. J. hubiera visto. Se preguntó si el océano tendría ese mismo aspecto. Sin duda no podía ser de mayor tamaño que aquello. Paseó la mirada por el horizonte, como si pudiera haber algo en él que todo el mundo hubiera pasado por alto, y allí estarían sus hermanos, haciendo señas para pedir ayuda o riéndose con esa despreocupación tan suya, sorprendidos por el hecho de que la gente se hubiera preocupado tanto cuando ellos simplemente habían salido a vivir una aventura.

Las horas pasaron con lentitud, y salieron más partidas de búsqueda. Un helicóptero batía el aire por encima de la cabeza de D. J.

—Charles y Thomas volverán pronto —le dijo a su padre. Sus hermanos no estaban más que dando problemas. Era verano. Probablemente habían encontrado a unas chicas y se habían ido con ellas para tener lo que Charles llamaba un «acostón nocturno».

Mientras esperaban, D. J. reparó en la cantidad de agentes de policía, vehículos, monitores de campamento y demás personas que se desplazaban despacio por la orilla. No podía creer que fueran tantos. Le gustaban los números. No se le daba bien escribir, y nunca había sido tan buen atleta como sus hermanos mayores, pero, cuando a los seis años le dieron su primera hoja de ejercicios de matemáticas, fue como ver por escrito por primera vez un idioma que había hablado desde siempre. Los números conformaban los cimientos del mundo. Todos los ángulos, todos los átomos, todas las células podían definirse con una ecuación. Descubrir aquello le había permitido aferrarse a un mundo que por lo general se le escurría entre los dedos. Mientras pasaban las horas, intentó calcular las posibilidades de que los chicos volvieran sanos y salvos, pero había demasiadas variables, demasiadas incógnitas.

Veintiuna horas. Fue lo que tardó la policía en encontrar los cuerpos de sus hermanos. El agua los había arrastrado hasta la orilla de Manitou, una de las islas Apostle, frente a la costa de Wisconsin. Una tormenta los había llevado hasta allí y había estrellado su bote y sus cuerpos contra las rocas. No dejaron que D. J. los viera, y eso empeoró las cosas. Se imaginó los huesos rotos de sus hermanos, su piel rasgada, sus cabezas aplastadas. Se imaginó sus últimos instantes, cuando ya sabían que iban a morir. Más tarde descubrió que se habían ahogado, que estaban muertos antes de que sus cuerpos se quebraran, pero las imágenes permanecieron en su mente.

La noche después de que los encontraran, su padre llevó a D. J. de vuelta a casa. No dijo nada en el coche, no abrió la boca cuando llegaron a la casa, vacía y sofocante. Durante aquella primera semana, la gente fue pasando cada pocas horas, vecinos y amigos de la Iglesia que llenaban su refrigerador con lasañas y extraños platos calientes. Entonces llegó el funeral y, después, el silencio.

Josiah se pasó varios días sin hablar. D. J. intentaba preguntarle cosas. Fingía que se caía y se lastimaba. Hacía todas aquellas cosas que sabía que más molestaban a su padre: tocaba la batería de Charles en el granero, silbaba de forma ruidosa mientras meaba, se bebía el jugo de naranja directamente del cartón. Nada representó una diferencia.

Entonces se acordó de la planta. Estaba en el invernadero de su madre, el santuario especial que su padre le había construido cuando compraron la casa. Sus hojas eran de un color rojo brillante y muy llamativo; la había plantado ella misma con unas semillas procedentes de la planta de tamaño mayor que crecía salvaje en la granja. D. J. la había llevado una vez a la escuela, para presumir, sin pedirle permiso a su padre, y cuando Josiah se enteró le estuvo pegando gritos hasta que la vena de la mandíbula se le puso de color violeta. Le contó que las semillas de la planta harían que se pusiera enfermo, y que era demasiado peligrosa como para llevarla a la escuela.

Quizá ahora la planta haría que su padre se despertara.

D. J. la llevó hasta la mesa del comedor y la colocó en el centro. Para hacerle espacio tuvo que apartar los platos sucios de toda una semana. La dejó allí y subió a su habitación cuando oyó llegar a Josiah. Se quedó esperando a oír los pasos violentos de su padre al subir la escalera, pero estos nunca llegaron.

A la mañana siguiente, cuando bajó a desayunar, su padre estaba sentado allí, tomándose el café con la planta delante. Era como si no la hubiera visto siquiera.

La rabia se arremolinó en el interior de D. J. como una nube en forma de embudo. Sus hermanos ya no estaban, pero él sí. Y si su padre ni siquiera reparaba en los brillantes botones de su planta sagrada, ¿qué esperanza le quedaba? Entonces tuvo una idea: si se ponía enfermo, su padre tendría que cuidar de él.

Cuando Josiah se fue a trabajar, D. J. arrancó una de las vainas de la planta, la rompió y se metió la semilla de color café en la boca. Era aceitosa, pero no amarga.

D. J. agarró la mochila y se fue a la escuela.

Al mediodía, mientras se comía el sándwich de mantequilla de cacahuate, D. J. comenzó a sentir calambres en el estómago. La boca y la garganta le ardían como si se hubiera tragado un cerillo encendido. Hacia el final del día, su cuerpo irradiaba fiebre. Volvió a casa con dificultad, agarrándose la barriga, y se derrumbó en el sofá junto a un vaso de agua tibia en la mesa de centro. Despertó con una sensación que no había experimentado nunca: la rugosa presión de la palma de la mano de su padre sobre la frente. Josiah lo levantó en brazos y lo llevó a su propia cama, donde lo acostó en el lado en el que D. J. sabía que solía dormir su madre, aunque nunca hubiera tenido la oportunidad de verla descansando allí.

Volvió a quedarse dormido.

Al día siguiente, su padre no fue a trabajar y se quedó cuidándolo, poniéndole compresas frías en la frente y dándole de comer caldo tibio. Se sentó al lado de la cama de D. J. y le leyó la Biblia, tal y como solía hacer cada noche antes de que Thomas y Charles murieran. Había una calidez reconfortante en ello, el sonido envolvente de la voz de su padre en la poesía de los Salmos y la sabiduría de los Proverbios. Estos eran sus dos libros favoritos; todos los consejos que podías necesitar en la vida estaban allí, o al menos eso es lo que decía siempre Josiah.

D. J. pasaba del sueño a la vigilia sin ser consciente de las transiciones. Una vez abrió los ojos y vio a su padre acostado a su lado, con los ojos cerrados y las lágrimas rodando por su cara.

—Por favor —susurraba—. Por favor, él no. Me lo prometiste.

Cada vez que se despertaba se encontraba peor. Un amigo médico de Josiah fue a verlo y examinó su cuerpo, y D. J. pensó en contárselo, pero su padre se negó a salir de la habitación y él no soportó la idea de la rabia que su confesión desataría.

Pero, cuando el médico regresó al día siguiente, D. J. no podía moverse, su cuerpo entero era una masa de músculos doloridos y resecos tras tantos días de vómitos y diarrea. Al ver la expresión lúgubre en la cara del médico, la esperanza infantil de que no tardaría en sentirse bien se vio reemplazada al fin por un chispazo de terror.

—¿Puedo hablar con usted a solas? —le susurró al médico.

El hombre miró al padre de D. J., que vaciló antes de salir de la habitación.

En cuanto D. J. musitó lo que había hecho, el médico lo levantó y lo sacó corriendo de la casa. Josiah los siguió, no dejó de soltar preguntas como rugidos mientras su amigo metía a D. J. en el asiento trasero del coche. Los dos hombres se sentaron delante, y el médico pisó a fondo el acelerador.

El período en el hospital fue una sucesión de destellos.

D. J. era consciente de la aguja en el brazo y del pitido de las máquinas y de los rostros preocupados que flotaban sobre el suyo cuando abría y cerraba los ojos, tan pesados. Entonces, de repente despertó y se acordó de lo que era no notar un dolor constante, no sentirse como si le estuvieran poniendo el estómago al revés. Su padre estaba junto a él, pero al ver que abría los ojos su rostro no mostró ningún alivio. En cambio, había en ellos algo más, una oscuridad que D. J. no había visto nunca.

Tres días después lo dejaron salir del hospital.

Josiah no dijo nada cuando entraron en la casa. D. J. se dirigió a la cocina, con el cuerpo aún débil y tembloroso por los días que había pasado enfermo y sin moverse. Se sirvió un vaso de agua y se sentó en el sofá. La planta seguía allí, en el centro de la mesa, como si ese hubiera sido siempre su sitio. Mientras bebía a sorbos, D. J. contempló sus flores, extrañas y llenas de color. Cuando entró su padre, D. J. no apartó la mirada de la planta. No quería ver su expresión de rabia y de decepción, ahora que era consciente de que probablemente no lo iba a abandonar nunca más.

—¿Es eso lo que deseas? —le preguntó Josiah al fin.

D. J. siguió mirando la planta. En su mente no dejaban de sucederse los destellos de la agonía que retorció la expresión de su padre cuando los agentes de policía se presentaron al fin ante la puerta del hotel de Duluth.

—Contesta, muchacho. ¿Quieres tirar a la basura la vida que Dios te dio? ¿Quieres torturarme? ¿Deseas todas las atenciones, las mías y las de los médicos revoloteando sobre tu lecho?

D. J. levantó la mirada a tiempo para ver el destello en los ojos de Josiah.

—Adelante, pues. Come un poco más. —Y empujó la planta sobre la superficie de la mesa.

D. J. se apartó de su camino y la planta cayó al suelo. La maceta estalló contra los azulejos de color gris, la tie-

251

rra y las flores rojas y puntiagudas se esparcieron como plastas de sangre.

—Malcriado de mierda... —dijo su padre entre dientes.

A continuación rodeó la mesa, furioso; lo tomó por la nuca y lo sacó a rastras por la puerta de la cocina en dirección al patio trasero. La tarde veraniega era húmeda y estaba cargada de mosquitos, que se abalanzaron sobre la boca y los ojos de D. J. mientras lloraba. Su padre nunca le había puesto la mano encima de esa manera, agarrándolo del cuello como si fuera un perro que se hubiera portado mal. Entre cargando con él y arrastrándolo, Josiah llevó a D. J. hasta la zona de hierba alta que crecía en la parte de atrás del viejo cobertizo, aquel en el que él y sus primos solían jugar a los policías y ladrones. El asiento de un tractor antiquísimo separaba las hojas de hierba, que se elevaban hasta la cintura; se trataba de una reliquia de cuando el abuelo de su padre era el dueño de aquella casa. Era el lugar favorito de D. J. para jugar, y su padre le hizo apoyar las manos sobre él y le dijo que se quedara quieto. Le bajó los pantalones y, aunque ahí fuera estaban a unos treinta y ocho grados, D. J. sintió la bofetada del aire frío sobre la piel desnuda.

—«Instruye al niño en su camino y, aun cuando fuere viejo, no se apartará de él» —tronó la voz de Josiah sobre el canto de las cigarras—. «La letra con sangre entra». Sé que he sido demasiado blando con ustedes. Primero tus hermanos se van en ese bote, y ahora tú...

No acabó la frase.

El primer golpe cayó con tanta fuerza que D. J. tuvo la seguridad de que le había desgarrado la espalda. Apretó las rodillas para intentar mantenerse en pie.

—Mi padre solía azotarme aquí. Me juré que nunca sería como él, pero quizá en esta sí que acertó.

Le dio un segundo golpe con el cinturón, y le siguió otro, y otro. Entre un azote y el siguiente, su padre jadeaba, de su boca brotaban palabras que sonaban como la grasa en una sartén caliente.

—Es... tu... culpa... —Una palabra por cada golpe, repetidas una y otra vez.

El cinturón caía sobre las piernas desnudas de D. J., inflamaba sus muslos y sus pantorrillas como si estuviera al rojo vivo. Intentó contar los segundos que transcurrían entre cada golpe, pero los números comenzaron a empastarse. Eso hizo que le entrara el pánico; su respiración se aceleró y las manos pasaron a temblarle sobre el deslustrado asiento metálico del viejo tractor. Los números eran la única cosa en el mundo que le importaba, lo único que tenía sentido. Si no podía pensar en los números, jamás llegaría a escapar de aquello.

En vez de contar los segundos, intentó contar los golpes mientras se recordaba a sí mismo lo que implicaban los números, su significado. «Siete, el número de los océanos, el número de los continentes, el número de los enanos de Blancanieves, el número de lo que está completo y de la perfección. Ocho, el mayor número par de un único dígito, divisible por dos y por cuatro, el cubo más pequeño de un número primo, el número de los nuevos comienzos».

Sintió que su mente se sacudía, que se lo llevaba de allí en un instante.

«Trece, la mala suerte, el sexto número primo, un número de Fibonacci, el número de la depravación y la inmoralidad. Diecisiete, el único número primo que es la suma de cuatro números primos consecutivos, el número de la victoria completa. Veintiuno, un número triangular, la suma de los primeros seis números naturales, el número de la rebelión y el pecado».

Los azotes cesaron al fin.

D. J. permaneció ahí plantado durante lo que le parecieron horas, con el metal clavándose en las junturas bajo sus nudillos y las rodillas temblando. Al fin, Josiah le puso una mano en el hombro. El muchacho se sacudió y, pese a que aún no había producido un solo sonido, estuvo a punto de gritar ante aquella oleada fresca de dolor.

—«Los azotes que hieren limpian del mal». —Era un verso de la Biblia que Josiah le había leído algunos días antes, uno de los proverbios.

D. J. levantó la mirada y vio que su padre tenía los ojos y las mejillas enrojecidos, y que las lágrimas caían por su rostro. El pánico reemplazó la rabia que había sentido hasta unos segundos antes. El hombre hizo que se girara para mirar los latigazos que le había dejado.

—Lo siento, hijo. Lo siento. Lo siento.

D. J. se apartó. De algún modo, la imagen de la vergüenza de su padre resultaba más insoportable que la paliza. Quizá aquello formara parte de lo que iba a limpiarlo..., a hacerlo puro y sagrado. Quizá se le perdonaría que le hubiera mentido a su padre, que le hubiera provocado tanta aflicción cuando él ya tenía más que suficiente. Aquello era un nuevo comienzo. Iba a ser todo lo que su padre deseaba de sus hijos. Iba a ser el mejor en todo aquello a lo que se aplicara.

Desde ese momento, D. J. iba a valer por tres hijos.

24

Elena

17 de enero de 2020

Después de que Elena llamara a Ayaan, los agentes tardaron menos de diez minutos en llegar a su casa. Martín apareció a continuación; entró a toda prisa, una llamada de ansiedad. Jaló a Elena con fuerza y la envolvió en un abrazo con aroma a desinfectante. Entonces llegó Sash, que parecía una estatua, como si le hubieran absorbido la fuerza vital; apenas fue capaz de decir otra cosa que: «¿Dónde está? ¿Dónde está? ¿Dónde está?».

Rastrearon el barrio, avanzando en parejas —Martín y Elena con un agente por un lado de la calle, y un segundo agente con Sash por el otro— y llamando a todas las puertas. Nadie la había visto. Fueron hasta la casa de la señora Turner para echar otro vistazo, pero el lugar seguía pareciendo abandonado. Lo único que encontraron fue un montón frío de cristal y plástico que Martín descubrió en la calle helada.

El celular de Natalie. La policía lo recogió como prueba y peinó el área circundante, pero no encontraron nada más. Estaba aplastado, alguien le había pasado con el coche por encima.

Al fin regresaron todos a la casa de los Castillo para esperar. La espera, en ese caso, incluyó muchas lágrimas y paseos arriba y abajo y una interminable sucesión de visitas a la ventana para mirar hacia el exterior.

Acurrucada en el sofá, con la mirada clavada en el suelo, Elena sintió que todo se desdibujaba hasta que de repente se encontró a Ayaan en cuclillas delante de ella, y una voz se abrió paso a través de la neblina.

—Elena, cuéntame lo que sepas.

Le relató la historia de nuevo, hasta el último detalle que pudo recordar. Que se había quedado dormida, que se despertó con la sensación de que algo iba mal, que Natalie le había dejado algunas llamadas perdidas y mensajes de texto... Se lo contó todo hasta llegar al vacío helado del domicilio de las Hunter y el momento en el que fue consciente de que Natalie no había vuelto a casa.

Fue al acabar su relato cuando la idea prendió de repente en su mente, y al fin levantó la vista para enfrentarse a la expresión adusta de la comandante.

—Han pasado tres noches desde que secuestraron a Amanda, Ayaan.

Esta apretó los labios, que dibujaron una fina línea recta.

—Elena...

—¿Es que no lo ves? Ese es... —Se interrumpió mientras unas lágrimas de terror le anegaban los ojos—. Es exactamente su patrón. Natalie tiene diez años. Es la siguiente en la cuenta atrás.

Martín, que acababa de salir de la cocina con una taza de té, se detuvo de repente al oír a Elena. Ayaan y él intercambiaron una mirada compasiva. Elena estaba a punto de abrir la boca para protestar cuando Sash los sorprendió a todos con su grito:

—¿Lo estás diciendo en serio, Elena? —espetó a la vez que se ponía en pie de un salto desde el sofá reclinable favorito de Martín, donde se había quedado desplomada hasta entonces—. ¿De verdad vas a apropiarte de esto para tu podcast? Mi hija... desapareció... ¿y tú te pones a hablar del puto A. N.?

Martín dejó la taza delante de Elena y volteó para enfrentarse a Sash, haciendo un gesto con las manos para pedirle tranquilidad.

—Sash, lo siento mucho. Es un momento traumático. Por favor, dale a Elena la oportunidad de...

—¿De qué? —lo interrumpió Elena, poniéndose en pie de un salto. Ayaan la imitó, y dio un paso a un lado—. Dijiste que me ibas a creer, siempre. Bueno, pues créeme ahora, Martín. Fue el A. N. Todo concuerda... Esto es exactamente lo que hace.

Con un rugido de rabia, Sash arrojó su taza de té al otro extremo de la estancia y esta se hizo pedazos contra la pared más cercana a Elena. El líquido, caliente y de color ámbar, le salpicó la ropa y chorreó pared abajo. Elena se encogió de dolor por las gotas que le cayeron sobre la piel. Un agente entró a la carrera en la habitación, pero Ayaan le hizo un gesto para que se marchara. Sash estaba con las piernas separadas, los pies plantados con fuerza en el suelo; sus hombros se agitaban de rabia y contemplaba a Elena con expresión furiosa.

—Cállate. —Elena nunca había visto el rostro de su amiga contorsionado de esa manera; tenía el pecho y el cuello sonrojados, los ojos brillantes—. El A. N. está muerto, Elena. Se suicidó en esa cabaña hace veinte años, y tú lo sabes. Todo el mundo lo sabe, y el único motivo por el que te siguen la corriente con esta estúpida fantasía tuya de atraparlo es porque se compadecen de ti.

Elena retrocedió, sentía comezón en la cara.

—Eso no es verdad.

Pero Sash no había acabado. Dio un paso hacia Elena y la señaló con el dedo.

—Deja de desviar la atención. Es culpa tuya que Natalie se fuera de esa casa sola. Me prometiste que siempre ibas a estar allí para recogerla. Me lo prometiste, y yo confié en ti como si fueras mi propia hermana.

Elena se quedó sin fuerza en las piernas y se dejó caer de golpe sobre el sofá. Las palabras coléricas de Sash, su gélida precisión, golpeaban sus tímpanos como puñetazos. Era culpa suya. No debería haberse quedado dormida. Debería haber estado allí en el momento en que Natalie descubrió que la señora Turner no estaba en casa.

—Señorita Hunter, vamos a hacer todo lo posible para encontrar a su hija —dijo Ayaan, y su voz tranquilizadora sonó con tanto vigor que ninguno de los presentes pudo hacerle frente. A continuación, para sorpresa de Elena, Ayaan se sentó a su lado y le pasó un brazo, suave y reconfortante, por la espalda—. He visto relaciones hechas trizas cuando algo así sucede, pero les prometo que todo resulta mucho más soportable cuando la gente se mantiene unida. Echarse la culpa los unos a los otros no ayudará a que localicemos antes a Natalie. Intenten no pelearse entre ustedes, ¿de acuerdo?

Sash paseó la mirada de la una a la otra por unos instantes, y a continuación, sin decir palabra, agarró su abrigo y salió furiosa de la casa.

Mientras su amiga se marchaba, Elena se secó los ojos y miró a Ayaan.

—¿Tú me crees?

Ayaan apartó los ojos, un pequeño gesto que no obstante resultó demoledor.

—Creo que deberías dar un paso atrás con todo esto, Elena. Ni siquiera sabemos si los dos secuestros están relacionados, y tú ya estás convencida de saber quién es su responsable. Estás demasiado implicada para ser objetiva, sobre todo ahora que Natalie también desapareció.

—Ayaan... —Un sollozo hizo que se interrumpiera. A través de las lágrimas vio que Martín seguía plantado en una esquina de la habitación, pero no encontró el arrojo para mirarlo a la cara. Sentía la quemazón de la vergüenza en el cuello, enroscada sobre sus hombros.

—Sé que estás sufriendo, Elena. —Ayaan le dirigió una mirada afligida—. Espero que puedas recibir un poco de ayuda.

Después de que Ayaan se marchara pasaron algunos minutos en silencio. Sentada en el sofá, Elena se quedó contemplando la pared, dejando que las lágrimas fluyeran por su rostro con libertad. Al fin, Martín atravesó la habitación y se sentó a su lado. Levantó una mano con lentitud, la posó en el centro de su espalda, como si quisiera impedir que se cayera.

—¿Qué pasó? —murmuró—. ¿Qué puedo hacer?

Elena se puso rígida, se incorporó y se alejó hasta quedar fuera de su alcance.

—No hay nada que puedas hacer, Martín. —Al mirarlo, el dolor en sus ojos hizo que se quedara sin aliento. Sintió una oleada de culpabilidad. Él también había perdido a Natalie.

—Lo necesito —murmuró Martín con voz ronca—. Ha de haber algo que podamos hacer.

—¿Me crees? —le preguntó Elena, que se puso en pie y se dirigió dando zancadas hasta la ventana que daba a la calle.

Fuera estaba demasiado oscuro; si allí había alguien, podrían verla a la perfección, pero en su lado la ventana era tan opaca que bien podría haber sido un espejo. Tenía el cabello encrespado, revuelto, algunos mechones se habían soltado de la cola de caballo. No llegaba a verse los ojos, pero tenía el ceño fruncido por la ansiedad. A su espalda, el reflejo de su marido sentado en el sofá, donde lo había dejado. Había apoyado la cabeza sobre las manos, y Elena supo que lo más probable era que estuviera rezando para pedir fuerza.

—Creo que este caso te está afectando más de lo que pensaste en un principio —indicó Martín—. Creo que estás encontrando pistas que quizá no habrías visto si no te hubieras pasado los últimos meses tan metida en este caso.

—Llevo años metida en este caso.

—Eso es cierto. —Martín levantó la cabeza, y ella imaginó que sus miradas se encontraban en el reflejo de color azul oscuro de la ventana—. Pero esto es diferente. Llevas tiempo sin dormir. Me mentiste para ir a hablar con un testigo. Aceptaste trabajar en un caso abierto sin comentarlo antes conmigo, y tú sabes mejor que nadie lo peligroso que puede ser. Estoy preocupado por ti, eso es todo.

Elena volteó para mirarlo.

—No quiero que te preocupes por mí. Quiero que me creas.

—Y te creo, Elena. Ya te lo dije. Pero creerte y estar de acuerdo contigo son dos cosas diferentes. Pienso que tienes tus motivos para asegurar que se trata del A. N., pero no puedes pedirme que te diga que tienes la razón cuando no estoy seguro de que sea así.

La vista de Elena volvió a nublarse, y negó con la cabeza.

—Pero es que todo coincide con el patrón del A. N.: las edades, los accesorios de colores brillantes, la planificación cuidadosa... Lo único que no acabo de entender es dónde está la señora Turner, cómo pudo él saber que no se presentaría a la clase de Natalie. Quizá el A. N. haya hecho que saliera de casa, para que a Natalie no le quedara más remedio que volver caminando.

—Pero ¿cómo pudo saber que no ibas a contestar el teléfono cuando Natalie te llamó? —preguntó Martín con suavidad.

Elena se pellizcó el puente de la nariz con los dedos.

—No lo sé.

—Todo lo que conozco acerca del A. N. indica que es en extremo cauteloso. Meticuloso, como dijiste en el podcast. Él habría planeado hasta el último detalle.

Elena lo miró a los ojos.

—Pues quizá no supiera que yo iba a dejar de contestar el teléfono. Quizá simplemente tenía un plan en caso de que lo hiciera. —Martín frunció los labios en una expresión de incredulidad, pero ella insistió—: Creen que lo ha hecho antes, ¿sabes? Planear todos los desenlaces posibles.

Martín la observó durante unos instantes, mientras tamborileaba con los dedos sobre la rodilla.

—Esto no tendrá nada que ver con tus últimos dos episodios, ¿verdad? —le preguntó al fin.

Elena lo miró a los ojos.

—¿Cómo?

—He visto la respuesta que han tenido. Tus fans te están apoyando, pero algunos de los comentarios son horribles. Sería del todo comprensible que esto hubiera activado algo en ti, *mi vida*. Lo que la gente ha estado diciendo, que te hayan llamado mentirosa... Si tan solo supieran...

—Estoy bien, Martín. Una cosa no tiene nada que ver con la otra. —Elena cerró los ojos. En aquel instante, las amenazas cibernéticas le parecían muy lejanas, una ficción. ¿Qué podía hacerle alguien que fuera peor que lo que le estaba pasando en ese momento?

Cuando abrió los ojos de nuevo, Elena vio que Martín se dirigía hacia ella. Él le puso las manos sobre los hombros y buscó su mirada con los ojos húmedos. Elena fue consciente de nuevo de que Natalie había desaparecido. De no ser porque su marido la sujetaba con suavidad, aquella nueva oleada de dolor se la habría llevado por delante.

Martín la abrazó con fuerza, y Elena sintió que una de sus lágrimas caía sobre su cabeza.

—Sé que no quieres ser la protagonista de todo este asunto, Elena, pero deberías hablarle a Ayaan de esos correos.

Ella se apartó y lo contempló sorprendida. La expresión de Martín era sombría.

—¿Cómo supiste lo de los correos? —preguntó.

—Por Tina. Como esta tarde, mientras dormías, no le contestaste el teléfono, me llamó para decirme que había rastreado a algunas de las personas que han estado amenazándote. Quería que supieras que, hasta el momento, ninguna de ellas es de la zona.

Elena bajó la mirada, se puso a juguetear con los botones de su camisa.

—Lamento no haberte contado nada. Es que no quería que te preocuparas.

—Siempre me estás diciendo que debo confiar en ti, Elena. Bueno, pues tú también puedes confiar en mí. Puedes confiar en que sabré lidiar con mis emociones. Deja de esconderme estas cosas tan importantes.

—Dejaré de hacerlo, ok.

Él le puso una mano sobre la suya, para que dejara de temblar, y llevó la otra a su mentón. Se lo inclinó de modo que sus miradas volvieran a encontrarse.

—Solo quiero que estés a salvo.

—Dedicándome a esto, nunca estaré a salvo.

Aquella respuesta sonó fuerte pero era la verdad, y a veces la verdad era la más cruel de las opciones.

—Astucia, pues. Si no puedes estar siempre a salvo, has de ser capaz de ser más lista que todos aquellos que quieren hacerte daño. ¿Puedes hacer eso?

Tras reflexionar durante unos instantes, Elena asintió con la cabeza.

—Puedo intentarlo.

25

Podcast «Justicia en el aire»

9 de enero de 2020
Transcripción: temporada 5, episodio 5

VOZ EN *OFF* DE UNA PERSONA NO IDENTIFICADA:
Estás atrapada en una habitación con otra niña. Ella pasó allí un solo día, pero tú llevas más, al menos tres o cuatro... Ya perdiste la noción del tiempo. Apenas te dejaron comer algunos restos, y tuviste que matarte a trabajar para que te los dieran. Limpiaste las paredes con una esponja, les quitaste el polvo a todas los persianas, tallaste el suelo con tanta fuerza que tienes los nudillos en carne viva. Tu piel huele a lejía constantemente, y tienes las quemaduras químicas para demostrarlo.

Tu cuerpo está débil, quebrado, y apenas puedes moverte del miedo cuando oyes que tu captor se acerca a la puerta. Pero esta vez te trae comida. Es una avena espesa a la que un par de semanas atrás habrías hecho asco, pero en ese momento estás a punto de tirar al suelo a la otra chica para llegar hasta ella. Él te observa comer. Cuando ya comiste más de la mitad te das cuenta de que no le trajeron nada a la otra niña. A regañadientes, te ofreces a compartirlas, pero él niega con la cabeza. No, son solo para ti. Se queda mirando cómo te las acabas, hasta la última cucharada, y entonces se lleva el tazón.

Te acuestas en el colchón sucio y te quedas allí algunas horas, con el estómago lleno por primera vez en lo que te parece una eternidad. Te duermes.

Te despiertas cuando comienza el ardor. Al principio te afecta la garganta, es una picazón como la de cuando pasaste la gripe y vomitaste seis veces en un día. Otra hora y tu estómago pasó de estar satisfecho a revolverse entre náuseas y calambres. La niña te pregunta cómo te encuentras después del primer vómito, pero no puedes hablar por lo mucho que te duele la garganta.

Al día siguiente es peor, pero él te obliga a trabajar de todos modos. Limpias el baño para tener fácil acceso al inodoro, y te pasas la mitad del tiempo doblada sobre él en un sentido o en el otro. Luego te derrumbas en la cama. Al despertar apenas puedes moverte, y él regresa por ti. Al día siguiente estás paralizada. No hace mucho habrías hecho cualquier cosa por salir de esa diminuta habitación gris. Incluso las horas que pasabas en el resto de la casa representaban un alivio. Ahora no tienes fuerzas ni para albergar la esperanza de escapar.

Sientes que tu cuerpo deja de funcionar, y sabes que eso es lo que él quería. Quería ver cómo te consumías. Quería ver cómo te desvanecías, para que fuera más sencillo borrarte de manera expedita.

[Cortinilla e introducción.]

VOZ EN *OFF* DE ELENA:
El podcast de esta semana tendrá un formato algo diferente. En vez de la mezcla habitual de entrevistas, historia de fondo y monólogos, voy a dedicar el episodio entero a una entrevista muy especial. Tengo una pila de periódicos delante; son todos los artículos que he podido recolectar sobre ella desde cuando entró por primera vez

en la conciencia del público. Aunque los aficionados a la investigación de todo el mundo reconocerán su nombre, en el momento de su desaparición el titular del *Tribune* no llegó a mencionarlo. Simplemente decía:

Otra niña, 11 años, ¿secuestrada por el A. N.?

Tras mucho tiempo, reflexiones y amable insistencia, Nora Watson aceptó contar su historia en «Justicia en el aire». Como sabrán quienes estén familiarizados con el caso, Nora vive bajo un nuevo nombre y ha evitado las entrevistas públicas desde que era una adolescente. Aceptó romper ese silencio de décadas con la esperanza de que sus recuerdos puedan ayudar a encontrar al escurridizo asesino en serie que le robó la infancia... y que estuvo a punto de hacer lo mismo con su vida.

Alteré su voz para este episodio. La entrevista no está editada, pero ella tuvo poder de decisión sobre las preguntas a las que deseaba responder. Por lo general, no obstante, quise dejar que relatara su historia sin agobiarla con un montón de dudas e interrupciones. Bien, pasemos a escuchar la entrevista.

ELENA:

Bueno, por qué no comenzamos por aquí: ¿qué sucedió cuando te raptaron?

NORA:

Ya has contado la manera en que el A. N. me engañó en casa de mi amiga para que me subiera a su coche. Fue precisamente como sucedió. Cuando me di cuenta de que no había tomado el camino de mi casa, me puse a gritar y a patear la parte trasera de su asiento. Me dijo que me callara y amenazó con darme una bofetada, pero en cuanto frenó en un semáforo salté del coche e intenté huir corriendo. No llegué demasiado lejos. Me atrapó a los pocos segundos, me lanzó de nuevo al interior del coche y me clavó algo en la pierna. Debió de ser algún tipo de sedante, porque lo siguiente que recuerdo es que me desperté en la habitación de la cabaña. Y que Jessica estaba allí.

Desde el principio, Jessica se comportó como si fuera mi hermana mayor, me protegió de manera feroz. Mientras ella le gritaba, yo me puse a llorar y no paré hasta que el hombre salió de la habitación. Jessica me explicó cómo debía comportarme con él, pero en un primer momento no le presté atención. Cuando el hombre regresó un rato más tarde y me pidió que me acercara hasta la puerta, yo lo ignoré. Jessica me dijo entre dientes que me pusiera en pie y fuera a ver qué quería, pero yo cerré los ojos y volteé la cabeza. Entonces él abrió la puerta y entró. Se sentó en la cama, a mi lado, y me miró a los ojos. Ahora he olvidado su rostro, pero sí recuerdo esa mirada dura y llena de odio. Estuvo un rato sin decir nada, pero fue peor que si me hubiera gritado. El silencio mientras esperaba a escuchar mi castigo estuvo a punto de hacer que mojara la cama. Y entonces me dio una bofetada, con fuerza, pero una sola. Mis padres no me habían pegado nunca, así que en un primer instante me quedé demasiado perpleja como para llorar. Me dijo: «La próxima vez que te llame, ven». Y entonces se puso en pie y salió. Nunca más volví a ignorarlo.

ELENA:
¿Qué pasó la vez siguiente que vino por ti?

NORA:
Jessica intentó convencerlo de que se la llevara a ella, pero ella ya estaba vomitando de manera casi constante. Aunque me había contado que pensaba que lo que la había hecho enfermar era la comida que él le daba, en ese momento yo llevaba más de un día sin comer y me moría de hambre. Cuando salí al vestíbulo no pareció importarle que lo viera todo. Era un lugar bonito: grande y espacioso, aunque la habitación en la que nos retenía era dimi-

nuta. En retrospectiva, pienso que debía de ser un estudio. El resto del lugar no tenía nada que ver. Recuerdo cuatro habitaciones, dos salas, una gran chimenea. En una de las salas había una Biblia sobre la mesa de centro, y varios crucifijos en las paredes. Al margen de eso, el resto de los objetos estaban relacionados con el tema de la caza: patos disecados en acción de volar, una docena de cornamentas, una cabeza entera de ciervo. Aquello me provocaba escalofríos.

Me llevó al piso de abajo, a la cocina, y me dijo que me daría algo de comer después de que la limpiara entera. «Si vas a comerte mi comida, tendrás que ganarte el sustento —me dijo—. La Biblia dice que "si alguno no quiere trabajar, que tampoco coma"».

A los once años me sabía ya docenas de versículos de memoria, pero nunca había oído a nadie recitarlos con tanto odio como a aquel hombre. Nuestro párroco solía decir que la Biblia es como un martillo: puede usarse como una herramienta o como un arma, eso depende de la persona que lo sostenga. Los malvados la usan como instrumento de control, y daba la sensación de que a él le gustaba controlarnos.

Pero no parecía ser una persona malvada. Recuerdo que lo pensé; de otro modo jamás me habría subido a su coche. Llevo mucho tiempo sintiéndome muy frustrada por no poder recordar ningún detalle sobre su rostro, pero creo que en parte se debe a que tenía un aspecto de lo más normal. Como si debiera haber sido más agradable de lo que era en realidad.

ELENA:
Entonces, ¿no recuerdas nada sobre su apariencia?

NORA:
Tan solo lo que pude contarle a la policía a los once años. Intentaron un montón de cosas para ayudarme a recor-

dar: hipnosis, terapia, entrevistas forenses... Pero no lo conseguí. El psiquiatra que me analizó dijo que había reprimido mis recuerdos sobre él, que la ansiedad había borrado el contenido de mi mente para protegerla. A veces me pregunto si lo reconocería al verlo por la calle, pero no estoy segura de que fuera así. Nunca he tenido buena memoria para los rostros; no sé si se debe a lo que sucedió o si soy una de esas personas a las que simplemente les pasa eso. No es raro que conozca a una persona tres o cuatro veces porque olvidé nuestras interacciones previas.

ELENA:

Entiendo. ¿Qué pasó a continuación?

NORA:

Cuando salió de la cocina me puse a buscar una vía de escape, pero no había ninguna puerta que diera al exterior y las ventanas no se abrían desde dentro. Estaba oscureciendo, y no vi más que una densa arboleda y la nieve que cubría el suelo. Puesto que me pasé parte del viaje inconsciente, no sabía si me encontraba muy lejos de casa. Estaba desesperada por comer algo, pero tenía la sensación de que él me estaba observando y de que se enteraría si robaba unas galletas de la despensa. Así que saqué las cosas de la limpieza de debajo del fregadero y me puse a trabajar.

Ya había limpiado antes. Aunque mi madre no fuera la típica ama de casa, no me había malcriado nunca. Si tenía que limpiar para conseguir que me dieran de comer, iba a asegurarme de que la cocina quedara lo bastante reluciente como para que se pudiera comer en el suelo. Limpié los gabinetes de arriba abajo con agua enjabonada, saqué las migajas de la tostadora, rasqué la grasa del horno, saqué toda la comida del refrigerador y le pasé un trapo por dentro. Fue un tipo de tortura especial, trasladar toda esa comida sin poder comer nada. Pero sabía que Jessica también tenía hambre, y pensé que si hacía un buen trabajo, quizá me diera una ración lo bastante grande como para compartirla con ella.

En la cocina había más cosas bíblicas: unas postales con motivos florales y citas cursis de fe y superación en letra cursiva. Lo único que destacaba era una tarjeta manuscrita y pegada con un imán al refrigerador. Éxodo 34:21: «Seis días trabajarás, más en el séptimo día descansarás».

Fue entonces cuando lo supe. Era pequeña, pero ya había oído rumores sobre el Asesino de los Números en la escuela. Sabíamos que iba detrás de las niñas de nuestra edad, y los niños de la escuela solían bromear al respecto. Nos decían que el A. N. vendría por nosotras si no les dábamos un beso detrás de las gradas, como si fuera una especie de robachicos. Jessica me había dicho que tenía doce años. Yo tenía once. Seguí limpiando, pero a partir de ese momento no pensé más que en la manera en que podríamos escapar.

Tardé tres horas largas en acabar. Después de pasar el zacate me senté en la barra mientras el suelo se secaba a mi alrededor, y durante un segundo, solo por un instante, me sentí orgullosa de lo que había hecho. Entonces el miedo y la añoranza de mi madre se me echaron encima y me puse a sollozar. No sé cuánto tiempo estuve llorando hasta que el hombre volvió a entrar en la cocina. Lo miré y le pregunté: «¿Por qué me hace esto?».

Él estiró el brazo y yo supe que no debía apartarme, así que dejé que me tocara, que se pusiera a jugar con mi cabello. «Ay, Nora —dijo—. Nora, te elegí. Eres especial. Deberías sentirte afortunada».

Entonces me dijo que agarrara las cosas de la limpieza y me guio por el pasillo hasta el baño. Había cambiado las reglas; ahora, mientras esperaba a que él acabara de cocinar, tenía que limpiar el baño también. Me puse furiosa, pero en ese momento habría hecho cualquier cosa para comer algo. No tardé mucho, y al terminar me llegó por el pasillo un aroma a jitomate y albahaca. Estaba preparándome unos espaguetis. Aún no sé si era consciente de que se trataba de mi plato favorito o si fue solo una coincidencia. En cualquier caso, tuve que obligarme a caminar a un ritmo normal hasta la cocina. Al abrir la puerta, creo que gemí en voz alta por lo que vi.

Había salsa por todas partes: manchas sobre las barras, salpicaduras en los compartimentos, incluso algunos puntitos rojos sobre el techo de color cáscara de huevo. En el fregadero había una montaña de ollas y sartenes sucias. El hombre estaba sentado sobre un banco frente a la isla de cocina, haciendo girar el tenedor sobre un plato de pasta. Lo levantó y se llevó la comida a la boca mientras me miraba. Aún recuerdo aquellos ojos azules despojados de emoción, como los de un lagarto.

Después de tragarse aquel bocado, me sonrió y me dijo: «Mira el caos que causaste. Me temo que no te dejé nada. El esfuerzo de cocinar me dio mucha hambre». Nunca olvidaré la manera en que me miró, como si yo fuera una niña patética, como si deseara que me pusiera a llorar. Entonces me dijo que limpiara aquel desastre y que quizá después me daría algo para comer.

Pero no lo hizo. Cuando acabé de limpiar de nuevo, me agarró del brazo y me arrastró de vuelta a la habitación en la que me tenía retenida con Jessica. Estaba tan enojada que intenté soltarme y correr de vuelta hacia la cocina, pero cuando vi el estado en el que se hallaba Jessica se me pasó el hambre por completo. Era evidente que estaba terriblemente enferma, pero a él no pareció importarle. Le grité que necesitaba a un médico, y él me miró como si fuera idiota. Porque, por supuesto, estaba intentando matarla, tal y como me iba a matar a mí.

ELENA:
¿Fue Jessica capaz de ayudarte en algo?

NORA:

No, estaba muy enferma. La verdad es que era perfecto... su sistema. Hacía que la primera chica se viniera abajo y quedara paralizada por el miedo antes de traer a la siguiente y de iniciar el proceso de nuevo. Eso hacía que sobrevivir, resistirse, nos pareciera imposible. Veías a una persona a la que se le escapaba la vida y sabías que tú ibas a ser la siguiente. Si hay algo que se le da bien al A. N. es saber cómo causar e intensificar el terror hasta que este se vuelve insoportable.

Seguí intentando convencerla de que se viniera conmigo, de que teníamos que encontrar una salida, pero Jessica apenas podía moverse. Él vino y se la llevó una vez, creo que durante la segunda mañana que pasé allí, pero la trajo de vuelta unos veinte minutos más tarde. Jessica a duras penas podía moverse. Me contó que él salía cada mañana muy temprano, que se iba con el coche a campo traviesa y que volvía más o menos una hora más tarde. Esa era nuestra oportunidad, pero la única manera de salir de la habitación era a través de una ventana. Al ser tan pequeña y estar a dos pisos de altura, no tenía candado. Él nos había dicho que unos perros rabiosos vigilaban la propiedad, y que estábamos a cincuenta kilómetros del pueblo más cercano. Durante el invierno de Minnesota, sin abrigo ni zapatos, aquello representaba en sí mismo una condena a muerte. Nos hizo pensar que no había escapatoria posible. Creo que también se había vuelto un poco arrogante. Nadie había huido de él hasta entonces, y asumió que su poder sobre nosotras era tan grande que no lo intentaríamos.

Durante mi tercer día de secuestro supe que se nos había acabado el tiempo. No sabía si iba a matar a Jessica antes de secuestrar a otra niña, o si había salido aquella mañana para acechar y secuestrar a su siguiente víctima. En cualquier caso, le dije a Jessica que teníamos que marcharnos o ya no lo haríamos nunca. Lo más probable era que las chicas que nos habían precedido fueran demasiado grandes, pero las dos éramos lo bastante pequeñas como para poder colarnos por la ventana si sacábamos primero la cabeza. Pensé que estirando los brazos podríamos llegar hasta el tubo de desagüe y bajar contoneándonos por él. No tenía ni idea de si aguantaría nuestro peso, y al llegar al suelo tendríamos que vérnoslas con los perros y con la nieve vestidas solo con la pijama que nos había dado, pero aquella era la única manera. [Llorando.] Me había equivocado. Intenté llegar hasta el desagüe, pero no pude agarrarme a él antes de perder el equilibrio y el contacto con el suelo de la habitación. No había espacio suficiente para que pudiera pasar una pierna sobre el alfeizar y afianzarme. Entonces, en el que debía de ser mi décimo intento, justo cuando comenzaba a inclinarme hacia delante, sentí que una mano me agarraba de la ropa. Jessica estaba a mi espalda, impidiendo que me desplomara sobre el suelo helado. Le dije que no, que las dos teníamos que marcharnos, pero ella se limitó a negar con la cabeza. No llegó a decir nada. Lo único que hizo fue sostener mi mano y asentir en dirección a la ventana.

Con ella sujetándome fui capaz de estirar el brazo lo bastante como para tocar el desagüe sin perder el equilibrio. Jessica se asomó a la ventana, afianzó las piernas temblorosas pegando los pies a la pared interior de la cabaña. Me aguantó hasta que pude sujetarme al desagüe con los pies, y entonces me dejó ir.

No tuve tiempo para pensar, ni para llorar. Eso vendría más tarde. Fue tocar el suelo y ya me estaba congelando. Por lo que sé, la de los perros fue una más de las mentiras que nos contó. Nunca los vi ni los llegué a oír, pero tampoco me quedé a esperarlos. Me puse a correr tan rápido como pude en la oscuridad de la madrugada. En retrospectiva, creo que ese fue el único motivo por el que sobreviví. Si el sol hubiera estado en lo alto, no habría visto las luces de la gasolinera. En el cielo se veía el brillo suficiente como para indicarme en qué dirección debía ir, y solo estaba a unos ochocientos metros de distancia. Otra mentira del A. N. Y me salvó la vida.

ELENA:

¿Por qué no has aparecido nunca en los medios? Sin duda podrías haber ganado una fortuna contando tu historia.

NORA:

No quiero sacar ningún provecho de lo que me pasó. Solo quiero que atrapen al A. N. Quiero que lo castiguen por lo que me hizo a mí, a Jessica..., a todas esas chicas.

ELENA:

A partir de tu propia experiencia personal, ¿qué crees que debería saber la gente acerca del A. N.?

NORA:

Había dos cosas que parecían importarle: el control y el miedo. Todo lo que hizo, hasta el último de sus movimientos con las chicas a las que secuestraba, hasta la última palabra que me dijo mientras yo temblaba en su cabaña, estuvo dirigido a alimentar esas dos necesidades. Creo que la leyenda que le rodea ahora, el estatus mítico que se ha creado para sí mismo, es lo que ha alimentado su necesidad a lo largo de los últimos veinte años. Creo que ese es el motivo por el que no ha vuelto a asesinar. No porque yo huyera y lo estropeara todo, sino porque ya obtenía lo que deseaba sin tener que seguir asesinando. Como no lo han detenido nunca, ha podido controlar el relato, y se le sigue temiendo.

Pero, si algún día deja de ser así, si siente que se pone en duda su obra o su legado, volverá. Y, si lo hace, todo será mucho peor.

26

D. J.

1978

Hasta el último rincón de la casa estaba impecable.

Era un sábado de finales de septiembre. Habían transcurrido más de dos meses desde la muerte de sus hermanos, y las capas de mugre y aflicción que se extendían por toda la casa eran evidentes en cada habitación en la que entraba. Aprovechando que su padre había salido a pescar, D. J. abrió las ventanas de par en par para dejar que entrara la brisa otoñal con su aroma a abono mientras barría los suelos y pasaba la aspiradora. Llenó un bote de agua caliente y jabón, y se puso de rodillas para fregar el linóleo. Incluso usó un viejo cepillo de dientes para limpiar los surcos y las abolladuras en las que se había juntado un poco más de suciedad. Tardó seis horas en lavar todas las piezas de tela y de ropa de cama que había en la casa, y en colgarlas para que se secaran entre chasquidos en el tendedero.

La casa quedó limpia, olía a lino secado al sol y a madera lustrosa. D. J. fue a sentarse a los peldaños del porche para esperar el regreso de Josiah. Tenía los dedos enrojecidos, algo quemados por la abrasión de los productos químicos que había empleado para raspar meses de residuos de jabón y de moho en la tina. No había encontrado guantes de látex cuando fue a buscar debajo del fregadero, así que había aguantado el dolor mientras metía las manos una y otra vez en la cubeta para mojar de nuevo la esponja. Le palpitaba todo el cuerpo, pero la tina había quedado reluciente.

Casi había anochecido cuando Josiah entró con la camioneta de color rojo en el camino de acceso e hizo que se detuviera de golpe en un ángulo descuidado. El freno de mano protestó con un chirrido cuando lo echó. D. J. se puso en pie e hizo presión sobre la parte frontal de sus pantalones para alisar las arrugas que hubieran podido aparecer tras pasar tanto tiempo sentado. Incluso se había puesto elegante. Llevaba los pantalones buenos de ir a la iglesia y una camisa abotonada hasta arriba —un «acogotaniños», como las llamaba su hermano mientras se jalaba el cuello de la prenda cuando tenía que llevarla abrochada de esa manera para la misa de Pascua.

Josiah abrió de golpe la puerta de la camioneta y salió haciendo un esfuerzo al camino de acceso. D. J. lo observó mientras se dirigía a la parte trasera arrastrando los pies para agarrar un enorme balde de color blanco. Solo cuando estaba a mitad de camino de la casa reparó Josiah en su hijo, que lo esperaba en la escalinata del porche.

—¿Qué haces aquí? —le preguntó, arrastrando la voz. Su mirada apuntó hacia algún sitio a la derecha de la cara de D. J. Josiah no había mirado a su hijo a los ojos desde aquella noche de dos meses atrás en que le había dado la paliza. Desde entonces tampoco lo había tocado, ni de manera afectuosa ni con rabia.

Al cabo de un instante le tendió el balde a su hijo.

—Da igual. Llévalos al cobertizo y límpialos como te enseñé.

D. J. agarró el balde. La fina asa de metal se clavó en sus dedos doloridos mientras lo llevaba hasta el cobertizo.

Al llegar frente a la mesa que su padre había montado especialmente para limpiar el pescado, D. J. se miró la camisa. No podía arriesgarse a mancharla con las tripas y las escamas del pescado, pero tampoco podía volver a la casa con las manos vacías. Aún hacía calor, sobre todo en el cobertizo, protegido como estaba del frescor de la brisa nocturna. Lo único que se le ocurrió fue quitarse la camisa y los pantalones, y colgarlos de un gancho de la puerta. A continuación, abrió el balde y sacó el primer pez.

Introdujo ligeramente el dedo índice en la boca del lucio para mantenerlo firme antes de clavar la punta del cuchillo junto al inicio de sus carrilleras. Los ojos del animal, vidriosos y muertos, lo contemplaban con fijeza. Su padre le había enseñado que lo primero que debía quitar siempre eran las carrilleras, la mejor parte del lucio, para tener la seguridad de no olvidarse luego. D. J. trazó una circunferencia completa a su alrededor con la hoja del cuchillo. Entonces metió el dedo bajo la piel rota y arrancó la carne, que dejó a un lado. Apartó la aleta e hizo un tajo por el lateral del pescado, y de ahí hacia arriba hasta llegar a su espina dorsal. El cuchillo vibró al contacto con el hueso cuando lo deslizó bajo la carne desde la cabeza hasta la cola. Tras obtener un buen filete, dio la vuelta al pez y repitió el proceso por el otro lado antes de arrancar los trozos de carne de ambos. Tiró la carcasa del primer pescado al bote de la basura que había junto a la mesa de trabajo y sacó otro pez del balde mientras parpadeaba para desprenderse del agotamiento que sentía en los ojos.

Cuando terminó con los siete pescados, D. J. tenía el pecho, los brazos y las manos salpicados de escamas y de sangre. Se había hecho algunos rasguños y cortes en los dedos, pero tenía un plato lleno con los filetes más hermosos que hubiera cortado nunca, así que entró en la cocina por la puerta de atrás con la cabeza bien alta. Al fin iba a ver la reacción de su padre al reparar en la casa tan limpia.

Se encontró a Josiah sentado a la mesa de la cocina, con una cerveza en la mano y el cabello húmedo por el baño. D. J. metió los filetes en el refrigerador y se dirigió al fregadero, donde se pasó agua y jabón por los brazos. Se secó con una toalla antes de voltear para encarar a su padre, que lo miró con la botella delante de los labios. Josiah dio un largo trago. Después dejó la botella en la mesa y escudriñó de arriba abajo a D. J.

—¿Qué pasó con tu ropa?

—No quería que se me ensuciara.

—Entonces, ¿ dejaste la ropa de los domingos en el suelo del cobertizo?

D. J. negó con la cabeza.

—No, señor. La colgué de un gancho.

—No seas insolente, muchacho.

—Voy a buscarla.

—No, no te molestes. De todos modos ya estará llena de polvo. Tendrás que limpiarla mañana.

D. J. se lamió el labio inferior y paseó la mirada por la cocina. Su pecho volvió a henchirse un poco al ver su estado inmaculado. No recordaba haber visto la casa tan limpia. Charles y Thomas nunca habían hecho que tuviera tan buen aspecto, eso seguro. Pero a Josiah no parecía importarle.

Al cabo de un instante, su padre volvió a levantar la vista.

—Bueno, ¿qué estás esperando? Ve a limpiarte.

D. J. asintió con la cabeza y subió la escalera en dirección al baño. Al encender la luz se quedó boquiabierto. El baño estaba lleno de manchas de barro, y había hojas de hierba y piedrecitas por todo el suelo. La tina estaba vacía, pero había una fina capa de arena y de suciedad en los charquitos del fondo. Había manchas de crema de afeitar y huellas de dedos en el espejo de encima del lavabo. Josiah había dejado la toalla húmeda tirada por el suelo.

La indignación creció en su interior como si fuera una tormenta, pero D. J. se mordió el interior de las mejillas para mantener la boca cerrada. Josiah lo había perdido todo. Estaba haciendo las cosas lo mejor posible, y D. J. era lo único que le quedaba.

D. J. sacó un trapo del clóset de la ropa blanca, lo humedeció y se puso de rodillas a restregar aquella porquería.

27

Elena

18 de enero de 2020

Había una hilera de coches estacionados a lo largo de la calle frente a la casa de Sash. Elena parpadeó bajo el resplandor del sol de la primera hora de la mañana mientras intentaba ver si reconocía alguna de las matrículas. Se le hacía extraño pensar que Sash pudiera pasar su tiempo con alguien más que ella o Martín. La verdad era que, además de Sash y de Tina, Elena no tenía más amigos... y a veces olvidaba que eso la convertía a ella en la rarita.

Después de los sucesos de la noche anterior, su amiga no le había respondido el teléfono. Consciente de que lo más probable era que Sash no quisiera verla, Elena había mandado a Martín a preguntar cómo estaba, pero incluso él fue rechazado por el agente de policía que custodiaba la puerta de su casa. Elena se había pasado toda la noche sentada en el sofá, llorando, con la mirada fija en la pared, esperando la llamada que le hiciera saber que habían encontrado a Natalie.

Una llamada que no llegó.

Desde la casa de Sash brotaba un rumor de conversaciones, como si allí se estuviera celebrando una reunión o un coctel. Por la rendija que se abría entre la ventana y las cortinas interiores se podía entrever una habitación llena de gente con ropa formal y expresiones sombrías. Parecía un velatorio.

Elena levantó la mano y llamó a la puerta. Un instante después le abrieron. Era un joven que llevaba el cabello castaño con fijador y peinado hacia atrás, formando una ola rompiente sobre su cabeza.

—¿Vino por el servicio de oración? —le preguntó.

Interesante. Por lo que Elena sabía, Sash nunca había tenido creencias religiosas, pero quizá había comenzado a introducirse en la religión para apoyar a Natalie en su interés por la Biblia. Por supuesto, si había un momento para rezar era ese.

Sin decir una palabra, Elena asintió con la cabeza. El hombre hizo un gesto para que entrara y ella lo siguió, inquieta ante el hecho de que un extraño la guiara por una casa que conocía tan bien. Al girar una esquina y entrar en la sala, Elena se sorprendió al encontrarse a su amiga rodeada por al menos veinte personas. Todas ellas tenían la cabeza agachada, y la mujer del suéter de color rosa rezaba en voz alta con una mano en alto y estirada en dirección a Sash. El hombre que le había abierto la puerta agarró una silla de la cocina y la puso ante ella a modo de ofrecimiento. Elena le sonrió y se sentó, uniéndose al círculo escalonado.

—¿Qué estás haciendo aquí?

La voz de Sash atravesó la oración de la mujer del suéter rosa. Todos los presentes parecieron levantar la cabeza y voltear hacia Elena en un único movimiento, fluido y susurrado.

—Vi... vine venido a ver cómo estabas.

—No deberías estar aquí.

Elena se estremeció, pero no apartó la mirada de los ojos candentes de su amiga. Ignoró los murmullos y los movimientos incómodos de la gente que las rodeaba.

—Siento lo que pasó, Sash.

—¿Que lo sientes? Mi hija te llamó. Se suponía que podía contar contigo. Me prometiste que podía contar contigo. Pero tú estabas demasiado ocupada investigando a tu estúpido asesino en serie. —Una carcajada amarga burbujeó en sus labios—. De hecho, sigues estando demasiado ocupada investigándolo como para hacer lo que Natalie necesita de verdad.

Esa vez, Elena sí apartó la mirada, la clavó en la alfombra de color verde, con sus gastadas flores de color rosa —una herencia del anterior propietario—. De pequeña, Natalie solía referirse a ella como «el suelo de mi selva». Quizá Sash tuviera razón. Quizá, pese a los años de preparación y de entrenamiento para llegar a él, había permitido que el caso la absorbiera. Si su obsesión por encontrar al A. N. había llevado a que Natalie sufriera algún daño, no se lo perdonaría nunca.

—¿Qué quieres que haga? —preguntó Elena.

Sash estiró el brazo hacia la mujer sentada a su lado, le agarró la mano con fuerza y observó a Elena. Tenía los orificios nasales hinchados y los ojos llenos de lágrimas.

—Quiero que la encuentres. Y quiero que me la traigas a casa tal y como prometiste. Hasta entonces no quiero volver a verte.

Elena se pasó la lengua por el labio inferior y asintió con la cabeza, tragándose sus propias lágrimas. No se le ocurrió qué más podía decir, así que se puso en pie y salió de la habitación.

Fuera, el brillo del sol sobre la nieve producía destellos cegadores. Elena se subió el cierre del abrigo y miró a un lado y otro de la calle. Esperaba encontrar a algunos agentes en busca de más pistas, pero debían de haber decidido que no quedaba nada por encontrar. Se dirigió con lentitud a su casa, con la vista puesta en el suelo helado por si veía algo que se les hubiera pasado por alto a los demás. Pero Natalie no había dejado nada atrás... Solo grava, sal y hielo.

Al llegar a la puerta, Elena metió la llave y se detuvo. No soportaba la idea de pasarse todo el día sentada en la casa vacía. Martín se había ido a trabajar, con la esperanza de mantener la cabeza ocupada. Lo único que la esperaba allí dentro era un estudio lleno de notas y tareas que no tenía el menor interés en revisar.

Si iba a cumplir la promesa de devolver a Natalie a casa, su mejor opción era trabajar con Ayaan. Si lograba convencer a la comandante de que sus sospechas sobre el A. N. se habían debido a un error de juicio transitorio, provocado por la fatiga y por la emoción del momento, quizá Ayaan le permitiría que los ayudara con la investigación. Tenía que haber algo que pudiera hacer, incluso si Ayaan no la dejaba realizar trabajo de campo. Se encargaría del papeleo, revisaría las grabaciones de las cámaras de seguridad..., lo que fuera con tal de no quedarse sentada en casa.

Sacó la llave de la cerradura, volteó y se dirigió hacia su coche, agradecida de que Ayaan hubiera hecho que un agente se lo trajera desde la comisaría la noche anterior.

Elena no había visto nunca tamaña agitación en la comisaría. Varios agentes se habían reunido en la cocina para servirse unas tazas de café y compartir historias alrededor de una caja de magdalenas. Probablemente las habría traído Ronny, la recepcionista, cuyo marido era el propietario de una pastelería en esa misma calle. Algunos de ellos la saludaron con un cortés asentimiento de cabeza, uno incluso le ofreció un plato de cartón con una pasta, pero ella lo rechazó con un gesto de la mano. No recordaba la última vez que había comido, pero tampoco tenía hambre. Sam Hyde, que estaba plantado al lado del fregadero añadiendo leche a una taza de café, le dirigió una mirada cargada de curiosidad. Ella agachó la cabeza, se odió a sí misma por parecer un perro con la cola entre las patas.

A través de las paredes de cristal de su despacho, Elena vio a la comandante encorvada sobre una montaña de papeles. Llamó a la puerta y Ayaan levantó la mirada. Por un momento se limitó a observarla; a continuación inclinó la barbilla en un débil gesto para indicarle que entrara. Elena abrió la puerta y entró.

—Elena, ¿en qué puedo ayudarte?

Ayaan no la había invitado a que tomara asiento, así que Elena se quedó detrás de la silla mientras cambiaba el peso de una pierna a la otra.

—Quería hablarte de los casos. Sé que ahora mismo tienes tus reservas hacia mí, pero de verdad creo que puedo aportar algo para descubrir quién es el secuestrador.

—Secuestradores.

Elena se quedó paralizada.

—¿Cómo?

—Por lo que sabemos, se trata de dos incidentes separados.

—Ayaan...

—La victimología es completamente diferente. Amanda vive en un hogar biparental. Desapareció temprano por la mañana, mientras llevaba a cabo su rutina habitual: esperar en la parada del autobús. Distrajeron a su madre en el preciso momento en que se la llevaban, lo cual demuestra una planificación cuidadosa. Una testigo vio al secuestrador, pero fuera quien fuera es evidente que tuvo el valor suficiente para cometer el crimen de todas maneras.

Elena apretó los puños.

Ayaan prosiguió:

—Por lo contrario, Natalie proviene de un hogar monoparental. Desapareció por la tarde, cuando hacía algo inesperado que la volvió vulnerable: regresar a casa caminando sola. Por lo que parece, nadie vio ni oyó nada, lo cual sugiere que no gritó ni hizo ningún ruido fuerte. Lo más probable es que se tratara de un crimen de oportunidad. Estaba en el lugar erróneo en el momento equivocado, y alguien se aprovechó de su vulnerabilidad.

Elena negó con la cabeza, pero Ayaan levantó la mano.

—Elena, estás mezclando tu podcast con estos secuestros, pero no existe ninguna prueba de que estén relacionados. Es comprensible, yo misma me he confundido y he encontrado conexiones entre mis casos alguna vez. Es algo que pasa. Pero Natalie es como tu propia hija. Es imposible que formes parte de este caso. Creo que lo mejor, de momento, es que des un paso hacia atrás. Hablé con los Jordan y se mostraron de acuerdo. Ahora mismo Sam no tiene demasiados casos, así que me está ayudando.

De algún modo, la idea de que Sam ocupara su lugar fue como si hurgaran más en la herida. Elena se tragó sus argumentos e intentó controlar el pánico que comenzaba a crecer en su interior.

—Pero, Ayaan..., tengo que hacer algo.

La comandante la miró con unos ojos muy abiertos, en los que brillaba la compasión, y dijo:

—Ya sé que quieres ayudar.

—Así es.

—Pero es evidente que el A. N. te tiene cegada y te impide pensar con claridad. No puedo seguir trabajando contigo. Lo siento, es demasiado arriesgado.

Con esas palabras, el último destello de esperanza que titilaba en el interior de Elena se desvaneció: un pabilo ahogado por la cera caliente que lo rodeaba.

Mientras esperaba frente al ascensor, una voz masculina gritó su nombre. Elena se dio la vuelta y vio que Sam atravesaba las puertas de seguridad en dirección a ella con una mano en alto.

—Espera —le pidió.

La campanilla del ascensor sonó y Elena sintió la tentación de meterse dentro y largarse de allí. Lo último que necesitaba era otra letanía para decirle que era una detective amateur que no hacía más que entrometerse en la labor de los policías de verdad. Pero se detuvo con la mano sobre la puerta abierta, consciente de que si huía, él iría tras ella por la escalera.

Sam atravesó el vestíbulo y señaló el ascensor con un movimiento del mentón.

—¿Puedo bajar contigo?

Ella paseó la mirada entre el detective y las puertas abiertas, confundida. Entonces se encogió de hombros.

—Claro, ¿por qué no? —Entraron juntos y ella apretó el botón de la planta baja antes de voltear hacia él y encararlo con los brazos cruzados—. ¿Qué quieres?

Él apartó la mirada. Era la primera vez que el detective no le parecía un engreído satisfecho de sí mismo, y el cambio la dejó perpleja.

—Sé que has estado trabajando en ese caso de secuestro con Ayaan, pero me preguntaba si habías descubierto algo más sobre Leo Toca. Ya sabes, sobre lo que iba a darte relacionado con el A. N.

Elena lo estudió, esperando el chascarrillo, pero su expresión no cambió. Se lo había preguntado en serio. Debía de estar atascado de verdad.

—No lo sé, he estado demasiado ocupada haciendo mi maestría de chocolate y hablando con todos mis testigos de chocolate mientras realizaba mi trabajo como detective de chocolate.

Él se cruzó de brazos.

—Vamos, dame un respiro.

—¿Por qué debería hacerlo? —Llegaron a la planta baja y las puertas se abrieron. Elena salió al vestíbulo del edificio—. No puedes decidir de repente que quieres que te ayude después de mandarme a que me ocupara de mis asuntos.

Sam se rascó la nuca con la mirada encendida.

—Lo siento, ¿de acuerdo? Es solo que... estoy en un callejón sin salida. Entrevisté a la gente que trabajaba con él, revisé sus registros telefónicos, incluso llamé a sus padres, en México. Fui a Stillwater e intenté seguir el rastro de Luisa, pero sin suerte. Ni siquiera sé con quién estaba saliendo. Duane sigue siendo un buen sospechoso de asesinato, pero no me gusta que no podamos encontrar a la ex de Leo. Puse su coche en busca y captura, pero de momento nadie lo ha visto. Y luego va Ayaan y básicamente me pasa el caso de Amanda Jordan porque le está dando tratamiento de homicidio, así que me pasé toda la noche revisando las notas y las pistas del expediente.

—Espera, ¿qué? —A Elena se le encogió el estómago como cuando se asomaba desde lo alto de un edificio elevado—. ¿Dices que Ayaan considera que el caso de Amanda es un homicidio? ¿Quieres decir con carácter oficial?

Sam se quedó observándola durante unos instantes. A continuación soltó una grosería y miró a su alrededor, como si quisiera asegurarse de que no hubiera testigos, pero estaban solos en el vestíbulo.

—Pensaba que ya lo sabrías. Lleva cuatro días desaparecida, sin que haya dado señales de vida. Hay bastantes probabilidades de que esté muerta. Por eso ahora estoy ayudando a Ayaan.

Elena negó con la cabeza, intentando contener una oleada de rabia. Era comprensible que Ayaan le hubiera ocultado información, pero aun así se lo tomó como una traición. Nunca había formado parte de aquella investigación, no de verdad. Entonces reparó en algo. Si Sam había ido tras ella, si le estaba pidiendo ayuda con su investigación de asesinato, lo más probable era que ignorara que Ayaan la había retirado del caso Jordan. Aquella era su única oportunidad para obtener más detalles de la investigación antes de que Sam se enterara de que el Departamento de Policía de Minneapolis la había declarado persona no grata.

—¿El retrato hablado... ha generado alguna pista prometedora? —preguntó.

Sam exhaló un suspiro de frustración.

—La verdad es que no. Una persona creyó haber visto hace unos días una camioneta que coincidía con la descripción del vehículo del secuestro dirigiéndose hacia el norte por Snelling, pero eso es todo. Bueno, ¿puedes ayudarme con el caso Toca o no?

—No. —Se quedó pensando un instante, y a continuación miró a Sam a los ojos—. O quizá sí. Sabes lo que hay en Snelling, ¿no?

Él se quedó mirándola un momento, hasta que se iluminaron sus ojos.

—El taller mecánico. Vamos.

—¿Yo también? —preguntó Elena, intentando no sonar demasiado emocionada.

—¿Vas a esperar a que cambie de idea?

—No.

Mientras Sam conducía, Elena se dedicó a mirar las noticias en el celular. Todos los periódicos locales habían dedicado artículos a Natalie, aunque solo mencionaban su nombre de pasada. Para todos era otra niña desaparecida en los barrios residenciales del sur de Minneapolis. Elena parpadeó para contener las lágrimas y se guardó la ansiedad que sentía por Natalie en el polvoriento compartimento mental que había creado cuando trabajaba en Protección de Menores. Allí era donde almacenaba toda la rabia y el terror y el dolor, para poder volver a respirar y centrarse. Era lo único que hacía su trabajo soportable. Sabía que Martín también tenía uno —igual que todas las personas que debían lidiar en el trabajo con la peor cara de la humanidad.

Duane Grove estaba plantado delante de la inmensa puerta de Simple Mechanic, que parecía tener capacidad suficiente para alojar un semirremolque. Llevaba barba de varios días, tenía las mejillas sonrojadas y frunció el ceño al ver que Sam y Elena se bajaban del coche. No necesitó sonreír. No eran clientes.

—¿Qué tal, Duane? —preguntó Sam con tono alegre.

—¿Qué está haciendo aquí? —Duane paseó la mirada entre Sam y Elena—. Eh, ¿usted no es la señora que...?

—Sí, soy la persona que te encontró al lado del cuerpo de Leo.

Su rostro se enrojeció aún más.

—Detective, mis muchachos y yo ya estuvimos toda la semana pasada respondiendo a sus preguntas. Nos cerró el taller durante casi un día entero, hizo que perdiéramos varios miles de pasos en trabajos. Ya se lo dije, no tuve nada que ver con el asesinato de Leo, y no sé quién pudo cometerlo.

—No vine por Leo. —Sam miró a Elena, y de nuevo a Duane—. Estamos aquí por un coche. Una camioneta, en realidad.

Duane lanzó un suspiro, al que siguió un pequeño gruñido; miró por encima del hombro y les hizo un gesto para que lo acompañaran a la oficina anexa al garaje. Lo siguieron, y Elena disfrutó del estallido de calor que sintió al entrar en aquel despachito de juguete. Apenas había espacio para moverse alrededor del escritorio, pero Duane pasó al otro lado con la facilidad que otorga la práctica. Elena se sentó en la única silla disponible, dejando que Sam se quedara a cargo de vigilar la puerta.

A la derecha de Elena, pegadas a la pared, había montañas de cajas y contenedores de almacenaje de plástico que llegaban hasta el techo. Las tenía tan cerca que rozó una de ellas con el codo al ponerlo sobre el reposabrazos.

Los pequeños fragmentos de alfombra que podía ver habían adoptado un color gris debido a la arena y la suciedad que habían quedado incrustadas en ella a lo largo de los años. Duane apoyó los puños cerrados sobre el escritorio de color café claro, atravesado por manchas de aceite de motor.

—De acuerdo, ¿qué le pasa a esa camioneta? —preguntó antes de quitarse el gorro y de pasarse una mano por la cabeza rapada.

—Estoy trabajando en un caso —dijo Sam—. Tenemos una camioneta de color azul, una Dodge Ram 1500 del año 2001, sin matrícula, que huyó de la escena. ¿Has visto algo parecido por aquí últimamente? —Sam sacó el celular y se lo enseñó a Duane. Elena vio que se trataba de la misma grabación de seguridad que Ayaan y ella habían revisado un par de días antes en la computadora de la comandante.

Pensativo, Duane frunció los labios y a continuación se encogió de hombros. Apenas le había echado un vistazo a la foto.

—¿Se refiere a si le cambié el aceite a un vehículo como ese hace poco? Es probable. Por aquí pasan unos treinta coches al día, a veces más.

Sam se rio.

—Ay, Duane, quizá no seas un asesino, pero tú y yo sabemos que tampoco eres un simple mecánico. O al menos no es lo único que eres. La semana pasada te estuve investigando. Hablé con algunos de los amigos que tienes en la cárcel en el condado de Hennepin, y parece que diriges un negocio bastante lucrativo de reutilización de piezas de automóvil.

La expresión de Duane no varió, pero tampoco le contradijo. Sam prosiguió:

—Quizá no pueda atraparte por el asesinato de Leo, pero he oído algunas historias muy interesantes. Bien, me encantaría llevar mis hallazgos a la Unidad de Robos y ver qué tienen que decir al respecto, o podría contactar con tus colegas como soplones de prisión que dirían cualquier cosa para conseguir un trato. La verdad es que depende de ti.

Al cabo de un instante, Duane se pasó la lengua por los dientes y ladeó la cabeza hacia Elena.

—En serio, amigo, ¿qué demonios pinta ella aquí?

Elena apretó los dientes mientras Sam decía:

—Eso no te importa. ¿Qué me puedes decir de esa camioneta?

—¿Qué quieres saber?

Sam sonrió.

—Quiero saber si alguien te trajo una camioneta Dodge Ram 1500 de color azul, modelo del 2001, durante los últimos cuatro días. Y, de ser así, quiero que me lleves a verla ahora mismo.

Duane le dirigió una nueva miradita a Elena, pero esta se la devolvió con cara de furia. El hombre suspiró.

—De acuerdo, sí. Alguien me trajo una camioneta así la otra noche.

—¿Qué noche? —preguntó Sam.

—No lo sé... Hará tres días, supongo.

Elena se unió a la conversación.

—¿Qué noche? ¿La del lunes o la del martes? ¿Dónde está?

—¡No lo sé! Ya... ya no está aquí.

Elena estampó las manos contra los reposabrazos y se deslizó hasta el borde de la silla, dispuesta a estrangular a aquel hombre.

—¿Qué quiere decir que ya no está aquí? —Entonces hizo una pausa, horrorizada—. Ya... ya la desarmaste, ¿verdad?

Duane ni siquiera tuvo el sentido común de mostrarse avergonzado. Sacó el mentón y se cruzó de brazos.

—¿Y qué me harás? —preguntó—. ¿Detenerme?

—Nosotros no. —Sam cruzó los brazos, imitando al

hombre—. Dejaremos que la Unidad de Robos se encargue de eso.

—Alto, alto, alto, un momento... —Duane levantó las manos con las palmas hacia fuera—. Quizá ya no tenga la camioneta, pero puedo decirles quién la trajo. —Elevó las cejas.

Elena se rio, burlona, y pasó a mirar a Sam.

—Y no nos lo contará si no hacemos un trato. Supongo que es lo que nos merecemos por pedirle a un canalla que nos ayude.

Duane se encogió de hombros mientras una sonrisa petulante cortaba en dos su rostro enrojecido.

—Ya sabes lo que dicen: ten cuidado con lo que deseas.

—¿Conoces al tipo que la trajo? ¿Estás seguro? —preguntó Elena.

—Tampoco te molestes en intentar salir de esta con una mentira —intervino Sam—. No es tan difícil dar contigo en caso de que la pista acabe siendo un fiasco.

—¿Estás bromeando? Jamás le mentiría a un detective tan honrado y distinguido. —Duane desplazó la vista hacia Elena e hizo un gesto en su dirección—. Ni a una detective amateur entrometida con un programa en la radio.

Antes de que Elena pudiera contestar, Duane prosiguió:

—Pues sí, sabía que me sonaba tu voz. Leo solía poner tu mierda todo el tiempo en el taller. Porquería sensiblera y falsa. Quizá, si no lo hubieras vuelto loco pensando que podía jugar a los detectives, no lo habrían asesinado. No eres ninguna investigadora. Eres una perra engreída con un micrófono y sin nadie que le diga cuándo ha de cerrar la boca.

Elena se quedó mirándolo unos instantes. Todo lo que le acababa de decir había sido un motivo de preocupación para ella durante días, desde que había entrado en el departamento de Leo y se lo encontró muerto en el suelo. Pero el zumbido constante que el terror generaba en su mente cada vez que pensaba en Amanda y en Natalie, la idea de que el tipo pudiera saber más de lo que les estaba diciendo..., eso le dio valor. Hizo que perdiera el miedo.

Una amplia sonrisa, de las de mostrar los dientes, estiró su rostro.

—¿Es que no lo ves, Duane? Eso es lo mejor. No soy policía. Solo soy una ciudadana que quiere encontrar esa camioneta. Solo soy la conductora de un podcast con cientos de miles de oyentes que estarán encantados de comunicar tu nombre y el lugar donde trabajas a toda la red, y de informarles de que no solo te deshiciste de las pruebas del secuestro de una niña pequeña, sino que además nos hiciste ir de un lado al otro cuando te pedimos ayuda para localizar al tipo que te las trajo. Pero no te preocupes. La gente de internet es famosa por escuchar las dos versiones de la historia en lo que se refiere a crímenes contra menores.

Duane se puso pálido.

—Pero ¿qué carajo? —Volteó hacia Sam—. ¿Vas a dejar que me amenace de esa manera?

Sam frunció el ceño en una expresión de confusión fingida.

—¿Perdón? No estaba prestando atención.

—Se llama Eduardo, ¿ok? No sé su apellido. —La mirada de Duane se desplazó rápidamente entre Elena y Sam. En su frente y en el vello incipiente de la cabeza aparecieron gotitas de sudor—. No me menciones en tu podcast, ¿de acuerdo? Sé lo que haces: tomas trozos de lo que ha dicho la gente, los sacas de contexto y los analizas hasta que suenan como si hubieran querido decir algo diferente. Les estoy contando la verdad... Es todo lo que sé. Y no me habían dicho que la camioneta estuviera relacionada con el secuestro de una niña, carajo. Se lo habría contado todo desde el principio. Carajo.

Elena ignoró los insultos. A esas alturas, los hombres a los que les molestaban su voz y sus teorías acerca de los casos que investigaba eran agua pasada.

—¿En serio? ¿Eso es todo lo que tienes para nosotros? —Sam rodeó el escritorio para encarar a Duane. Su voz era despreocupada, amigable. Eso hacía que resultara aún más intimidante—. Que vinimos hasta aquí, amigo. Estoy seguro de que tienes más información sobre ese hombre. Lo más probable es que conozcas a toda la gente que entra y sale de tu taller, ¿no?

—Hum, sí, supongo que sí.

—¡Pues claro que sí! Un hombre de negocios tan experimentado como tú... No puedes permitirte olvidar una cara. ¿Seguro que no recuerdas nada más acerca de ese tipo?

A Duane le cambió la cara, y el color regresó a sus mejillas. Logró levantar la vista hacia Sam y mirarlo con una mezcla de miedo y admiración.

—S-se llama Eduardo. Tiene más o menos tu altura, y es mexicano. O centroamericano..., no lo sé. Trabaja en la Universidad Mitchell, limpiando suelos y esas mierdas. Es todo lo que sé, lo juro.

Sam se irguió con una sonrisa amplia, de aspecto sincero, y le dio una palmada a Duane en el hombro. El hombre se estremeció y Elena sonrió también, consciente de la fuerza que había empleado.

—Genial. Gracias, colega. —Volteó hacia Elena, mostrando aún los dientes, y levantó la mano en un gesto de conclusión—. Vámonos.

28

Podcast «Justicia en el aire»

16 de enero de 2020
Transcripción: temporada 5, episodio 6

VOZ EN *OFF* DE ELENA:
El veintiuno.
El siete.
El tres.
Son los números que tengo en la cabeza en todo momento, día tras día. Les doy la vuelta, los mezclo y los separo..., los divido, los multiplico, los sumo, los resto. Se repiten una y otra vez en la serie de crímenes del Asesino de los Números, de modo que su ausencia acaba resultando llamativa. Los asesinatos que el A. N. cometió en 1996 no concuerdan con el patrón que estableció en 1997, pero pese a ello tengo la certeza de que fue él. Así que esa diferencia debe de significar algo. No importa lo que les puedan haber contado; el asesinato no es algo que nos salga de manera natural. Incluso aquellos que parecen haber nacido con el deseo de acabar con la vida de otras personas tienen que aprender el oficio de asesinar. Y cometen errores... a veces, a lo largo de sus carreras; otras, solo al principio.

Nunca tuvo sentido que el A. N. hubiera comenzado por una víctima de veinte años de edad sabiendo de su obsesión por el número veintiuno. Durante los últimos dos meses, mi productora Tina y yo hemos estado revisando todos los casos de desapariciones y de asesinatos que hemos podido encontrar en la zona, con la esperanza de dar con algo que se nos hubiera pasado por alto. Con la esperanza de encontrar el inicio de la cuenta atrás.

[Sonido ambiente: suena un teléfono.]

SYKES:
¿Sí?

ELENA:
Detective Sykes, ¿me pidió que lo llamara?

SYKES:
Elena, creo que lo conseguiste. Creo... creo que de veras es él.

[Cortinilla e introducción.]

VOZ EN *OFF* DE ELENA:
A veces la gente me pregunta por qué hago este podcast. Me acusan de actuar como si pudiera llegar allí donde no ha llegado la policía. Pero el objetivo de «Justicia en el aire» nunca ha sido el de reemplazar a la policía. Mi objetivo siempre ha sido llamar la atención sobre unas historias que se habían desvanecido en la oscuridad, dedicar nuevos recursos e ideas a investigaciones que quedaron sin cerrar hace mucho tiempo. Hace unas semanas, una oyente me dio a conocer un caso de esas características. Christina Presley, antigua residente en Eden Prairie, vive ahora en una zona rural de Dakota del Norte, y tuvo la amabilidad de reunirse conmigo a medio camino, en un

pequeño estacionamiento para camiones a las afueras de Fargo. Me disculpo si se oye más ruido de fondo de lo habitual; hicimos lo posible para reducirlo, pero era día de partido y de vez en cuando sonarán algunos vítores. *Skol*, Vikings.

Christina es una mujer blanca de sesenta y tantos. Después de haberse pasado la primera parte de su vida adulta metida en casa como madre de cuatro niños, ahora trabaja medio tiempo en la biblioteca de su pueblo. Es una mujer de aspecto bondadoso, pero cuando me cuenta su historia, alrededor de su boca aparecen unas arrugas profundas. Estuvimos hablando cerca de dos horas y, pese a todo lo que tenía que decirme, no la vi llorar ni una vez. El luto puede ser como un mal crónico... Al principio es un dolor agudo, pero acaba convirtiéndose en una parte de ti, hasta que te olvidas de cómo era la vida sin él. Cuando el dolor es una constante a lo largo de los años, llorar por él parece algo excesivo.

[Sonido ambiente: un silbato de árbitro suena a lo lejos; murmullos de conversaciones.]

ELENA:
Gracias por haber accedido a reunirse aquí conmigo. Como le dije por teléfono, mi contacto en la policía, el detective Sykes, logró hacerse con el informe del caso. Pero, antes de revisarlo, ¿puede hablarme por favor de Kerry?

CHRISTINA:
Por supuesto. En 1996, Kerry estaba estudiando el último año de Física. Fue al comienzo del semestre de verano, faltaban solo cuatro meses para su graduación. Nos sentimos orgullosos de todos nuestros hijos, pero sabíamos que Kerry tenía algo especial. Todos sus profesores pare-

cían coincidir, y le habían ofrecido becas en programas de doctorado por todo el país. Pero entonces..., solo un par de semanas después de regresar al campus, desapareció.

ELENA:
¿Cuándo se enteró usted de ello?

CHRISTINA:
Tardé algunos días. Aquello sucedió antes de que todo el mundo tuviera celular, ya sabe, y Kerry solía llamarnos solo una o dos veces por semana. La primera señal que tuvimos de que algo iba mal fue una llamada de uno de sus compañeros de departamento. Ninguno de ellos lo había visto, así que querían comprobar si había venido a visitarnos. Por supuesto que nos preocupamos de inmediato. No era propio de él desaparecer sin decirnos nada. Llamé a su novia para ver si estaba con ella, pero me dijo que habían cortado cuatro días antes. Habían estado muy unidos, y sé que Kerry pensaba en casarse con ella, así que eso hizo que me preocupara aún más. Mi marido y yo pensamos... pensamos que quizá se habría ido a algún sitio a desahogarse, quizá había hecho alguna tontería como agarrar un avión a Las Vegas para pasar unos días allí. Pero eso seguía sin explicar por qué no se había puesto en contacto con nosotros.

ELENA:
[Por encima de unos vítores de fondo.] ¿Cuándo dio parte de su desaparición?

CHRISTINA:
Nunca presentamos una denuncia oficial. Hablamos con la policía, claro, pero nos dijeron que Kerry era una víctima de bajo riesgo y que lo más probable era que se hubiera tomado unos días para estar solo. Por el estrés del

último año de universidad, porque su novia había roto con él, ya sabe. Y entonces... entonces nos llamaron unos días más tarde para decirnos que habían encontrado su cuerpo.

VOZ EN *OFF* DE ELENA:
Descubrieron a Kerry Presley medio enterrado en un banco de nieve a orillas del Misisipi, a pocos kilómetros de la casa que tenía alquilada con cuatro chicos de la universidad. Al principio, la policía creyó que se trataba de un suicidio. Tenía una soga alrededor del cuello, atada a un árbol a su espalda, y su cuerpo se encontraba echado hacia delante, como si se hubiera servido de su peso para ahorcarse.

ELENA:
¿Puedes revisar los resultados de la autopsia para nosotros, Martín?

MARTÍN:
Claro. Ante todo, déjame clarificar algo. Como forense, en la sala de autopsias se me pide que aclare dos cosas: la causa de la muerte y la forma en que se produjo esa muerte. Fundamentalmente, qué mató a la persona y cómo murió: si fue homicidio, suicidio, muerte por causas naturales, etcétera. Como dijiste, montaron la escena para que pareciera que Kerry se había quitado la vida. La forma de muerte preliminar fue el suicidio, pero cuando el forense comenzó a cortar el caso, las cosas se complicaron.

ELENA:
Para los oyentes que no conozcan esa expresión, cuando dices que el forense «comenzó a cortar el caso» te refieres a la realización de la autopsia, ¿verdad?

MARTÍN:

Sí, así es. Sin entrar en detalles truculentos, el forense confirmó que Kerry tenía el hueso hioides fracturado, lo cual es un signo clásico de estrangulamiento. No obstante, no había señales de que una soga o una ligadura similar le hubiera provocado la muerte. Las marcas que uno suele esperar en la garganta de una víctima que se colgó —moretones, hemorragias— no estaban presentes. De hecho, el informe de la autopsia sostiene que, basándose en la ausencia de abrasiones en la piel, lo más probable era que no le pusieran la soga alrededor del cuello hasta mucho rato después de su muerte.

ELENA:

Entonces, lo organizaron para que pareciera un suicidio.

MARTÍN:

Correcto. Al menos eso es lo que me parece a mí. No obstante, cuando el forense examinó el estómago de la víctima, encontró sus paredes cubiertas de puntos de color café y rojo oscuro.

ELENA:

¿Eso qué significa?

MARTÍN:

Es algo que sucede cuando la temperatura corporal desciende rápidamente y el flujo sanguíneo se redirige para intentar salvar los órganos esenciales. Pese a las heridas de estrangulamiento, Kerry no murió de asfixia. La causa de la muerte fue oficialmente hipotermia y, después de repasar los resultados de la autopsia, me muestro de acuerdo. Lo cual nos lleva a la forma de la muerte. La investigación determinó que fue un suicidio simulado, lo que de manera automática llevaría a cualquier persona a asumir que se trató de un asesinato. Pero el forense del caso no pudo probar con rotundidad que hubiera sido un homicidio o bien un accidente que más tarde se encubrió de modo que pareciera que Kerry se había quitado la vida. La hipotermia es un método extremadamente raro de matar a alguien, así que resulta comprensible que el forense fuera reacio a emitir ese dictamen pese a las presiones de la familia. A su vez, tiene sentido que esta quisiera que fuera un homicidio, ya que eso hubiera obligado a la policía a investigar en mayor profundidad.

VOZ EN *OFF* DE ELENA:
Por desgracia, la forma de muerte oficial en el certificado de defunción de Kerry apareció como «indeterminada», y los miedos de la familia no tardaron en volverse realidad: sin pistas reales sobre quién podía haber simulado su suicidio, y sin pruebas de que hubiera habido juego sucio, la policía no tardó en pasar página para encargarse de otros asuntos más urgentes. Y la familia Presley lleva más de veinte años sin haber recibido respuestas.

ELENA:
Gracias por haber compartido conmigo la historia de Kerry. Lamento mucho lo que ha tenido que vivir. No obtener ninguna respuesta, ver que la muerte de un hijo desaparece en un segundo plano... Es devastador.

CHRISTINA:
Lo es. A nadie pareció importarle por qué o cómo se había congelado hasta morir, ni quién había hecho que pareciera que se había suicidado. Nunca le encontré sentido. ¿Cómo es posible que no les importara? En cualquier caso, el otro día estaba escuchando su podcast y usted dijo algo sobre encontrar a la primera víctima del A. N. Quería enterarse de muertes inexplicadas o sin resolver por la misma época en que murió Beverly Anderson, así que le mandé un correo hablándole de Kerry. Me imaginé que

no habría una conexión entre ambos, pero no sé..., necesitaba que alguien me escuchara, ¿me entiende?

ELENA:
Sí. Y tiene razón, parece que no exista relación. No hay nada en la muerte de Kerry que se parezca a los asesinatos del A. N. Pero su correo me llamó la atención, sobre todo porque me recordó a muchas de las madres con las que he hablado con motivo de estos casos. Mujeres que llevan años, décadas, esperando unas respuestas que no han llegado. Así que lo investigamos. Y creemos que podría tener razón, señora Presley.

CHRISTINA:
[Inaudible.]

ELENA:
Tómese su tiempo.

CHRISTINA:
¿Está... está segura?

ELENA:
El detective Sykes me proporcionó una copia del informe del caso, y la revisamos juntos. Según sus propias declaraciones y las de los amigos de Kerry, parece que este desapareció el 1 de febrero de 1996. Es decir, tres días antes de que lo hiciera la primera víctima confirmada del A. N., Beverly Anderson.

CHRISTINA:
Oh. Y... ¿hay algo más?

ELENA:
Sí. Hubo múltiples testigos que pasaron por el mismo sendero a lo largo del río el día antes de que se descubrie-

ra el cuerpo de Kerry y que no vieron nada. Por ese motivo, la policía pensó que probablemente lo colocaron allí el mismo día en que lo encontraron. El forense no pudo determinar la hora de la muerte porque su cuerpo estaba congelado, pero el contenido de su estómago estaba digerido solo en parte, y parecía contener piña y alguna sustancia porcina. Su novia dijo que la última vez que se vieron, la noche en que cortaron, habían comido pizza hawaiana. Si se trataba de lo mismo, habría muerto pocas horas después de esa cena.

CHRISTINA:
Entonces, ¿me está diciendo que lo mataron la misma noche en que desapareció y que simplemente... guardaron su cuerpo en algún sitio?

ELENA:
Lo siento, de verdad que no me gusta nada tener que contarle todo esto. Pero puedo prometerle algo, señora Presley. Si en efecto su hijo fue asesinado por el A. N., ahora estoy un paso más cerca de encontrarlo. Y, pase lo que pase, voy a hacer todo lo que esté en mi poder para hacerle justicia a su hijo.

VOZ EN *OFF* DE ELENA:
Kerry tenía veintiún años. Como las otras dos víctimas de 1996, era un estudiante universitario de la zona de Minneapolis. Aunque murió de manera diferente que las otras dos chicas, hay aspectos de su asesinato que sí coinciden con el patrón. Desapareció tres días antes que Beverly. Su cuerpo fue hallado siete días después de esa desaparición. El motivo por el que nunca afloró como víctima potencial es que fue asesinado de manera muy diferente. Y, por supuesto, que era hombre, mientras que el resto de las víctimas del A. N. han sido mujeres. Pero, mientras miraba a los ojos de Christina Presley, no pude

dejar de pensar en la ironía del asunto. Incluso con una víctima masculina, el A. N. se las arregló para destruir la vida de una mujer.

Todo lo relacionado con los asesinatos de 1996 parece indicar que el A. N. estaba dando sus primeros pasos, y de hecho pienso que tiene todo el sentido del mundo que su primera víctima fuera tan diferente. Y explica los cambios que realizó a continuación. Es evidente que no pretendía matar a Kerry, no al menos de la manera en que lo hizo. El crimen es burdo, poco planificado... No tiene nada que ver con el envenenamiento deliberado que vemos con las chicas.

Quizá estranguló a Kerry en un momento de pasión y, convencido de que lo había asesinado, se dejó llevar por el pánico y dejó su cuerpo en el lugar en el que después iba a conservar los demás. Si mantuvo a Kerry en un granero o en algún otro tipo de edificación anexa durante varios días, el A. N. nunca habría descubierto que en realidad murió de hipotermia. Mi única esperanza es que Kerry no llegara a recuperar la conciencia después de aquello.

Creo que el hecho de que la primera víctima sea un hombre también nos indica algo acerca de su perfil. Nos dice que el instinto inicial del A. N. por matar probablemente no nació de su odio hacia las mujeres, pero que, al no encontrar satisfacción en el asesinato de un hombre joven, se pasó después a las mujeres y las niñas. Si Kerry es la primera víctima del A. N., y considero que así es, significa que siempre le han importado los números. Las pruebas médicas demuestran que Kerry fue asesinado a las pocas horas de su desaparición, pero no se halló hasta siete días más tarde.

Aunque el A. N. no disfrutara asesinando a un hombre, halló la manera de que el crimen lo llenara. Halló la manera de incluir su firma: esperando al séptimo día para dejar que descubrieran su cuerpo. Sigo pensando en el versículo de la Biblia que Nora vio en la cabaña del A. N: «Seis días trabajarás, más en el séptimo día descansarás». Se podrían inferir muchos significados a partir de él, pero esto es lo que creo: creo que presentar un cuerpo el séptimo día, asegurarse de que sea hallado, es lo que le causa satisfacción. Es lo que le permite encontrar descanso.

Pero que haya usado la muerte de Kerry para simular un suicidio también me dice algo. Me dice que el A. N. no quería que le acreditaran ese asesinato, y el único motivo por el que un asesino dedicaría tanto tiempo a escenificar el abandono de un cuerpo, arriesgándose a que lo descubrieran, es que tuviera algún tipo de relación o de conexión con la víctima. Y eso es lo que voy a descubrir.

En el próximo episodio de «Justicia en el aire»...

29

D. J.

De 1989 a 1992

Al padre de D. J. no le bastó que su hijo fuera un alumno sobresaliente. No le bastó que lo eligieran especialmente para hacer de monaguillo en la misa de gallo de su iglesia. No le bastó que le concedieran becas para los programas veraniegos de matemáticas.

Nada de lo que D. J. hacía llevaba a que su padre lo mirara como había mirado a sus hijos mayores: el orgullo, el amor que brillaba en sus ojos. Su padre seguía siendo una cáscara vacía; el cuerpo de Josiah seguía allí, a la vista de todo el mundo, pero por dentro no quedaba nada.

D. J. se fue de casa a los dieciséis, después de graduarse en el bachillerato antes de tiempo. Agarró todo el dinero que había ahorrado cortando césped durante los dos veranos anteriores y se compró un boleto de autobús para Nueva York. No se despidió.

Pese a que había visto todas las películas y series ambientadas en Nueva York a las que había tenido acceso, la ciudad superó todas sus expectativas. Nada lo había preparado para el ruido, para la luminosidad constante, para la falta de espacio o de intimidad. Compartió un estudio con otros tres jóvenes, durante varias semanas estuvo contribuyendo al tazón de las compras compartidas, pero entonces se dio cuenta de que era el único que lo hacía. A partir de entonces pasó a comprarse sus propios fideos instantáneos, que guardaba debajo del colchón para esconderlos de las manos largas de los demás, y sus propias verduras frescas, que a nadie parecían importarle.

D. J. realizó varios trabajos ocasionales. Mintió acerca de su edad para que le pagaran en efectivo por hacer de barman de noche y por repartir paquetes con una bici de mensajero durante el día. La vida con aquellos compañeros de pesadilla y ahorrando hasta el último centavo extra se vio recompensada cuando, dieciocho meses después, recibió al fin la carta de admisión: iba a ir a Harvard, y tenía el dinero justo en la cuenta para pagar por el primer año de matrícula y alojamiento. Se largó del departamento sin avisar, y lo único que se llevó fue una maleta con sus mejores prendas de vestir.

Harvard era otro mundo. Después de pasarse casi dos años rodeado de cerveza barata, humo de marihuana y gandules drogados, la comunidad académica fue como un bálsamo para un picor persistente. Allí había gente que sentía la misma pasión por los números que él. Gente que conocía ecuaciones y fórmulas de las que él no había oído hablar nunca. Profesores de filosofía que no se burlaban de sus referencias religiosas, sino que en su lugar se las rebatían.

Después de sobresalir en su primer año, D. J. cumplió los requisitos para obtener becas y pudo limitarse a trabajar tres turnos por semana. Cada semestre le enviaba sus notas perfectas a Josiah por correo. Era la única comunicación que existía entre ambos. Nunca obtuvo respuesta.

Bien entrado su segundo año en Harvard, D. J. conoció a Loretta, que estaba haciendo el mismo grado que él: un programa mixto de matemáticas y física —era una de las pocas mujeres que lo llevaban a cabo en 1990—. Al haberse criado en una casa llena de hombres y haber asistido a una escuela católica solo para chicos, D. J. nunca había tenido demasiada suerte con las mujeres. Las pocas veces que se había dejado arrastrar a algún club de Nueva York, sus compañeros se burlaron de su incapacidad para ligar. Nunca bebía, nunca se acercaba a las chicas... Se limitaba a observar a sus compañeros de departamento quedar como idiotas en su acecho, apuntalados por el licor que corría por sus venas. Cuando traían a sus conquistas a casa, él se quedaba en la cama, despierto, escuchando sus movimientos y sus gruñidos en la oscuridad del departamento.

Pero Loretta era diferente. Como su nombre sugería, se había criado en un hogar a la antigua usanza, con valores y sentido moral. Se ponía camisas de cuello alto abrochadas hasta arriba, llevaba faldas por debajo de la rodilla y zapatos negros de suela gruesa pero planos. El cabello castaño rojizo le caía sobre unos hombros esbeltos, y un poblado flequillo enmarcaba sus ojos de color azul. La cualidad más intimidante que tenía era su cerebro, y D. J. era consciente de que el suyo estaba a la altura. Así que una noche la invitó a cenar, preparado para derrochar todo el presupuesto para comida de la semana llevándola al restaurante más agradable al que se pudiera llegar a pie desde el campus.

Fue a buscarla a su residencia, y al verla salir por la puerta se quedó sin aliento. Una blusa de color rosa claro flotaba sobre su torso delgado, y la falda, larga y negra, hacía ruido al contacto con sus pantorrillas. Llevaba el pelo recogido por detrás, lo que dejaba a la vista su cuello y el nacimiento de sus clavículas. Tenía un aspecto espectacular, dispuesto pero inocente... Todo por él. D. J. levantó el brazo como había visto que hacían los hombres en las películas, y Loretta lo entrelazó con el suyo mientras le sonreía de manera tímida.

La cena transcurrió con una animada charla sobre sus clases y compañeros de estudios, debates acerca de las ventajas de la teoría de cuerdas y el necesario repaso a sus historias personales —que D. J. presentó en una versión seriamente censurada—. A la hora de acompañarla caminando de vuelta a casa, D. J. ya estaba convencido de que era la mujer de su vida.

Comenzaron a pasar juntos todo su tiempo libre, preparándose para los exámenes y haciéndose preguntas el uno al otro con tarjetones. Al cabo de unos meses, él la convenció para que dejara su empleo en uno de los cafés de la universidad para que pudiera pasar más tiempo con él. Eso les concedió un añadido de varias horas por semana, más allá de las clases y del trabajo nocturno de D. J. en el servicio de seguridad del campus.

Al comenzar el tercer año en Harvard, D. J. estaba ahorrando ya para comprar un anillo modesto y buscando un lugar en el que pudieran irse a vivir juntos. Una noche de octubre, se sentó y le escribió una carta a su padre, la primera en mucho tiempo. Avivado por media botella de whisky escocés, le expuso todas las maneras en que Josiah había sido injusto con él, todo lo que D. J. había hecho para demostrar su valía. Le dijo a su padre que había encontrado a una mujer que lo amaba, una mujer que era inteligente y pura y hermosa. Entonces escogió dos fotos para mandárselas: una en la que salía él con Loretta y otra de ella sola —una foto del anuario en la que aparecían destacados sus rasgos magníficos y la ternura de su mirada.

Al día siguiente, ella acudió a su departamento y D. J. la dejó un momento para ir a buscar el abrigo, pero al darse la vuelta se la encontró plantada al lado de su escritorio, con la carta en la mano.

—¿Qué es esto? —le preguntó, volteando hacia él.

—¡No es nada! ¿Qué haces leyendo mi correo privado?

Ella retrocedió como si le hubiera dado una bofetada, lo contempló con expresión furiosa.

—Vi mi foto y quise ver por qué estaba ahí. Tu carta es tan... tan mezquina, D. J. No sabía que pudieras ser tan cruel.

Él avanzó un paso, se quedó tan cerca de ella que pudo ver el temblor en los músculos diminutos que rodeaban sus labios.

—No tienes ni idea de lo que estás diciendo. No tienes ni idea de lo que ha sido mi vida. Ahora vámonos.

Pero, en vez de acompañarlo al cine, tal y como habían planeado, Loretta giró sobre sus talones y, ofendida, se fue del departamento.

Fue la pelea más seria que habían tenido nunca. Los amigos de D. J. le recomendaron que dejara que ella se tranquilizara, le dijeron que ya volvería. Pero, al cabo de tres días, él no aguantó más. Se presentó en su residencia con una docena de rosas y le dijo que había tirado la carta, lo cual no era del todo cierto. La había tirado al correo. Al final, ella cedió y lo dejó entrar.

Después de aquello, su relación cambió. Cada vez que se encontraban, a D. J. se le revolvía el estómago, pero no por la pasión que sintió al verla por primera vez. Era por pura ansiedad. Se descubrió siguiéndola por el campus, escondiéndose detrás de árboles y edificios para observar la manera en que hablaba con otros hombres. ¿Le estaba siendo infiel? ¿Por qué lo miraba de esa manera? ¿Se estaba preparando para abandonarlo? Intentó hablarlo con ella pero, cuando le dijo que tenía la sensación de que las cosas entre los dos habían cambiado, Loretta no le prestó atención.

Igual que él, Loretta tenía planeado ir a una escuela de posgrado, y se puso a investigar los distintos programas que había mientras realizaba el trabajo del curso. Comenzó a cancelar sus citas, alegando que estaba hasta el cuello de trabajo. Cada vez que él le preguntaba qué universidades estaba checando para el posgrado, ella evitaba contestarle. D. J. veía toda la vida que Loretta tenía ante sí y cada vez estaba menos seguro de que él fuera a formar parte de ella.

El día en que Loretta cumplió los veintiuno, D. J. se plantó junto al río Charles, delante del restaurante que los padres de ella habían reservado para la fiesta, con un hilo de sudor fluyendo entre sus omóplatos y una caja para anillos en el bolsillo. Al otro lado del cristal, una luminosidad dorada caía sobre una treintena de personas que iban de aquí para allá con bebidas en la mano. Los meseros se desplazaban entre ellos haciendo equilibrio con sus charolas llenas de entremeses. La madre lo había organizado todo, pero D. J. le había indicado los platos favoritos de Loretta. Al parecer, su gusto había cambiado desde que dejó la casa de sus padres en South Boston, casi cuatro años antes, y D. J. se sentía orgulloso de saber cosas acerca de su hija que ellos desconocían.

D. J. se pasó la manga por el labio superior para secarse la transpiración, estiró el brazo y abrió la puerta del restaurante. Loretta fue a recibirlo. Llevaba un vestido de color rojo intenso. Era tan poco propio de ella, mucho más seductor que su vestuario habitual, que D. J. se quedó sin aire en los pulmones por un instante.

—¿Vestido nuevo? —murmuró, y le dio un beso en la mejilla.

—Sí, ¿te gusta? —Ella le dio un apretón en el hombro mientras se abrazaban.

—Es un poco... demasiado —soltó antes de poder pensárselo mejor.

Loretta parpadeó, perpleja, y entonces apareció el padre de ella y arrastró a D. J. consigo.

—¿Lo sabe? —le preguntó.

Solo dos días antes le había dado permiso para que pidiera la mano de su hija, pero con la condición de que D. J. estuviera de acuerdo con la escuela de posgrado que ella eligiera. D. J. le había planteado la cuestión nervioso, no solo por los motivos evidentes, sino porque sospechaba que Loretta planeaba romper con él. Obviamente, ella no les había comentado esos planes a sus padres, por lo que D. J. se preguntó si no habría estado imaginando que ella se mostraba distante durante las semanas anteriores.

D. J. negó con la cabeza.

—Es una sorpresa. He pensado que se lo podría preguntar cuando traigan el pastel, después de que le cantemos *Feliz cumpleaños* pero antes de que sople las velas. Quiero una foto de las llamas danzando en sus ojos cuando me diga que sí.

El padre de Loretta soltó una risita.

—Eres un caso, ¿eh?

Sin saber si se trataba de un cumplido o de un insulto, D. J. solo pudo asentir con la cabeza.

—Señor...

La siguiente hora pasó en un dos por tres con la comida, vino y conversaciones inanes. Todos los miembros de la familia de Loretta que vivían en un radio de ciento cincuenta kilómetros parecían haber acudido a la celebración, y D. J. habló con todos ellos. Pronto iba a formar parte de la familia, así que era mejor que comenzaran a conocerlo.

Entonces llegó su momento, al fin, y de repente D. J. sintió que no estaba preparado. No había tenido oportunidad de hablar con Loretta desde que ella se había alejado, herida por el comentario que él había realizado sobre su vestido, y no estaba seguro de que fuera a recibir bien una propuesta de matrimonio estando en mitad de una riña. Claro que ¿qué mejor manera de decirle que lo sentía que con un anillo de compromiso con su diamante, por extravagante que fuera la gema? Mientras sacaban el pastel en un carrito de ruedas, D. J. echó los hombros hacia atrás y enderezó la espalda. Era una obra maestra de seis pisos, y la madre de Loretta pareció emocionarse más incluso que su hija cuando los asistentes a la fiesta se pusieron a cantar.

Al llegar la canción a su fin, Loretta se adelantó para soplar las velas, pero D. J. levantó su vaso de vino con una mano temblorosa y lo golpeó con el tenedor para atraer la atención de todo el mundo. Loretta se detuvo y volteó para mirarlo con una expresión indescifrable.

Con todos los ojos de la sala puestos en él, D. J. se aclaró la garganta. Más allá de las presentaciones en clase, aquel era el grupo más numeroso al que se hubiera dirigido nunca, y se le ocurrió que quizá debería haber preparado unos tarjetones. ¿O eso habría resultado demasiado impersonal? Daba igual: ya era demasiado tarde.

—Hola a todos. Ejem, como ya sabrán soy D. J., el novio de Loretta. —Después de pasear la vista por la multitud volvió a mirar a Loretta, que tenía las mejillas de un color rojo ardiente. Le gustaba tan poco ser el centro de atención como a él—. Ejem, conocí a Loretta a la salida de nuestra clase de mecánica cuántica hace más de un año y medio, y supe de inmediato que había algo especial en ella. —El murmullo de satisfacción del público espoleó a D. J.—. No he encontrado a nadie que parezca comprender tan bien la manera en que funciona mi mente, y que se sienta tan atraída por las mismas cosas que me interesan a mí. Loretta es pura y honesta de arriba abajo, y me siento afortunado de poder decir que es mi chica.

Hizo una pausa para mirarla de nuevo. Los ojos de Loretta brillaban como ascuas bajo la luz de las velas.

—Loretta, desde el instante en que te conocí supe que sería un idiota si te dejaba escapar. Hemos pasado juntos cada momento que teníamos libre, pero para mí sigue sin ser suficiente. —D. J. se metió la mano en el bolsillo y sacó la caja del anillo.

Algunos gritos ahogados y dispersos resonaron en la estancia. Al ver que D. J. se acercaba y, al llegar a su lado,

hincaba una rodilla en el suelo, Loretta se quedó boquia-
bierta.

—Loretta, ¿quieres casarte conmigo? —D. J. abrió
la caja y la levantó hacia ella, una humilde ofrenda.

Por un momento, ella mantuvo abierta la boca por la
conmoción. «No pasa nada —pensó D. J.—. La sorpren-
dí con la guardia baja. ¿Quizá no deseaba una pedida de
mano en público?». Pero apartó esa idea. A las mujeres
les gustaban los grandes gestos románticos y, además,
quería que todo el mundo supiera cuánto la amaba, lo
orgulloso que se sentía de estar con ella.

Entonces Loretta se mordió el labio inferior y él se dio
cuenta de que tenía lágrimas en los ojos. Lágrimas de
tristeza, no de emoción. Como atraída por una nueva
fuerza gravitacional, a D. J. se le cayó el alma a los pies.

—D. J., lo siento... —susurró Loretta. Sus ojos recorrieron veloces la sala, contemplando a toda la gente con-
gregada tras él. D. J. sintió que sus miradas le quemaban
la espalda, sintió el dolor de su vergüenza ajena, tal y como
lo había percibido en sus amigos cada vez que su padre se
presentaba en la escuela borracho y le llamaba a gritos para
que saliera—. No... Creo que no deberíamos casarnos.

La mano en la que sostenía la caja del anillo se fue
hundiendo lentamente, hasta acabar descansando a un
lado de su cuerpo. Incapaz de mirarla a los ojos, D. J.
clavó la vista en el suelo.

—¿P-por qué? Pensaba que éramos felices.

—¿Podemos hablarlo fuera?

D. J. sintió que se le llenaba el pecho de rabia, lo que
le dio la energía necesaria para enfrentarse a ella.

—¿Fuera? No me pareció que te importara humillarme delante de todo el mundo. ¿Por qué tendríamos
que salir ahora?

Loretta levantó el mentón en aquel gesto de desafío
que mostraba siempre que discutían, y la luz de las velas,
ya casi derretidas, danzó sobre sus mejillas.

—¡Muy bien! ¿Deseas saber por qué no quiero casarme contigo? Pues porque no quiero pasarme toda la vida convertida en otro de tus logros. ¿Crees que no sé lo que les dices a tus amigos acerca de mí? ¿Lo que le cuentas a tu padre por carta? Es como si yo fuera un premio que ganaste. «Inteligente, pura y hermosa», como si fuera la estatuilla de una persona, no una mujer de verdad. Pero soy real, y soy mucho más que un trofeo que tú cuelgues en tu pared.

—¡Nunca he pensado en ti de esa manera! —protestó él, estirando los brazos para agarrarla por los hombros. Fue más rudo de lo que pretendía, y Loretta lanzó un grito, se apartó de él con una agitación en la mirada que él no le había visto nunca: miedo. Entonces apareció su padre, junto al hermano de este y varios amigos más, para llevárselo en dirección a la puerta. En medio de una bruma de gritos y empujones torpes, D. J. acabó de cuatro patas sobre la banqueta.

Después de recuperar el aliento, se sentó y observó la caja del anillo, que seguía en su mano. Levantó la vista hacia los ventanales, vio que al otro lado la familia y los amigos rodeaban a una Loretta llorosa mientras le ofrecían sus abrazos y pastel y bebidas. A continuación, D. J. echó la cabeza hacia atrás y se puso a gritar.

30

Elena

18 de enero de 2020

No les costó mucho que el equipo de seguridad de fin de semana de la Universidad Mitchell confirmara que conocían a un conserje llamado Eduardo Méndez. Le dieron a Sam su número de teléfono y él llamó varias veces sin obtener respuesta. Dejó algunos mensajes en el buzón de voz, pero Elena no tenía demasiadas esperanzas de que fueran a saber de él. Eduardo debía comenzar su turno a las seis de la tarde, así que acordaron pasar el rato juntos a la espera del momento en que pudieran hacerle una visita.

En vez de atravesar la ciudad de regreso a la comisaría, Elena sugirió que se fueran a esperar a un restaurante. Se sintió aliviada cuando Sam le dijo que sí, aunque Ayaan podía llamarle en cualquier momento para ver qué hacía y descubrir la trampa de Elena. Tras sentarse en un reservado y pedir un par de cafés solos, Sam sacó la laptop y se puso a consultar los antecedentes de Eduardo: tenía un historial delictivo de perfil bajo, sobre todo infracciones leves y robos menores, pero durante al menos los seis meses anteriores no se había metido en problemas.

Al cabo de un rato, Sam apartó sus cosas y pidieron una cena temprana. Al pensar en Natalie, Elena sintió que la pena y la culpa hacían que se le revolviera el estómago, pero siguió mordisqueando su sándwich. No había comido nada desde el día anterior.

Estaba por la mitad del plato cuando Sam dejó el tenedor sobre la mesa y enderezó la espalda.

—Leo Toca era conserje en la Universidad Mitchell.

—¿Qué? —exclamó Elena con la boca llena de la carne de pavo del bocadillo.

—Leo Toca. Sabía que había un motivo para que me sonara ese empleo. Eduardo y él debían de trabajar juntos.

Elena se secó la grasa de los dedos en una servilleta y agarró el celular.

—Es cierto, recuerdo que lo vi cuando revisé sus redes sociales. —Fue a la página del conserje y giró la pantalla para enseñársela a Sam—. Eduardo y él son amigos de Facebook.

—Quizá ese sea el motivo por el que Eduardo supo que podía llevar la camioneta al taller de Duane.

—Es posible.

Elena examinó su foto de perfil: era un joven latino de expresión dulce y ojos brillantes de color café que se reía mientras levantaba una mano hacia la cámara, como si intentara impedir que el fotógrafo capturara aquel momento.

Sam tomó un buen trago de café.

—Bueno, ¿piensas que Eduardo es el tipo que secuestró a Amanda?

Elena negó con la cabeza.

—Si se parece mínimamente a su foto de perfil en Facebook, no encaja con la descripción. Aunque solo sea por su piel: Danika dijo que era blanco y la de Eduardo es de color tostado. Y no parece estar calvo. Pero, si se trata de la misma camioneta que usaron para secuestrar a Amanda, Eduardo tiene que saber algo al respecto. Y si conocía a Leo, quizá tenga información sobre la persona que lo asesinó.

—Más motivos para hacerle una visita, pues —dijo Sam antes de meterse el último bocado de comida en la boca.

—Desde luego.

Elena miró por la ventana mientras intentaba imaginar las implicaciones de que los dos casos estuvieran conectados. No era solo la posible relación entre el secuestro de Amanda y el taller de coches: el propio Leo quizá conociera al tipo que le llevó la camioneta a Duane. Pero Leo murió antes de que secuestraran a Amanda. Por mucho que Elena detestara las coincidencias, quizá se tratara de una.

Intentó centrarse, dejar que las piezas cobraran forma en su mente, pero había algo que no dejaba de molestarla. Al fin lo preguntó:

—Oye, Sam... ¿Qué te hizo cambiar de idea? Sobre mí, digo...

El detective frunció los labios, pensativo, y a continuación una de las comisuras de su boca se elevó formando una ligera sonrisa.

—Escuché tu podcast.

Elena abrió la boca para decir algo, pero no le salió nada. Aunque tenía miles de oyentes, se sintió avergonzada al saber que el detective era uno de ellos. Había intimidad en esa relación.

—Tienes buen instinto. Tus preguntas son las adecuadas. Y parece que de hecho estás ayudando a la gente. Ayaan es la mejor comandante de la comisaría. No le cuentes a mi comandante que dije eso. Pero, si ella confía en ti, supongo que yo también debo hacerlo.

La vergüenza hizo que Elena se sonrojara y que le faltara el aliento. Al cabo de un instante, lo único que pudo balbucear fue:

—Gracias.

Se sentía bien al contar con el respeto de Sam, pero sabía que no iba a durar demasiado. El detective no tardaría mucho en descubrir que Ayaan la había echado del caso. Se enteraría de que Elena le había mentido, aunque fuera por omisión, y al pensar de nuevo en ese momento se lo tomaría como una traición.

A menos que..., a menos que encontraran una pista lo bastante potente como para que todo valiera la pena. Al fin y al cabo, ella era la que se había dado cuenta de que la camioneta iba en dirección del taller de Duane.

Cuando la oscuridad cayó sobre el mundo exterior, regresaron al coche de Sam y se dirigieron a la Universidad Mitchell. Mientras se abrían paso por las calles de la ciudad, las luces rojas de freno de los coches que avanzaban con lentitud iluminaban el rostro de Elena. La gente los adelantaba por la banqueta en grupos compactos, dando zancadas apresuradas, con los abrigos abrochados hasta la garganta. Sonó una bocina, y la carcajada de una joven atravesó la noche. Elena vio que calle abajo había una cola de gente joven que esperaba a que un teatro abriera sus puertas, sin duda a la caza de los últimos asientos para el espectáculo de las siete. Incluso en el más gélido fin de semana, Minneapolis tenía una vida nocturna muy activa. Fue imposible que no se acordara en ese momento de Beverly Anderson cuando dejó atrás a sus amigos al final de una noche como aquella, veinticuatro años antes. El hombre que había acabado con su vida seguía en libertad.

Veinte minutos más tarde se estacionaron en un garaje que daba a un edificio señorial de ladrillo visto y salieron del coche.

—La mujer de seguridad con la que hablé me dijo que esta noche el conserje tenía que limpiar el edificio de administración. Al parecer, hubo una conferencia importante. —Sam la guio a través de la puerta principal, que no estaba cerrada con llave—. ¿Y si nos separamos? Llámame si lo encuentras, y yo haré lo mismo.

Intercambiaron sus números de celular y a continuación cada cual escogió una dirección y se puso en marcha.

Los pasillos eran iguales que los de la antigua universidad de Elena. Las paredes estaban pintadas de color beige y de ellas colgaban algunas obras de arte dispares y poemas creados por los alumnos. Los tablones de anuncios estaban llenos de mensajes en los que se solicitaban compañeros de departamento, o voluntarios para experimentos, o nuevos miembros para la Asociación Cristiana. Hojas con pestañas en las que aparecían números de teléfono o sitios web colgaban de ellos como si fueran confeti. Las puertas de los despachos cerrados eran de color azul oscuro y tenían un amplio cuadrado de cristal que permitía ver el interior, iluminado solo por las pantallas de computadora.

Fuera de las horas de clase, sin el zumbido de la vida estudiantil, la universidad era un lugar siniestro.

Le vibró el celular.

—¿Dónde está? —preguntó ella a modo de saludo.

—En el despacho de inscripciones. En el mismo piso, sigues el pasillo y a la izquierda.

Regresó al vestíbulo a paso rápido, con la esperanza de que Sam no pudiera hacerle demasiadas preguntas antes de que ella llegara. Sabían de Eduardo gracias a ella. No quería perderse nada de lo que tuviera que contarles.

No debería haberse preocupado. Cuando los encontró, Eduardo estaba recostado contra la pared, con los enormes brazos cruzados sobre su pecho musculado y los dientes apretados en una negativa silenciosa a hablar. Eduardo había ganado al menos veinte kilos de masa muscular desde que le sacaron la foto de perfil de Facebook, y tenía el tatuaje recién hecho de una cruz en el antebrazo izquierdo. No era de extrañar que hubiera intentado mantener una trayectoria recta. Debía de haber encontrado a Jesús.

—Hola, Eduardo —dijo Elena con el corazón acelerado, aunque no estaba segura de si ello se debía a la carrera por el pasillo o a la excitación de hablar con un posible testigo. No creía que se tratara del secuestrador de Amanda, pero sí era lo más parecido a un sospechoso que habían tenido desde que dejaron marchar a Graham Wallace—. Me llamo Elena Castillo. Soy una investigadora...

—Sé quién es —contestó Eduardo con voz grave y malhumorada—. El tipo este ya me lo dijo. ¿Por qué vinieron a tenderme una emboscada al trabajo? ¿Qué hice?

—Lo siento mucho, pero Sam intentó llamarle varias veces. —Puso una expresión de «qué tarea»—. Estoy segura de que no habrá tenido tiempo de mirar los mensajes. Lo sorprendió. No me gusta nada tener que interrumpir a la gente en su trabajo, pero por desgracia no podíamos esperar más.

Eduardo miró su carrito, que estaba medio lleno de productos de limpieza.

—Se supone que debería estar trabajando. Ahora mismo andamos cortos de personal, así que me tengo que matar a trabajar para acabar el trabajo a mi hora.

—¡Por supuesto! De hecho, ya que lo menciona, ¿puedo hacerle una pregunta al respecto? Entiendo que conocía a un hombre que trabajó aquí hasta hace poco, Leo Toca. Y es posible que a su amigo Duane Grove. ¿Le suenan esos nombres?

A Eduardo se le iluminaron los ojos cuando lo comprendió, como si le hubieran encendido un interruptor. Por un instante, Elena asumió la posibilidad de que saliera corriendo, pero en su lugar el joven se deslizó por la pared hasta quedar hundido en el suelo, con el rostro escondido entre las rodillas.

—Sabía que esto no iba a funcionar. Sabía que era inútil intentarlo.

Sam se puso en cuclillas a su lado, le colocó la mano en el hombro.

—Nunca es inútil intentar hacer lo correcto. Sabemos que hace un par de noches llevó una camioneta al taller de Duane. Una Dodge Ram 1500 de color azul. ¿Podemos preguntarle de dónde la sacó?

Eduardo levantó la cabeza. El color verde de sus ojos estaba teñido de rojo, pero allí no había lágrimas. Simplemente parecía exhausto.

—No pienso decir nada más. Arréstenme si eso es lo que van a hacer.

Igual que Sam, Elena se agachó a su lado. Solo que, en vez de quedarse en cuclillas, se sentó con las piernas cruzadas delante de él, como si estuvieran en un campamento de verano contándose historias alrededor de una fogata.

—¿De dónde sacaste la camioneta, Eduardo? Es muy importante que nos digas la verdad.

El joven ni se inmutó. Mantuvo los labios fruncidos y los ojos fijos en un punto del suelo.

—Verás, la razón por la que es importante que nos cuentes la verdad es que esa camioneta se usó para secuestrar a una niña pequeña hace cuatro días.

Eduardo levantó la vista de golpe para mirarla. Sus ojos estaban desorbitados por el miedo.

—¿Cómo?

—Así es —afirmó Sam—. Amanda Jordan. Tiene once años. La secuestraron en la parada donde agarraba el autobús el martes por la mañana. Fue un hombre que conducía una Dodge Ram 1500 de color azul oscuro.

Eduardo pareció recuperar la energía en un instante. Se apoyó en la pared para ponerse en pie y apuntó a Sam con un dedo.

—Yo no rapté a esa niña. ¡No soy ningún pervertido!

—Entonces, si no fuiste tú, cuéntanos quién se la llevó, Eduardo. ¿De dónde sacaste la camioneta? ¿La robaste? —preguntó Sam.

Eduardo negó con la cabeza.

—Me la dieron.

—¿Quién?

—No lo sé. No sé cómo se llama. Me... me abordó cuando me dirigía al estacionamiento, después del trabajo.

—¿Qué aspecto tenía? —preguntó Elena.

Eduardo hizo un gesto alrededor de su cabeza.

—Estaba embutido en un abrigo grande, llevaba un sombrero de esos con pelo por dentro, con orejeras, y una bufanda. La verdad es que no pude verle la cara. Era blanco..., ¿de cincuenta y tantos? Más o menos de mi altura. Me dio un juego de llaves y me dijo que me pagaría dos mil dólares por deshacerme de la camioneta. Me dijo que sabía que tenía relaciones con un deshuesadero de la zona. No sé cómo pudo saberlo. Yo solo lo conocía por Leo. —Se rio sin ganas, negando con la cabeza mientras miraba hacia el techo—. Pensé: «Dos mil dólares...». Si me sacaba eso, junto con el dinero que sabía que mi colega me daría por el vehículo, podría pagar la tarjeta de crédito y salirme de los fraudes para siempre. Vivir honestamente, pagar mis impuestos, criar a mis hijos. Todas las cosas que se supone que tengo que hacer, de manera correcta.

Elena miró a Sam pensando que el detective no estaría muy impresionado, pero en cambio parecía sentir pena por aquel tipo. A ella le pasaba más o menos lo mismo.

—¿Y no lo habías visto nunca? —preguntó Sam.

—No lo sé. No creo.

Elena se sacó el celular del bolsillo, abrió la galería de fotos y buscó el retrato hablado que Danika había ayudado a hacer a los dibujantes de la policía. Se lo mostró a Eduardo.

—¿Se parecía en algo a este hombre?

Eduardo agarró el celular y entornó los ojos durante un instante.

—Es... es difícil de decir. Como dije estaba muy abrigado. Pero es posible. La nariz... la nariz parece la misma. —Le devolvió el aparato.

—El tipo te abordó en el estacionamiento..., ¿aquí mismo? ¿A la salida de este edificio? —preguntó Elena.

—No —contestó Eduardo, que señaló hacia el final del pasillo, donde una puerta doble daba al exterior—. Dos edificios más allá, en el J. Es el de física. Tienen un pequeño garaje en la parte de atrás, serán unas treinta plazas o así.

—¿Había otros vehículos en el garaje, además de la camioneta? —inquirió Sam. Tenía los brazos cruzados y todo su peso recaía sobre las puntas de sus pies, como si estuviera preparado para salir corriendo como alma que lleva el diablo.

—No lo sé.

—¡Piensa! Esto es muy importante, chico. ¿No lo entiendes? Está en juego la vida de una niña pequeña...

—¡Está bien! —Eduardo cerró los ojos, frunció con fuerza el ceño. Estiró los brazos al frente e hizo un gesto con el izquierdo—. La camioneta estaba ahí, justo delante de la puerta. La había dejado en el lugar de minusválidos, de eso sí me acuerdo. Luego, mi coche estaba al fondo del estacionamiento, en una esquina. —Señaló hacia la izquierda—. Creo que había otro coche allí. A la derecha. Lo recuerdo porque pensé que al acabar mi turno ya no habría nadie. Era como la una de la madrugada. Pero sí, había otro coche además de la camioneta. —Abrió los ojos para encontrarse con la mirada de Elena.

—¿Recuerdas cómo era? ¿Color? ¿Marca?

El joven negó con la cabeza.

—Solo sé que era un sedán oscuro, no pude identificar el color. Y ni siquiera sé si era el de aquel hombre.

Después de darme las llaves de la camioneta entró en el edificio. ¿Cómo pudo conducir la camioneta hasta allí si también había ido con su coche?

—Hay un autobús que va del campus al centro de la ciudad —dijo Sam—. Podría haberlo tomado, sobre todo si vive cerca de la ciudad. O pudo ir en taxi. ¿Recuerdas algo más?

—No, lo lamento. No... no me habría metido en esto de haber sabido que...

—Lo entendemos —manifestó Elena. No podía hablar por Sam, pero lo más probable era que aquel caso sirviera para asustar a Eduardo como nunca y que así dejara el crimen para siempre.

—Gracias por tu tiempo —dijo Sam, que le ofreció la mano. Sorprendido, Eduardo se la estrechó con firmeza—. Si se te ocurre algo más, por favor, llámanos de inmediato. De día y de noche. —Le entregó una tarjeta.

Eduardo la aceptó y levantó la mirada hacia el detective.

—¿En serio? ¿Eso es todo? ¿No me vas a arrestar?

—No eres tú quien nos interesa, Eduardo. Considéralo un regalo de Navidad atrasado.

Sam y Elena regresaron y atravesaron el pasillo en dirección al garaje en el que Eduardo les había dicho que había recibido la camioneta. Lo más probable era que no sirviera de nada, pero al menos les resultaría útil hacerse una idea de su tamaño.

—Un momento, se me acaba de ocurrir algo —dijo Sam cuando estaban a punto de llegar a la salida.

—¿Qué?

El detective la ignoró y giró sobre sus talones.

—¡Eduardo! —lo llamó.

El aludido, que se estaba poniendo los auriculares, se detuvo y los miró.

—¿Nos dijiste que el tipo entró en el edificio después de darte la camioneta?

—Sí.

—¿Lo viste entrar?

Eduardo asintió con la cabeza de nuevo.

—¿Crees que podría trabajar aquí?

El joven reflexionó durante un instante.

—Sí, supongo que debe de trabajar aquí.

—¿Por qué? —preguntó Elena, avanzando algunos pasos hacia él.

—Porque necesitaría una llave para entrar en ese edificio después de las horas de clase.

31

Podcast «Justicia en el aire»

Grabación del 18 de enero de 2020
Cinta no emitida: monólogo de Elena Castillo

ELENA:
Yo tenía razón. Todo comienza a alinearse para demostrar que yo tenía razón. Son demasiadas coincidencias como para que pueda ignorarlas, pero la gente sigue sin darse cuenta.

De pequeña, mi padre solía leerme cuentos de la mitología griega. Por algún motivo siempre me sentí atraída hacia Casandra, la sacerdotisa a la que se le concedió el poder de predecir correctamente el futuro, y luego la maldición de que nadie creyera nunca lo que decía. Apolo le otorgó el don de la profecía para seducirla, pero cuando ella se negó a amarlo, transformó el regalo en una condena. La historia de Casandra me resulta familiar. No presenta grandes diferencias respecto a la de todas aquellas mujeres a quienes el odio de un hombre despechado les destruye la vida: mujeres que cuentan su verdad y a las que nunca se les cree.

No es que piense que siempre tengo la razón, pero sí sé que la tengo en este caso.

Ayer secuestraron a otra niña. Quizá el mundo no sepa quién es, pero para mí ella es muy especial. Es el objetivo perfecto del que separarme para hacer que me rompa. A Natalie Hunter la secuestraron a un lado de la carretera cuando recorría a pie las diez calles que hay entre el lugar de su clase de piano y mi casa. Se... se suponía que yo debía estar allí para cuidar de ella, y fracasé.

Mientras siga viva, nunca me perdonaré por ello.

Natalie es una de esas niñas que se te meten dentro. Es imposible no reparar en ella. Quizá se deba a que su madre es fuerte e independiente, o al hecho de que tuvo que lidiar con el acoso de sus compañeros por no tener padre. O quizá sea su personalidad, pero Natalie es de lo más fuerte y resistente y apasionada, y no...

No puedo creer que ya no esté.

Recuerdo el día en que la conocí. Yo estaba mirando la televisión cuando sonó el timbre, y plantada delante de la puerta me encontré con una niña pequeña, de apenas cuatro años, con el cabello rizado y alborotado, y manchas de plumón de al menos tres colores en la piel. Por entonces yo aún trabajaba en Protección de Menores, y durante medio segundo pensé que se trataba de alguien de uno de mis casos. En aquella época estaba intentando quedarme embarazada, pero apenas pasaba tiempo en compañía de niños fuera del trabajo. No vi a nadie más por los alrededores, pero era demasiado pequeña para estar allí sola. Antes de que pudiera abrir la boca para preguntarle dónde estaba su madre, ella levantó un tazón y me preguntó: «¿Tienes un huevo? Mamá está en el baño y se me cayó el último».

Al parecer, mi puerta era la cuarta a la que había llamado, y la primera en que alguien le había contestado. Era evidente que se encontraba bien, pero había visto demasiadas cosas en mi trabajo como para dejar de alarmarme. Cualquier persona al otro lado de aquellas puertas anteriores podría haber representado un peligro para ella. En ese momento llevábamos seis meses viviendo aquí, y la verdad era que no habíamos conocido a ninguno de los vecinos. Por lo que sé, de no haber sido por ese episodio, nunca habría llegado a conocer a las Hunter.

Por supuesto que le di el huevo, y crucé la calle con ella para asegurarme de que volvía a casa sana y salva. Para entonces, su madre ya había salido del baño y se había dado cuenta de que su hija había desaparecido. Al ver que nos acercábamos por la banqueta, salió corriendo al patio y a punto estuvimos de quedarnos sin el segundo huevo cuando agarró a su hija rápidamente.

Las cosas se tranquilizaron y me invitó a entrar. De algún modo, nunca volví a salir de esa casa.

Resultó que el huevo era para cocinar un pastel de cumpleaños sorpresa. Natalie, de cuatro años pero como si fueran catorce, se las había arreglado para hacer la mezcla para un pastel de chocolate bastante decente con muy poca vigilancia. Su madre volcó la masa en el recipiente y la puso en el horno, no hizo más.

No sé por qué estoy contando todo esto. No podré utilizar nada, me temo. Es que... es que quiero que quede registrado en algún sitio que Natalie es una buena chica. Que la gente la encuentra especial: Martín, yo... Sash, su madre, más que nadie. Natalie tiene un corazón puro y una voluntad recia, y mataré a quien intente arrebatarle esas cualidades. Lo haré.

Sé que están relacionados. Nadie quiere creer que el A. N. haya vuelto, pero dos niñas desaparecieron en un lapso de tres días, y tienen la edad adecuada, y eso ya es más información de la que necesito. No me hace falta esperar a que Amanda aparezca muerta cuando acabe la semana. Podemos detener esto antes de que suceda lo peor.

Nos estamos acercando. Sam y yo tenemos una buena pista. Vamos a encontrar a esas niñas y a detener a ese hombre antes de que pueda hacerles daño.

Tiene que ser así.

32

Elena

19 de enero de 2020

—Sé que estás despierta.

La voz de Martín atravesó el silencio de la habitación a oscuras. Se desvistió y se metió bajo las sábanas con un escalofrío. Elena se giró para encararlo. Apenas podía distinguir su perfil entre las sombras.

—¿Un asesinato? —preguntó.

Lo habían llamado para que acudiera al escenario de una muerte sospechosa, y eso implicó que, al volver a casa, Elena se la encontrara a oscuras, que tuviera que cenar una manzana y que pasara una larga noche grabando ideas que aún no podía compartir de manera pública en el podcast..., y que probablemente no lo haría nunca. Había intentado consultar las páginas del claustro en la web de la Universidad Mitchell, pero eran un desastre y la mitad de los enlaces que siguió estaban rotos. Se había rendido al cabo de un rato, con la esperanza de que Sam tuviera mejor suerte en la comisaría.

Martín se puso de lado y pasó un brazo sobre su cuerpo.

—Parece un suicidio. Sabré más mañana, después de la autopsia. ¿Estás bien?

—No puedo dejar de pensar en Natalie. ¿Hablaste con Sash? ¿Sabes si descubrieron algo?

—Un detective vino esta mañana a la morgue para interrogarme. Tengo la sensación de que comenzaron a interrogar a todos los hombres de su vida, que no pueden ser muchos. —Le apretó la cadera, acercó su rostro al de ella hasta que sus frentes se rozaron. Su aliento era cálido y olía a pasta de dientes—. ¿Cómo estás? Sé que te sentirás frustrada por no poder ayudar.

Ella lo besó y desapareció debajo de las sábanas, enterró la cabeza en su pecho. A continuación le contó todo lo que había sucedido desde aquella mañana: que Ayaan la había destituido, la petición sorpresa por parte de Sam, la charla con Duane, durante la cual había descubierto lo mucho que este la odiaba, y el encuentro con Eduardo en la universidad. Al acabar, su mente estaba disparada.

—No hago más que buscar todos los motivos por los que el asesinato de Leo y el secuestro de Amanda podrían estar relacionados. Es que no me parece que pueda ser una coincidencia. —Al fin hizo una pausa, comenzó a respirar hondo mientras Martín la atraía hacia sí y la estrechaba con fuerza.

Al localizar a Eduardo había tenido la sensación de que se trataba de un descubrimiento enorme, pero la verdad era que nada había cambiado. Natalie y Amanda seguían desaparecidas. Elena seguía apartada del caso, técnicamente hablando, y lo más probable era que Sam se enterara de ello al día siguiente, al ver a Ayaan. Se sentía como si el A. N. se estuviera burlando de ella, proporcionándole las pruebas necesarias para convencerla pero ocultándole cualquier cosa que pudiera ayudarla a persuadir a los demás.

—Estaba pensando... —comenzó a decir Martín, y se quedó callado de nuevo.

—¿Sí?

—Cuando el detective habló conmigo esta mañana parecía tener claro que el secuestro de Amanda y el de Natalie los llevaron a cabo dos personas diferentes. Pero tú sigues creyendo que hay una conexión entre ambos, ¿verdad?

Elena pegó la nariz a la cálida piel de su cuello, no muy segura de querer confirmarlo en voz alta pese a todo lo que acababa de contarle. Porque, aunque era cierto que seguía sospechando del A. N., quería esconderse de esa sospecha. Cada vez que se permitía pensar en ello veía las dudas de Ayaan y la furia de Sash. Si lo aceptaba delante de Martín y él seguía sin creerlo, no estaba segura de que pudiera soportarlo.

—¿Por qué lo preguntas? —dijo al fin.

—Bueno, estás buscando una conexión entre los casos de Leo y de Amanda, pero hay algo que no has sugerido. —Martín se echó hacia atrás y le levantó la barbilla. Estaban tan cerca que Elena pudo ver su expresión incluso en la oscuridad—. ¿Y si eres tú?

Ella se quedó paralizada.

—¿Cómo?

—¿Y si la conexión eres tú? Leo te escribió un correo y acabó muerto. Y Natalie... Natalie es nuestra. ¿Y si se trata de una venganza contra ti?

Le ardía la piel del cuello allí donde caía el aliento de Martín.

—¿Estás diciendo que ahora me crees, que esto es cosa del A. N.?

—No digo que sea seguro, pero que usaran el taller de Leo para deshacerse del vehículo del secuestro añade un hilo que no estaba allí antes. No habría que descartar que los tres casos estuvieran relacionados. Si hemos de convencer a la policía de que es cosa del A. N., necesitaremos responder a la pregunta de por qué de repente comenzó a actuar de nuevo.

Elena se mordisqueó la comisura del labio, hundió los dedos en la camiseta de Martín.

—Pero ¿qué hay de Amanda? No tenía relación conmigo, en realidad no. Es imposible que el secuestrador hubiera sabido que sus padres me pedirían que colaborara en el caso.

—Estuve pensando en ello hace un rato. ¿Y si Natalie hubiera sido su objetivo desde un principio, pero fuera demasiado pequeña? Tuvo que secuestrar primero a Amanda, porque tenía la edad adecuada, pero a quien quería era a Natalie.

Oír aquello hizo que a Elena se le revolviera el estómago.

—Pero ¿por qué ahora? —preguntó, sintiéndose como si estuviera repitiendo las preguntas que Ayaan o Sam le harían en caso de que les contara la idea de Martín—. ¿Por qué no esperar otro año hasta que Natalie cumpliera los once? Si hay algo que caracteriza al A. N. es su paciencia. Esperó veinte años, ¿qué le importa uno más? Además, como dijiste, Ayaan no cree que los casos estén relacionados. Dijo que el de Amanda parecía planificado y orquestado a la perfección, mientras que el de Natalie fue un crimen de oportunidad.

—Entonces quizá sea como tú misma dijiste. Que su plan era que ella tuviera que volver a casa caminando.

Elena se incorporó y encendió la lamparita de su lado de la cama. Los dos se miraron con los ojos entornados bajo aquella luz dorada.

—Pero ¿cómo?

—No lo sé. Pasó algo fuera de lo normal. Su profesora de piano no estaba en casa. Hasta donde sé, la policía sigue sin saber adónde se fue la señora Turner. Si el A. N. hubiera sabido que no iba a estar allí, si lo planeó de algún modo, habría podido pensar que Natalie volvería a casa por su cuenta.

—Pero no pudo saber que ella haría eso, ni que yo no contestaría el teléfono cuando me llamó.

Martín volvió a quedarse en silencio mientras los pensamientos de Elena se disparaban en un intento por hilvanar la historia. Quizá tuviera razón. Si el A. N. los había estado observando detenidamente, podía haber hecho todo lo que Martín acababa de decir.

—Una vez más, no obstante, ¿por qué ahora? —preguntó.

Su marido levantó hacia ella una mirada de ojos ardientes.

—Pasó algo, algo que lo llevó a actuar antes de lo que había planeado.

Ella se quedó mirándolo, temerosa de lo que pudiera decir a continuación.

—Tú.

A Elena se le llenaron los ojos de lágrimas.

—Estás trabajando para sacarlo a la luz, Elena. Has realizado más progresos con este caso que cualquier otra persona a lo largo de los últimos veinte años. Tu podcast está dando a conocer la historia a centenares de miles de oyentes nuevos. Vino por ti porque sabe que, si no lo hace, lo vas a atrapar.

Elena abrió la boca para responder cuando el sonido del timbre de la entrada hizo pedazos la quietud de la casa. Saltó de la cama con los ojos desorbitados. Un vistazo al reloj digital le hizo saber que era la 1:13 de la madrugada. Estiró el brazo hacia el buró, sacó la pistola y le introdujo el cargador. Martín salió del dormitorio tras ella.

Bajaron en silencio por la escalera. La ventana de encima de la puerta resplandecía con la luz que desde fuera producía el foco del sensor de movimiento. Elena respiró hondo e intentó imaginar quién podía presentarse en su casa a esa hora de la noche. Quizá fuera Sash, que buscaba consuelo después de dos días tratando de lidiar por su cuenta con la desaparición de su hija. Elena tenía la esperanza de que así fuera. Miró por la ventanita de encima de la puerta pero no vio a nadie.

Puso la mano sobre el picaporte y dirigió la mirada hacia Martín. Este, que había agarrado un paraguas del clóset de la entrada, asintió con la cabeza. No era una gran arma, pero era mejor que nada. Elena apuntó la pistola contra la puerta, jaló el picaporte hacia abajo y la abrió de golpe.

La brisa helada hizo que un remolino de nieve se colara en la casa. Allí delante no había nadie. Pero sobre el escalón de la entrada yacía un pequeño bulto. Estaba atado de pies y manos, pero no para evitar que se moviera, sino para que resultara más sencillo cargar con él, como si fuera un costal. Al ver el abrigo de color amarillo de Natalie, también sus botas afelpadas de color café, Elena se tapó la boca con la mano. La mirada vidriosa de la niña apuntaba hacia ellos.

Elena no tenía los conocimientos forenses de su marido, pero se dio cuenta de que Amanda Jordan llevaba poco tiempo muerta.

Cuarta parte

El sacrificio

33

D. J.

1996

Las fiestas no eran lo suyo, pero D. J. decidió asistir al encuentro de doctorados menores de treinta que organizaba la Universidad Mitchell después de que le prometieran que habría algunas jóvenes solteras. Durante los años que siguieron a Loretta había salido con chicas de manera intermitente, pero ninguna relación se había prolongado más allá de unas pocas semanas. Puesto que en ese momento pasaba la mayor parte de su tiempo libre con un anciano amargado que solo se dignaba a hablar cuando tenía algo insultante que decir, D. J. estaba ansioso por salir de la casa a la menor oportunidad. La pensión de discapacidad de su padre le ayudaba a pagar a una enfermera medio tiempo, pero D. J. era el responsable de su cuidado, y a eso debía sumarle sus estudios y los dos trabajos que necesitaba para pagar los gastos médicos. Estaba preparado para pasar toda la noche fuera por primera vez desde que había regresado a Minnesota, seis meses antes.

Para él fue una decepción tener que renunciar a su plaza en el programa de doctorado de Yale para cuidar de su padre después de la apoplejía, pero finalizar sus estudios en Mitchell tenía sus ventajas: allí era el pez gordo de un estanque muy pequeño, y la gente lo reconocía. La fiesta se celebraba en un local del centro de Minneapolis y estaba abierta a todas las universidades de la zona, y durante los primeros cinco minutos que pasó en el lugar lo saludaron al menos diez personas. D. J. les sonrió, estrechó sus manos pintadas de tinta de bolígrafo, rozó con los labios las mejillas maquilladas con rubor, inspiró las colonias baratas y los perfumes favoritos de los académicos de toda la vida.

—D. J., ¿cómo estás?

Una estudiante de doctorado a la que conocía se inclinó hacia él para darle un abrazo mientras una sonrisa se abría en su rostro redondeado. D. J. la complació y pegó los labios a su mejilla. ¿Qué decía de él, se preguntó, que aquella fuera la situación más íntima que había compartido con una mujer durante varias semanas? Su última relación había sido corta, carente de significado. Se acabó sin más historias cuando se fue de Yale. No es que echara mucho de menos la compañía, pero no le hubiera ido mal tener un cuerpo caliente al otro lado de la cama durante las frías noches invernales.

Se echó hacia atrás con una sonrisa a juego con la de ella, y sacudió la cabeza con la esperanza de que el gesto transmitiera un despiste adorable.

—Lo siento de veras, me quedé en blanco. ¿Me recuerdas tu nombre?

Ella soltó una risita y sacudió también la cabeza, en un acuerdo mutuo de que D. J. era un cabeza hueca.

—¡Maggie Henderson! ¿Te acuerdas, de la lavandería?

D. J. se dio una palmada en la frente.

—¡Pues claro! Ahora lo recuerdo. —No era verdad, pero eso importaba poco—. Con el...

—El cuarto de dólar que no funcionaba, sí —asintió

ella, acercándose un poco más—. Fue muy dulce que me dieras el tuyo. Te debo una. —Levantó las cejas de una manera que algo se removió en sus entrañas.

Al fin la ubicaba. El incidente había tenido lugar unas seis semanas antes, aunque él apenas había reparado en ella. Tenía lavadora y secadora propias en casa, pero la lavandería del campus le proporcionaba una buena fuente de ruido blanco cuando la biblioteca estaba demasiado llena. Entre el zumbido de las máquinas y el silencio de los alumnos que esperaban a que se acabaran aquellos ciclos interminables, era una zona de estudio sumamente menospreciada.

—De hecho, esperaba encontrarte por aquí —prosiguió ella.

Aquello hizo que D. J. sonriera con sinceridad. Mientras Maggie se apoyaba contra la pared él se acercó a ella, inclinando la cabeza ligeramente.

—¿Ah, sí? ¿Y cómo es eso? —Por el rabillo del ojo vio un fogonazo de color rojo intenso. Miró en esa dirección y se quedó paralizado.

Allí estaba ella, como una imagen procedente de sus pesadillas.

Loretta.

Por un instante, D. J. perdió el equilibrio y cayó hacia delante, se sostuvo contra la pared en la que estaba apoyada Maggie justo a tiempo. Ella se encogió intentando apartarse de él, como si hubiera visto el destello de algo peligroso en sus ojos.

—Lo siento —susurró D. J., lanzándole una mirada antes de devolver la atención a Loretta.

Sin decirle una palabra más a Maggie, irguió la espalda y se ajustó la corbata. Observó a Loretta mientras esta hablaba con uno de los directores de estudios de Mitchell que habían ayudado a organizar el evento. Los cuatro años se habían mostrado amables con ella, habían rellenado los huecos de sus pómulos, aunque tenía ojeras. Las cicatrices del académico. Se había cortado el pelo y ahora el cabello castaño rojizo le caía provocadoramente sobre los hombros. Era algo que nunca hubiera esperado de la chica de la que se enamoró, pero le quedaba bien.

Los nervios le provocaron un hormigueo en la piel y se deslizaron entre sus costillas. Quizá aquella fuera su oportunidad. Podía demostrarle lo lejos que había llegado, lo mucho que había conseguido desde que ella lo dejó. Al margen de las intenciones de Loretta, su rechazo lo había despertado, lo había centrado para alcanzar sus objetivos. En ese momento podía demostrarle que ella había cometido un error. Que estuviera allí debía significar que también había seguido con los estudios de doctorado, que también estaba soltera.

Echando los hombros hacia atrás, D. J. se acercó a ella. No se había quitado el voluminoso abrigo de color rojo, testimonio del frío glacial que hacía en el exterior. Cuando él se encontraba a pocos metros de distancia, Loretta apartó la mirada del hombre con el que estaba conversando y sus ojos se iluminaron con una emoción que D. J. fue incapaz de descifrar. Le sonrió, abrió los brazos con la esperanza de que aquello pareciera una invitación casual y amigable a darse un abrazo. Ella soltó una carcajada corta y perpleja, pero se adelantó para aceptarlo. Cuando se pegó a él, D. J. lo notó y dio un paso hacia atrás, conmocionado.

Aún con las manos en los hombros de Loretta, D. J. miró su vientre. Al llevar el abrigo puesto no se había dado cuenta, pero en ese momento vio de manera evidente lo mucho que abultaba. El rubor inundó su cuello y sus mejillas mientras se quedaba boquiabierto.

—Yo... Hola —fue lo único que consiguió decir.

Loretta le dedicó una pequeña sonrisa.

—Hola, D. J. ¿Cómo estás?

—Estoy bien —dijo él, arrancando al fin la mirada

del vientre embarazado de Loretta para devolverla a su rostro ruborizado—. Lo siento. Es una sorpresa.

—Para mí también lo fue —afirmó Loretta riéndose—. Es evidente que no tenía planeado quedarme embarazada mientras hacía el doctorado, pero supongo que son cosas que pasan.

«Sí, son cosas que pasan —pensó él— cuando eres una irresponsable». Pero no iba a servir de nada que le dijera lo que ella ya debía de saber. Por la educación religiosa que compartían, Loretta y D. J. se habían mantenido castos, nunca fueron más allá de algún beso apasionado. Aunque desde entonces D. J. había hecho muchas más cosas, la idea de que ella hubiera llegado más lejos con otro hombre hizo que le atravesara un fogonazo de celos.

Loretta se movió, nerviosa, y se rascó la parte posterior de la oreja derecha.

—Bueno, ¿qué haces en Minnesota? Jenny me contó que estabas en Yale.

D. J. la puso al día con brevedad: que si había iniciado el programa en la Costa Este, que si se había tenido que mudar a Minnesota después de que su padre enfermara. A continuación, ella le explicó que se había trasladado a Minneapolis poco después de graduarse, tras aceptar una beca de la Universidad de Minnesota. Cuando levantó la mano izquierda, D. J. vio que en ella había un anillo dorado y se le cayó el alma a los pies.

—Mi marido nació aquí y quería estar más cerca de su familia. Fue un pequeño sacrificio, pero la Universidad de Minnesota tiene un gran...

—¿Estás casada?

Loretta lo miró sin comprender y se llevó la mano al vientre.

—Sí, por supuesto.

—Entonces, ¿por qué estás aquí? —La furia recorrió sus venas, que temblaron como cuando se bebía un café cargado—. Es una fiesta para solteros.

Apretando los labios, Loretta se inclinó hacia él y bajó la voz, como para equilibrar el volumen al que de repente había llegado la de D. J.

—Es un acto para hacer contactos, D. J.

—Es hipócrita de tu parte ocupar el sitio de una persona que de veras necesite conocer gente —repuso D. J.—. Algunos de nosotros vinimos a conocer a otros doctorados, no a coquetear con los representantes de la facultad para sacar partido.

Por un momento, ninguno de los dos dijo nada. D. J. no supo si todo el mundo a su alrededor se había detenido a observar el espectáculo o si el ruido y los movimientos de la sala se habían paralizado. No lograba mirar otra cosa que no fueran sus mejillas sonrosadas, su vientre obsceno, su estúpido peinado de ramera.

—¿Sabes? Tenía la esperanza de que el tiempo te hubiera hecho cambiar, pero veo que no es así —manifestó Loretta con voz calmada, pero firme. Sus manos descansaban a los lados de su cuerpo, pero no dejaba de abrirlas y cerrarlas—. Lo nuestro estuvo bien al principio, D. J. Pero al cabo de un tiempo comencé a sentir que no me veías de verdad. Yo no te interesaba como persona, la verdad es que no. Entonces leí la carta que le escribiste a tu padre y me quedó claro. Pasé a darme cuenta de la manera en que hablabas con tus amigos, y lo entendí. Para ti, las personas son o bien obstáculos para que triunfes o una forma de alcanzar tus objetivos. Yo no quise ser ninguna de las dos cosas.

—Eso es una completa tontería. —Detestaba la manera en que sus palabras lo habían llevado a apretar los dientes, a que su corazón se acelerara fruto de la rabia y la vergüenza—. Y no puedo creer que lo estés haciendo de nuevo. Que hayas vuelto a humillarme delante de docenas de personas.

Loretta paseó la mirada a su alrededor, como si acabara de recordar que tenían público. Él siguió sus ojos. Los grupitos de gente que los rodeaban fingían seguir con sus conversaciones mientras sus vasos tintineaban y la banda de jazz continuaba con su actuación, pero D. J. era consciente de que lo estaban observando. De que lo escuchaban.

Mirándolo de nuevo, Loretta se cerró el abrigo sobre el vientre y cruzó los brazos, formando una barrera.

—No lamento haberte dejado, pero sí lamento haberte humillado. No fue mi intención.

—«Mejor es vivir en un rincón del terrado que con una mujer rencillosa en una casa espaciosa». —D. J. apretó los dientes—. Compadezco a tu marido.

Evitando la mirada de sus colegas, abandonó la sala y salió corriendo al frío nocturno.

Ofendido, anduvo por la banqueta inspirando profundamente aquel aire helado hasta que comenzó a arderle el pecho. Se había olvidado del abrigo, pero la rabia que le corría por las venas amortiguaba el frío. Después de caminar sin rumbo fijo durante un rato, al fin dio media vuelta y fue en busca de su coche. La noche era pesada, el cielo oscuro estaba cargado de nubarrones dispuestos a reventar de nieve. Se acercaba una tormenta, y deseaba llegar a casa antes de que empezara. Los primeros copos comenzaron a caer cuando llegó a su camioneta y puso en marcha el motor. D. J. abandonó la plaza en la que se había estacionado para salir a la calle.

Una figura delgada se cruzó por delante de su vehículo y él tuvo que pisar el freno mientras la persona se apartaba de un bote y se llevaba las manos al pecho. Con el pulso de nuevo por las nubes, D. J. saltó de su asiento y abrió la boca para comenzar a gritar. Pero entonces vio el rostro blanquecino de la persona, atravesado por unas lágrimas que caían sobre su bufanda. Era un muchacho de una de las clases en las que había hecho de profesor auxiliar.

—¿D. J.? —preguntó el joven, prolongando la palabra—. Wow, estuviste a punto de atropellarme. No te vi venir.

D. J. dio un paso hacia él.

—Lo siento. Salí bastante rápido. ¿Estás bien? Te llamabas Kerry, ¿verdad?

Kerry asintió con la cabeza. Estaba temblando.

—Sí. Y sí, estoy bien. —Se dio la vuelta y echó a andar de nuevo.

—¡Espera! —La palabra salió de la boca de D. J. antes de que tuviera tiempo de pensarla. Cuando Kerry volteó la cabeza para mirarlo, él señaló hacia su vehículo, que seguía con la puerta del conductor abierta—. ¿Quieres que te lleve? Hace demasiado frío para caminar.

Kerry miró la camioneta y se encogió de hombros.

—Sí, gracias. Me estoy congelando las pelotas aquí fuera.

Después de abrocharse los cinturones, Kerry le indicó a D. J. cómo llegar a su departamento y volvieron a adentrarse en la noche.

Transcurrieron algunos minutos de silencio. Kerry se acomodó en el asiento del copiloto, se quitó la bufanda y se pasó una mano por la cara.

D. J. dijo al fin:

—Bueno, ¿y qué hacías caminando ahí fuera? Hace demasiado frío para salir de paseo.

Kerry soltó una carcajada amarga.

—Ya lo puedes decir. Ejem, el caso es que mi novia rompió conmigo.

Apretando las manos contra el volante, D. J. frenó un poco.

—¿En serio?

—Sí. —Kerry se aclaró la garganta, fue un sonido profundo, gutural—. No pasa nada. Estoy bien. Cambiará de idea, estoy seguro. Solo es una reacción exagerada a una estúpida pelea.

—Ya. —D. J. se pasó la lengua por el labio inferior. En un semáforo volteó para mirar al joven—. Estarás mejor sin ella, confía en mí.

Kerry lo miró a los ojos. Bajo el débil resplandor rojizo, D. J. vio que estaban húmedos, pero que ya no lloraba. Podría haber contado con los dedos de una mano el número de hombres a los que había visto llorar a lo largo de su vida, y aquella imagen hizo que se sintiera incómodo.

—La amo.

—Es evidente que ella no te ama a ti.

El semáforo se puso en verde y D. J. apretó el acelerador. Kerry apartó la mirada, se concentró en la ventanilla.

—Lo siento si soné cruel, y sé que me meto donde no me llaman, pero puedes confiar en mí. He estado en tu situación, y no vale la pena. —D. J. pensó en Loretta esa misma noche, desafiante e hinchada con el hijo de otro hombre. No le habría dado más que problemas.

—Es aquí —indicó Kerry cuando dieron vuelta en la esquina, pero D. J. no frenó la marcha—. Oye... Te pasaste mi departamento.

D. J. mantuvo la mirada puesta en el parabrisas y aceleró.

—Eh, amigo, ¿qué haces? Llévame de vuelta.

Al ver que D. J. no le hacía caso, Kerry jaló la manija y abrió la puerta.

El vehículo cambió de dirección mientras D. J. procuraba frenarlo, pero Kerry ya se había bajado cuando la camioneta acabó de deslizarse junto al borde de la banqueta. La furia volvía a correr por sus venas, y D. J. saltó del asiento y fue tras el chico.

Era evidente que Kerry se había hecho daño al bajarse de la camioneta. Cojeaba en su intento por correr sobre la banqueta helada de regreso a su departamento. D. J. lo siguió sin saber muy bien lo que iba a hacer. Tenía que encontrar la manera de acabar con eso, de convencerlo. No podía ver a otro hombre cometiendo los mismos errores que él, dejando que una mujer estúpida que no era consciente de lo que él valía acabara por arruinarle la vida.

Al cabo de pocos segundos, D. J. lo atrapó y lo rodeó para plantarse en la banqueta delante de él. Era más alto que el muchacho, también más fuerte. Incluso con aquel abrigo tan voluminoso Kerry era delgaducho..., débil. No resultaba sorprendente que aquella chica hubiera cortado con él, por doloroso que pudiera sonar.

—En serio, ¿qué carajo pasa? —Kerry respiraba con dificultad, se había encorvado para frotarse la pierna derecha, sobre la que había rodado al saltar del vehículo en marcha—. ¿Por qué estás actuando de esta manera tan extraña?

—¡Solo intento que me entiendas, Kerry! —D. J. dio un paso adelante. Si lograba que el muchacho lo mirara, que lo respetara, quizá lo entendería—. Estás en tu último año, y te he visto en clase. Tienes muchísimo potencial. Olvídate de esa perra estúpida y vive tu vida.

En un segundo, Kerry se irguió y lanzó un puñetazo contra él. D. J. lo bloqueó con facilidad y le dio un empujón al muchacho, que cayó de espaldas. D. J. se plantó sobre él y entonces se puso encima, aplastando sus brazos contra el suelo y sentándose en su pecho, tal y como sus hermanos hacían con él de pequeño. Para lograr que se detuviera, para lograr que lo escuchara.

Pero Kerry no quería escuchar. Gritaba, maldecía, chillaba, y en cualquier momento aparecería algún transeúnte o alguien llamaría a la policía. Así que D. J. cerró las manos sobre su garganta, interrumpiendo por la mitad aquel torrente de palabras infames. Kerry abrió mucho los ojos, en los que ardía el terror, y D. J. sintió que algo se disparaba en su vientre: placer, poder. Podía solucionar aquello.

—Bien, escúchame, Kerry —dijo, aumentando la presión sobre la garganta del joven—. Escúchame. Kerry, para. —Pero él continuaba forcejeando, sacudiéndose contra su pecho, pegándole patadas en las piernas, así que D. J. apretó aún más, dejando que la rabia se adueñara de él. Nadie le prestaba atención nunca.

D. J. acercó la cara a la de Kerry, pudo ver que se ponía roja pese a estar en una zona de sombra, a la que no llegaba la luz de las lámparas. El joven se quedó quieto al fin.

—Ya está, ¿lo ves? Vas a tener que confiar en mí, Kerry. —A D. J. comenzaron a temblarle los brazos mientras la tensión abandonaba el cuerpo del joven y sus ojos se cerraban. D. J. cerró los suyos y respiró hondo—. Confía en mí. Es mejor así.

Por un instante, todo quedó inmóvil. El sonido de los coches que surcaban la noche en la distancia, el susurro del viento al pasar entre las ramas muertas por encima de su cabeza. D. J. abrió los ojos, miró al muchacho. Entonces miró a su alrededor. Al otro lado de la calle se extendía una hilera de coches estacionados que formaban una barrera entre él y las casas a oscuras que había al otro lado. Sospechaba que nadie había visto nada. Aun así, cada momento que pasaban a la vista representaba un riesgo.

D. J. se puso en movimiento de repente. Se colocó el cuerpo de Kerry sobre el hombro y se levantó lentamente. Se dirigió con cuidado al lado del copiloto de su vehículo, cuya puerta estaba abierta como si se tratara de una invitación. Dejó que Kerry se desplomara sobre el asiento, le abrochó el cinturón de seguridad, fue corriendo hasta el otro lado de la camioneta y se subió a su asiento tras echarle un nuevo vistazo al vecindario.

Tenía que ganar tiempo para pensar en algo, para trazar un plan. Nadie sabía que Kerry se había subido a su coche. Si lograba quitarse al joven de encima, tendría tiempo para asegurarse de que no quedara ninguna prueba en él, y así podría decidir lo que haría a continuación.

El granero. D. J. podía dejar el cuerpo de Kerry en el granero —uno de los muchos lugares de la propiedad a los que su padre no podía acceder desde el ictus—. Obligándose a mirar al frente, D. J. puso en marcha el motor y arrancó en dirección a su casa.

34

Elena

Cinco días. Habían pasado solo cinco días desde el secuestro de Amanda, y ya estaba muerta.

En la sala de interrogatorios de la comisaría, Elena se quedó mirando fijamente la mesa de madera astillada que tenía debajo de los brazos, lo hizo hasta que comenzaron a arderle los ojos.

Cada vez que parpadeaba volvía a ver el rostro de la niña: los moretones en los labios, los estallidos de color rojo que salpicaban la piel alrededor de sus ojos. La habían asfixiado, supuso Martín mientras esperaban a los servicios de emergencia. En ese momento, su marido estaba en la sala de al lado, contestando a las preguntas de Ayaan. No eran sospechosos, Elena era consciente de ello, pero de todos modos aquello la llenaba de ansiedad.

Cinco días, no siete.

No era Casandra, al fin y al cabo. No era una profetisa omnisciente, condenada a que no creyeran sus palabras. No era mejor que una vidente barata de las que realizaban predicciones infundadas con la esperanza de acertar alguna vez. Los casos de Amanda y de Natalie estaban conectados, en eso no se había equivocado. Pero no se las había llevado el Asesino de los Números. Por mucho que las muertes pudieran cambiar a lo largo de los años, el A. N. nunca había violado su firma. Los cuerpos siempre aparecían al séptimo día.

La manija de la puerta giró y Elena levantó la mirada para ver entrar a Ayaan. Fruto del agotamiento, su piel, por lo general brillante, se veía apagada, y tenía bolsas oscuras debajo de los ojos. Se había puesto el hiyab de color azul marino con prisas, y este había quedado ligeramente torcido sobre su frente.

—Elena, ¿te ofrecieron algo para beber?

—Sí. —La palabra sonó como un graznido—. Ronny me va a traer un té.

—Bien. —Ayaan se sentó frente a ella y abrió una carpeta. Dentro estaban las fotos de la escena del crimen que acababa de imprimir.

Elena cerró los ojos, pero las imágenes ya estaban grabadas en su mente: las había visto unas horas antes. En ese momento, lo más probable era que alguien del trabajo de su marido estuviera abriendo el cuerpo de Amanda, diseccionándola en busca de pruebas. Quizá encontraran el ADN del asesino. Quizá aquello les daría una pista, una oportunidad de salvar a Natalie. Pero no alteraría el hecho de que una niña de once años había muerto.

Pensó en Dave y Sandy Jordan, se preguntó si la policía ya les habría informado. Ayaan sería la encargada de hacerlo. ¿Iba a esperar a una hora razonable para despertar a los Jordan con la peor noticia de su vida o había estado ya en su casa para luego regresar a la comisaría? Elena abrió la boca para preguntárselo, pero las palabras se quedaron encajadas en su garganta. Tanto daba que lo supieran ya o no; el resultado sería el mismo. Los dos iban a quedar destrozados.

Ronny entró con una taza de té a la menta. La dejó delante de Elena con una sonrisa melancólica. Elena la rodeó con ambas manos y la nitidez de su olor le aclaró la nariz, que con las lágrimas se le había congestionado. Al cabo de un instante, levantó la vista y miró a Ayaan a los ojos.

La comandante tenía una expresión seria; el bolígrafo preparado para tomar notas.

—Cuéntame qué pasó.

Entre sorbos de té, Elena le explicó que Martín había vuelto a casa después de que lo llamaran a la escena de un crimen, que se quedaron hablando en la cama, que sonó el timbre, que se encontraron con el cuerpo de Amanda. No tenía ni idea del tiempo que llevaba sin dormir, pero la inyección de menta y de adrenalina hizo que las palabras le salieran veloces y sin filtros. Acabó su relato con el mensaje de texto que le había enviado a la propia Ayaan después de llamar al 911.

Por unos instantes, la comandante dejó que el silencio cayera entre ambas. Acabó de escribir una nota y volvió a mirar a Elena a los ojos.

—Constato que no me has hablado de lo que hiciste antes. Del rato que pasaste con el detective Hyde.

Elena se quedó paralizada con la taza a medio camino de los labios. La puso con lentitud sobre la mesa.

—Oh.

—Sí, oh. Él y yo mantuvimos una conversación muy interesante. Al parecer no le informaste de que yo te había pedido que te apartaras del caso de Amanda... —Ayaan ladeó la cabeza sin dejar de mirar a Elena.

Esta tomó un sorbo más largo de lo que pretendía y se escaldó la garganta. Se le humedecieron los ojos mientras intentaba contener la tos.

—Lo siento. Nos pusimos a hablar en el vestíbulo y me preguntó si había descubierto algo sobre Leo, y entonces se me ocurrió una idea sobre el destino que podía tener la camioneta, gracias a las grabaciones de seguridad... Solo quería ayudar. Lo siento. No tengo excusa.

Se contemplaron en silencio durante unos instantes. Al fin, Ayaan asintió con la cabeza.

—Supongo que no es el mejor momento para sacar el tema. Pero debías de saber que iba a enterarme. Me habría gustado que me lo contaras tú misma.

—Ya me conoces, Ayaan. Siempre he sido de ese tipo de personas que prefieren pedir perdón antes que pedir permiso.

Un destello de frustración iluminó los ojos de la comandante.

—Si en el futuro hemos de volver a trabajar juntas, no puedes comportarte de esa manera conmigo. Te considero una amiga, Elena, no solo una colega. Me gustaría que pudiéramos confiar la una en la otra.

Elena observó el líquido de color verde claro de la taza y se puso a juguetear con el hilillo que colgaba de su borde.

—Tienes razón. No volverá a pasar.

Deseaba que aquello fuera cierto, pero la promesa sonó hueca. Había tantas cosas que Ayaan no sabía sobre ella... Quizá, si Elena hubiera confiado antes en la comandante, Amanda seguiría viva. Apartó la idea en cuanto esta intentó colarse dentro de su mente. Había hecho todo lo posible a partir de la información de la que disponía. Cargar con la culpa no iba a devolverle a Amanda, no la ayudaría a encontrar a Natalie.

Ayaan se aclaró la garganta.

—Bueno, ¿se te ocurre algún motivo para que dejaran el cuerpo de Amanda delante de la puerta de tu casa?

—Yo... Lo estábamos comentando con Martín justo antes de que pasara. La posibilidad de que el A. N. me estuviera atacando por haberle dedicado el podcast. Pero estaba equivocada, Ayaan. Lo siento. Estaba segura, pero no es el A. N. Que la víctima haya aparecido a los cinco días, sin señales de que la hayan azotado, y asesinada por asfixia... no tiene sentido.

—¿Cómo sabes que la asfixiaron?

—Por Martín. Al menos eso es lo que pensó. —A Elena le temblaron los dedos contra la taza de té.

Ayaan asintió con la cabeza, anotó algo.

Elena prosiguió:

—Así que no sé. Si no se trata del A. N., no se me ocurre el motivo por el que esa persona parece ir por mí. Lo único que se me ocurre es que... —Hizo una pausa, sacudiendo la cabeza. La idea la había estado molestando durante las últimas horas, pero era demasiado terrible como para que pudiera aceptarla.

—¿Qué piensas? —Ayaan se inclinó hacia delante—. ¿Qué es lo que se te ocurre?

—Estoy segura de que lo estoy exagerando. —Elena apartó la mirada, la enfocó en la ventana a la espalda de Ayaan. Se preguntó si Sam estaría al otro lado, observándola, y a continuación descartó esa idea. Aquello no era un interrogatorio. Al fin dijo—: Últimamente he estado recibiendo amenazas en mis redes sociales. Tina denunció algunas al departamento de policía de nuestro barrio, pero la última vez que lo miré la mayoría de las direcciones IP provenían de fuera del estado..., algunas incluso del extranjero.

—¿Por qué no me lo habías contado antes?

Elena miró a la comandante, se sorprendió al ver un brillo de preocupación en sus ojos.

—Me acosan constantemente por el trabajo que hago. Pensé que la cantidad de mensajes se debía solo a la popularidad que ha alcanzado el podcast, a que esté llegando a más gente. Además, las conversaciones sobre el A. N. siempre hacen aparecer a los troles. No pensé que fuera relevante para nuestra investigación. Y, como te dije, Tina tiene a la policía local vigilando a quienes parecían conocer mi dirección.

—Pero has estado preocupada por tu propia seguridad. ¿No se te ocurrió que yo tendría que saberlo?

—Una niña pequeña había desaparecido, Ayaan. Comparado con eso, mis preocupaciones me parecieron muy leves. Me lo siguen pareciendo. —Elena se aclaró la garganta, intentando librarse del nudo que le había provocado aquella nueva oleada de emoción—. Si alguien secuestró a Natalie para atormentarme por culpa del podcast... —A esas alturas, la capacidad de depravación de la gente no debería haberla sorprendido, pero a veces la conmoción seguía penetrando en su interior.

—De acuerdo, Elena. Por favor, cuando vuelvas a casa mándame todo lo que Tina y tú hayan marcado, incluyendo lo que le hayan enviado a la policía local. Me pondré en contacto con ellos para informarles de que nos hacemos cargo de la investigación.

Ayaan entrelazó las manos sobre el cuaderno. Su expresión se volvió tensa, y Elena sintió que se le caían los hombros. Era una de las escasas ocasiones en las que había visto vacilar a la comandante.

—¿Qué sucede? —preguntó Elena.

—Bueno, no sabíamos lo del acoso cibernético, y esa es una posibilidad. Pero con Sam desarrollamos otra teoría que me gustaría comentar contigo. De hecho, es posible que la una concuerde con la otra.

Elena asintió con la cabeza para que Ayaan prosiguiera.

—Ahora mismo estamos pensando en la misma línea, según la cual el caso estaría relacionado con tu podcast. Que la segunda víctima sea alguien tan cercano a ti y que la primera haya aparecido muerta delante de tu casa, vestida con el abrigo de la anterior, hace que resulte casi innegable. Pero lo abordamos desde un ángulo diferente. Pensamos que es posible que alguien se haya inspirado en el A. N. y esté copiando sus métodos, que haya tomado el relevo de la cuenta atrás, por decirlo así.

Elena se quedó mirándola, sin saber qué decir. La idea le había pasado por la cabeza con anterioridad, pero hasta ese día todos los aspectos de los secuestros coincidían tan a la perfección con los métodos del A. N. que parecía evidente que se trataba de él. No obstante, un error tan grande como aquel —deshacerse de un cuerpo dos días antes, cosa que el A. N. no había hecho nunca— era indicativo de un imitador burdo.

Ayaan continuó:

—Tú misma dijiste que el hombre que secuestró a Amanda y Natalie no puede ser el A. N., porque él nunca presenta a sus víctimas antes de tiempo. Por mucho que matara a alguna por accidente antes de la hora, siempre la dejaba en un lugar público al séptimo día. Ese aspecto de su patrón no lo ha alterado ni una sola vez.

—Así es. —La mente de Elena funcionaba a toda velocidad en su intento por unir todas las piezas de lo que aquello podía implicar. Ayaan tenía razón: concordaba con sus desvelos debidos al acoso cibernético. Si el imitador odiaba el podcast y quería hacerle daño, ¿qué mejor manera de conseguirlo que emulando los actos más horrorosos que había cometido su malvado protagonista?

—No se puede negar que el asesino ha copiado algunos de los métodos del A. N. —declaró Ayaan—. Tenías razón acerca de las similitudes: que secuestrara a las niñas con tres días de diferencia, que continuara con sus edades allí donde el A. N. lo dejó hace veinte años... Así que es un imitador. Y quiere lo mismo que todos los imitadores: la fama y la reputación de sus ídolos. ¿Y qué mejor manera de conseguirlas que usar su supuesto retorno para ir por la mujer que hizo que el caso se volviera viral en 2020? Dispone de toda la información que necesita sobre cómo ser el A. N. aquí mismo.

El sobresalto hizo que Elena abandonara sus pensamientos.

—Aquí mismo... ¿Te refieres a «Justicia en el aire»? ¿Me estás diciendo que el asesino aprendió a copiar los asesinatos del A. N. escuchando mi podcast?

La expresión de Ayaan era sombría.

—Es posible, ¿no crees? Las fuerzas del orden siempre han temido que programas como *Mentes criminales* den a los malos demasiadas ideas sobre cómo cometer un asesinato. ¿Por qué los asesinos no habrían de inspirarse también en los podcasts de crímenes reales?

—Pero no estoy dando ninguna información sobre sus métodos o patrones que no sea pública. —Su respiración se aceleró, y fue consciente del pánico que había en su voz, pero estaba demasiado agotada como para refrenarlo—. Además, a diferencia de muchos de los programas que hay ahí fuera, yo no glorifico a los criminales. Intento obtener justicia para las víctimas, no explicar historias escabrosas sobre asesinos en serie.

Ayaan se mordió el labio inferior durante un instante, y a continuación asintió con la cabeza.

—Estoy convencida de que así es. No he acabado de escuchar esta temporada, pero siempre has hecho un buen trabajo a la hora de centrarte en las víctimas en vez de en los criminales.

—Es lo único que he pretendido hacer —repuso Elena, que se pasó los dedos por el cabello y se dio un jalón sutil; el pinchazo ayudó a que su mente se centrara. Pese al tono apaciguador de Ayaan, Elena seguía estando furiosa. Todas las palabras que había dicho en el podcast, todos los detalles que les había proporcionado a sus cientos de miles de oyentes, parecían haberse congregado en su mente como una muchedumbre ruidosa. Estaba equivocada. Aquel caso era diferente, y lo sabía. Apenas unos días antes un usuario de Twitter le había sugerido exactamente lo mismo.

—El muy cabrón... —espetó—. Voy a destrozarlo.

35

Podcast «Justicia en el aire»

19 de enero de 2020
Transcripción: temporada 5, episodio extra

ELENA:
La madrugada pasada, alguien dejó el cuerpo de Amanda Jordan delante de la puerta de mi casa. Las pruebas señalan sin lugar a duda que fue secuestrada por el mismo hombre que se llevó a Natalie Hunter.

Cuando adopté este rol, el de cazar a los monstruos que hacen daño a los niños, sabía que vendría acompañado de algunos riesgos. Sabía que iba a poner mi propia vida en peligro. Pero nunca pude imaginar que podría ser el motivo por el cual dos familias perderían a sus preciosas hijas —una de ellas, al menos, para siempre—. Nunca seré capaz de expresar cuánto y cuán profundamente lamento su pérdida.

Que dejaran el cuerpo de Amanda delante de mi puerta es la prueba que necesitaba. El hombre que secuestró a esas dos niñas va detrás de mí. Es un oyente de este podcast, estoy segura. No sé si eres uno de los que me acosan en mis cuentas, que me mandan amenazas de muerte por correo, o si has sido lo bastante listo como para mantenerte alejado de cualquier cosa que pueda rastrearse para llegar hasta ti. No sé si te inspiraste en los detalles de este podcast, pero sospecho que, independientemente de los motivos por los que secuestraste a esas niñas, querías que me sintiera culpable.

Planeaste todo esto. Hiciste que pareciera que el Asesino de los Números había vuelto solo para atormentarme y para minar mi credibilidad. Querías que me pusiera en ridículo, que diera la alarma y que comenzara a avivar el pánico diciendo que el A. N. había vuelto. Pero al matar a Amanda antes de tiempo rompiste la estructura. No pudiste ceñirte al control, a los patrones calculados del A. N. Te gusta el caos, ¿no es así?

Pero no tienes ni idea de con quién te metiste. No sabes quién soy yo.

Durante las últimas dos décadas he disfrutado de una vida en la que casi nadie estuvo al tanto de mi verdadera identidad, pero el tiempo de los secretos llegó a su fin. Porque quiero que sepas que vas a perder. Es posible que tengas a la niña más importante del mundo para mí, pero menospreciaste lo que estoy dispuesta a hacer para lograr que vuelva. Mientras sigas ignorando quién soy, es imposible que sepas lo que puedo llegar a soportar a fin de encontrarte.

Me llamo Eleanor Watson.

Hace veintiún años estaba jugando en casa de una amiga cuando un hombre se presentó en la puerta y preguntó por mí. Me dijo que tenía que llevarme a casa, que mi madre me necesitaba. Dijo que era un amigo de mi padre, que no pasaba nada. Me fui con él. En vez de llevarme a casa me drogó y desperté en una cabaña con otra niña que ya había pasado varios días allí. Era Jessica Elerson, la última niña a la que el A. N. de verdad mató. Cuando intento recordar los rasgos de ese hombre mi mente se queda en blanco, pero sí me acuerdo de Jessica: hasta la última curva y hoyuelo de su rostro. Estoy haciendo esto por ella, por todas las chicas que hubo antes y que no tuvieron la misma suerte que yo. ¿Por qué motivo iba a sobrevivir si no es para detener a hombres como tú, a hombres que se creen con el derecho de apoderarse de nuestros cuerpos y de nuestras vidas?

Ese es el motivo por el que comencé a hacer este podcast, y que me cuelguen si un monstruo como tú ha de hacer que me asuste y lo abandone.

Yo soy la niña que derrotó al verdadero A. N. ¿Crees que no podré acabar con un imitador barato como tú?

36

Elena

19 de enero de 2020

Al acabar de grabar el episodio, Elena le mandó el archivo de voz a Tina por correo con una sola frase en el asunto: «Para emitir de inmediato». No requería de ningún montaje ni diseño de sonido más allá de lo básico, pero su productora se había encargado de subir los episodios de los últimos dos años, así que la cosa iría más rápido en sus hábiles manos.

Hecho eso, Elena se puso a descargar todos los correos marcados en rojo, así como a hacer algunos pantallazos de los peores tuits y mensajes privados de ese grupo. Uno que había abierto días atrás, el de «Ten cuidado con lo que deseas», volvió a aparecer. Era de una sencillez siniestra, pero había algo más que la inquietaba, y no lograba saber qué. Lo arrastró todo a una carpeta llamada Bazofia y le mandó un enlace a Ayaan por correo con copia a Tina, para que supiera que se estaban ocupando de eso. Si existía la más mínima posibilidad de que el imitador hubiera sido lo bastante estúpido como para ponerse en contacto con ella, con suerte los analistas informáticos de la policía serían capaces de rastrearlo.

Eran las doce pasadas de la mañana. Elena se puso en pie y volteó para mirar el Muro de la Aflicción. Había añadido las fotos de Kerry al lado de las de Beverly solo dos semanas antes. El retrato de su primer año de universidad le sonreía desde lo alto, juvenil y lleno de promesas que no llegarían a cumplirse nunca. Alguien se había servido de las historias de esas víctimas, de esas vidas jóvenes que se habían extinguido, para alcanzar un torcido sentido de la fama. Alguien había matado a Amanda y secuestrado a Natalie, y supo cómo hacerlo gracias a ella.

Elena se sacó el celular del bolsillo. Martín le había enviado un mensaje de texto mientras ella hablaba con Ayaan para decirle que se iba a la morgue a ver la autopsia de Amanda. Aparte de ese no había más mensajes. Después de responderlo, le mandó un mensaje rápido a Sash.

> Te echo de menos. Lo siento. Tenías razón. Estoy haciendo todo lo posible para traer a Natalie a casa.

En el momento en que le daba al botón de enviar, en su computadora sonó una campanita. Era una llamada de Tina.

—Bueno, al fin estás preparada para contárselo al mundo —dijo la productora en cuanto Elena aceptó la llamada.

Elena examinó a su amiga en la pantalla. Tina transmitía seriedad, pero no parecía estar molesta.

—¿Cómo... cómo pudiste escucharlo tan rápido? Tina agitó la mano.

—Por favor... Vivo para recibir tus correos. —Le sonrió y la miró a los ojos desde el otro lado de la cámara—. ¿Te sientes bien? Por haberte sincerado acerca de tu identidad, quiero decir.

—La verdad es que no. Más bien tengo ganas de vomitar.

—¿Por qué? El monólogo fue genial. Añadí una melodía épica como cierre.

Elena sacudió la cabeza pero no pudo impedir que se le escapara una risita nerviosa. No tardó en serenarse.

—Ayaan piensa que es posible que el tipo comenzara a asesinar porque escuchó el podcast. Es como que... como que los episodios le sirvieron de entrenamiento para ser como el A. N.

La expresión de Tina se endureció.

—Eso son sandeces, y tú lo sabes. Si alguien quería aprender a cometer crímenes igual que el A. N., lo único que tuvo que hacer fue mirar en Reddit o en la Wikipedia. No vas a asumir la responsabilidad por esto, Elena. Desde el primer día no has intentado más que resolver el caso.

—Y mira cómo me ha ido. Lo único que hago es meter la pata. La gente que se acerca a mí acaba muerta o desapareciendo. ¿Estás segura de que no quieres colgar?

Tina puso los ojos en blanco a modo de respuesta.

—Ok, ahora en serio. Te llamé porque quería asegurarme antes de darle a publicar. ¿De verdad quieres que lo suba? ¿Lo has pensado bien? Porque solo con verte me doy cuenta de que lo más probable es que no sepas cuándo fue la última vez que dormiste, y vienes de pasar una noche bastante horrible.

Elena se quedó mirando la pantalla. Por algún motivo, las palabras de Tina le dieron ganas de echarse a llorar. En su lugar, asintió con la cabeza.

—Sí. Súbelo.

—Pues, vamos. —Con la videollamada aún en marcha, Tina hizo clic en algunos puntos alrededor de su pantalla. Elena vio el baile de ventanitas y los cambios que realizaba en el reflejo de sus lentes—. Ya está.

Elena soltó un suspiro prolongado.

—De acuerdo. Bien.

Puta madre. Lo había hecho de verdad. Quizá acababa de arruinar toda su vida, pero en ese preciso momento se sintió eufórica.

—Felicidades, Nora. —Tina se inclinó hacia delante, con el brillo gamberro marca de la casa en los ojos—. Por cierto, tengo noticias para ti. Un secreto. Tengo un amigo que trabaja para la Oficina de Persecución Criminal de Minnesota, y al parecer mañana van a lanzar una nota de prensa para anunciar que obtuvieron una coincidencia con el ADN del hombre de la cabaña.

—¿Qué? ¿Te dijo quién era?

—Era Bob Jensen, de nombre falso Stanley. El tipo que desapareció con la amante que tenía en la oficina.

Elena se recostó contra la silla.

—¿Creen que... creen que él era el A. N.?

Tina negó con la cabeza.

—No pudo serlo. Era el vicepresidente de ventas de la empresa. Estuvo viviendo en el extranjero durante todo 1997 y no regresó a Minnesota hasta finales de 1998. Es imposible que fuera el A. N.

—Eso significa que, si los rumores que corrían por la oficina acerca de su aventura con una compañera eran ciertos, la mujer probablemente estaba casada con el Asesino de los Números. ¿Recuerdas que dijeron que Jensen se acostaba con una mujer casada?

—Lo recuerdo.

—Puta madre.

En cualquier otro momento se habría quedado sentada para sacarse de la manga otro episodio no programado del podcast. Estos, cuando encontraba una prueba que alteraba el caso por completo, eran los mejores (y los que habían obtenido las mayores audiencias durante las temporadas anteriores). Pero no pudo soportar la idea de emitir otro episodio. Tenía que concentrarse en encontrar a Natalie.

Tina miró directamente hacia la cámara.

—¿Y qué, sigues ayudando con la investigación?

—No. Ayaan prácticamente me echó de la comisaría. —Elena le resumió los seis días anteriores, incluyendo los detalles que había descubierto acerca de Amanda, y la patada que le había dado la comandante. Le contó a Tina la conversación que había mantenido con Eduardo y la posibilidad de que el asesino trabajara en la Universidad Mitchell.

Al final, la productora lanzó un silbido.

—Bueno, ¿y qué estamos esperando? ¿Has buscado en sus registros de personal?

—Intenté hacerlo anoche durante un rato, pero su página web es un desastre.

Tina se rio, burlona. Algo parpadeó en la pantalla de Elena y un instante después el escritorio de la productora apareció en ella. Tras compartirlo con Elena, Tina entró en la página de la Universidad Mitchell y comenzó a navegar por su sección de personal. Tal y como Elena había descubierto la noche anterior, allí había varios centenares de perfiles, y era imposible saber si estaba actualizada siquiera. Un requerimiento judicial para obtener los registros de la universidad proporcionaría una mejor información a la policía, pero eso podía tardar varias semanas.

—¿Qué sabes acerca de la persona a la que estás buscando? —preguntó Tina.

Elena recordó el testimonio de Eduardo.

—Solo que probablemente se trate de un hombre blanco de mediana edad.

La productora resopló.

—Menos mal que hay pocos de esos en el mundo académico.

Pese a todo lo que había sucedido ese día, Elena sonrió.

—Qué me vas a contar. Ah, sé que tenía la llave del edificio de física. El J. Pero no sé con seguridad si se trata de un alumno, de un conserje, de un profesor o de otro trabajador. Lo único que nos dijo el testigo fue que después de las diez de la noche solo pueden entrar allí los miembros del personal, y al parecer nuestro hombre lo abordó sobre la una de la madrugada.

—Bueno, al menos eso descarta a los alumnos —indicó Tina.

Elena asintió con la cabeza.

—Debería. A menos que alguien le hubiera dado su pase a un alumno.

—Si aceptamos esa hipótesis, podría tratarse literalmente de cualquiera. ¿Solo el personal que trabaja en el edificio puede acceder a él después de las horas de clase o lo puede hacer cualquier persona de la universidad?

—No lo sé.

Tina se veía concentrada en el pequeño recuadro de video incrustado al lado de la pantalla compartida.

—Bueno, esta es la página del curso para los grados de Matemáticas y Física.

—Sí, la encontré anoche, pero ahí es donde me quedé atascada. Cada curso muestra al lado el nombre de su profesor, pero no pude encontrar ningún enlace a la facultad entera, y no tuve energías para revisar docenas de cursos.

—Mmm, deberían de tener... —Tina tecleó algunas palabras más, hizo clic con el ratón un par de veces.

—Oh, ¿qué es eso? —Elena se echó hacia delante sobre el asiento—. Donde dice «Conoce a nuestro equipo»... Había un enlace solitario en un bloque de texto de la página principal del curso de física.

Tina clicó en él y se recostó contra su asiento con una sonrisa victoriosa. En la pantalla se veía una página llena con las fotos, nombres y perfiles de una treintena de hombres y mujeres.

Elena leyó el encabezado de la página:

—Facultad de Física y Matemáticas. Pues mira, tardaste dos segundos.

—Tú también habrías tardado dos segundos si la semana pasada hubieras dormido algo.

—Silencio —dijo Elena, que ya estaba examinando el listado de nombres. Al menos dos terceras partes de la gente coincidían con la descripción que les había dado Eduardo.

Tina hizo que la página se desplazara una vez más y un nuevo rostro apareció en la pantalla.

—¿No me dijiste que, según la niña que vio al tipo hablando con Amanda, este era calvo? Aquí hay como diez hombres calvos.

—Espera... —susurró Elena.

Tina dejó de desplazar la página con el ratón.

—¿Viste algo?

Elena señaló la pantalla.

—Yo conozco a ese tipo. El tercero comenzando por abajo, con la camisa blanca. El doctor Stevens. Fui a verlo la semana pasada. Es el hombre que, según la madre de Luisa Toca, estaba saliendo con su hija.

—Luisa Toca. ¿La ex de Leo?

—Sí —dijo Elena, sin apartar la mirada de la foto. El hombre estaba recién afeitado y no llevaba gorra de beisbol, como el día en que lo vio, pero lo reconoció de todos modos—. Me dijo que simplemente era un vecino de la madre de Luisa, y que una vez había coqueteado con su hija. Pensé que la madre lo habría malinterpretado. Comprobé su historia y parecía cierta.

—Mmm, es raro. Pero, ya sabes, Minneapolis es una de esas grandes ciudades que parecen pueblos pequeños. Y aquí hay varios tipos que coinciden con la descripción.

—Es cierto. —De todos modos, Elena sacó el celular y buscó en la pantalla el retrato que Danika había ayudado a elaborar. Lo sostuvo al lado de la foto del hombre en la computadora. Negó con la cabeza mientras se le revolvía el estómago—. No se parece nada al bosquejo.

Pero el tipo que está tres perfiles por encima sí, al menos un poco. Dominic Jackman.

—Genial. ¿Por qué no vas a ver a Stevens de nuevo y averiguas si tiene una coartada? Yo investigaré a Jackman y a los demás calvos.

37

Natalie

Se había quedado sola.

Natalie temblaba en la oscuridad mientras observaba la rendija de la puerta. Habían transcurrido varias horas desde la última vez que esta se abrió. El piso de arriba se encontraba en silencio. No oía pasos. Quizá fuera su única oportunidad.

Hasta el día anterior, Amanda y ella habían acordado que esperarían a que las rescataran. Natalie había leído un montón de libros de crímenes reales, los que sacaba a escondidas del estudio de Elena, así que era consciente de que tenía pocas posibilidades de escapar por su cuenta. Aconsejó a Amanda una y otra vez que no hiciera enfadar al hombre. Elena no iba a parar de buscarla. Encontraría la manera, usaría su podcast para dar con el hombre que las había secuestrado. La ayuda estaba en camino, ellas solo tenían que esperar.

Pero eso había sido el día anterior.

El tiempo se confundía, pero Natalie estaba bastante segura de que había transcurrido una noche entera desde que el hombre asesinó a Amanda. Las dos habían estado encerradas en el sótano varios días, o eso les parecía; no había ventanas que dejaran entrar la luz o la oscuridad y que les indicaran el paso de las horas. Amanda estaba enferma, lloraba y vomitaba en la taza repugnante que representaba el único mobiliario de la habitación además de la cama. No tenían comida, y la única botella de agua que él les había dejado estaba casi vacía después de que Amanda intentara recuperar un poco sus fluidos.

Después de ignorarlas durante varias horas, el hombre al fin abrió la puerta. Traía un tazón para cada una, que contenía unas pocas cucharadas de un puré hervido de color café. Amanda comió un par de cucharadas y acto seguido perdió la cabeza. Le aventó el plato caliente al hombre y se puso a gritar en voz alta y a revolcarse sobre la cama mientras Natalie se encogía, debilitada por el miedo y el hambre. Entonces, cuando Natalie estaba segura de que los vecinos iban a oír a la niña, por más que no lo hubieran hecho antes, el hombre saltó sobre la cama, se sentó sobre su cuerpo e intentó taparle la boca con las manos. Ella lo mordió y él gritó, y entonces agarró la almohada que compartían las dos y se la aplastó contra el rostro. Amanda pataleó y se retorció y gritó con una intensidad que Natalie no había escuchado nunca. Al final, después de varios largos minutos, se quedó inmóvil.

El hombre la dejó en el sótano y subió corriendo al piso de arriba. Natalie lo oyó caminando de aquí para allá, ya que sus pasos hacían crujir los tablones de madera por encima de su cabeza. Al volver no la miró. Natalie se quedó en el mismo sitio que había ocupado desde que Amanda le arrojó el tazón al hombre, con la cara escondida entre las rodillas, hasta que se fue. Cuando al fin volvió a abrir los ojos, Amanda ya no estaba en la cama.

Natalie se había quedado sola.

Se incorporó y escuchó con atención, esperando algún indicio de sus ruidosas pisadas. Nada. El día anterior, al marcharse, estaba rabioso, y no había regresado con comida ni agua. Natalie estaba bastante convencida de que ni siquiera se encontraba en la casa. Si no volvía, si Elena no aparecía pronto, iba a morir allí.

Aquella era su oportunidad. No había ventanas y la puerta del sótano estaba cerrada con llave, pero había un respiradero arriba, cerca del techo.

Natalie empujó la cama hasta el otro extremo de la habitación, haciendo que el metal chirriara contra el suelo de cemento. Tomó el bote de gran tamaño que Amanda había usado para vomitar cuando se sentía demasiado débil como para salir de la cama y lo volcó dentro del inodoro. No había un fregadero en el que pudiera enjuagarlo, así que le dio la vuelta y lo puso sobre el colchón. De todos modos, no iba a dormir más allí.

Cuando se subió sobre él, el bote se tambaleó, pero al pegar las palmas de las manos a la pared pudo recuperar el equilibrio. Uno de los pilares de la cama estaba roto, su extremo afilado y astillado apuntaba contra el techo justo a su derecha. Si se caía sobre él, estaba muerta. Cuando se estabilizó, Natalie levantó los brazos y jaló la rejilla que cubría el respiradero. Al principio esta no cedió, así que se puso a golpearla con el puño mientras un dolor agudo le atravesaba la piel. Tenía que aflojarla.

Entonces, con un último puñetazo, el soporte de metal se soltó y cayó, rebotando sobre el colchón antes de golpear el suelo estrepitosamente.

Natalie contuvo el aliento con la mirada puesta en el techo. No sonó ningún paso por encima de ella.

Volvió a estirar los brazos, esta vez para meter las manos en el respiradero. Este estaba lleno de polvo, se volvía resbaladizo bajo el sudor de sus manos, pero se las arregló para asirse a algo. Aunque ¿cómo podría elevarse? No tenía nada sobre lo que impulsarse, la superficie de la pared era lisa y no tenía puntos de apoyo.

La pared.

Con el corazón a punto de estallarle, Natalie saltó al suelo, tomó el bote y, esforzándose por mantener las manos secas, hizo que se balanceara en dirección a la pared. Tras tres golpes sordos sin obtener resultado, al fin hizo saltar un pedazo de yeso. Tuvo que dar dos golpes más antes de que en el muro apareciera una muesca decente, lo bastante grande como para introducir un par de dedos en ella. Volvió a poner el bote sobre la cama y se subió a él. En esta ocasión, tras agarrarse del interior del respiradero, balanceó la pierna izquierda y puso la punta del pie en la muesca. A continuación tensó los músculos e intentó impulsar su cuerpo pared arriba.

Resbaló, contuvo un grito pese a que ya había montado bastante escándalo. Llevaba días practicando para aguantarse las ganas de gritar. Sus pies cayeron de nuevo sobre el bote. Un olor a orina llenó la habitación. Al principio pensó que salía del bote, pero entonces se dio cuenta de que se había hecho pis encima. Las lágrimas empañaron su visión, de por sí oscurecida. Se sentía como un bebé, o como un animal, o como ambos a la vez. Debía ser más fuerte. Contaba con una ventaja respecto a Amanda. Ella había leído los libros. Había aprendido cosas sobre los monstruos. Tenía que ser más valiente que la otra niña.

Después de recitar una oración rápida, Natalie respiró hondo, estiró los brazos y esta vez no se paró a pensar. Trepó como el niño que intenta sortear una valla para escapar de un acosador, y funcionó. Sintió punzadas en los músculos de la pantorrilla izquierda y de los hombros, pero logró introducirse en el respiradero. Aterrizó sobre el vientre y se quedó jadeando un instante. Solo un instante.

No era un conducto de calefacción, de eso se encargaban los que había en el suelo. Tenía la esperanza de que eso significara que era de ventilación, y que por tanto la llevaría hasta el exterior, hacia el aire frío del invierno y la libertad.

Arrastrarse por el respiradero resultó mucho más sencillo que meterse en él. Usando los codos y las rodillas, avanzó por la base retorciendo el cuerpo, se fue deteniendo de vez en cuando para prestar atención a cualquier sonido que no fuera el de su propia respiración agitada. De repente, el respiradero llegó a su final, y una oleada de pánico la recorrió, pero entonces se dio cuenta de que giraba hacia la izquierda y formaba un ángulo que llevaba hacia arriba. Se puso en pie y agitó las manos en la oscuridad hasta que notó el borde de otro recodo más o menos a la altura de su pecho. Se encaramó a él y se introdujo en el siguiente túnel.

Unos instantes después sintió una pulsión de aire gélido que danzaba sobre su rostro sudoroso. Se estaba acercando. El olor a nieve hizo que se arrastrara a mayor velocidad, los gemidos escaparon sin control de su boca a medida que el aire se iba volviendo cada vez más frío.

Y ahí estaba, golpeando la rejilla del exterior de la casa, de aquella casa desconocida, y se olvidó del ruido, de que tenía que permanecer en silencio, porque el aire estaba allí, y era un aire fresco y limpio, mucho mejor que el olor a muerte y a alcantarilla y a vómito que llevaba días atrapado en sus pulmones. Se abalanzó a través de la rejilla rota y salió tambaleándose a la nieve, se tumbó un momento mientras el brillo del mundo exterior le quemaba las retinas. La nieve caía alrededor de la pijama que cubría su cuerpo.

Entonces, un crujido inconfundible. Un sonido que debería haberle hecho pensar en trineos y peleas con bolas de nieve y en el jarabe de arce derramándose sobre la nieve recién recogida en un tazón, pero que en su lugar llevó a que el miedo le acuchillara la piel. Antes de que pudiera intentar ponerse en pie, él la había agarrado por la nuca, su mano como una pinza de calor sobre su piel.

—Muy lista —susurró él antes de levantarla en un instante como si fuera un bebé, como si ella se hubiera desmayado y él hubiera acudido a ayudarla.

Natalie recorrió con una mirada veloz todo aquello que la rodeaba bajo la luminosidad gris de la mañana, pero no vio más que casas residenciales con las puertas cerradas y las cortinas corridas sobre sus ventanas, tal y como sucedería con las casas de su barrio y probablemente con las de cualquier otro barrio de Minnesota. No había nada fuera de lo común. No tenía ni idea de dónde estaba, y nadie allí sabía que necesitaba ayuda.

Abrió la boca para gritar, pero la voz del hombre, grave y amenazadora, la interrumpió.

—No digas ni pío, o te arrancaré todos los dientes de la boca y dejaré tu lengua para el final.

Su boca se cerró con un clic mientras las lágrimas inundaban sus ojos. Él abrió la puerta sin sacar las manos de debajo de su cuerpo y comenzó a recorrer la casa. El olor a lejía y a brócoli hizo que a Natalie se le revolviera el estómago.

Cuando él la arrojó sobre el colchón mugriento, la niña seguía estando helada, incapaz de moverse o de protestar. En la penumbra, él la miró como si fuera un perro que se había portado mal.

—«Delante de las canas te pondrás en pie, honrarás al anciano y a tu Dios temerás» —resonó su voz en el sótano diminuto—. No escaparás a tu propósito. No me desafiarás. Nadie volverá a desafiarme.

Entonces se marchó y cerró la puerta a su espalda. Unos instantes después, Natalie oyó un estruendo en el exterior, al que siguió el sonido de un taladro.

El hombre estaba sellando la única salida que tenía.

38

Elena

19 de enero de 2020

Cuando por fin se puso en marcha camino de Falcon Heights con el coche, Elena se sentía aturdida, notaba la cabeza pesada después de haber dormido una siesta de varias horas a requerimiento de Tina. Su cuerpo le pedía a gritos algo más de sueño, pero solo pudo ofrecerle la enorme taza de viaje llena de café que tenía en la mano.

Mientras le daba otro sorbo, su teléfono vibró sobre la consola. Cada pocos minutos le llegaba la notificación de varias llamadas perdidas y mensajes diversos. Le echó un vistazo en un semáforo; las notificaciones de periodistas y blogueros a los que había entrevistado en el pasado llenaban su pantalla. Había correos de la emisora del podcast, del detective Sykes, de cerca de un millar de oyentes. Su antiguo nombre, su nombre real, era tendencia en Twitter. Solo abrió un mensaje: el de Angelica, la hermana de Martín:

> Orgullosa de ti. Periodistas en casa, pero no les diré nada hasta que hablemos.

—Mierda —murmuró Elena, que contestó a su cuñada con un agradecimiento rápido y la promesa de que le contaría más cosas muy pronto. Era evidente que subir el episodio aquella mañana había sido la decisión adecuada, pero no se había detenido a considerar que su vida no era la única que iba a verse afectada cuando le revelara al mundo su identidad. No había mensajes de Martín, pero lo más probable era que a él también lo estuvieran inundando de comentarios.

Apagó el celular y lo devolvió a la consola. En algún momento iba a tener que enfrentarse a las preguntas..., pero ya habría tiempo para eso más adelante.

Al llegar a la casa del doctor Stevens vio que las cortinas estaban corridas y que no había vehículos en el camino de acceso. Elena se acercó a echar un vistazo por las ventanas de la puerta del garaje, pero dentro estaba demasiado oscuro como para ver si había un coche.

Tomó el sendero que llevaba a la casa, y entonces se detuvo a mirar el suelo. Allí, ligeramente cubiertas ya por nuevas ráfagas de nieve, había unas huellas que partían de la puerta principal. Le echó otro vistazo a la entrada, regresó y siguió las huellas alrededor de la casa, agradecida por haberse puesto botas.

En el lateral de la vivienda, las huellas se detenían al lado de las marcas de un ángel de nieve. Elena se acordó de cuando era pequeña, antes del A. N., antes de que su infancia se interrumpiera, cuando salía corriendo al exterior después de una ventisca y se hundía en la nieve, arrastrando ansiosa los brazos y las piernas arriba y abajo para crear formas angélicas en el patio trasero.

El doctor Stevens tenía un hijo..., o quizá un nieto, considerando su edad. Esa constatación hizo que algo se desplazara en su mente, y sintió que la asaltaba la duda. Quizá no debería estar allí. No parecía que el doctor Stevens estuviera en casa, y si lo estaba, ella tampoco tenía muy claro lo que tenía que preguntarle. Quizá se ajustara más o menos a la descripción de Danika, pero eso también pasaba con un montón de hombres de la misma facultad. Ni siquiera era calvo del todo; su foto mostraba que tenía una corona oscura de pelo alrededor de la cabeza. Una dona de chocolate, como lo había llamado Tina, y a Elena le saltaron las lágrimas de tanto reírse.

Aun así, tenía que significar algo que tanto la investigación por el asesinato de Leo como la del secuestro de Amanda la hubieran conducido hasta allí. Al menos tenía que llamar a la puerta. De otro modo, aquello quedaría para siempre como una misión inconclusa dentro de su cabeza.

—Solo para tacharla de la lista —murmuró para sí misma mientras rodeaba de nuevo la casa. Llamó al timbre.

Al cabo de un minuto contestó una mujer que tendría su edad. Esta abrió la puerta de madera pero dejó la puerta mosquitera cerrada, y se quedó mirando a Elena a través de ella.

—¿Sí? —preguntó.

Tenía el cabello escaso, rubio y completamente revuelto. Las sombras tallaban zonas de color gris bajo sus ojos vidriosos. Pese al frío que hacía, solo llevaba puesta una camiseta y unos pantalones cortos de algodón.

—Ejem, hola. Me llamo Elena Castillo. Me preguntaba si podría hablar con el doctor Stevens.

—No está en casa.

Elena frunció el ceño. Era raro que el hombre no le hubiera mencionado a esa mujer durante su anterior visita, cuando fue hasta allí para preguntar por Luisa. En ese momento ya debían de estar juntos si confiaba en ella lo suficiente como para dejarla sola en su casa. Por otro lado, si mantenía una aventura con una de sus alumnas de posgrado, era comprensible que deseara mantenerlo en secreto.

La mujer comenzó a cerrar la puerta.

—¡No, un momento! —Elena levantó una mano—. Por favor, deme un minuto de su tiempo. ¿Puedo entrar?

La rubia negó con la cabeza, los ojos desorbitados.

—No, a él no le hará ninguna gracia. De verdad que no puedo hablar con usted.

Al ver el miedo en su mirada, algo se arrastró a lo largo de la columna vertebral de Elena. Había visto esa expresión demasiadas veces cuando hacía seguimientos para Protección de Menores, después de que la policía les informara de una denuncia por violencia doméstica en un hogar en el que había niños. No era un terror desatado, sino una forma cauta de autodefensa.

Aquella era una mujer que se estaba protegiendo a sí misma de la menor perspectiva de rabia por parte de su pareja.

Elena pegó los dedos enguantados en la puerta mosquitera, con la esperanza de que la mujer se lo tomara como el gesto de empatía que era.

—¿Se encuentra bien? —preguntó.

La emoción que Elena había percibido en su expresión, fuera la que fuera, quedó acallada con rapidez.

—Estoy bien. —La mujer fijó una sonrisa a su rostro.

—¿Se siente... se siente a salvo en esta casa? —Elena miró sus brazos, sus muslos, sus muñecas..., todos los lugares en los que cabía esperar que hubiera algún moretón. No los había. Quizá no abusara de ella físicamente, pero la tenía bajo su control.

—¿Qué tipo de pregunta es esa? —inquirió la mujer, que cruzó los brazos para protegerse del viento helado que atravesaba la puerta. Su cuerpo estaba en tensión e inclinado, como alejándose de la puerta—. Pues claro que me siento a salvo.

Elena intentó reformular la cuestión.

—¿Cuánto tiempo lleva saliendo con el doctor Stevens?

—Eso no es asunto suyo.

—¿Cuándo volverá a casa?

—Cuando vuelva. Es profesor universitario, no es que tenga los fines de semana libres.

—¿Y usted? —Elena ladeó la cabeza para que la mujer la mirara a los ojos—. Parece que la desperté. ¿Trabaja de noche?

—Soy estudiante de doctorado —explicó ella bruscamente—. Me pasé toda la noche trabajando en mi tesis. ¿Qué excusa tiene usted para que parezca que lleva una semana sin dormir?

La mujer comenzó a cerrar la puerta de nuevo.

—¡Espere, espere! —Elena rebuscó en el bolso, sacó una tarjeta de presentación y la metió por la rendija entre la puerta mosquitera y el marco—. Lamento haberla molestado. Si en algún momento desea contarme algo, por favor, contacte conmigo en ese número. No soy agente de policía ni nada parecido, pero la ayudaré en todo lo que pueda.

Mirándola con desdén, la mujer tomó la tarjeta y le cerró la puerta en las narices.

Al volver al coche, Elena puso en marcha el motor y se quedó temblando a la espera de que los respiraderos comenzaran a emitir calor. Agarró el celular, lo encendió y lanzó un grito ahogado al ver la pantalla. Tenía nueve llamadas perdidas de Martín. Ignorando los demás mensajes que iban apareciendo, le devolvió la llamada. Él contestó al primer tono.

—Elena, hay algo que tienes que saber acerca de la autopsia de Amanda.

—¿Qué? ¿Qué pasó?

—La asfixiaron, pero encontramos algo en su estómago. Parecen semillas de ricino.

En la morgue, Martín no dejaba de pasearse de un lado a otro de su despacho. Al ver a Elena, se abalanzó hacia ella y la rodeó con los brazos, escondió el rostro en su cuello. Ella se hundió en su cuerpo, absorbió el alivio que le generaba durante unos pocos segundos dedicados a sí misma. Tenía la sensación de que habían transcurrido cien años desde que encontraron el cadáver de Amanda Jordan durante la madrugada anterior.

—Me alegro tanto de que estés a salvo... Me estaba volviendo loco intentando localizarte. —Le puso las manos sobre los hombros para apartarla, como si quisiera asegurarse de que Elena estaba allí de verdad—. Pensé... pensé que quizá había ido por ti.

—¿De verdad encontraron semillas de ricino en el estómago de Amanda?

Martín volteó y agarró una bolsa de pruebas del escritorio. Dentro había un contenedor de plástico sellado con una sustancia húmeda de color parduzco. Elena se tragó la bilis que le subía por la garganta. En un lateral estaba escrito: «Jordan, Amanda: Contenidos estomacales».

—Estoy seguro al noventa por ciento —repuso él—. Hemos estado haciendo pruebas toda la tarde, y hasta donde sabemos se trata de eso. Y mostraba las señales de malestar gastrointestinal y de deshidratación que esperaríamos ver en un caso de envenenamiento por ricina. Mandamos una muestra a un laboratorio más experimentado que el nuestro. Deberían tener los resultados a lo largo de la semana que viene.

—La semana que viene ya dará igual.

Martín cerró los ojos e hizo presión con el pulgar y el índice en sus comisuras, se los frotó para liberarse del sueño.

—Lo comprendo, pero tenemos que confirmarlo antes de poder poner nada en el informe oficial. Estoy demasiado involucrado en este caso... Nuestro departamento no puede permitirse cometer errores.

—Lo sé, tienes razón. No quiero que esto se vuelva

contra ti. —Elena negó con la cabeza—. Esta mañana, durante la entrevista, le hablé a Ayaan del acoso que hemos estado sufriendo. Le envié toda la información al respecto, pero no he tenido tiempo de ver los mensajes para ver si habían descubierto algo. ¿Te ha hablado Sam de su teoría? ¿De que el tipo es un imitador?

Una sombra atravesó la mirada de Martín.

—No, no me dijo nada. Entonces, ¿ya no crees que sea el A. N. de verdad? Esperaba que las semillas de ricino te ayudaran a demostrar que lo es.

Elena volvió a mirar la bolsita con los contenidos estomacales de Amanda, las lágrimas hicieron que la imagen se tornara borrosa.

—La teoría del imitador tiene sentido, incluso con las semillas de ricino que aparecieron en su estómago. Si copió los patrones del A. N., ¿por qué no iba a copiar también su método para asesinar? Pudo asfixiarla por error, o quizá fuera quien fuese simplemente perdió los estribos.

Martín asintió con la cabeza.

—Es posible. Pero sabemos que el A. N. ya había perdido la paciencia en algún asesinato previo. Entra dentro de lo posible, pero tienes razón: ateniéndonos a lo que sabemos de él, esto parece poco cuidadoso.

Elena apartó la vista del contenedor de plástico para contemplar de nuevo a su marido.

—Ayaan piensa que se inspiró en mi podcast. Que tuvo la idea de imitar al A. N. al escucharme detallar sus métodos en «Justicia en el aire».

—Eso es...

—No sigas —lo interrumpió Elena, mirándolo a los ojos—. Quizá haya hecho demasiado sensacionalismo con este caso. Durante esta temporada me centré más en el delincuente que en sus víctimas. Dejé que mi conexión personal con el caso nublara mi visión, y ahora lo estamos pagando. Los padres de Amanda pagaron el precio más alto posible.

—Pero es solo una teoría, Elena —replicó Martín, poniéndole las manos sobre los hombros—. Aún podría ser el A. N. de verdad. Y es posible que siempre te haya tenido en el punto de mira, para vengarse de que huyeras.

—¡No importa! —gritó Elena, y a continuación se rio, sintiéndose al borde de un ataque de histeria—. En serio, no importa su identidad. Sea quien sea la persona que tiene a Natalie, tenemos que encontrarla y detenerla antes de que la asesine, y no tengo ni idea de cuándo lo hará. Amanda murió antes de tiempo, así que no hay motivo para creer que se mantendrá fiel a su patrón a partir de ahora. Le he dado vueltas a este tema en mi cabeza de todas las maneras posibles, y sigo teniendo demasiadas preguntas y ninguna respuesta.

Las lágrimas corrían por las mejillas de Elena.

—Le fallé. Fui débil, frágil.

Un recuerdo irrumpió en su mente como el ciervo que se lanza a cruzar la carretera. Él la llamó frágil mientras le secaba la frente y hacía como que la cuidaba para que recuperara la salud. Le pareció tan solícito en ese momento, tan alejado del hombre que le había ordenado que sacara lustre a sus zapatos con sus lágrimas...

Martín le agarró las manos. El color castaño oscuro de sus ojos estaba vidrioso.

—Ok, tienes razón. Pero tú no eres frágil, *mi vida*. Y no le fallaste. Sabes todo lo que se puede saber acerca del A. N., e incluso si este tipo es un imitador tú puedes derrotarlo. Venciste al de verdad. ¿No es eso lo que dijiste hoy en el podcast?

Mientras parpadeaba, Elena levantó la vista para mirarlo a los ojos. Martín le dirigió una sonrisa burlona y le mostró el celular.

—Sé que probablemente ibas a contármelo esta noche, pero me temo que unas mil personas se te adelantaron. Llevo todo el día recibiendo llamadas y visitas de reporteros en la recepción.

—Lo... lo siento. Debería haberte llamado.

—Ya sabes que desde siempre te he animado a que le contaras a la gente quién eres de verdad —dijo Martín—. Entendí que temieras que pudieran verte como una persona débil o dañada, pero para mí era al revés. Cuando me contaste por primera vez lo que tuviste que vivir, entendí claramente lo fuerte que eras en realidad. Lo único que me sorprendió es que lo soltaras así, de esta manera.

Ella le apretó la mano.

—Algo se quebró cuando Ayaan me dijo que era posible que el asesino se hubiera inspirado en mi programa. En cuanto vi que las noticias informaban de la muerte de Amanda, grabé el podcast y le dije a Tina que lo subiera de inmediato.

—Pero ¿entiendes que no me entusiasme que aparezcas en el podcast desafiando a un asesino en serie delante de cientos de miles de oyentes?

Elena se mordió la cara interna de la mejilla.

—Entiendo lo que quieres decir, pero tampoco es que él ignore dónde vivo. Yo quería que supiera que no le tengo miedo.

Martín suspiró y negó con la cabeza. A continuación le pasó una mano por la nuca y la atrajo para darle un beso.

—Eres muy valiente... Eso nadie puede negarlo. Pero hay una diferencia entre ser valiente y ser temeraria.

—¿Cómo calificarías esto? —preguntó ella.

—Aún no estoy seguro. —Martín hizo una pausa mientras examinaba el rostro de Elena. Entonces le preguntó—: Bueno, ¿Sam y Ayaan ya saben quién eres en realidad?

Elena se desplazó nerviosa sobre el escritorio y miró hacia el suelo.

—No se los he dicho personalmente.

—Acabarán enterándose. Aunque no tengan oportunidad de escuchar el episodio, ya está subido por todas partes.

—Lo sé. Cada cosa a su debido tiempo.

Elena notó la vibración del celular en el bolsillo. El nombre de Tina titilaba en la pantalla, y contestó a la llamada enseguida.

—¿Qué pasa? ¿Te has enterado de algo sobre alguno de los tipos de Mitchell?

La voz de Tina sonó cansada.

—No, no he encontrado nada. Pero pensé que deberías saberlo... Elena, al fin pude rastrear la dirección IP desde la que enviaron un montón de correos con amenazas. —Respiró hondo—. Es la de Simple Mechanic, el taller de Duane y Leo.

Elena le dirigió una mirada a Martín, que de manera evidente podía oír la conversación y se había quedado pálido. Entonces lo recordó de golpe, supo el motivo por el que las palabras del mensaje que le había mandado a Ayaan la habían dejado tan preocupada.

«Ten cuidado con lo que deseas».

Duane le dijo lo mismo cuando Sam y ella lo entrevistaron en el taller.

—Creo que Duane podría ser el imitador.

39

Elena

19 de enero de 2020

Al llegar a la comisaría, Elena se encontró con que el despacho de Sam estaba vacío. No así el de Ayaan. La comandante estaba encorvada sobre su escritorio con la cabeza entre las manos cuando Elena se encaminó hacia su puerta. Vaciló un instante. Ayaan se estaba haciendo un masaje circular con los dedos sobre las sienes, como si le doliera la cabeza. Tenía la chamarra negra arrugada, salpicada de pelos blancos de gato. Era estremecedor verla de algún modo que no fuera en perfecta armonía. Al final, Elena llamó a la puerta y la comandante levantó la vista, sobresaltada.

—Ah, Elena. Hola. —Ayaan le hizo señas para que entrara, y Elena se sentó frente a ella—. ¿Me llamaste? Lo siento, no vi los mensajes.

—Lo intenté, para asegurarme de que seguías aquí. Me alegro de haberte encontrado.

—¿Qué sucede?

Elena se removió en el asiento. La lista que Martín y ella habían realizado en la morgue se había humedecido al contacto con sus manos. Eran todas las pruebas que se les habían ocurrido para relacionar a Duane Grove con los asesinatos de Leo y de Amanda, y también con el secuestro de Natalie. Tina le había prometido que iba a enviarle a Ayaan toda la información que había encontrado sobre la dirección IP.

—Creo que sé quién es el imitador. —Elena dejó el papel sobre el escritorio y lo deslizó hacia la comandante—. Duane Grove. Fue la principal persona de interés en el asesinato de Leo Toca, el tipo al que encontré junto al cadáver. Sam me dijo que no tuvieron pruebas suficientes para retenerlo, y que la cámara de seguridad de una gasolinera lo grabó unos minutos antes del asesinato, pero creo que eso tiene explicación. Posee la suficiente sofisticación criminal como para haber dirigido un deshuesadero de piezas robadas durante años sin que lo arrestaran, así que estoy segura de que sabe falsear una coartada. Si se enteró de que Leo me había llamado y de que yo estaba en camino, pudo cometer el asesinato, regresar a la gasolinera para aparecer en la grabación y volver a la escena del crimen para que yo lo descubriera.

Ayaan examinó el papel.

—¿Y los secuestros?

Elena prosiguió, ignorando la expresión de duda en el rostro de la comandante.

—Ya sabes que en el taller se deshicieron de la camioneta en la que creemos que secuestraron a Amanda. Eduardo era amigo de Duane y de Leo... Podría haberse inventado fácilmente la historia de la persona que le dio la camioneta en la universidad para proteger a Duane. Además, Duane encaja con la descripción que nos dio Danika: un hombre blanco y calvo. Pero lo más importante, Ayaan, es que Tina, mi productora, encontró un montón de correos amenazadores procedentes de la dirección IP del taller de Duane. Lo comprobé: estuvo mandando varios al día desde que encontré el cuerpo de Leo.

Ayaan levantó la vista hacia ella.

—¿Dónde está esa información?

—Me dijo que te la iba a enviar.

La comandante volteó hacia la computadora y movió el ratón para activar el escritorio. Desplazó la pantalla hacia abajo e hizo clic. Estuvo leyendo durante un minuto, y a continuación volvió a mirar a Elena.

—A ver, Elena, la cuestión es que ya sospechábamos de Duane. La conexión entre el vehículo con el que probablemente se realizó el secuestro y su taller hace de él un sospechoso más sólido. Sam se pasó todo el día interrogándolo, pero él insiste en que no sabe nada de los secuestros. Registramos sus propiedades, tanto el taller como su departamento, y ahí no hay nada. Ninguna prueba relacionada con Natalie ni con Amanda.

—Entonces la debe de tener escondida en algún otro sitio —insistió Elena, que miró las notas que había dejado sobre el escritorio, todas las ideas que a Martín y a ella les habían parecido que señalaban de manera evidente a Duane—. Tiene que ser él, Ayaan. Me odia a mí, odia el podcast. Leo dijo que la persona de la que sospechaba tenía té Majestic Sterling en casa. ¿Lo buscaron?

La comandante negó con la cabeza.

—No, pero aunque lo tuviera eso no probaría nada.

Una oleada de nervios azotó a Elena, fue como la ráfaga de viento que cubre de nieve la autopista.

—Sería una pista más de que está obsesionado con el Asesino de los Números. Tiene que ser la persona de la que sospechaba Leo, y el motivo por el que lo asesinaron. Leo vio todas las señales de alarma y asumió que se trataba del A. N. de verdad, no de alguien que lo idolatraba. Así que me escribió al programa. Duane se enteró de algún modo y fue a asesinarlo, porque quería comenzar a matar igual que el A. N. y sabía que Leo iba a estropearle los planes.

—Es una buena teoría, pero todo en ella es circunstancial. Y hay otro problema. Encontramos un cabello largo y negro en la escena del asesinato de Toca, y hoy llegaron los resultados de su ADN. —Ayaan hizo girar la pantalla hacia Elena y maximizó un informe acompañado de una foto policial—. Luisa Toca, su exesposa, a la que se supone que llevaba meses sin ver. Está fichada porque hace unos años la detuvieron por conducir bajo los efectos del alcohol. No hemos logrado localizarla, pero anoche encontraron su coche en una casa abandonada a las afueras de Shoreview. Pensamos que lo dejó allí y que se fue con alguien, probablemente con ese novio nuevo del que nos hablaron sus compañeros de trabajo.

Elena se quedó examinando la foto de la mujer, el brillo desafiante que despedían sus ojos de color café.

—No fue ella. No sé dónde está, pero a Leo lo mataron porque me escribió al podcast acerca del A. N., estoy segura.

—Elena... —Ayaan miró por encima de su cabeza.

Sam estaba en la puerta del despacho de la comandante. Había unas manchas sonrosadas en sus mejillas.

—¿De verdad te crees más lista que el resto del mundo, Elena? —profirió el detective, dando un paso hacia ella. Tenía unos círculos de color gris debajo de los ojos, que estaban inyectados en sangre, y el agotamiento hacía que su voz sonara ronca—. Tenemos una prueba de ADN que apunta a una sospechosa que huyó, ¿y tú sigues pensando en tu estúpido podcast?

—¡Lo siento, pero no han pasado ni doce horas desde que ustedes mismos me dijeron que esto estaba relacionado con mi puto podcast! —exclamó ella con brusquedad—. No sé por qué había un pelo de Luisa en la casa de Leo, pero me parece que podría haber varios motivos. Como que se quedara pegado a algún mueble que él se trajo de su antigua casa. O quizá ella fuera a verlo para hacer las paces. O quizá Duane lo dejó allí para confundirlos.

Sam negó con la cabeza y soltó una carcajada aguda.

—No todo el mundo tiene un plan maestro, por mucho que tú pienses que sí. Aunque supongo que tiene sentido, dado que te has pasado todo este tiempo mintiendo sobre tu verdadera identidad.

Elena se mordió la lengua y cerró los ojos con un parpadeo nervioso. Había sido una cuestión de tiempo. Cuando los abrió de nuevo, Sam tenía la barbilla levantada, crecido por la victoria.

—Así es. Acabo de escuchar tu último podcast, Eleanor —dijo el detective, que desplazó la mirada hacia Ayaan—. No tienes ni idea de con quién estás trabajando en realidad, ¿verdad? Elena es Nora Watson. El motivo por el que está tan obsesionada con el A. N. es que ella misma fue una de sus víctimas.

Elena se quedó contemplando la mesa, sintiendo punzadas en la cara, incapaz de levantar la vista hacia la comandante. Ayaan no dijo nada.

—¿Lo sabías? —inquirió Sam.

Pues claro que la comandante no lo sabía. Era obvio que no. Las lágrimas nublaron la visión de Elena.

—Has estado trabajando con una mujer inestable y traumatizada que sigue obsesionada con atrapar al hombre que la secuestró, ¡y ni siquiera lo sabías!

—¡Eh! —Elena lo miró furiosa, ignorando el pánico que se había desatado en sus entrañas—. No soy inestable y no estoy obsesionada. El único motivo por el que no le conté a nadie quién soy es porque sabía que todo el mundo comenzaría por asumir eso que dices. Me conozco el caso del A. N. a la perfección por lo que me hizo, sí, pero también porque soy una buena investigadora, carajo. Que haya vivido un trauma no quiere decir que sea una inútil.

—Elena, nos has estado mintiendo a Ayaan y a mí durante todo el tiempo que has pasado aquí —repuso

Sam, cuya rabia no lograba ocultar lo dolido que se sentía—. ¿Te imaginas lo dañino que será cuando los padres de Amanda se enteren? Van a escuchar que admitiste en el podcast que alguien mató a su hija para llegar hasta ti. Vamos a estar en apuros y nos culparán de su muerte, y todo por ti.

—Ya es suficiente, Sam.

Al detective le ardía la mirada, pero cerró la boca.

Ayaan la miró a los ojos, en su rostro se dibujó una emoción que Elena no pudo acabar de descifrar.

—Maddie Black... Debería haberlo sabido. Este es el motivo por el que el caso del A. N. te ha estado consumiendo desde que te conozco.

—Ayaan, lo siento. Yo no... no le conté a nadie lo que me pasó. —Sintió que un fogonazo de calor recorría su piel, una humedad creciente en las axilas. No podía soportar la manera en que la contemplaba la comandante. Como si la hubiera traicionado.

—¿Pensaste que te juzgaría por ser una víctima? ¿Por querer encontrar al hombre que destrozó tu infancia? —preguntó Ayaan con voz ronca.

Elena se incorporó sobre la silla.

—No quiero ser una víctima. No quiero que eso sea lo primero que la gente sepa de mí, y así fueron las cosas durante el bachillerato, durante la universidad. Hasta que me casé con Martín y me cambié de nombre. En Protección de Menores conocían mi historia, por supuesto, pero mi jefe tuvo la amabilidad de no contársela a los compañeros. No era de su incumbencia, no debía importarles.

—A mí sí me importa. —La energía había regresado a la voz de Ayaan, que resonó en el despacho. Tanto Elena como Sam guardaron silencio mientras la comandante ordenaba sus pensamientos. Entonces puso las palmas sobre la mesa y miró a Elena con una expresión de seriedad en sus ojos cafés—. Te advertí varias veces que te estabas extralimitando con este caso. Incluso me hice la vista gorda cuando descubrí que habías despistado al detective Hyde para continuar investigando después de que yo te dijera que no lo hicieras. Pero Sam tiene razón: tu comportamiento impulsivo a lo largo de la última semana ha puesto a muchas personas en peligro, incluyéndote a ti misma. Creo que lo mejor será que te vayas a casa.

Elena deseaba defenderse, pero a duras penas logró obligarse a mirar a la comandante. Que la echara de su despacho y que Sam se carcajeara a su paso era peor incluso que el hecho de que estuviera enojada. Elena la había decepcionado. No había confiado en ella lo suficiente como para contárselo todo, y en ese momento ya era demasiado tarde.

Sin decir una palabra más, Elena abandonó el despacho y salió al exterior. El viento le secó las lágrimas de los ojos e hizo que sintiera un escalofrío en lo más profundo de su ser. Puso en marcha el coche, sin saber muy bien qué debía hacer a continuación.

Ayaan le acababa de contar que no habían sido capaces de encontrar ningún rastro de Natalie en la casa de Duane, así que este debía de tenerla en algún otro sitio, un lugar desconocido para la policía. Cada segundo que pasaba desaparecida, la vida de la niña corría peligro. Habían asesinado a Amanda dos días antes de tiempo, así que quién sabía lo que podía pasar al día siguiente, cuando debería haber muerto según la cuenta atrás. Duane ya había roto el patrón de su ídolo. ¿Qué le impediría adelantar también el asesinato de Natalie?

La policía no tenía pruebas para arrestar a Duane, pero eso no era impedimento para que ella hablara con él. Tendría que conseguir una confesión.

40

Podcast «Justicia en el aire»

Grabación del 20 de enero de 2020
Cinta no emitida: entrevista con Duane Grove

ELENA:
Hola, Duane.

DUANE:
¿Qué carajo quieres? Es tardísimo, y me pasé todo el día
hablando con la puta policía.

ELENA:
Serán solo unos minutos. ¿Me dejas entrar?

DUANE:
[Después de una pausa.] Ok. Límpiate los pies.

ELENA:
Sé que no te caigo bien. Lo has dejado claro. Pero esperaba
que pudieras responderme a algunas preguntas sobre Leo.

DUANE:
Con un carajo, ya les conté todo lo que sé. ¿Estás grabando

esto para dárselo a la policía? ¿Crees que soy lo bastante estúpido como para confesar delante de tu micrófono un crimen que no cometí?

ELENA:
Duane, te juro que no vine a meterte en problemas. No estoy intentando manipularte. Leo me llamó el día de su muerte para informarme sobre un caso en el que llevo trabajando más de una década. ¿Sabes algo al respecto?

DUANE:
[Suspira ruidosamente.] No, no sé nada.

ELENA:
Yo creo que sí.

DUANE:
Ya te lo dije, Leo estaba obsesionado con tu estúpido podcast. Comenzó a ver cosas que no estaban allí, se ponía nervioso pensando que sabía quién era el A. N.

ELENA:
¿Eso te dijo?

DUANE:
Sí, no callaba con eso. Hiciste que se pusiera como loco y mira lo que le pasó. El día que escribe a tu programa, van y lo matan.

ELENA:
Entonces sabías que me había escrito.

DUANE:
Sí, me dijo que iba a hacerlo. Me dijo que creía tener pruebas suficientes para mostrártelas al fin.

ELENA:

¿Y sabes sobre quién estaba recopilando esas pruebas?

DUANE:

No. Se lo pregunté, pero no quiso decírmelo.

ELENA:

¿Alguna vez sospechaste que podías ser tú?

DUANE:

[Al cabo de una larga pausa.] Además de ser una zorra estás mal de la cabeza, ¿lo sabías?

ELENA:

Gracias.

DUANE:

¿De verdad viniste hasta aquí para acusarme de ser un asesino en serie? ¿Crees que ese micrófono te va a proteger?

ELENA:

Puedo protegerme sola.

DUANE:

Para, mierda, ¿qué estás haciendo? No puedes hacer eso. ¿No trabajas para la policía?

ELENA:

Responde a la pregunta, Duane. ¿Sospechaste en algún momento que Leo pensaba que eras el Asesino de los Números?

DUANE:

Yo... ¡No! Carajo, no me apuntes con esa cosa, relájate. No. No soy el maldito Asesino de los Números, ¿ok? Yo tenía, no sé, quince años cuando mató a esas chicas.

ELENA:

Ese es el tema, Duane. Ya no tenemos tan claro que el secuestrador de Amanda y de Natalie haya sido el verdadero Asesino de los Números. Lo más probable es que se trate de un imitador barato. Un imitador que se inspiró en mi podcast para comenzar a emular los métodos del A. N. y para ponerme en el blanco yendo por la niña a la que más quiero. Porque me odia. Y creo que tú eres un candidato bastante bueno para ese puesto, ¿sabes por qué? Porque tengo esto. Docenas de correos de la semana pasada con amenazas contra mi vida, dejando claro que sabes dónde vivo. Y todos salieron de tu taller.

DUANE:

Y... tú crees que...

ELENA:

Sí, lo creo.

DUANE:

Yo no... Mandé esos correos porque estaba enojado contigo por hacer que mataran a Leo, no porque fuera a hacerte daño de verdad.

ELENA:

Sigue hablando.

DUANE:

Eso es todo, ¿ok? Leo murió porque iba a darte información sobre el A. N... o sobre alguien que pensaba que era el A. N., no lo sé. Lo único que sé es que mi mejor amigo te mandó un correo sobre tu estúpido caso y acabó muerto una hora después. Pensé que debías enfrentarte a las consecuencias de involucrar a la gente en casos como este, eso es todo. Simplemente pensé que no debías irte así nada más.

ELENA:

Así que me amenazaste.

DUANE:

Nunca planeé hacer nada, lo juro. Solo pensé que quizá te tomarías las cosas más en serio, que dejarías de arruinarle la vida a la gente. Ahora ¿puedes guardar la pistola?

ELENA:

De acuerdo, Duane. Pongamos que te creo, mira. Aún podría denunciarte. Pero estaría dispuesta a dejarlo pasar si tú te detienes a pensar un poco. Intenta recordar todo lo que Leo dijo e hizo durante los últimos días antes de morir. La policía dice que había un pelo de Luisa en su departamento. Creen que ella tuvo algo que ver con su asesinato.

DUANE:

No, no, eso no tiene sentido. Ella comenzó a salir con un tipo nuevo hace unos meses, y a Leo le molestó, pero estaban bien. Ella nunca le habría hecho daño.

ELENA:

Si estaba con otra persona, ¿por qué habría de ir a su departamento?

DUANE:

No lo sé. A él no parecía gustarle demasiado su nuevo novio, pero supongo que no era ninguna sorpresa. Tengo la sensación de que pensaba que el tipo era peligroso. Pero estaba muy nervioso con eso. Creo que lo estuvo siguiendo un tiempo, intentando atraparlo en algo turbio para poder convencer a Luisa de que cortara con él. No lo sé, supongo que lo descarté pensando que solo estaba celoso.

ELENA:

Me parece que es algo que la policía debería saber. ¿Se lo contaste?

DUANE:

No soy ningún soplón. Hasta donde sé, Luisa y el tipo eran felices. Leo estaba paranoico. Pensaba que todo el mundo amenazaba a la gente por culpa de podcasts como el tuyo.

ELENA:

De acuerdo, Duane. De acuerdo. ¿Sabes dónde está Luisa ahora?

DUANE:

Su novio vive en algún lugar de Falcon Heights. Probablemente esté con él.

ELENA:

¿Cómo dices?

DUANE:

En Falcon Heights. Es un tipo que vivía enfrente de la casa de su madre. Luisa lo conoció un día en que se había peleado con ella. Leo lo conocía de antes, por eso se enojó tanto cuando Luisa comenzó a salir con él. Creo que habían coincidido en el trabajo o algo así.

ELENA:

¿En el trabajo? ¿En la Universidad Mitchell?

DUANE:

Sí, Leo trabajaba allí como conserje. Supongo que el novio era profesor o algo así. Y, ahora, ¿me dejarás en paz de una vez, carajo? Podría denunciarte por haberme amenazado, ¿sabes? Apuntar a alguien con una pistola es asalto.

ELENA:

Adelante, Duane. Estoy segura de que a la policía le encantaría que volvieras a visitarlos en la comisaría, y de que firmaras una declaración.

DUANE:

Púdrete. Largo de mi departamento.

ELENA:

Me ayudaste mucho. Gracias.

41

Elena

20 de enero de 2020

Cuando Elena volvió de visitar a Duane, en la casa reinaba un silencio inquietante. Eran más de las dos de la madrugada. Fuera había un agente sentado en la patrulla, vigilando, tal y como Ayaan le había prometido. Aunque en realidad no consideraba que su vida corriera peligro, se sintió agradecida por su presencia.

Al entrar subió el termostato y se quitó la bufanda del cuello. Mientras se desabrochaba el abrigo, se quedó mirando su reflejo en el espejo del vestíbulo. Las sombras profundas bajo sus ojos revelaban lo poco que había dormido durante los últimos días.

—Estás en casa —dijo Martín desde lo alto de la escalera, con el pelo alborotado después de todo un día de pasarse las manos por él fruto del estrés.

Elena se agarró del barandal y lo miró.

—¿Qué haces despierto?

—No podía dormir sin ti en casa. —Bajó la escalera hasta quedar justo por encima de ella y colocó una mano cálida sobre la suya—. ¿Qué te dijo Ayaan?

Elena suspiró, intentando contener una oleada de agotamiento.

—Es una larga historia. No me cree, pero de todos modos ya no estoy tan segura de que haya sido Duane.

Martín se sentó sobre el escalón para que sus ojos quedaran al mismo nivel. Estiró el brazo y le acarició la mejilla. Su pulgar rozó las bolsas que tenía debajo de los ojos.

—¿Por qué piensas que no fue Duane?

Elena cerró los ojos, consciente de que si no lo hacía, él percibiría la mentira en su mirada. No tenía fuerzas para explicarle su razonamiento a la hora de ir sola al departamento de Duane, con o sin la pistola. La cosa daría pie a una nueva discusión sobre su carácter impulsivo, algo que posiblemente se merecía, pero para lo que no tenía tiempo.

—Es una corazonada. Vete a la cama, Martín. Te prometo que vendré en cuanto tenga lo que necesito.

Él guardó un momento de silencio, mientras su mirada la sondeaba en busca de la verdad. Entonces dijo:

—Por si te ayuda, esta tarde al fin localicé a la señora Turner. A su hija, en realidad. Al parecer, se la llevaron de urgencias al hospital porque sufrió un ataque al corazón justo una hora antes de la clase con Natalie. Una persona anónima llamó al 911 y les dio su dirección, pero la mujer estaba sola cuando llegó la ambulancia.

Elena tenía la sensación de que en cualquier momento iban a fallarle las rodillas. Se sujetó al barandal con más fuerza.

—¿Se recuperará?

—Su hija cree que sí. No sabía que tuviera problemas de corazón, así que para ella fue una sorpresa.

—¿Crees... crees que le administraron algo?

Martín se frotó la barbilla por un instante, antes de pasarse la mano por la nuca y mirar hacia algún punto por encima del hombro de Elena.

—Eres tú quien dijo que el secuestrador podía haberlo organizado, que tenía que saber que Natalie volvería caminando a casa sola. Bueno, quizá así es como lo supo. Se aseguró de que sucediera. —Elena se restregó los ojos.

—Es posible. —Martín observaba sus movimientos con expresión preocupada—. Necesitas dormir, *amor*.

—Esta noche no voy a dormir —indicó ella—. Tengo que investigar algo.

Él dejó escapar una larga espiración antes de darse una palmada en las rodillas y ponerse en pie.

—De acuerdo. Sé muy bien que no me conviene discutir. Pero, por favor..., por favor, avísame si necesitas ayuda.

Ella lo miró a los ojos con la esperanza de que su sonrisa camuflara la culpa que iba creciendo en su interior. Ya tendría tiempo para contárselo todo más tarde, cuando Natalie estuviera sana y salva en su casa. Lo observó mientras subía la escalera y desaparecía al fondo del pasillo.

Armada con una cafetera recién hecha y dos tostadas con mantequilla de cacahuate, Elena se instaló en el estudio. Le mandó un mensaje de texto a Sam, explicándole lo que Duane le había contado acerca de Luisa. Quizá el detective no fuera su mayor fan en ese momento, pero merecía estar al tanto de las pistas que ella encontrara sobre su caso.

A continuación volteó hacia la computadora. El doctor Douglas Stevens había estado saliendo con Luisa Toca. Ella llevaba desaparecida desde poco antes de que asesinaran a su exmarido. A este le habían matado menos de una hora después de que le dijera a Elena que sabía quién era el A. N. Aunque no fuera policía, Elena era consciente de lo que costaba organizar un caso de asesinato contra una persona. En el mejor de los casos, todo aquello convertía a Stevens en una persona de interés.

Elena ya le había demostrado a Ayaan que no era digna de su confianza. Había sugerido una teoría tras otra, y se había equivocado en cada una de ellas. Si iba a presentar a Stevens como un posible sospechoso, necesitaba un caso sin fisuras, no una serie de conexiones extrañas. No obstante, algo relacionado con la visita de aquella mañana seguía acuciándola: el miedo en los ojos de su novia, el reconocible lenguaje corporal de una mujer maltratada. Y ya había tenido un mal presentimiento la primera vez que vio la casa.

Pero la intuición no era ninguna prueba.

Tuvo que realizar varias búsquedas antes de encontrar un artículo sobre el doctor Douglas Stevens que incluyera una corta biografía. Se crio en el sudeste de Minnesota, se graduó como número uno de su promoción en 1992 con un doble título en Matemáticas y Física. A continuación comenzó a realizar un doctorado en Matemáticas Aplicadas en Yale, y lo acabó en la Universidad Mitchell de Minneapolis.

Era una combinación un poco rara acudir a dos de las mejores universidades del país para luego volver a su estado natal y acabar el doctorado en un centro de nivel medio. A Elena solo se le ocurrían dos motivos para que alguien hiciera eso: familiares o románticos. Quizá había retomado su relación con un amor de infancia, y había renunciado a los centros de la Ivy League para estar con ella. Había infinitas posibilidades pero, fuera cual fuera el motivo de su regreso, se había quedado allí.

Douglas Stevens no encajaba con el perfil de un imitador. Era demasiado mayor, demasiado inteligente, demasiado maduro para dejarse consumir por el deseo de la fama ajena. Eso solo dejaba una opción.

La biografía incluía una foto tomada algunos años atrás, y Elena se quedó observándola durante un rato. Deseaba tanto acordarse de su cara, reconocerlo de golpe... Pero no pasó nada; allí donde debería estar el recuerdo no quedaba más que un borrón de gis. Una vez más, sacó el boceto que Danika había ayudado a realizar y lo sostuvo al lado del rostro de la pantalla. Entornó los ojos, inclinó la cabeza hacia un lado... Podía funcionar. No era completamente distinto del retrato, pero ella nunca habría señalado a Stevens en una rueda de reconocimiento basándose en él. Claro que Danika era una niña de primero. Elena recordó su imagen —el pelo infantil que le caía sobre la piel de color avellana, las coletas tensas que se mantenían en su sitio gracias a unos pasadores baratos de color azul y morado—, sentada al lado de su madre, describiendo al secuestrador delante del retratista en voz baja, temblorosa. ¿Hasta qué punto habría sido precisa en su descripción?

Stevens no tenía cuentas en las redes sociales, pero sí disponía de un perfil completo en la página web de la universidad. Era bastante seco, estaba lleno de reseñas sobre trabajos que había escrito solo o en equipo, ecuaciones y un lenguaje que a Elena le resultaban incomprensibles. Pero también ofrecía un resumen más detallado de su currículo. Al llegar a las fechas de sus estudios de doctorado se detuvo: 1995-1999.

Si había comenzado el doctorado en agosto de 1995, regresó a Minnesota seis meses antes de que muriera la primera víctima del Asesino de los Números.

Elena sintió que le faltaba el aire.

Hizo rotar la silla para mirar el Muro de la Aflicción, los retratos de las víctimas que había pegado cuidadosamente en dos filas de cinco.

Kerry Presley. Beverly Anderson. Jillian Thompson. Todos ellos eran estudiantes universitarios.

Tomando respiraciones cortas por la nariz, Elena consultó las notas que tenía sobre cada una de las víctimas. Kerry y Beverly eran alumnos de la Universidad de Minnesota, y Jillian era de Bethel. Pese a la abundancia de colegios y universidades que había en Minneapolis, las comunidades académicas de estos no estaban aisladas. Había numerosas razones por las que los alumnos de diferentes centros podían coincidir: acontecimientos deportivos y musicales, debates, clubes de matemáticas...

A menudo, la primera víctima era la que más cosas te revelaba acerca de un asesino en serie. Con él aprendió, comenzó a perfeccionar su oficio, y lo más probable era que cometiera errores. A menudo, además, era la persona que lo conducía más allá del límite, la persona que disparaba un instinto que había permanecido latente durante años.

Elena abrió el archivo de Kerry. Estudiaba física, se disponía a graduarse pocos meses después. La noche en que desapareció acababa de romper con su novia. Salió del restaurante en el que habían cenado juntos y dejó que ella se quedara con el coche para volver a casa. Debía de estar alterado, caminando sin destino fijo. Helado. La policía tuvo la seguridad de que había aceptado que alguien lo llevara en coche. Los hombres eran más proclives que las mujeres a subirse al coche de un extraño, pero la madre de Kerry estaba segura de que él no lo hubiera hecho. Era cauto y enjuto en comparación con la ancha constitución nórdica de la mayoría de los hombres de la zona.

Entonces lo vio. Una sencilla frase en el currículo del joven, sobre la que había pasado apresuradamente tantas veces: «Oyente en una clase de termodinámica en la Universidad Mitchell, 1996».

Se tapó la boca con las dos manos sin apartar la vista de la pantalla. Stevens habría formado parte del programa de posgrado en Mitchell durante el mismo semestre en que Kerry asistió como oyente a una clase de su Departamento de Física. Como la mayoría de los alumnos de doctorado, lo más probable era que Stevens hubiera hecho de profesor auxiliar como parte de su acuerdo de financiación con el centro. Aquel era el motivo por el que el A. N. no quiso que se le reconociera el asesinato de Kerry. Había cometido un error al matar a alguien con quien estaba relacionado.

Con manos temblorosas, Elena agarró el celular y salió del estudio.

42

D. J.

20 de enero de 2020

Douglas estaba sentado delante de la ventana, bajo la luz grisácea del amanecer, tomándose una taza de té.

Aún recordaba la primera vez que su padre le habló del sacrificio. La Biblia describía sus pasos a grandes trazos: tenían que rezar y conferir todos sus pecados y fracasos y defectos a otro ser antes de abrirlo en canal y ofrecérselo a Dios. Cada imperfección debía limpiarse con la sangre de otra. Así había recuperado más de la mitad de su vida, cada segundo echado a perder bajo el control de Loretta o de su padre, desde el momento en que murieron sus hermanos.

Y entonces, cuando estaba tan cerca de completar la tarea, el reloj se detuvo. La niña escapó.

Se había pasado veinte años esperando. Algún día, Eleanor tendría una hija, y esa hija ocuparía su lugar. Un cordero en vez de una cabra. Justo cuando comenzaba a perder la esperanza apareció Natalie, y él vio crecer el vínculo entre ambas. Aquel era el día en que la niña iba a cumplir con su propósito: morir en vez de Amanda. Douglas ya no podía seguir esperando.

Amanda no era la primera chica que moría demasiado pronto, pero sí fue la primera a la que mostró antes de tiempo. Douglas dio unos golpecitos con la uña sobre la taza. La había transportado hasta la casa abandonada, dispuesto a dejarla en el garaje helado hasta el séptimo día. Pero se encontró a la policía fuera, tomando fotos del coche que había dejado en el camino de acceso con la esperanza de que pasara desapercibido. Llevarla de vuelta a casa era demasiado arriesgado, y la única opción que le quedaba se hallaba a una hora de distancia: demasiado lejos como para conducir hasta allí con un cadáver.

Eso le dejaba un solo escenario, y estaba a pocos minutos. Aquello le provocó una satisfacción leve, como cuando se intenta saciar una sed terrible con una sola gota de agua.

Tenía planeado esperar hasta que Natalie completara sus seis días de trabajo, pero esa mañana, al despertar, el ansia había sido demasiado fuerte. Era el séptimo día desde que secuestró a Amanda, y no podía dejarlo pasar. La niña iba a disfrutar de su jornada de descanso antes de tiempo. Ese día, Douglas iba a continuar la labor que había iniciado más de dos décadas atrás con Kerry Presley.

Después de estrangular a Kerry, Douglas se había dirigido hacia la casa de su padre, el único lugar donde sabía que iba a estar a salvo. Llevó el cuerpo al granero y cerró la puerta con candado al salir. Unos días más tarde vio a una chica desafiando a su novio en la calle. Sin la menor consideración hacia el orgullo del joven. La siguió, le mostró su identificación de la universidad y se ofreció a acompañarla a casa. El resto fue sencillo.

Cuando averiguó la edad de la chica, todo encajó. Había una razón para que matar a aquel muchacho, para que destruir la versión ingenua y enamorada de su propio ser, no hubiera resultado suficiente. Los números se organizaron solos en una fórmula; las Escrituras volvieron a cobrar vida para él. Sabía lo que tenía que hacer. A partir de ese momento, su ansia por acabar con la cuenta atrás fue insaciable.

Ese día, tras tantos años de paciencia, estaba a punto de recibir la satisfacción que se le debía. Su mundo iba a enderezarse. Había esperado el tiempo suficiente.

En el celular, Douglas deslizó el dedo para acceder a la grabación de la cámara del sótano. Natalie continuaba doblada sobre un lateral de la cama; en la penumbra, su espalda desnuda ofrecía un resplandor de color blanco azulado. El cuerpo se le tensó y se estremeció mientras vomitaba en el bote que él le había dejado. El veneno estaba haciendo efecto con rapidez. Había comenzado a dárselo solo la noche anterior, pero había maneras para asegurarse de que muriera ese día.

Douglas fue a verla. Descorrió el pasador y bajó por la escalera ignorando el olor agrio de los desechos corporales de la niña. Natalie estaba en la cama, en posición fetal, de espaldas a él. Se sentó a su lado y comenzó a acariciarle los hombros, tal y como haría un padre con su hija, pero ella se aventó de la cama y fue a desplomarse en la esquina opuesta de la habitación. Intentó gritar, pero no le salió más que un graznido agudo. Cubriéndose el pecho con las rodillas, se pasó los brazos alrededor de las espinillas para volverse lo más pequeña posible.

—Estás enferma, Natalie. —Hizo que su voz sonara amable, una mentira piadosa—. Deberías guardar reposo.

—Mi cama está cubierta de mierda. —Espetó la última palabra.

Qué niña tan desvergonzada. Douglas se puso en pie y dio un paso hacia ella, pero Natalie sacó la barbilla y no apartó la mirada. Se parecía tanto a Eleanor... Era evidente que el Señor había tenido un motivo para unir sus caminos, que la había consagrado con ese propósito.

—Esa manera de hablar es impropia de una jovencita —dijo—. «No rehúses corregir al muchacho, porque si lo castigas con vara, no morirá. Lo castigarás con vara y liberarás su alma del Seol».

Pese a la oscuridad pudo ver la furia de su mirada.

—Esos versos no significan eso. Yo también me sé la Biblia, idiota.

La rabia estalló en su interior, y de una zancada se acercó lo suficiente a la niña como para agarrarla por los hombros y levantarla del suelo. Natalie gritó, perdió toda su valentía mientras la estampaba de espaldas contra la pared.

—La tuya no es la primera lengua afilada que he amenazado con cortar, pero las demás tuvieron el sentido común de mantener la boca cerrada después del primer aviso. —Acercó el rostro a la cara de la niña—. ¿Necesitas algo más que una advertencia?

Natalie bajó la mirada al fin y se tapó el pecho con las manos mientras la pelea se filtraba a través de su piel en forma de sudor. Al cabo de un instante, él la plantó en el suelo. Sin levantar la vista, ella susurró:

—Estoy enferma. Por favor... —Tragó saliva—. Por favor, lléveme al hospital. Diré lo que usted quiera. Pero... no me quiero morir.

Con qué rapidez le había dado una lección de humildad... Douglas se rio, apoyando un hombro contra la pared mientras la observaba.

—La verdad es que eres una niña estúpida.

Natalie lo contempló por un instante. Entonces, irguiéndose, sin dejar de cubrirse con las manos, dijo:

—«Y cualquiera que haga tropezar a alguno de estos pequeños que creen en mí, mejor le fuera que se le colgase al cuello una piedra de molino de asno y que se le hundiese en lo profundo del mar».

Douglas se quedó paralizado, sin dejar de mirarla.

Ella volvió a hablar.

—«No provoquen la ira a sus hijos».

—Cállate.

Ella lo rodeó hasta quedar de espaldas a la base de la cama, y él desplazó su cuerpo siguiendo el de ella para mantenerla a la vista. Natalie se agachó para recoger la camiseta del suelo y se la pasó por la cabeza, y a continuación abrió los brazos, como desafiándolo a que arremetiera contra ella. La rabia y la excitación aceleraron el pulso de Douglas. Pese a todo lo que había hecho para quebrarla, seguía habiendo tanto fuego en esa niña...

—¿Crees que te tengo miedo? —preguntó, retrocediendo muy lentamente.

«Sí», pensó él mientras Natalie seguía hablando.

—Utilizas la Biblia como justificación para torturar a niñas pequeñas, pedazo de monstruo. Lo único que puedes hacer es matarme, pero tú... —Dejó escapar una sonora carcajada, casi salvaje, y lo señaló con un dedo—. Tú arderás en el infierno por lo que has hecho.

Un interruptor se encendió en su interior por segunda vez en pocos días. Primero con Amanda, ahora con ella. Pasó a verlo todo en rojo y se concentró en su pequeño cuerpo jadeante. Arremetió contra la niña saltando para derribarla. En el último momento, Natalie se apartó y él vio el afilado poste de metal que sobresalía del armazón de la cama.

43

Elena

20 de enero de 2020

Las persianas de la casa de Douglas Stevens estaban bajadas, impidiendo el paso de los primeros rayos de sol. Era imposible saber si había alguien allí. Elena observó la vivienda durante un instante, esperando alguna señal de movimiento o de vida. No vio ninguna.

Martín debía de estar a punto de despertarse, de preguntarse dónde estaría ella. Había apagado el celular al enviarle a Ayaan la información que había encontrado. Elena no lograba recordar cuándo había tomado la decisión de ir hasta allí, pero en los momentos que siguieron al hallazgo de la relación entre Douglas y Kerry se metió en el coche y se plantó delante de la puerta del sospechoso.

Lo único que le importaba era sacar a Natalie de allí. Douglas había escapado a una persecución policial de varias décadas, así que debía de tener un plan por si los agentes se presentaban en su casa. La niña era la siguiente en su lista de asesinatos. Elena no podía permitirse esperar.

Después de que transcurriera otro minuto sin ningún movimiento en la casa, Elena comprobó que la pistola estuviera cargada, salió del coche y avanzó con rapidez por la banqueta.

No respondieron cuando llamó, y no oyó nada en el interior. La puerta contaba con una cerradura de seguridad. Cuando Elena fue su prisionera, Douglas tenía la costumbre de salir de la casa temprano cada mañana, así que era posible que siguiera haciendo lo mismo. Si lograba llegar hasta Natalie mientras la niña estaba sola, nadie saldría herido.

Elena bajó los escalones de la entrada y comenzó a rodear la casa en busca de una entrada trasera. Un vistazo rápido al barrio le reveló que no había vecinos chismosos, pero existía la posibilidad de que algún viejo cascarrabias viera lo que estaba pasando y llamara a la policía. Aquel era el típico lugar que acogía a montones de jubilados que se resistían al inevitable traslado a una residencia de la tercera edad..., gente que no tenía nada mejor que hacer que plantarse delante de una ventana a ver pasar el mundo. Debía darse prisa.

Atravesó rápida pero cautelosamente el jardín hasta llegar al lugar donde había visto el ángel de nieve. La nieve caída durante la noche lo había tapado casi por completo, pero Elena aún pudo reconocer su perfil. Ya no estaba tan limpio como lo recordaba, pero eso no tenía por qué significar algo. Durante el invierno, los niños eran impredecibles. Cuando Natalie tenía seis o siete años, solían salir a jugar fuera después de cada ventisca. Recordó el caminar de pato de la niña, con sus gruesos pantalones para la nieve y unas botas demasiado grandes que la llevaban a tropezar cada tres pasos. La manera en que se derrumbaba sobre los montículos blancos y su risita ante el suave puf con que su caída hacía que el polvillo fresco se elevara flotando hacia el cielo.

Existía la posibilidad de que Douglas tuviera un hijo, un niño que había salido a jugar y que simplemente se había caído o se había mostrado algo torpe en su intento por hacer un ángel de nieve. Pero, cuanto más lo observaba, menos le parecía una huella intencionada. Más bien parecía el resultado de un forcejeo. Una ráfaga de aire helado la dejó sin aliento.

Elena miró a izquierda y derecha. Las huellas que había seguido eran grandes, del tamaño de un hombre adulto. ¿Había llevado el hombre a Natalie hasta allí para arrojarla sobre la nieve? No tenía sentido. Miró hacia arriba, preguntándose si la niña habría descendido desde una ventana superior, tal y como había hecho Elena en una casa diferente más de veinte años atrás. Pero no había nada de lo que sujetarse, ninguna tubería, ninguna rama de algún árbol cercano.

Al mirar de nuevo hacia la casa, Elena vio algo en lo que no había reparado antes. Un trozo de madera lisa pegado de manera burda al enlucido y con una capa de pintura fresca. Estiró el brazo y pasó las yemas de los dedos por él. La madera despuntaba algo más de un centímetro sobre el lateral de la casa, como si cubriera algo. Elena pegó la cabeza al muro tanto como le fue posible para asomarse a la rendija entre el tablón y el enlucido. Costaba verla, pero llegó a identificar la rejilla negra por debajo.

Se apartó de la pared con las manos temblorosas, volvió a mirar a su alrededor por si alguien la observaba. Deseaba gritar, llamar a Natalie, pero si Douglas estaba dentro, sería mejor que ella no revelara su presencia. Metió la mano en el bolsillo y sacó la navaja suiza de su padre, que él le regaló para su protección después de que saliera del hospital, en 1999. Era lo único que había conservado de sus padres tras marcharse de casa a los dieciocho. Desplegó el destornillador Phillips y se puso a desenroscar la madera contrachapada. Fue un trabajo pesado, habían apretado los tornillos con un taladro eléctrico, y Elena ya había empezado a sudar cuando por fin logró desprender el tablón con cuidado y dejarlo sobre la nieve. Encogida al anticipar el ruido que iba a hacer, introdujo los dedos en la rejilla y la arrancó de su marco. La placa metálica se soltó con un sonido metálico que pareció resonar por todo el vecindario.

Con el corazón disparado, Elena se arrastró hacia el interior del sistema de ventilación. Estaba completamente a oscuras, pero pudo avanzar a tientas durante un rato. Solo vaciló al notar el vacío frente a ella y darse cuenta de que tendría que lanzarse de cabeza sin tener ni idea de la distancia que la separaba del suelo. Respiró hondo varias veces, susurró el nombre de Natalie y se aventó. La caída le provocó una sacudida en las muñecas y los antebrazos. Siguió arrastrándose algunos metros más hasta que sus manos dieron con una nueva rejilla. Tuvo que darle varios golpes antes de que se desplomara al fin hacia el interior de la casa.

Si Douglas estaba allí, sin duda se habría enterado de su presencia. Avanzó hasta el borde del respiradero y miró hacia fuera.

Era una habitación pequeña y lóbrega, con un suelo de tierra apelmazada y una cama con un colchón sucio, sobre el que había una persona acurrucada. Elena sintió que su cuerpo entero entraba en combustión y un sollozo escapó de sus labios.

—¡Natalie!

Antes de poder pensarlo, se echó hacia delante y se arrojó a la caída de dos metros y medio que la separaba del suelo, y rodó sobre sí misma al contacto con este. Sintió un dolor agudo en el hombro derecho, pero lo desechó y corrió hacia la cama.

La novia de Douglas levantó la mirada hacia ella. Tenía los ojos apagados, pero estaba viva.

A Elena le fallaron las piernas y cedió, se dejó caer al suelo. Se encogió de rodillas y escondió la cara entre ellas. Había llegado demasiado tarde.

Natalie no estaba allí.

Para Elena, el caos que había a su alrededor no era más que un recuerdo.

Había llamado al 911 en cuanto se dio cuenta de que la chica que estaba sobre la cama era la novia de Douglas, y la policía tardó menos de diez minutos en llegar. Subieron a la joven a una camilla y la condujeron rápidamente hacia la ambulancia. La policía científica comenzó a llenar aquel diminuto sótano, intentando echar al resto de la gente. Uno de los primeros miembros de los servicios de emergencia en llegar ayudó a Elena a ponerse en pie, y lo siguiente que supo es que estaba sentada en el pulcrísimo sofá de Douglas Stevens, con una botella de agua entre las manos que no lograba obligarse a beber. La idea de que algo tocara su boca hacía que se le revolviera el estómago.

Uno de los enfermeros intentó examinarla, pero Elena lo echó con un gesto de la mano. Sentía una palpitación en el hombro derecho, pero aquel dolor le permitía mantener la cabeza centrada. Ya se encargaría de eso más tarde.

Después de que la ambulancia se marchara, paseó la mirada por la sala, aturdida. La duela estaba pulida y encerada, cubierta por una alfombra oriental limpia y de colores vivos. Todos los cojines del sofá eran de felpa y tenían las esquinas rectas. No había una sola mota de polvo en las lámparas, ni en los estantes, ni en las mesas, ni sobre los libros. Parecía la habitación de un hotel de nivel medio: fría e impersonal. Natalie y Amanda habían limpiado aquellas estancias, habían trabajado hasta desfallecer alrededor de aquel sofá. La idea hizo que Elena sintiera la punzada de la bilis a las puertas de la garganta.

Se le había acabado el tiempo. Tendría que haber llegado antes. No había señales de Douglas ni de Natalie, y la única persona que podía darles alguna información estaba drogada y casi catatónica cuando se la llevaron al hospital. Aquel caso había hecho que Elena se sintiera desesperada, pero nunca tanto como ahora, nunca se había encontrado bajo un peso tan abrumador.

El cerebro le daba vueltas y no apartaba la mirada de la botella que tenía entre las manos. Escarbaba en una de las esquinas de la etiqueta con la uña del pulgar. En esta se veía la imagen de un arroyo que fluía desde lo alto de una montaña boscosa. Recogida entre los árboles de hoja perenne se distinguía el esbozo de una cabaña diminuta, pequeña como una pasa de uva. Era un refugio remoto, lleno de paz. Quizá no tuviera montañas ni arroyos, pero Minnesota contaba con docenas de cabañas como esa. Quizá, cuando todo aquello acabara, Martín y ella podrían escaparse juntos a una.

Martín. Miró el celular y, en efecto, tenía media docena de llamadas perdidas de él. Le mandó un mensaje de texto rápido, prometiéndole que se lo contaría todo más tarde. La mera idea de tratar el tema hizo que se sintiera agotada hasta la extenuación.

Elena oyó la voz de Ayaan antes de verla irrumpir en la sala. Un hiyab de color naranja brillante enmarcaba su mirada feroz. La comandante dejó caer el bolso y corrió hacia Elena para rodearla con sus brazos. Elena se quedó paralizada por la sorpresa antes de rendirse a su abrazo, ignorando el dolor que sentía en el hombro. Había anticipado un discurso furioso, quizá incluso una denuncia por allanamiento de morada, no que le diera el primer abrazo desde que eran amigas.

Al cabo de un momento, Elena se apartó y miró a los ojos de Ayaan.

—¿Qué haces aquí?

La comandante se rio, incrédula, y se secó con la mano la solitaria lágrima que amenazaba con rodar por su mejilla.

—Podría preguntarte lo mismo, pero no debería sorprenderme que hayas venido por tu cuenta en vez de esperarme. Lo añadiré a la lista.

—¿Qué lista?

—La de maneras en que podrías haber hecho que te mataran durante los últimos diez días.

Elena se sonrojó.

—No creíste en ninguna de las teorías que te conté. No quería que intentaras convencerme de que lo dejara. En cuanto supe que era él, me vine para aquí. No podía soportar la idea de que Natalie pasara un solo segundo más en esta casa.

Ayaan puso una mano sobre las de Elena.

—Lo sé. Soy consciente de que no he creído siempre en ti, pero también te has equivocado alguna que otra vez. Te dejas llevar por tu instinto, y es genial, pero eso no significa que no debas detenerte a pensar en las posibles consecuencias. Para ti y para la gente a la que quieres.

Elena miró la etiqueta de la botella de agua, siguió arrancándola por una de sus esquinas.

—Pero creo que sé por qué lo haces ahora que sé quién eres.

—¿Por qué? —La imagen de la cabaña se rasgó entre los dedos de Elena.

—Te has pasado los últimos veinte años pensando que burlaste la muerte. Eso haría que cualquiera se mostrara más atrevido de lo normal. Pero también creo que te sientes culpable por haber sobrevivido, como si hubiera una falta en el hecho de ser la niña que huyó del A. N. —Ayaan apretó la mano de Elena hasta que esta volvió a mirarla a los ojos—. Elena, te merecías seguir viva, ¿está bien? Luchaste por tu vida, te lo ganaste. No dejes que nadie te haga sentir lo contrario, ni siquiera tú misma.

A Elena se le llenaron los ojos de lágrimas. Incapaz de hablar, se limitó a asentir con la cabeza.

—Quiero que sientas que puedes confiar en mí. Siempre puedes acudir a mí, y creo que lo sabes, o no me habrías mandado un mensaje en cuanto estableciste la conexión con Stevens. Lo único que lamento es no haberlo visto antes de que te metieras a lo *Misión: Imposible* en el sótano de esta casa.

—Entonces, ¿ahora me crees? —susurró Elena.

Ayaan se puso en pie, agarró la bolsa del suelo y la llevó hasta Elena. Sacó la laptop, la abrió y se la puso sobre el regazo.

—Sam recibió tu mensaje con lo que te había contado Duane. Que Luisa estaba saliendo con Douglas, y que Leo había comenzado a seguirlo, a sacar fotos. Con eso pudo hacer que dieran prioridad en la lista de análisis a una prueba: la memoria USB que encontraron en el bolsillo del cadáver de Leo. No tenía la seguridad de que guardara relación con su asesinato, y estaba protegida con una contraseña, así que Sam estaba esperando a que los técnicos la desbloquearan. Y lo hicieron hoy al fin.

Elena miró la pantalla con la esperanza de que su expresión fuera lo bastante despreocupada como para no revelar que ya conocía la existencia de la memoria USB.

Ayaan prosiguió:

—Leo tenía un cifrado de doscientos cincuenta y seis bits en los archivos, pero el equipo cibernético descifró la contraseña y pudo acceder a ellos esta mañana.

La comandante hizo doble clic en el primer archivo y Elena dejó caer la botella de agua, que produjo un ruido sordo al golpear contra el suelo.

—Oh, Dios mío.

Eran las páginas escaneadas de un diario. Estaban escritas en español con una caligrafía perfecta.

—Entiendo que puedes leerlas... —sugirió Ayaan.

Elena asintió con la cabeza sin apartar la mirada de la pantalla. Se sentía mal por leer un diario ajeno, pero de todos modos acercó la laptop y fue pasando sobre las entradas tan rápidamente como pudo.

Luisa se enamoró de Douglas desde el primer momento en que lo vio, eso era evidente. Se conocieron cuando ella estuvo trabajando medio tiempo en la peluquería de la universidad, realizando cortes de pelo baratos a los alumnos que no tenían medios y a los profesores que no tenían tiempo. Él comenzó a perseguirla, le llamaba con regularidad, hacía que ella se sintiera inteligente, perspicaz y única. Entonces llegaron las copas a la salida del trabajo, las bromas insinuantes sobre la posibilidad de que se fuera con él a casa, las cuales hicieron que Luisa se sintiera a la vez emocionada y temerosa, hasta que algunas semanas más tarde acabó por ceder. Pocos días después de la primera noche que pasaron juntos, una cierta oscuridad pasó a teñir las entradas del diario. Él comenzó a desmoronarla, molestándola y azuzándola, hurgando en las heridas, actitudes que ella comenzó a echar de menos cada vez que intentaba escapar de aquella situación, como el corredor que anhela volver a sentir el dolor en sus músculos tras varios días sin salir a la calle. Luisa pensó en dejarlo, pero la idea le resultó insoportable. Y entonces el tono de negatividad desapareció. Elena vio el preciso momento en que ella decidió que él tenía razón, que debía estarle agradecida por sus consejos, por sus instrucciones sobre cómo debía vivir su vida.

Cuando llegó a la última página levantó la mirada.

—¿Cómo... cómo consiguió Leo estas páginas?

Ayaan negó con la cabeza.

—No lo sé. Los archivos fueron creados hace tres semanas. Debió de encontrar su diario en alguna parte, lo escaneó y lo devolvió antes de que ella se diera cuenta de su desaparición.

—O quizá ella dejó de escribir en él porque Leo no se lo devolvió nunca. —Elena desplazó el cursor hacia abajo, pero en el documento no había nada más—. Pero este diario no haría sospechar a Leo que el novio de Luisa era el A. N. ¿Qué más encontraron?

—Los planos de la casa, según los cuales no había

forma de acceder al sótano desde dentro. Pero es evidente que se trata de un error, tal y como tú descubriste...

Elena asintió con la cabeza y se puso en pie para guiar a Ayaan hacia la cocina. El equipo forense había dejado la puerta de la despensa abierta, revelando la parte de estantes que se abrían para dar paso a una pequeña entrada.

—Entré desde fuera, por el respiradero, pero los servicios de emergencia pudieron seguir el sonido de mi voz al llegar.

—Muy hábil —dijo Ayaan con tono amargo.

La comandante volteó y examinó la cocina por un instante antes de cruzarla en dirección a la tetera eléctrica, que estaba sobre la barra de al lado del fregadero. Las superficies estaban igual que el resto de la casa: limpias y ordenadas. Sin duda, fruto una vez más del trabajo duro de Amanda y Natalie. Ayaan abrió el compartimento que había por encima de la tetera y dio un paso atrás. Elena se unió a ella y se quedó sin aliento. Dentro del compartimento blanco había una lata de té Majestic Sterling.

—También tenía una foto de esto —informó Ayaan—. Debió de meterse en la casa. Así es como encontró el té y supo que no había un acceso directo al sótano.

Elena sacudió la cabeza.

—Y pensar que encontró todo esto a partir de una corazonada.

—Eso no es todo. —Regresaron a la sala, a la laptop. Ayaan desplazó los dedos por el panel táctil y tecleó algo antes de pasárselo a Elena—. También añadió esto.

Era una foto del exterior de una casa. Parecía antiquísima, estaba muy deteriorada, pero en su día debió de ser impresionante. Elena no tenía ni idea de lo que podía significar. ¿Por qué había sido importante para Leo? No había ninguna dirección, y el nombre del archivo no ayudaba en nada. La única pista acerca de su localización era el número 213 de color blanco pero sucio que colgaba sobre el enlucido gris.

—¿Qué es esto?

Ayaan negó con la cabeza.

—No lo sé. Intenté hacer una búsqueda por imágenes y la rastreé por Google Earth, pero no encontré nada. Hasta donde yo sé, Douglas no posee otras casas y no le quedan familiares cercanos vivos. Su madre murió al darle a luz y tenía dos hermanos que fallecieron en un accidente extraño cuando él tenía siete años. Su padre murió hace dos.

Elena no apartaba la mirada de aquel viejo caserón.

—El resto de los archivos tienen nombre. Me pregunto por qué este solo lleva el número generado por su celular...

—Descargó la foto en la carpeta solo cinco minutos antes de..., bueno, antes de la hora en la que el forense cree que murió, teniendo en cuenta la ventana de tiempo entre el momento en que habló contigo por teléfono y cuando encontraste su cuerpo.

Eso tenía que significar que era importante. Aquel era el último elemento que había encontrado Leo, algo que había descubierto después incluso de llamarle, cuando ya creía tener suficiente. Las pequeñas pruebas que había reunido en la carpeta hicieron que Elena sonriera. Leo le recordaba tanto a sí misma... Todos los fantasmas que se había pasado años persiguiendo, convencida tantas veces de tener a la persona correcta. Pero Leo sí la había encontrado, y eso le borró la sonrisa de la cara, porque él nunca iba a saber que había resuelto un caso que durante mucho tiempo había desconcertado a centenares de personas. Además, tenía la distinción de ser el único de esos investigadores que había dado su vida, y Elena iba a asegurarse de que se le recordara por ello.

Al fin miró a Ayaan.

—¿Y ahora qué hacemos? Douglas tiene a Natalie, y estoy segura de que sabe que estamos tras su pista. La matará en cuanto le sea posible. Y no tenemos ni idea de adónde fue.

El teléfono de la comandante sonó antes de que pudiera responderle. Se lo sacó del bolsillo y atendió la llamada. Lo que escuchó desde el otro extremo de la línea hizo que se pusiera en alerta de manera inmediata.

—¿Qué? ¿Dónde?

—¿Qué sucede? —susurró Elena, inclinando el cuerpo hacia delante.

—Ok, un segundo, pongo el altavoz para que Elena pueda oírte. —Ayaan apretó un botón y puso el aparato en alto—. Sam encontró el cuerpo de Luisa.

Elena pegó los ojos a la pantalla del celular mientras Sam hablaba.

—Después de recibir tu mensaje, me fui a la casa abandonada en la que encontramos el coche de Luisa. Al principio pensamos que se había fugado con su novio, pero al saber que ese novio era Stevens la foto de su desaparición pasó a ser otra. Hace una hora llevamos unos perros rastreadores a la arboleda que hay cerca de la casa, y la encontramos. Estaba en una tumba superficial, enterrada debajo de un árbol caído.

A Elena se le llenaron los ojos de lágrimas al pensar en el momento en que María Álvarez descubriera que su hija había sido asesinada.

—¿Cuánto tiempo llevaba allí?

—Aún es pronto y será difícil decirlo, por el frío que hizo. El cuerpo estaba bastante bien conservado. Pero, dado el tiempo que el coche pasó allí según los vecinos, diría que lleva muerta una semana. A partir del pelo que encontramos en la casa de Leo, supongo que ella estaba con Douglas cuando lo mató, y que este la mató a continuación para que no hablara.

Ayaan miró a Elena, y sus ojos reflejaron la misma desolación.

—¿Llevaba algo encima?

—Había un diario enterrado bajo su cuerpo, aunque..., bueno, ahora mismo es ilegible. Pero el celular estaba en el coche. Lo estoy cargando para ver si puedo sacar algo de ahí.

Después de poner al corriente a Sam de la situación en la casa de Stevens, Ayaan dijo:

—Sam, necesito que mires su teléfono a ver si encuentras algo en la aplicación de mapas. Cualquier cosa que muestre los lugares que solía visitar a menudo, o las direcciones que había ingresado últimamente. Es nuestra mejor opción para saber adónde puede haber llevado Douglas a Natalie.

El detective guardó silencio durante un instante, y siguió el sonido de algo que se arrastraba. Pasó a leer en voz alta una lista de los trayectos más recientes de Luisa, la mayoría a centros comerciales y restaurantes de la zona. Pero una dirección hizo que Elena enderezara la espalda.

—¿Cuál era esa última?

—Forest Drive 213, Stillwater. Estuvo allí el día antes de que la vieran por última vez en el trabajo.

Ayaan fijó los ojos en los de Elena.

—¿Dijiste 213?

Elena se puso en pie, vibrando de la emoción.

—Sí —dijo Sam.

—Es el número de la casa que aparece en una de las fotos que Leo tenía en la memoria usb, la última que grabó. —Elena se frotó el pecho con dedos temblorosos—. Sam, ¿llevas tu tableta? ¿Puedes averiguar a quién pertenece esa propiedad?

—Claro, déjame que lo compruebe. —Siguió otro breve silencio—. Sus dueños son Mark y Betty Miller. Sexagenarios, supongo que estarán en su residencia de verano. Parece que se la compraron a un banco hace seis meses. El Estado la confiscó, se hizo con ella tras la muerte del anterior dueño, así que les salió barata.

—¿Quién era su dueño antes de que pasara al Estado? —preguntó Ayaan.

Por la expresión de su mirada, Elena supuso que la comandante sospechaba lo mismo que ella.

—Espera. Ya lo tengo. Mierda. El anterior dueño fue Douglas Josiah Stevens, el padre de nuestro profesor universitario.

44

Elena

20 de enero de 2020

Incluso superando el límite de velocidad y con la sirena puesta, iban a tardar casi media hora en llegar a Stillwater. Después de que Ayaan solicitara refuerzos, el silencio se volvió insoportable para Elena, que intentó abrirse paso a través del pánico que sentía mientras el coche surcaba a toda velocidad la autopista 36.

—¿Por qué crees que Douglas renunció a la propiedad de su padre? Aunque el hombre hubiera muerto sin hacer testamento, su hijo seguía teniendo derecho a ella, ¿no?

Ayaan asintió con la cabeza.

—De no existir un cónyuge, la ley del Estado le entregaría la casa de manera automática a su descendencia o demás parientes. Es raro que el Estado confisque una propiedad. Así que, o bien los abogados no lograron dar con Douglas hijo para entregarle los bienes, o lo encontraron y él renunció a sus derechos.

—No tiene sentido. Si es el lugar donde comete los asesinatos y planeaba comenzar a secuestrar a niñas de nuevo, ¿por qué no reclamó la casa?

Ayaan tomó la salida y apagó las luces y la sirena.

—Quizá no planeara cometer los asesinatos allí. Sabemos que durante los noventa usó la cabaña en la que te tuvo secuestrada; su padre estaba vivo, así que habría sido demasiado arriesgado usar su casa por entonces. Si mató a Luisa y se deshizo de su cuerpo en esa casa abandonada de Shoreview, quizá tuviera planeado llevar a Amanda y a Natalie también allí.

Elena se movía nerviosa sobre el asiento, temblando por la subida de adrenalina.

—Eso debe de ser lo que lo llevó a romper su patrón. Mató a Amanda antes de tiempo por accidente, y entonces intentó llevarla a la casa para dejarla en un lugar seguro, pero vio a la policía y tuvo que cambiar de planes. —La casa de Elena no estaba lejos de allí. Quizá, al ser consciente del dolor y el miedo que iba a provocarle, aquello le pareció una buena alternativa para romper con su patrón habitual.

El silencio cayó sobre ambas. Elena se quedó mirando por la ventanilla mientras recitaba sin descanso una oración en su cabeza: «Que siga viva, por favor. Que Natalie siga viva».

Tras algunas vueltas llegaron a un camino rural cubierto de hojarasca justo a las afueras del pueblo. Comenzaron a dejar atrás casas gigantes de verano para la gente que solo toleraba Minnesota entre junio y septiembre. Las persianas cerradas ofrecían a sus ventanas el aspecto de unos ojos fruncidos con fuerza para protegerlos del frío invernal. Al llegar a la casa de la foto, Elena tuvo que esforzarse para respirar.

Natalie estaba allí. Podía sentirlo.

—Sam debería venir justo detrás —informó Ayaan—. Quiero que esperes en el coche.

—Ayaan, me dijiste que querías que confiara en ti, y lo hago. Así que voy a confiarte una verdad: si me dejas aquí, saldré del coche de un salto y me iré detrás de ti en cuanto desaparezcas de mi vista.

La comandante guardó silencio durante un instante,

con los dientes apretados. Elena sabía que se estaba pasando, pero le temblaba la mano sobre la manija de la puerta. Y estaban perdiendo el tiempo.

Al fin, Ayaan dirigió una ojeada hacia su pistola.

—Eso se queda en la funda a menos que te dé la orden o tengas un arma apuntándote a la cabeza, ¿entendido?

Elena asintió para mostrarle su acuerdo, pero apartó la mirada de los ojos de Ayaan. Si el A. N. se ponía al tiro, pensaba apretar el gatillo. La muerte era lo único que iba a detenerlo.

Salieron del coche a la vez, y Ayaan le pasó uno de los chalecos antibalas que llevaba en el asiento trasero.

El coche de Sam apareció mientras se dirigían hacia la casa, y el detective fue corriendo tras ellas mientras acababa de abrocharse el chaleco.

—¿Cuál es el plan? —preguntó.

Ayaan los señaló a los dos.

—Ustedes vayan por atrás. Yo entraré por delante.

Se encaminaron hacia la puerta trasera. A Elena, la nieve del patio le llegaba casi por las caderas. Avanzaba tan rápidamente como le era posible, detrás de Sam y agachándose al pasar junto a las ventanas para no ser vista.

Sam volteó la cabeza para mirarla. Tenía los ojos inyectados en sangre por el cansancio.

—Lamento no haberte creído, Elena.

Incapaz de pensar en algo que no fuera el paradero de Natalie, Elena se limitó a asentir y siguieron avanzando.

El silencio era inmenso. No se oían ruidos procedentes del interior de la casa, no había coches que pasaran cerca de allí, no había aves que cantaran, ni aviones que surcaran el cielo por encima de sus cabezas. Todo sugería que estaban en mitad de ninguna parte pese a que la calle principal de Stillwater se hallaba solo a unos diez minutos. Al llegar al final de la casa, Sam asomó la cabeza por el recodo. Elena llegó junto a él y siguió su mirada. De la puerta trasera salía un sendero limpio de nieve que llevaba hasta un cobertizo que estaba a unos treinta metros de distancia. Un lazo para tender la ropa colgaba destensado bajo el peso de la nieve entre dos postes de metal. Aparte de eso, el patio estaba bastante desnudo..., o lo que hubiera se encontraba cubierto por más de un metro de polvillo blanco.

No había nadie a la vista. Sam asintió con la cabeza y se echaron a correr hacia la puerta trasera. Comprobó el picaporte. No estaba cerrada con llave. Algo que no resultaba sorprendente en el campo, pero que seguía siendo una estupidez. Abrió la puerta con todo el cuidado del mundo. Elena miró hacia el interior y vio a través de un pasillo estrecho que en ese momento Ayaan entraba sigilosamente por la puerta de delante. Sus miradas se cruzaron y la comandante levantó el mentón. Sam entró primero y Elena lo siguió de cerca, refugiándose detrás de su complexión voluminosa.

El recibidor estaba sucio, una capa de mugre lo cubría todo. Había algunos abrigos viejos colgados de unos ganchos, un par de polvorientas botas de lluvia aventadas en una esquina, y a lo largo de la pared opuesta se alineaban varias pilas de periódicos viejos. Era como si en esa sala no hubieran tocado nada desde hacía décadas.

Al salir del recibidor, Sam se fue hacia la derecha y Elena giró hacia la izquierda para entrar en una vieja cocina propia de los años setenta. Los azulejos blancos estaban decorados con patrones de colores naranja y café. Unos paneles de madera recorrían las paredes. Una vieja tetera descansaba sobre los fogones, fríos y negros. Avanzó de puntillas, con las piernas temblándole por la combinación entre la tensión en sus músculos y la nieve derretida que le empapaba la ropa y llegaba hasta su piel.

Ya en el vestíbulo, Elena no vio a Ayaan. Un vistazo

hacia la puerta enfrentada a la cocina le reveló que más allá había otro cuarto. Elena entró en él mirando hacia todos lados en busca de alguna señal de Natalie. Allí apenas había muebles, como si hubieran vaciado parte de la casa antes de que los nuevos compradores decidieran retrasar su entrada hasta el verano siguiente. Una silla de ruedas maltrecha descansaba en una esquina, esperando el regreso de su dueño. La ventana mugrienta dejó pasar un débil rayo de sol. Al mirar por ella, un movimiento captó su atención.

Fuera, a lo lejos, más allá del cobertizo, una figura voluminosa se alzaba sobre la nieve. A Elena se le cayó el alma a los pies al ver que levantaba el brazo.

—¡Natalie! —gritó.

Y corrió. Salió de la sala, atravesó la puerta trasera y avanzó tan rápido como pudo por el sendero. El único sonido que se superponía al martilleo en sus oídos era el de las botas que golpeaban el suelo a su espalda. Su acercamiento no había sido nada sutil, y Elena pensó demasiado tarde que aquello podía resultar problemático. Cuando estuvo lo bastante cerca como para identificar a Douglas plantado junto al cuerpecito de Natalie, que estaba atada a un viejo tractor, fue consciente de que el hombre los había oído llegar. Y no parecía preocupado en lo más mínimo. La rabia abrasó su piel al ver las ronchas de color rojo en la piel pálida y trémula de la niña.

—Alto ahí —ordenó él.

—¡Está armado! —gritó Ayaan.

Elena se detuvo de repente y dejó de oír movimientos a su espalda, aunque sabía que Ayaan y Sam estaban allí, observando lo mismo que ella.

Douglas ya no esgrimía el cinturón. Había puesto el cañón de una pistola justo debajo de la oreja izquierda de Natalie. Elena levantó su pistola y le apuntó al pecho, pero acto seguido lanzó un grito y dejó caer el brazo. Un espasmo de dolor le acababa de recorrer el hombro por culpa de la caída en el sótano de Douglas. Podía pasarse el arma a la mano izquierda, pero de ningún modo podría confiar en su puntería con ella..., no con Natalie a escasos centímetros del hombre.

Un terror candente la inundó. No podía verle la cara a Natalie, pero el cuerpo de la niña estaba tenso y tembloroso, y había vomitado sobre la nieve.

El veneno. Se estaba muriendo.

La idea estuvo a punto de hacer que le fallaran las rodillas, pero se obligó a permanecer en pie mientras Douglas volteaba al fin para mirarla. Era un hombre diferente del que había visto la semana anterior: su rostro con acné se veía enrojecido por el esfuerzo, no llevaba lentes y el color azul de sus ojos refulgía por el reflejo de la luz del sol contra la nieve. Llevaba la calva cubierta por un gorro de lana de color negro. Permanecía impasible, sin la menor señal de sorpresa en su expresión, pero jadeaba por los latigazos que había lanzado contra la piel de Natalie. El cinturón de piel café yacía sobre la nieve junto a sus pies, enroscado como una serpiente muerta. No debía de haber encontrado un esqueje bajo aquella nevada tan intensa. En su mejilla derecha brillaba una mancha de sangre espesa y pegajosa y cada vez más seca. Aquella herida reciente indicaba que se había hecho un rasguño con algún objeto afilado. Elena se preguntó si habría sido cosa de Natalie y sintió una mezcla feroz de orgullo y terror ante la idea de que la niña le hubiera hecho frente.

—Ah, Eleanor.

Al oír su antiguo nombre en los labios del hombre, Elena se echó a temblar. Él solía decirlo tan a menudo... A veces como si fuera un reniego, a veces como una oración. La llamaba por su nombre cada vez que le daba instrucciones, cada vez que la castigaba, cada vez que se sentía complacido por ella. Hizo que Elena temiera oírlo tanto como lo anhelaba, y todo ello en unos pocos días. Nunca lograría entender cómo lo había logrado.

Estaba desesperada por voltear hacia Ayaan o Sam, por averiguar si tenían un plan, pero no se atrevía a romper el contacto visual con Douglas ahora que él la estaba mirando con la pistola aún pegada a la cabeza de Natalie.

—Elena, lo siento —gimió Natalie—. Intenté escaparme.

Elena resistió la urgencia por correr hacia ella. Natalie solo iba a sobrevivir si Elena mantenía el control, si no cometía ningún error más. En lo referente al A. N. ya había cometido demasiados errores, suficientes para toda una vida.

—No pasa nada, cariño. —Su voz sonó estridente en el aire gélido y campestre. Tragó saliva, intentando controlarse—. Todo irá bien.

—Deberías sentirte orgullosa de ella, Eleanor. Hace pocas horas trató de asesinarme. Y casi lo logra —informó Douglas—. No, no, no... Yo que tú no lo haría. —Miró a un lado, hacia Sam, que había intentado acercarse un poco.

Elena levantó un brazo para detenerlo.

—No le contraríes.

Un par de metros a su espalda, Ayaan habló:

—Douglas Stevens, queda arrestado por el secuestro y el asesinato de Amanda Jordan, así como por el secuestro y el asalto con agravantes de Natalie Hunter. —Era el mismo tono de voz que usaba siempre, claro y preciso—. Tire el arma y venga con nosotros sin resistirse. No le haremos ningún daño.

Mientras Douglas miraba a Ayaan, Sam se echó a correr. Antes de que Elena pudiera parpadear, Douglas apartó la pistola de Natalie, apuntó contra Sam y disparó.

—¡No! —gritó Elena lanzándose hacia delante, pero Douglas ya había devuelto el cañón de la pistola a la cabeza de Natalie, que gritó al sentir que el metal caliente le quemaba la piel. Su cuerpo se contorsionó y se derrumbó sobre el tractor.

Elena rogó porque solo estuviera inconsciente. No podía hacer nada a menos que él dejara caer la pistola. Elena se atrevió a mirar a su izquierda. Sam se hallaba tirado sobre la nieve, que estaba tan blanda que en algunas partes comenzaba a derretirse alrededor de su cuerpo. De él no surgía ningún sonido.

Elena miró entonces a Ayaan. La comandante seguía plantada con gesto de determinación. Los labios fruncidos, los ojos secos y muy abiertos. Habían desperdiciado la oportunidad que Sam había procurado darles, ese breve segundo en el que la pistola de Douglas había dejado de apuntar a Natalie. Había pasado con tanta rapidez que se había hecho pedazos como un carámbano al chocar contra el pavimento.

Elena volvió a encarar a Douglas. Ahora estaba un metro más cerca, lo bastante para ver la dureza de su mirada. El hombre estaba enojado porque las cosas no le estaban saliendo como las había planeado. Hasta ese momento, nada había ido según sus planes. Era algo que Elena podía utilizar.

—Dejaste de matar durante todos esos años. —Negó con la cabeza, como si no se lo creyera—. ¿Qué hizo que perdieras el ansia? ¿Encontraste al fin a una mujer a la que amar?

Douglas se rio.

—¿Crees que fue por eso? ¿Que yo era un tipo casto y solitario a mi pesar, que se podría haber curado metiendo a una mujer cualquiera en su cama? Oh, Eleanor, no esperaba esto de ti a estas alturas. No tengo ningún problema con las mujeres. Se creen todo lo que les cuento, incluida mi difunta esposa. Te acuerdas de ella, ¿verdad? Le dije que Jessica y tú eran mis sobrinas el día en que llegó a casa antes de la hora y las encontró fregando el suelo.

La manera en que dijo «Jessica» le trajo un recuerdo que atravesó su conciencia como un cuchillo caliente. Había pronunciado aquel nombre exactamente igual que veintiún años atrás. Elena rebuscó entre la neblina, intentando acordarse de aquella mujer que la había sorprendido limpiando. No recordaba haberla visto. Había estado tan hambrienta y asustada que le daba la sensación de que cada recuerdo de aquel lugar era la carta de una baraja, y que alguien las había tirado por los aires para que quedaran desperdigadas por el suelo.

Entonces recordó los cuerpos de la cabaña quemada.

—Sé que la mataste.

—Mi mujer se suicidó. Yo me limité a incinerarla de una manera poco convencional.

—Le pegaste un tiro.

—Ella sabía cuáles eran las consecuencias por traicionarme. En ese sentido, provocó su propia muerte. —Douglas sonrió—. De manera muy conveniente, su amante se convirtió en un excelente doble de cuerpo.

Elena parpadeó mientras pensaba en los dos cuerpos carbonizados, enterrados sin nombre. Pensó en Luisa, tirada en una tumba solitaria detrás de una casa abandonada; en la desolación de su madre, a la que no le quedaría otra compañía que sus preguntas. Luego estaba la mujer del sótano, a la que Douglas le había administrado algún tipo de tranquilizante que debía de tener a mano para las niñas a las que secuestraba. Quizá se tratara de la misma droga que había utilizado con ella tantos años atrás, cuando se puso a patear la parte trasera de su asiento mientras él la alejaba de su vida, de su infancia. Con qué facilidad había extinguido aquel hombre tantas vidas solo para hallar satisfacción en la suya. Probablemente llevara años haciéndolo: encontrando a mujeres vulnerables que lo admiraban, que ansiaban su aprobación, para desmantelar despacio sus vidas hasta que no quedaba nada de ellas. Quizá ese fuera el motivo por el que había pasado tanto tiempo sin matar: había quedado momentáneamente satisfecho por el control que podía ejercer sobre ellas.

Una súbita ráfaga de viento golpeó contra el lado de su rostro que quedaba expuesto. Luchando contra el dolor del hombro, Elena volvió a levantar la pistola, pero solo logró llevarla hasta un ángulo de cuarenta y cinco grados antes de que la punzada de dolor fuera demasiado fuerte. Intentó dar un paso hacia delante, pero Douglas negó con la cabeza.

—No, no. Tú te quedas ahí.

—¿Por qué ahora? —preguntó, obedeciéndolo y asegurando ambos pies contra el suelo. Natalie seguía inmóvil, inerte. Su cuerpo debía de estar medio congelado, terriblemente exánime. «Por favor, Dios, no permitas que se muera. Ahora no».— Podrías haber venido por mí en cualquier momento. Podrías haberte vengado de mil maneras diferentes. ¿Por qué hiciste esto? ¿Por qué retomaste la cuenta atrás después de tanto tiempo, cuando la gente básicamente se había olvidado de ti?

El comentario obtuvo el efecto deseado. Douglas apretó los dientes y la mano con la que sujetaba la pistola flaqueó. Entonces se rio de nuevo.

—No olvidemos de quién estamos hablando, Eleanor. La historia de mi obra te ha hecho famosa. Nadie se ha olvidado de mí.

Elena se mordió el labio inferior y se encogió de hombros.

—De todos modos, este no ha sido tu mejor trabajo. Quiero decir que solo tuviste a Natalie unos días. Y ya metiste la pata con Amanda. ¿Cómo pueden cumplir con su cometido en la cuenta atrás si ni siquiera acabaron con sus seis días de trabajo antes de descansar?

Douglas se puso blanco. Elena había acertado: no era ninguna coincidencia que tuviera aquel versículo en su casa. Miró el extremo de su pistola, pegado aún a la cabeza de Natalie. La sostenía con una sola mano, así que si le hacía perder el equilibrio de un balazo, quizá sería suficiente para evitar que la niña saliera herida. A la vez, Ayaan era mejor tiradora, y que no lo hubiera intentado significaba que no valía la pena correr ese riesgo. Aunque muriera en el acto, su dedo aún podría apretar el gatillo de forma refleja, y sería el fin de Natalie.

Tenía que conseguir que Douglas fuera por ella. Si volvía a apartar la pistola de Natalie, Ayaan no desaprovecharía esa segunda oportunidad. Elena reunió hasta la última gota de la furia y la frustración que había acumulado durante las dos décadas anteriores y dijo:

—Bueno, ¿y cómo acaba esto? ¿Vas a matar a Natalie antes de que se cumpla el plazo porque la cagaste asesinando a Amanda antes de lo debido? Eso es un mal trabajo, Douglas. De esa manera nunca lograrás lo que buscabas.

—¿En serio? —preguntó él.

—La cuenta atrás se echó a perder. No habrás completado un plan maestro, sino que serás igual que cualquier otro viejo monstruo, de los que ceden ante sus instintos y su rabia. Lo único que hizo falta para acabar contigo fue la grabación de una cámara de seguridad y un conserje entrometido.

—Cierra la boca, estúpida. No tienes ni idea de a qué te estás enfrentando.

Al oírlo, Elena dejó escapar una sola carcajada aguda. El deseo que sentía por matar a aquel hombre endeble y triste se disipó como el humo de un tubo de escape. Avanzó otro paso hacia él, desafiándolo a que apartara la pistola de la cabeza de Natalie para dispararle a ella en su lugar. Cuatro pasos más y estaría encima de él. Las sirenas sonaban a lo lejos.

—Oblígame tú a callar, viejo patético. Ya no tienes ningún control sobre mí. Te atrapamos. Dos mujeres capturaron al brillante e inalcanzable Asesino de los

Números. Estás acabado, y no veo el momento de ponerme delante de un jurado para contarles exactamente lo que eres.

Douglas sacudió el brazo, el cañón de la pistola abandonó la cabeza de Natalie. Elena se preparó, consciente de que una bala iba a su encuentro.

Sonó un disparo. Douglas se quedó paralizado y dejó escapar una tos jadeante. A Elena se le erizó el vello de la nuca al ver por el rabillo del ojo que Ayaan avanzaba con la pistola en alto. Siguieron dos estallidos más, que formaron un triángulo perfecto de agujeros en el pecho de Douglas. Este se tambaleó, bajó la mirada hacia su propio torso, conmocionado, mientras la pistola caía de su mano.

Elena no esperó a que se desplomara. Mientras se desabrochaba el cierre del abrigo se echó a correr por el suelo nevado. Se tiró de rodillas y abrazó el cuerpo inerte de Natalie, intentando cubrirlo con todo el calor que le quedaba por dar.

45

Podcast «Justicia en el aire»

18 de febrero de 2020
Transcripción: temporada 5, episodio 11

[Cortinilla e introducción.]

VOZ EN *OFF* DE ELENA:
Soy una investigadora. Soy una superviviente. Soy una narradora.

Este último mes tuve que descubrir lo que se debe hacer cuando un capítulo acaba sin que sepa cómo comenzará el siguiente. Durante las últimas semanas he estado emitiendo episodios que detallaban lo sucedido en este caso. Les he hablado de las dos víctimas de la cabaña, he intentado devolverles su identidad después de que se hayan pasado décadas languideciendo en unas tumbas anónimas. He tratado lo que fuimos capaces de averiguar sobre Luisa Toca, y el hecho de que su exmarido intentó convencerla de que el hombre con el que estaba saliendo era un asesino. Quizá nunca sepamos por qué visitó el hogar de infancia de su novio el día antes de su muerte, ni qué la llevó a mandarle una foto de la casa a Leo, pero fue la última señal de actividad en los celulares de ambos antes de que los asesinaran.

He descrito lo que vivió la última novia del A. N. cuando oyó gritar a Natalie y bajó a investigar para encontrárselos a los dos en la mazmorra del sótano. Él la drogó y la dio por muerta pero, al igual que nosotras, sobrevivió. Desde la emisión de ese episodio nos han escrito muchas mujeres para comentar los abusos y el comportamiento controlador que tuvieron que padecer a manos del asesino. Todas ellas nos contaron una historia similar: que el A. N. las encontró cuando estaban en su momento más vulnerable, que les hizo creer que las amaba, y que entonces hundió sus garras en ellas... y no las dejó escapar hasta que su autoconfianza quedó hecha trizas. Ese episodio también inspiró a Loretta, la mujer que estuvo a punto de convertirse en su prometida, a contar su historia en el podcast, cosa que hizo la semana pasada. Sigo estando enormemente agradecida a esas mujeres por haber dado un paso al frente para revivir algunos de los peores momentos de su vida.

También he contado lo que sucedió durante nuestro enfrentamiento final, cuando me quedé cara a cara con el hombre que tantas vidas había destruido. Me he asegurado de que todos conozcan el nombre de los detectives que ayudaron a rescatar a Natalie. Si los investigadores no hubieran accedido a los archivos de Leo, nunca habríamos sabido dónde encontrar al A. N. Si Sam Hyde no hubiera encontrado a Luisa Toca, no habríamos llegado a tiempo de salvar a Natalie. Me alegro de poder contarles que Sam salió del hospital y que se está recuperando bien. Y, sin el cuidado y la puntería de Ayaan, no tengo la menor duda de que tanto Natalie como yo estaríamos muertas.

Pero hay algo que no he hecho, algo por lo que me han preguntado muchos de ustedes, y es dar el nombre real del asesino. No lo haré nunca, pero llegaré a ese punto dentro de un momento.

Durante las últimas semanas les he agradecido sus notas de ánimo y de apoyo. Les he agradecido que la mayoría de ustedes hayan respetado la intimidad de mi amiga y de su hija, y de la familia Jordan, mientras se esforzaban por superar el trauma. Ayer hablé con Sash, y se mostró de acuerdo en que grabara nuestra charla para el podcast.

SASH:
Solo quería informarle a todo el mundo de que Natalie está bien. Jamás habría esperado que esta niña fuera tan fuerte, está realizando sus terapias físicas y psicológicas sin la menor queja. Quiero darles las gracias a todos por el dinero que recolectaron a fin de que yo pudiera pedir una licencia en el trabajo para estar con ella y pagar las consultas médicas. Entiendo que organizaron un fondo para que la familia de Amanda Jordan pueda pagar su funeral... Eso es maravilloso. Elena, la comunidad que has creado en torno a este podcast es muy especial, y nos sentimos tremendamente agradecidas.

ELENA:
¿Hay algo que Natalie quiera decir?

SASH:
Sí, grabó un mensaje en mi celular.

ELENA:
Ok, adelante.

[Sonido ambiente: un clic, al que le sigue el sonido de la grabadora al ponerla sobre la mesa.]

SASH:
¿Te gustaría grabar algo para el podcast de Elena?

NATALIE:
Hum, sí. No le presten atención.

SASH:
¿Qué quieres decir?

NATALIE:
Pues que le gustaría que todo el mundo estuviera hablando de él, y creo que no deberían hacerlo. Mató a un montón de gente que solo se hizo famosa por estar muerta. Creo que no debería recibir ninguna atención por haberles hecho eso.

VOZ EN *OFF* DE ELENA:
Mientras investigaba los secuestros, durante un tiempo pensamos que la persona que los había cometido estaba imitando los métodos del A. N. Pensamos que este podcast lo había inspirado para actuar de ese modo. Y, aunque ahora sabemos que no fue así, me di cuenta de que no fui del todo sincera conmigo misma. Me aparté de mi misión, que consistía en centrarse en las víctimas del crimen y en proporcionarles justicia. Nunca fue mi intención realizar otro podcast que glorificara la vida y la mente de un asesino en serie, pero ahora me doy cuenta de que en cierto modo es lo que hice con este caso.

Por eso decidí retirar toda la temporada de «Justicia en el aire». Se eliminaron todos los episodios centrados en el A. N., pero mi fondo de catálogo seguirá aquí y también dejaré este último episodio para que los nuevos oyentes sepan por qué tomé esta decisión. Si he de ser sincera, la medida no fue demasiado popular en la cadena que emite el podcast ni entre nuestros anunciantes, pero, con el debido respeto hacia ellos, no me importa.

Natalie tiene razón. El hombre al que conocimos como el Asesino de los Números habría estado encantado de que cada uno de ustedes le echara un vistazo a sus antecedentes, de que se enfrentaran a los detalles terribles que descubrimos acerca de su infancia y de su noviazgo fallido como pruebas de por qué era de esa manera. Deseaba controlar el relato en torno a él. Estoy segura de que le hubiera encantado que diseccionaran cada uno de sus pensamientos y motivaciones. Así que no pienso darle ese gusto, y espero que ustedes tampoco lo hagan.

No compartan los distintos episodios de su vida en sus blogs, ni en sus entradas de Reddit. No indaguen en la espantosa manera en que controló y asesinó a todas esas chicas, ni en las teorías indemostrables sobre lo que pudo hacer durante los veinte años que transcurrieron entre sus asesinatos triples. No le den la satisfacción de concederle un legado, por más que se trate del peor tipo de legado que una persona pueda dejar. Hablen, en cambio, de las vidas que hurtó, de los futuros de esas mujeres, borrados de manera expedita antes de que pudieran labrarse un nombre en este planeta. Hablen sobre Amanda Jordan y el impacto que tuvo en sus cortos once años de vida. Céntrense en las chicas a cuyas vidas puso final, no en la existencia lastimera que utilizó como razón para actuar de esa manera.

Ahora que esta temporada concluyó de manera oficial, voy a tomarme un breve descanso mientras busco un nuevo caso que me permita centrarme en la gente que sigue esperando justicia: las víctimas, sus familias, sus allegados. De eso trata este podcast, y sí, voy a continuar con él. Seguiré buscando respuestas para aquellos que han sido olvidados e ignorados. Seguiré cazando a los monstruos que se salieron con la suya. Y, con su ayuda, seguiré llevándolos ante la justicia.

Agradecimientos

Escribir una novela es una actividad solitaria, pero presentársela al resto del mundo no es algo que pueda hacer una sola.

No tengo palabras para expresar mi gratitud hacia mi agente, Sharon Pelletier, cuyos comentarios editoriales hicieron que este manuscrito ganara fuerza. Eres la mejor abogada y abanderada que hubiera podido pedir, y me alegro de que estés en mi esquina del cuadrilátero. Lauren Abramo, mi indómita agente de derechos internacionales, trabajó con incontables coagentes y cazatalentos para lograr que este libro viajara a más lugares de los que he conocido yo en persona. Mi agradecimiento especial para Kemi Faderin por todo lo que haces. La verdad es que la genialidad de todo el equipo de DG&B no tiene parangón.

La primera vez que hablé por teléfono con mi editora, Jaime Levine, supe que había entendido el libro. La historia no habría llegado a donde está sin tus comentarios penetrantes, tu rechazo a que me saliera con la mía en algunas malas decisiones sobre los personajes y tu profunda comprensión sobre lo que yo intentaba decir. Además, gracias por la idea de la dona de chocolate y por tus notables conocimientos acerca del té Darjeeling.

El entusiasmo de la gente de HMH por el libro me impresionó en todo momento. Helen Atsma le dio su apoyo en un primer momento, y Millicent Bennett y Deb Brody lo mantuvieron. Ana Deboo, correctora extraordinaria, encontró cien pequeños errores que me habrían hecho perder el sueño por las noches: que Dios te bendiga. Romanie Rout revisó todas las palabras y signos de puntuación con ojo de águila. El equipo de diseño —Jessica Handelman, Mark Robinson y Margaret Rosewitz— hizo que el libro quedara estupendo tanto por dentro como por fuera. Johannes Wiebel nos proporcionó una ilustración de portada despampanante: la primera vez que la vi me quedé sin aliento. La maravillosa editora de producción Laura Brady y la auxiliar de edición Fariza Hawke nos proporcionaron en todo momento una ayuda inestimable. Mi publicista, Marissa Page; un genio del marketing que es Liz Anderson y todo el equipo de ventas trabajaron sin descanso para que el libro esté en manos de los lectores de todo el país. Gracias a cada una de ustedes.

También estoy en deuda con los diversos editores a lo largo de todo el mundo que vieron algo en este libro y que están ayudando a que la historia de Elena cruce fronteras y barreras lingüísticas. Gracias en especial a Harriet Wade y al equipo de Pushkin Vertigo en el Reino Unido por darle un hogar a mi novela en el país donde descubrí que había una escritora dentro de mí. Y estoy emocionada porque Text me vaya a publicar en Australia, mi segundo hogar. Gracias a Alaina Gougoulis, Madeleine Rebbechi, Julia Kathro, Kate Lloyd, Michael Heyward y al resto del equipo por haber tratado tan bien el libro.

Numerosos expertos en docenas de disciplinas me ayudaron a ser lo más rigurosa posible. Todas las líneas borrosas que haya entre los hechos y la ficción son resultado de mis elecciones, ¡no de sus errores! La doctora Annalisa Durdle se mostró muy generosa al enseñarme cómo se podría identificar de manera forense una mancha de té. El *Sultan Qaboos University Medical Journal* hizo que resultara fácil acceder a su estudio sobre un caso de envenenamiento con semillas de ricino. La doctora Judy Melinek y T. J. Mitchell escribieron conjuntamente un volumen de memorias fascinante sobre la labor de un forense, y este sirvió de inspiración para el personaje de Martín a la vez que me proporcionó parte de la información sobre las autopsias que aparecen en el libro. El toxicólogo forense Justin Brower contestó a mis preguntas imperiosas sobre el envenenamiento por ricina y la manera en que se puede detectar durante una autopsia. La biblioteca del condado de Hennepin respondió con velocidad supersónica a mi pregunta sobre sus registros empresariales de 1996, demostrando una vez más que los empleados de biblioteca son superhéroes.

Gracias a mi colega escritor Rogelio Juárez, que ofreció una cuidadosa atención a los detalles, así como comentarios y sugerencias para los personajes latinos de la novela. Candice Montgomery, tu generosidad y tus ánimos con la reseña temprana del libro y el personaje de Ayaan significaron muchísimo para mí. Cualquier error en el retrato de esos personajes es demérito mío en exclusiva.

El camino hacia la publicación está pavimentado de rechazos, y estoy convencida de que la única manera de sobrevivir a ellos es a través de la amistad con otros escritores. Bethany C. Morrow, eres la mejor amiga, confidente y pareja de críticas que haya existido. Pat, pat, pat... Caso concluido. Marjorie Brimer, tu entusiasmo y tu emoción fueron comparables a los míos a lo largo de todo el proceso editorial, y fueron una bendición. Libby Hubscher, me emociona que firmaras el contrato de tu libro casi al mismo tiempo que yo y que hayamos podido compartir los altibajos que me ofreció el mundo editorial.

Anna Newallo, Megan Collins, Katherine Locke, Amy Gentry, Rena Olsen, Kosoko Jackson, Kiki Nguyen, Denise Williams, Ryan Licata, Candice Fox, Halley

Sutton y docenas de autores más me han ofrecido a lo largo de los años inspiración, apoyo y opiniones esenciales. Autores de novelas criminales y de *thrillers* a los que llevo años admirando leyeron esta novela de manera anticipada y recomendaron a otras personas que se la leyeran también. No puedo agradecérselo lo suficiente: ver su nombre relacionado de alguna manera con mi libro significa muchísimo para mí.

Fue en la Kingston Writing School de Londres donde comencé a tomarme la escritura con seriedad, y me siento tremendamente agradecida a aquellos maestros y autores residentes que también se tomaron mi escritura en serio. James Miller, Adam Baron, Paul Bailey y muchos otros me ayudaron a pulir mi voz y a alcanzar una prosa florida.

Durante los últimos cinco años he trabajado en diferentes lugares y todos mis compañeros se han mostrado muy amables con mi escritura, pero tengo una deuda especial con Clare, que siempre me animó a que me tomara días libres cuando mi carrera como autora lo requería.

Tengo la suerte inmensa de contar con el apoyo inquebrantable de mi familia, tanto en Estados Unidos como en Australia. Me alentaron mientras escribía y celebraron este logro conmigo. Gracias sobre todo a mis hermanos —Joel, Erin y Deborah— por haberme proporcionado una infancia tan rica, desternillante y a menudo exasperante, de modo que ahora pueda echar mano de ella en un número interminable de historias.

Mi madre fue la primera persona que creyó en mi escritura y siempre me animó a que trabajara en ella; desde muy temprano me ayudó a modular mi oficio y mi estilo. Las conversaciones nocturnas con mi padre me llevaron a descubrir aquello en lo que creo de verdad, y fue él quien me impulsó a compartir esas ideas con el resto del mundo. Me alegro mucho de que ninguno de los dos me hicieran sentir que era poco probable que acabara siendo escritora (¡por más que fuera así!).

Por último, gracias a Peter, mi marido, que supo que iba a casarse con una escritora y lo hizo de todos modos. Gracias por no dejar que me rindiera, por traerme refrigerio, por mandarme a retiros de escritores y por descorchar una botella de champán a las seis de la mañana cuando recibí la oferta por el libro. Te amo.